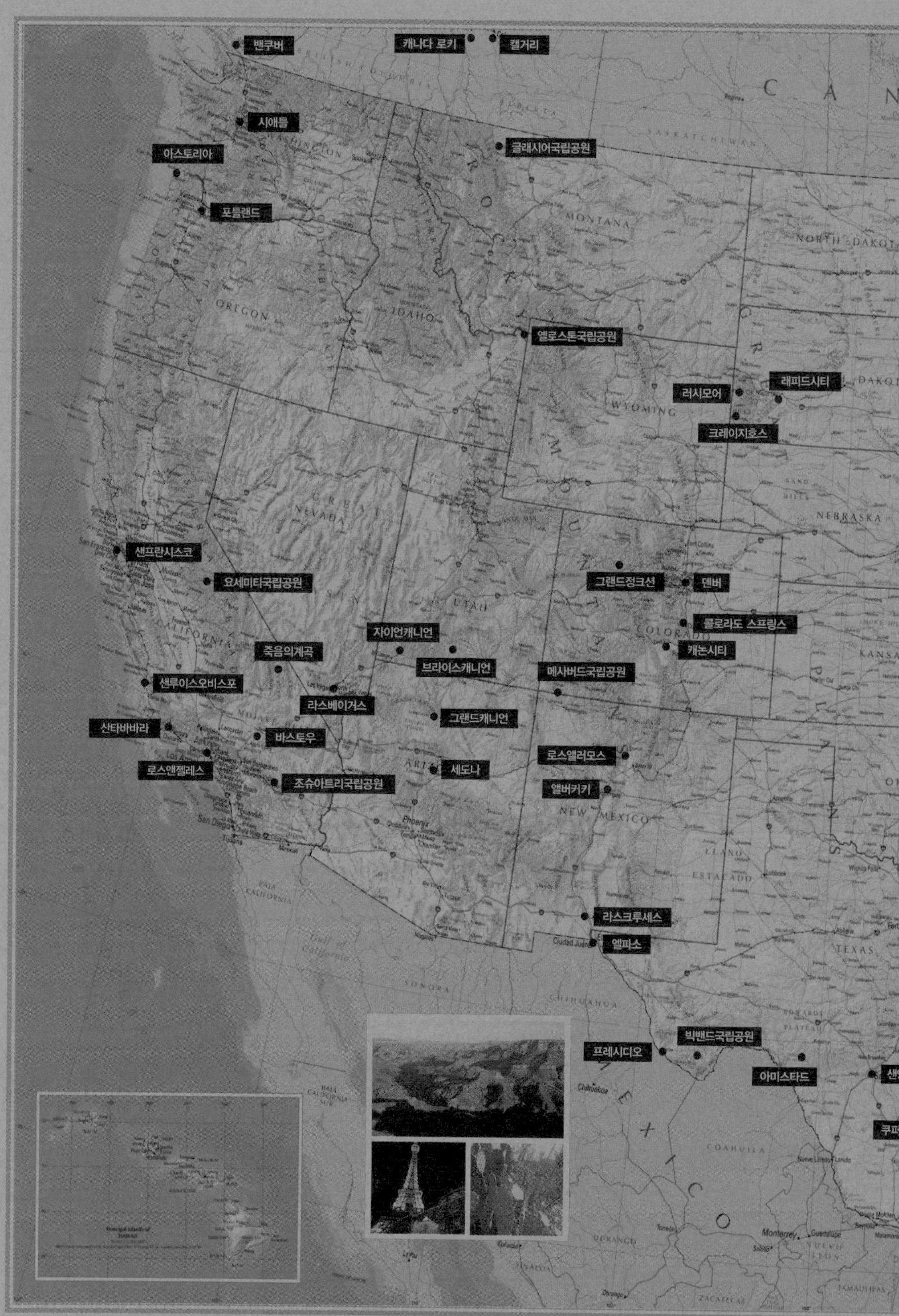

밴쿠버
캐나다 로키
캘거리
시애틀
글래시어국립공원
아스토리아
포틀랜드
옐로스톤국립공원
러시모어
래피드시티
크레이지호스
샌프란시스코
요세미티국립공원
그랜드정크션
덴버
자이언캐니언
콜로라도 스프링스
죽음의계곡
캐논시티
브라이스캐니언
메사버드국립공원
샌루이스오비스포
라스베이거스
그랜드캐니언
산타바바라
바스토우
로스앨러모스
로스앤젤레스
세도나
조슈아트리국립공원
앨버커키
라스크루세스
엘파소
빅밴드국립공원
프레시디오
아미스타드
쿠퍼

퀘벡
몬트리올
아카디아국립공원
토론토
보스턴
나이아가라
디트로이트
뉴욕
페어몬트
콜럼버스
컴벌랜드
워싱턴
인디애나폴리스
신시내티
컬럼비아
렉싱턴
세인트루이스
매머드동굴국립공원
프링필드
컴벌랜드갭국립역사공원
브랜슨
내슈빌
애쉬빌
녹스빌
멤피스
채터누가
핫스프링스
리틀록
애틀랜타
투펠로
모바일
잭스빌
펜사콜라
파나마시티
세인트오거스틴
휴스턴
올랜도
뉴올리언스
케네디우주센터
애버글레이즈국립공원
마이애미
키웨스트
SCALE 1:5,000,000
100   200   300   400 MILES
100   200   300   400   500   600 KILOMETERS
Albers equal area projection, standard parallels 29° 30' N and 45° 30' N, central meridian 96° W
Compiled by U.S. Geological Survey
2001
Puerto Rico and the Virgin Islands
GULF OF MEXICO
ATLANTIC OCEAN
PACIFIC OCEAN

미국 누비記

미국 누비記

지은이 | 정경민

1판 1쇄 펴낸날 | 2005년 3월 25일
1판 3쇄 펴낸날 | 2005년 6월 1일

펴낸이 | 이주명
편집 | 문나영
본문디자인 | 예티
표지디자인 | 오필민
출력 | 문형사
종이 | 화인페이퍼
인쇄 · 제본 | 한영문화사

펴낸곳 | 필맥
출판등록 제2003-63호
주소 | 서울시 종로구 송월동 99-2 송월빌딩 401호
이메일 | philmac@philmac.co.kr
홈페이지 | www.philmac.co.kr
전화 | 02-3210-4421
팩스 | 02-3210-4431

ISBN 89-91071-17-1 (03810)

* 잘못된 책은 바꾸어 드립니다.
* 값은 뒤표지에 있습니다.

이 도서의 국립중앙도서관 출판시도서목록(CIP)은 e-CIP홈페이지(http://www.nl.go.kr/cip.php)에서 이용하실 수 있습니다. (CIP제어번호 : CIP2005000536)

미국누비記

정경민 지음

필맥

나비 그리기를 시작하며

미국처럼 우리에게 가까운 나라는 없다. 적어도 우리 현대사는 미국을 빼고는 얘기하기 어렵다. 좋든 싫든 미국은 이미 우리 생활의 일부가 돼있다.

그러나 미국은 우리에게 생소한 나라이기도 하다. 너무 잘 알기 때문에 오히려 제대로 이해하지 못하고 있는 구석이 많다고 할까. 다 안다고 생각했는데 막상 시험지를 받아놓고선 아무것도 쓸 수 없는 나라가 미국이 아닐까.

가까우면서도 먼 나라 미국의 한가운데서부터 북미대륙을 헤집고 다녀볼 기회가 우리 가족에게 찾아왔다. 2002년 8월 필자가 성곡언론재단의 후원을 받아 1년간 미국 미주리 주 컬럼비아에 위치한 미주리대학에서 연수를 하게 됐다.

컬럼비아는 미국을 네 등분으로 접었을 때 한가운데에 들어간다. 이 때문에 컬럼비아에 도착하는 연수생은 1년 동안 나비 한 마리를 그리고 가야 한다는 말부터 듣는다. 컬럼비아에서 출발해 북미대륙을 사방으로 한 바퀴씩 돌면 나비 모양이 된다는 뜻이다.

나비를 그리기엔 자동차여행이 제격이라고 생각했다. 비행기나 기차를 이용할 수도 있겠지만 미국은 자동차의 천국이 아니던가. 더욱이 컬럼비아는 미국의 한복판이니 자동차여행을 하기에 유리한 입지조건이다. 가다가 들른 곳이 좋으면 더 머물고, 명성에 못 미치면 예정보다 일찍 뜨는 자유로움도 자동차여행의 매력이다. 자동차라면 아무데나 내키는 대로 갈 수 있으니 일정을 꽉 조이게 짜야 할 필요도 없다. 그래서 숙소도 예약하지 않았다. 방향만 정해놓고 가면서 현지에서 얻은 정보를 활용했다.

우리를 태우고 북아메리카 대륙을 함께 누빈 애마는 일본 마쓰다의 트리뷰트(Tribute)다. 한국에선 아르브이(RV, Recreational Vehicle) 차로 불리지만 미국에선 에스유브이(SUV, Sports Utility Vehicle)로 불리는 차종이다.

북아메리카 대륙을 누빌 작정이었기에 새 차에 가까운 중고차를 샀다. 3000시시 가솔린(휘발유) 엔진을 달고 있어 힘이 좋았다. 미국의 가솔린은 한국의 디젤유보다 값이 쌌다. 1갤런에 2달러 안팎이었으니 1리터에 630원 꼴이었다. 3000시시 가솔린 엔진이라고 해서 기름값 걱정을 할 필요가 없었다.

1년의 연수기간 동안 봄방학, 여름방학, 겨울방학, 추수감사절, 국경일 연휴 때마다 여행을 했다. 여행의 시작은 나비의 오른쪽 아래 날개에 해당되는 동남부였다. 이어 겨울방학 때 서남부, 봄방학 때 동북부, 여름방학 때 서북부 순서로 여행했고, 틈틈이 중부 곳곳을 다녔다. 이 책을 시간순서대로 구성하지는 않았지만, 각 장별 여행경로는 우리가 돌아다닌 순서를 가능한 한 살렸다.

막상 여행을 시작하기 직전엔 불안했다. 아내는 미국여행이 생전 처음이었다. 나 역시 뉴욕과 워싱턴에 한 번씩 출장가본 게 미국여행의 전부였다. 초행길을 지도 한 장 달랑 들고 무작정 떠날 참이었으니 걱정이 될 만도 했다. 게다가 초등학교 3학년인 아들과 네 살 난 딸을 동반하는 여행이었다.

낯선 곳에서 아이들이 아프면 어떻게 해야 하나. 인적이 없는 고속도로에서 차가 고장 나 서버리면 어쩌나. 백인마을에서 인종차별주의자와 마주치지나 않을까.

그러나 여행을 하면서 우리의 걱정은 기우였음을 깨달았다. 미국은 자동차의 메카답게 자동차여행에 관한 한 세계 최고의 여건을 갖추고 있었다. 잘 닦인 도로, 정밀하고 정확한 지도, 곳곳에 있는 깨끗한 숙박시설과 식당, 환상적인 자연환경과 친절한 사람들……. 어느 곳을 가나 쉽게 찾을 수 있는 여행안내소엔 무료 지도와 숙박 할인권, 관광지 안내 자료가 널려 있었다. 대도시의 할렘만 피하면 치안도 문제가 없었다.

이 책은 1년 동안 우리 가족이 북미대륙에서 나비를 그리며 보고 듣고 느낀 바를 글로 옮긴 것이다. 여행을 하면서 우리가 미국에 대해 잘못 알거나 모르는 게 너무 많았다는 사실을 알게 됐다.

미국의 역사를 현지에서 접한 뒤에야 미국이 어째서 이라크나 파나마나 베트남을 아무 거리낌 없이 침공할 수 있었는지가 이해됐다. 그리고 미국 땅이 어떻게 생겼고 거기에 어떤 이야기가 숨겨져 있는지를 알아가면서 미지의 세계를 탐험하는 듯한 재미에 빠져들었다.

불과 200여 년 만에 거미줄 같은 고속도로망과 초고층 빌딩으로 가득한 많은 도시를 건설한 미국 사람들의 개척정신은 높이 살 만했다. 반면 원주민의 슬픈 역사를 접하고서는 백인 정복자의 만행에 분노하기도 했다. 개인의 자유를 존중하면서도 사회질서를 철저하게 지켜내는 미국 사람들의 합리성은 우리가 본받을 만하다고 느꼈다.

미국을 동경하는 사람이나 경원하는 사람이나 미국의 다양한 얼굴을 이해할 필요가 있다고 본다. 미국이 이라크전쟁에 그토록 집착하는 게 단순히 석유 때문만은 아니라는 걸 이해한다면 전쟁을 좀더 폭넓게 보게 되지 않을까. 이 책이 미국의 역사, 문화, 지리, 관습 등 여러 구석을 이해하는 데 조금이나마 도움이 된다면 더 이상 바랄 게 없겠다.

성곡언론재단과 한종우 이사장님, 내가 연수를 떠날 때 〈중앙일보〉의 편집국장이셨던 이장규 미디어부문 대표, 경제부장이셨던 민병관 선배, 특별취재팀으로 함께 일한 김수길 편집국장님, 이정재 선배, 이상렬 씨, 행정팀장이셨던 이춘성 선배께 감사드린다. 이분들이 내게 연수의 기회를 주셨기에 견문을 넓힐 수 있었다. 필맥의 이주명 사장과 편집진은 졸고를 흔쾌히 책으로 편집해 출판해주셨다.

긴 여행을 함께 하면서 사진사로, 자료수집 도우미로, 운전기사로 고생한 아내 김경희와 지루한 자동차여행을 잘 참아준 아들 일형, 딸 유진은 이 책의 공동저자다. 아들과 딸이 먼 훗날 엄마, 아빠와 함께 한 여행의 한 자락만이라도 추억해준다면 얼마나 행복하랴.

2005년 3월, 정경민

03 | 골드러시가 바꿔놓은 역사

04 | 꿈과 현실이 만나는 곳

05 | 개척자의 자존심

거대한 메사 사이를 흐르고 있는 리오그란데 강

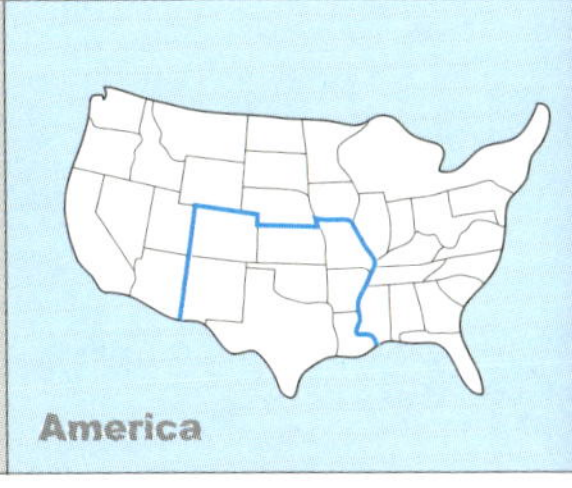
America

NEBRASKA
콜로라도 스프링스
캐논시티
메사버드국립공원
로스앨러모스
앨버커키
NEW MEXICO
라스크루세스
엘파소
Ciudad Juárez
CHIHUAHUA
프레시디오
빅밴드국립공원
아미스타드
COAHUILA
쿠퍼스크리스티
샌안토니오
San Antonio
TEXAS
LLANO
ESTACADO
EDWARDS
PLATEAU
KANSAS
OKLAHOMA
Oklahoma City
Fort Worth
Dallas
Waco
Austin
캔자스시티
컬럼비아
세인트루이스
MISSOURI
ARKANSAS
MISSISSIPPI
LOUISIANA
휴스턴
Houston
뉴올리언스
GULF OF MEXICO

미국의 서남부는 역사의 땅이다. 기원전 8만여 년 전부터 북미대륙에 살아온 원주민이 백인 기병대에 쫓겨 숨어든 곳이 로키 산맥의 끝자락인 서남부다. 백인 군대와 원주민 게릴라 사이에 피비린내 나는 전쟁이 벌어졌던 곳이기도 하다.

그런가 하면 스페인으로부터 독립한 뒤 미국과 맞붙었다가 뉴멕시코와 텍사스, 캘리포니아를 빼앗긴 멕시코의 수난사가 얼룩진 곳도 서남부다. 흑인 노예의 애환을 담은 노동요에서 재즈가 탄생한 곳이기도 하고, 캐나다를 공략했다가 영국에 패퇴해 쫓겨 온 프랑스 출신 난민인 케이전(Cajun)의 고향이기도 하다.

나비의 왼쪽 아래 날개에 해당하는 서남부는 겨울방학 때 다녀왔다. 총 15박 16일의 여정이었다. 텍사스 주 샌안토니오에 사는 동생네 딸과 아들까지 태우고 출발했다. 겨울방학 동안 우리 집에 와있던 동생네 아이들을 서남부 여행 중에 데려다주기로 했던 것이다.

컬럼비아에서 출발해, 미국의 한가운데를 동서로 가로지르는 70번 고속도로를 타고 서쪽으로 갔다. 리몬이란 도시에서 24번 지방도로를 따라 콜로라도 주 콜로라도스프링스로 내려간 다음 캐논시티에 들렀다가 남하했다. 그 다음 25번 고속도로를 따라 내려가다 64번, 68번 지방도로를 거쳐 4번 지방도로로 뉴멕시코 주 샌타페이를 우회해 더 내려갔다.

메사버드 국립공원(Mesa Verde NP)은 여름방학 때 갔던 곳이지만, 4번 지방도로로 갈 수 있는 원주민 유적지와 연관성이 있어 이 책에서는 1장에 포함시킨다. 샌타페이를 지난 뒤에는 앨버커키를 거치고 텍사스 주 엘파소를 돌아 10번 고속도로로 텍사스 주의 샌안토니오로 갔다. 거기서 하루 묵은 뒤 다시 10번 고속도로를 타고 서쪽으로 돌아가, 사라고사에서 17번 도로와 67번 도로를 통해 멕시코 접경지점까지 간 다음 빅밴드 국립공원(Big Band NP)을 돌아 샌안토니오로 귀환했다. 이어 우리는 샌안토니오에서 멕시코 만을 따라 텍사스 주 휴스턴과 루이지애나 주 뉴올리언스를 거쳐 55번 고속도로를 이용해 미주리 주 컬럼비아로 돌아갔다. 미국을 동서로 가르는 고속도로에는 짝수, 남북으로 관통하는 도로에는 홀수의 번호가 붙어있다.

애나사지 원주민이 남긴 수수께끼

'인디언'이나 '신대륙'이란 말만큼 백인우월주의의 냄새가 배어있는 단어가 있을까.

인디언은 1492년 크리스토퍼 콜럼버스가 지금의 산살바도르 부근에 상륙하고는 자기가 발견한 땅을 인도로 착각한 데서 비롯된 말이다. 유럽사람 입장에선 처음 접한 땅이었기에 유럽의 백인들은 북미를 신대륙이라고 불렀다.

그러나 북미대륙은 유럽대륙만큼이나 나이 먹은 땅이었다. 북미대륙의 원주민은 콜럼버스의 먼 조상이 돌도끼를 들고 유럽대륙을 헤매던 시절부터 북미대륙에서 살았다. 단지 콜럼버스라는 사람의 착각 때문에 북미대륙의 주인이 인도 사람으로 둔갑할 이유는 없었다.

백인은 북미대륙 원주민의 인종만 바꾼 게 아니다. 할리우드 영화에서 인디언은 언제나 야만적이고 호전적인 종족으로 그려졌다. 말을 타고 미친 듯이 달려들며 백인을 공격하다가 기병대의 나팔소리에 혼비백산하거나 장총에 맥없이 나가떨어지는 존재로 영화에 등장했다.

그러나 콜럼버스를 앞세워 스페인 정복자들이 북미대륙에 발을 들여놓기 전에 원주민은 말을 탈 줄 몰랐다. 고대 북미에도 말과 비슷한 동물이 있긴 했지만, 사람이 탈 수 있는 말은 스페인 정복자들이 가져가 퍼뜨린 것이다. 원주민이 말을 탈 수 있게 해준 것도 백인이요, 총을 쥐어준 것도 백인이었다는 얘기다. 말과 총을 준 뒤 살던 고향을 빼앗으니 원주민은 싸울 수밖에 없었다. 그러고 보면 적반하장이란 바로 할리우드 영화 같은 걸 두고 하는 말이 아닐까.

원주민은 말을 잘 타게 되자 사냥을 하며 살았다. 원주민은 나바호, 아파치, 수 등 우리에게도 낯설지 않은 부족을 이루고 있었다. 미주리 주의 서쪽에서 콜로라도 주의 로키 산맥까지 펼쳐지는 대평원은 바로 그들에게 삶의 터전이었다.

19세기 중반 이전까지는 대평원에서 원주민이 말을 타고 달리며 버펄로를 사냥했다. 원주민과 버펄로는 먹이사슬의 균형을 이루며 평화롭게 살았다. 그러나 백인이 나타나면서 균형이 깨졌다. 버펄로는 단지 재미를 위해 마구 도살돼 1860년 이후 멸종상태에 들어갔다. 버펄로의 멸종과 함께 대평원을 터전으로 한 원주민의 삶도 종언을 고할 수밖에 없었다. 원주민의 관점에서 보면 북미대륙의 역사는 백인의 역사와 정반대의 이야기가 된다.

대평원에 들어선 뒤에야 우리 차의 크루즈 장치가 얼마나 유용한지 깨달았다. 원하는 속도를 맞춘 뒤 단추를 누르면 액셀러레이터를 밟지 않아도 자동차가 알아서 일정한 속도를 유지하도록 해주는 게 크루즈 장치다. 브레이크를 밟으면 자동으로 크루즈 기능이 풀린다.

한국의 중형차에도 이 장치가 장착돼 나온 적이 있었다. 그러나 구불구불한 한국의 도로를 달리다 보면 브레이크를 자주 밟게 돼 거추장스럽기만 했다. 반면 몇 시간씩 일직선으로 계속 달려야 하는 미국의 고속도로에선 없어서는 안 될 장치다. 대평원을 가로지르는 10시간 동안 줄곧 액셀러레이터를 밟아야 한다면 아마 발목에 쥐가 나지 않을까.

대평원에 유목부족이 살았다면, 로키 산맥 중턱엔 농사를 지으며 평화롭게 산 원주민도 있었다. 애나사지(Anasazi)로 통칭되는 부족이다. 원주민 역사에서 애나사지는 '바구니를 만든 사람들'로 알려져 있다. 그들도 원래는 유목부족이었으나 농사짓는 법을 깨우치면서 정착생활을 하기 시작했다.

애나사지의 고향은 '네 모퉁이 지역(the Four Corners region)'이란 곳이다. 이곳은 콜로라도, 유타, 뉴멕시코, 애리조나 등 네 개의 주가 서로 맞닿는 곳으로 로키 산맥에 둘러싸인 분지다. 분지라고 해서 한국의 대구 같은 곳을 떠올리면 큰코다친다. 네 모퉁이 지역은 사방으로 지평선만 보이는 거대한 평원이다. 몇 시간을 달렸을까. 땅에서 솟구친 것 같은 높은 산이 갑자기 길을 막았다. 마치 깎은 듯 가파른 돌산의 윗부분을 칼로 썽둥 잘라낸 것처럼 정상부분이 평평했다. 이런 모양의 산을 메사(mesa)라고 한다. 어떻게 평원 위에 메사가 솟아올랐을까. 올라가기조차 힘든 그 돌산이 바로 애나사지의 전설이 숨겨져 있는 메사버드 국립공원이었다.

옛날엔 길이 없었겠지만 지금은 메사버드의 꼭대기까지 왕복 4차선의 아스팔트길이 놓여있다. 차로 메사버드를 오르면서 의문 하나가 머릿속을 맴돌기 시작했다. 메사버드 주위는 끝없는 초원이다. 농사를 짓고 살았던 부족이 어째서 비옥한 초원을 버리고 산꼭대기에 올라가 살았을까? 메사의 정상엔 바위뿐인데…….

의문에 대한 해답의 실마리는 정상에 오르고 나니 어렴풋이 잡혔다. 평원에 우뚝 솟아 사방으로 지평선이 내려다보이는 그 산은 천혜의 전망대였다. 수백 킬로미터 밖에서 적군이 움직이는 것까지 다 보였을 것이다. 초원엔 나무조차 드물어 숨을 곳도 없었다. 비옥한 초원을 버리고 험한 산꼭대기에 올라가 살았던 것은 필시 외적이나 맹수의 침입을 피하기 위해서가 아니었을까.

모어필드 빌리지 캠핑장을 지나 여행안내소로 갔다. 메사버드엔 550년 께부터 900년 동안 애나사지 원주민이 살았던 유적지가 600여 개나 흩어져 있었다. 다 둘러보자면 사나흘은 족히 걸릴 듯했다. 그 가운데 절벽궁전과 발코니 하우스, 롱 하우스 등 세 곳은 공원 직원의 안내를 받아야만 가볼 수 있는 곳이었다. 각각 한 시간씩의 투어였다.

안내원은 절벽궁전이 가장 화려하고 규모가 크다고 했다. 한 시간 정도 여유가 있었다. 우리는 절벽궁전에 가는 길에 박물관과 스프루스 트리 하우스에 들르기로 했다.

스프루스 트리 하우스는 안내원 없이도 볼 수 있었으나, 그 유적지 안으로는 들어갈 수 없었다. 절벽 중턱의 움푹 파인 곳에 1200~1276년에 지은 돌집들이 빼곡히 들어차 있었다. 방만 114개나 된다는 것이었다. 100여 명 안팎이 이곳에서 생활했을 것으로 추정된다.

물도 없는 바위산에서 어떻게 그 많은 사람이 모여 살 수 있었을까. 의문은 꼬리를 물었다. 그러나 어디에도 설명이 없었다. 어느새 투어 시간이 돼서둘러 절벽궁전으로 갔다. 20여 명의 관광객이 모여 있었다. 절벽 한쪽 끝에 설치된 난간에서 보니 절벽궁전의 모습이 한눈에 들어왔다.

절벽궁전은 말 그대로 절벽의 안쪽을 깎아 만든 공간에 지은 집이었다. 단순한 구멍 정도가 아니었다. 절벽 안쪽의 공간은 초등학교 운동장만 했다. 인간능력의 한계는 어디까지일까? 어떻게 절벽에 저런 공간을 만들었을까? 도대체 얼마나 많은 사람들이 얼마나 오랫동안 팠을까? 변변한 도구도 없었을 시절에 절벽에 매달려 손으로 절벽을 파들어 갔다는 사실이 놀라울 따름이었다.

이윽고 우리를 안내할 가이드 청년이 나타났다. 브라이언 프랜시스라는 이름의 그 청년은 나바호 원주민의 후예라고 자랑스럽게 자기를 소개했다. 나바호 원주민은 사냥을 주업으로 하는 부족답게 용맹하고 사나웠다. 이 때문에 백인 기병대와 개척민을 끊임없이 괴롭힌 부족으로도 악명이 높다.

거무튀튀한 얼굴에 단단한 몸매의 프랜시스는 대평원의 주인이었던 원주민의 모습을 떠올리게 하기에 충분했다. 그를 따라 절벽궁전으로 내려갔다. 절벽 아래쪽에 다닥다닥 붙은 100여 개의 돌집은 한번에 다 지은 게 아니라 사람이 늘어날 때마다 한 채씩 증축한 것이라고 했다.

프랜시스의 설명은 나의 의문 한 가지를 시원스럽게 풀어줬다. 메사버드의 절벽을 이루는 돌은 사암이다. 사암은 모래가 굳어져서 생겨난 바위이니 수분을 흡수한다. 사암 속에 빨려 들어간 물은 오랜 시간에 걸쳐 아래로 흘러내린다.

그런데 사암의 아래쪽엔 물이 샐 틈이 거의 없는 혈암 층이 자리 잡고 있다. 사암을 통과해 내려온 물은 혈암 층에 막혀 더 이상 아래로 스며들지 못하고 고인다. 이런 원리에 의해 바위 절벽에 샘물이 생겼다고 한다. 물론 바위를 타고 내려와 고이는 물이 많아야 얼마나 많았을까. 한 방울 한 방울 떨어지는 물은 당시 원주민에겐 피 같은 생수였을 것이다.

그렇다면 절벽에 집을 짓고 산 사람들은 뭘 먹고 살았을까? 프랜시스의 답변이 이어졌다.

"메사버드의 아래쪽 계곡은 원주민의 월마트였습니다. 그곳엔 먹을 것도 있고, 입을 것도 있고, 땔감도 있었습니다. 없는 게 없었다 해도 과언이 아닙니다. 원주민은 또 절벽 위 평평한 땅에서 농사도 지었습니다. 콩, 옥수수,

과일을 재배하고 수확했지요."

설명이 걸작이었다. 원주민의 월마트라. 아마 미국 사람에겐 머리에 이보다 더 쏙쏙 들어가는 설명은 없을 것이다. 메사버드는 스페인어로 '녹색 테이블'이란 뜻이다. 꼭대기에 원주민이 경작하는 밭과 숲이 있었던 데서 유래한 이름이다.

애나사지는 원래 메사의 꼭대기에 살았다. 그들의 거주지는 메사 정상의 평평한 땅에 구덩이를 파고 그 위를 나뭇가지와 풀로 이은 집이었다. 그들은 대개 공동촌락을 이루어 살았기에 '푸에블로언(Puebloan)'으로 불렸다. 푸에블로는 스페인어로 마을이란 뜻이다. 메사 꼭대기의 땅은 그때부터 밭으로 경작되기 시작했다.

서기 1000년에 이르면 구덩이 집은 진흙과 돌로 된 공동주택으로 변모한다. 집을 짓거나 도자기를 굽는 기술도 비약적으로 발전했다. 애나사지의 문명은 1100년부터 200년간 절정을 이뤘다. 그런데 애나사지는 1200년부터 메사 꼭대기의 집을 버리고 절벽 중턱으로 거처를 옮기기 시작했다.

도대체 그들에게 무슨 일이 일어났을까? 프랜시스는 조심스럽게 나바호 원주민과의 갈등이 하나의 원인이 됐을 거라고 설명했다. 1200년께 북쪽에서 내려온 나바호 원주민은 메사의 꼭대기에 살던 애나사지와 패권다툼을 벌이기 시작했다.

나바호는 유목부족이라 호전적이었지만, 애나사지는 전투에 익숙하지 않았다. 나바호의 습격이 잦아지자 애나사지는 절벽 아래로 내려갈 수밖에 없지 않았겠느냐는 얘기였다. 애나사지라는 이름도 원래 나바호 원주민 말로 숙적이라는 뜻이다. 이는 나바호 원주민과 애나사지가 오래전부터 갈등하는 관계였음을 암시한다. 메사버드를 처음 접했을 때 품었던 의문이 프랜시스의 설명을 들으면서 하나하나 풀려갔다.

절벽궁전에는 키바(Kiva)라고 불리는 둥근 방이 서너 개 있었다. 하나하나가 어른 20여 명이 둘러앉을 수 있을 만큼 큰 구덩이였다. 그 안에는 불을 피우는 화덕과 연기를 빼는 환기장치가 갖춰져 있었다. 북미 원주민에게 연기는 몸을 깨끗하게 해주는 것으로, 마치 우리의 정화수와 같았다. 종교행사든 정치행사든 마을행사가 있을 때면 그들은 키바에 모여 연기로 몸을 정화하는 의식을 반드시 먼저 치렀다.

절벽궁전에서 밖으로 나오려면 사다리를 타는 수밖에 없었다. 관광객들이 줄을 지어 사다리를 오르면서 보니 절벽에 손자국 같은 흔적이 남아 있었다. 원래 절벽궁전의 원주민은 맨손으로 그 절벽을 기어 다녔다고 한다. 오르내리기 편하도록 절벽에 손끝과 발끝이 들어갈 정도의 홈을 파놓았는데 그 흔적이라는 것이었다.

애나사지 문명이 한창 꽃 피었던 1300년께부터 애나사지는 무슨 연유에서인지 절벽 집조차 버리고 뿔뿔이 흩어지기 시작했다. 1400년께가 되면 메사버드는 유령도시로 변한다. 무엇이 그들로 하여금 고향을 버리고 유랑하게 했을까?

안타깝게도 애나사지에겐 문자가 없었기에 메사버드에서 애나사지가 사라진 이유는 역사의 수수께끼로 남았다. 다만 메사버드의 꼭대기를 둘러보면서 한 가지 단서를 발견할 수 있었다. 메사 정상의 나무들은 거의 다 불에 타 죽은 모습이었다. 그 불은 사람이 낸 게 아닐 것이다. 그렇다면 마른하늘의 날벼락이 주범이다.

오늘날에도 불이 난다면 옛날에도 마찬가지였을 것이다. 설상가상으로 1400년께 이 일대는 수십 년간 대기근이 이어졌다고 한다. 먹을 게 없어지자 애나사지는 견디다 못해 고향을 떠날 수밖에 없지 않았을까.

절벽궁전을 마주보는 곳에 태양의 신을 모시는 신전이 있었다. 애나사지
는 태양신을 숭배했다. 신전엔 빗물이 흘러내리도록 돌로 홈통까지 만들어
놓았다. 상당한 건축기술이다. 그처럼 빼어난 건축기술까지 갖춘 애나사지
는 어째서 문자를 만들지 못했을까?

헤메스 골짜기에 사는 사람들

1200년께 메사버드에 살던 애나사지 원주민 한 무리가 로키 산맥을 넘고 있
었다. 그들에게 로키 산맥은 만만치 않았다. 수많은 원주민이 산을 넘다가
도중에 지치고 굶주려 쓰러졌다. 물도 없는 황무지와 돌산을 헤매던 그들은
몰살 직전에 초원을 만났다. 뉴멕시코 주 샌타페이의 뒤통수에 위치한 작은
도시 로스앨러모스 주변의 프리홀레스 캐니언이었다. 캐니언의 가운데 평
평한 곳은 츄오우니 계곡으로 땅은 기름지고 물이 흔했다.

샌타페이로 가는 뉴멕시코 주의 4번 지방도로가 바로 애나사지가 새 보
금자리를 찾아 남하한 길이었다. 이 4번 도로는 한국인 관광객들에겐 잘 알
려지지 않은 길이다. 지도에도 잘 표시돼 있지 않은데다 거친 산길이기 때
문이다. 우리는 애나사지의 흔적을 찾아 4번 도로를 따라가기로 했다.

원주민 마을로 가는 길은 시작부터 난관에 부닥쳤다. 밤새 함박눈이 내
렸기 때문이다. 4번 도로는 길이 험했다. 게다가 눈이 아직 그치지 않았다.
산길로 접어드니 인적이 완전히 끊겼다. 가끔 눈 치우는 차가 지나갈 뿐이
었다.

이거 잘못 온 건 아닌가? 불안해질 무렵 밴덜리어 국립기념물이 나타났다. 메사버드를 떠난 애나사지 한 무리가 정착해 살았던 옛 도시다. 나이가 지긋한 입구의 경비원 아저씨는 우리 일행을 보자 황당하다는 표정을 지었다. 이 눈길에, 그것도 아이를 넷씩이나 싣고 이곳까지 오다니! 아저씨는 입장권을 끊어주고는 내리막길을 조심하라고 세 번이나 신신당부를 했다.

ㄷ자 모양의 단층 건물이 맨 먼저 우리를 맞았다. 방문객안내소 겸 박물관과 기념품판매소가 들어있었다. 안내소에도 관광객은 한 명도 없었다. 안내소 뒤로 절벽이 보였다. 절벽엔 듬성듬성 굴이 뚫려있었다. 어떤 굴은 어른 서넛이 들어가도 될 만큼 크고, 어떤 굴은 작았다. 처음 이곳에 정착한 애나사지는 메사버드에서 살았던 대로 절벽에 구멍을 뚫고 거기서 살았다. 사나운 맹수를 막기엔 더없이 안전한 집이었다.

1400년께부터는 정착인구가 늘면서 공동부락이 만들어지기 시작했다. 밴덜리어에 남아있는 로마 원형경기장 같은 집터가 바로 그들이 살았던 곳이다. 절벽 집에 뿔뿔이 흩어져 살던 애나사지는 인구가 늘어나자 아파트형 공동주택을 짓고 모여 살았다. 공동주택의 가운데엔 넓은 마당도 있었다. 마을회의가 열리거나 축제가 벌어졌던 공간이다. 모든 부족이 아파트 같은 공동주택에 모여 산 것만 봐도 애나사지는 평화를 사랑한 사람들이 아니었을까.

그러나 애나사지는 1600년께 이 지역에서도 홀연 사라진다. 그 후 200년 동안 이곳은 사람이 살지 않는 유령마을로 남아있었다. 1880년 아돌프 밴덜리어란 학자가 이 지역 원주민인 코치티 족 안내원을 따라 유적지를 처음 답사했을 때까지는 그랬다. 나중에 찰스 러미스와 에드가 리 휴이트란 학자가 손을 잡고 애나사지 유적을 본격 발굴했다.

애나사지의 유적에 그걸 발견한 백인의 이름을 붙인 게 영 마뜩찮았다. 애나사지의 후손이 지금도 이 일대에 모여살고 있지 않은가. 우리가 샌타페이 시내 구경을 포기하고 선택한 길은 바로 그들이 살고 있는 헤메스 골짜기였다.

골짜기로 가는 길에 화이트 록에 들렀다. 흰색 돌이 얼마나 크기에 미국 전체 지도에도 화이트 록이 표시돼 있을까? 화이트 록의 입구에 접어들면서 우리는 실망했다. 입구에서부터 야구장, 축구장, 농구장이 죽 이어졌다. 이런 곳에 뭐 특별한 게 있을까. 속았다 싶었던 우리의 실망감은 화이트 록의 전망대 앞에 다다르자 일순 감동의 물결로 바뀌었다.

아래로 리오그란데 강이 흐르고 그 양옆으론 거대한 메사가 우뚝우뚝 솟아있는 게 아닌가! 동네공원에 저렇게 거대한 캐니언이 있을 수가! 리오그란데 강은 남쪽으로 흐르면서 멕시코와 미국의 국경을 이룬다. 마치 화이트 록이 우리를 반기듯 때마침 눈도 그쳤다. 지평선까지 이어지는 메사의 장관은 뭐라 형언하기 어려웠다. 자연의 장쾌한 스케일 앞에서 인간은 더욱 초라해질 수밖에 없었다.

이 일대엔 100만 년 전 헤메스 화산의 폭발로 엄청난 화산재가 쌓여 부드러운 바위가 형성됐다. 연이은 지진과 100만 년에 걸친 풍화와 강물의 작용이 그 바위를 깎아 거대한 캐니언을 만들었다. 산 정상부분이 평평한 이유는 이 때문이다. 원래 평지였던 곳을 강이 깎아냈기 때문에 꼭대기가 평평해진 것이다.

헤메스 골짜기에 있는 애나사지 후손의 마을도 대부분 메사 꼭대기의 평평한 땅에 자리 잡고 있었다. 이곳의 산은 화산재가 만들었기에 온통 붉은색이다. 집도 붉은색, 담도 붉은색, 길도 붉은색이다.

나바호 인디언 보호구역의 거대한 메사

골짜기를 막 넘을 무렵 왼편으로 헤메스 주립기념물이 나타났다. 입구엔 백인 직원 한 명과 원주민 후손 한 명이 앉아 있었다. 주립기념물엔 애나사지의 옛 땅굴 집과 스페인 교회 건물이 남아 있었다.

북미의 서남부는 스페인이 1500년대 말부터 차지했던 곳이다. 서양 정복자들이 남의 땅을 빼앗을 때 어김없이 가지고 가는 것이 종교다. 이곳에도 1700년 이후 스페인 교회가 서기 시작했다. 교회를 앞세워 몰려온 스페인 정복자는 19세기 말까지 이곳을 통치했다. 미국 남서부의 지명이 스페인어로 돼있는 건 이 때문이다.

어디를 가나 서양의 정복역사뿐이라니……. 씁쓸한 기분으로 주립기념물의 안내소로 돌아와 게시물을 살펴보며 걷다가 한 문구 앞에서 걸음이 멈춰졌다.

"우리는 백인과 다르고, 앞으로도 우리의 문화를 지키며 이 땅에서 살아갈 것이다. 그들과 공존의 길을 모색하기 위해 2차대전에 명예롭게 참전했으나 백인정부는 1948년까지 우리에게 투표권을 주지 않았다. 그러나 우리는 이 땅을 지키는 데 참여한 것을 자랑스럽게 생각한다."

코끝이 찡해져왔다. 헤메스 골짜기를 지나며 본 원주민은 백인 정복자의 기세에 눌려 숨도 제대로 못 쉬고 사는 것 같았다. 그러나 그들에게도 이 땅의 주인이었다는 자부심과 긍지가 여전히 살아있었다. 짧은 문장에 원주민의 회한과 울분, 자존심이 모두 버무려져 있었다.

주립기념물 아래쪽은 온천이었다. 우물처럼 생긴 곳에서 뜨거운 온천물이 퐁퐁 솟고 있었다. 온천물은 호스를 통해 대중목욕탕으로 연결된다. 목욕탕 옆에서 동네 청년 하나가 롤러보드를 타고 있었다. 좁아터진데다 포장도 안 된 흙길에서 롤러보드를 구르느라 애쓰는 모습이 안쓰러웠다. 로키 산맥의 두메산골, 그것도 문명의 이기라곤 텔레비전밖에 없는 곳인데도 백인 청소년문화가 어김없이 파고든 것이다. 롤러보드를 구르는 청년은 텔레비전에 나오는 백인 청소년과 똑같은 꿈을 꾸며 사는 걸까.

애나사지 마을의 거리는 포장이 안 된 흙길 그대로였다. 백인 마을에선 좀처럼 볼 수 없는 광경이었다. 미국의 흑인은 노예 신분으로 왔다지만 애나사지는 엄연한 이 땅의 주인이었음에도 서남부 골짜기에서 저렇게 궁색한 삶을 살고 있는 걸 아이들에게 어떻게 설명해야 할까.

샌타페이를 지나 앨버커키에 다다랐다. 알고 보니 앨버커키는 포르투갈의 유명한 정복자 이름이었다. 원주민의 땅에 자기들 멋대로 정복자의 이름을 붙인 백인들의 뻔뻔함에 다시 한번 입맛이 씁쓸했다.

앨버커키는 이름에 걸맞은 백인 동네였다. 멀리 샌디아 피크(Sandia Peak)라는 산 정상이 바라다 보이는 언덕에 그림 같은 집들이 늘어서 있었다. 새로 개발된 곳이라 그런지 집이나 도로나 갓 구워낸 빵처럼 산뜻했다.

해발 3254미터의 샌디아 피크는 마침 기막힌 장면을 연출하고 있었다. 바람에 쫓긴 구름이 산으로 도망가다 미처 넘지 못하고 있는데 바람이 달려와 구름을 밀었다. 그 힘에 못 이겨 구름은 산 건너편으로 밀려가면서 긴 꼬리를 남기고 있었다. 마치 아라비아의 여인이 흰색 차도르를 바람에 휘날리며 서 있는 것 같았다.

샌디아 피크의 멋진 경치를 보면서, 매일 저런 장관을 보며 학교로 갈 백인 학생과 산골짜기 흙길에서 롤러보드를 타던 원주민 후손이 오버랩 된 건 무슨 이유였을까.

죄수가 만든 하늘 길

로키 산맥 한가운데 아칸소 강의 그랜드 캐니언으로 불리는 캐논시티가 있다. 캐논시티를 들러 갈 것이냐 아니면 그냥 남하할 것이냐 고민이 됐다.

일단 여행안내서에 소개된 하늘 길(Skyline Drive)을 보고 결정을 하기로 했다. 해는 어느덧 뉘엿뉘엿 넘어가고 있었다. 캐논시티의 남동쪽은 툭 트인 대평원이고, 북서쪽으로는 높은 바위산이 병풍처럼 둘러싸고 있다. 그 바위산의 능선을 따라 도로가 나 있다.

길이 좁은 탓에 차선이 일방통행로 하나밖에 없었다. 절벽의 높이는 243 미터였다. 길은 차 한 대가 겨우 지날 수 있을 정도인데다 구불거리기까지

샌디아 피크에서 내려다본 전경

했다. 속도를 냈다가 아차하면 낭떠러지 아래로 굴러 떨어질 판이었다. 날이 저물어 앞이 잘 보이지 않으니 운전이 더 어려웠다. 오금이 저려왔다.

되돌아 내려갈까? 그러나 길에 일단 들어선 뒤에는 중간에 차를 돌릴 공간조차 찾을 수 없었다. 울며 겨자 먹기로 끝까지 갈 수밖에 없었다. 좁은 길이 오르막이 되니 앞이 보이지 않았다. 마치 차가 하늘로 그냥 날아 올라갈 것 같았다. 그러다 다시 내리막이 되면 아랫배가 싸해졌다. 그럴 때마다 뒷좌석에 앉은 아이들은 탄성을 질러댔다.

"끼아악! 이—야—호!"

아이들은 테마파크에서 롤러코스터를 타고 있는 줄로 착각하는 모양이었다. 올라갔다 내려갔다, 왼쪽으로 틀었다 오른쪽으로 꺾기를 몇 차례나 했을까. 갑자기 앞이 툭 트였다. 절벽 아래로 캐논시티의 야경이 좍 펼쳐졌다. 도시는 마치 하늘에 떠있는 것 같았다.

도시의 불빛이 밤하늘을 수놓고 있었다. 차에서 내려 절벽 끝에 섰다. 쨍하게 찬 밤바람이 얼굴을 때렸다. 절벽 위에서 도시의 야경을 내려다보니 왜 이 도로의 이름이 하늘 길인지를 알 만했다.

절벽에서 돌아 내려오는 길은 올라갈 때보다 운전하기가 수월했다. 무엇보다 앞길이 다 보였다. 하늘 길을 내려오자 아이들이 일제히 소리쳤다.

"한 번 더 타요!"

지루한 자동차여행을 참아준 아이들을 위해 기꺼이 한 번 더 태워주기로 했다. 바위산을 크게 우회해 다시 하늘 길로 향했다. 산을 에두르다 보니 교도소와 감옥박물관이 나왔다. 무심코 지나쳤지만, 나중에 알고 보니 그곳엔 슬픈 사연이 숨어 있었다.

캐논시티의 하늘 길은 1900년대 초에 그곳의 죄수들을 동원해 만든 길이다. 당시에 변변한 장비나 있었을까. 깎아지른 바위산의 능선을 따라 도로를 냈으니 얼마나 많은 죄수가 죽어나갔을까. 도로 굽이굽이마다 수많은 죄수들의 피와 눈물이 스며있으리라.

그러고 보니 바위산 아래쪽은 교도소로 안성맞춤이었다. 맨손으론 도저히 오를 수 없는 바위산이 마치 교도소를 품에 안 듯 둘러싸고 있었다. 교도소엔 아직도 죄수가 수감돼 있다. 물론 지금의 죄수는 도로공사 같은 일은 하지 않는다.

이튿날 이곳의 또 다른 명물인 로열 고지 다리(The Royal Gorge Bridge & Park)로 갔다. 우리가 도착했을 때는 오전 8시 30분이었다. 그러나 웬일인지 사람이 한 명도 없었다. 공원 안에도 인기척이 없었다. 겨울이라 그런가? 우리가 서성대자 매표소에서 앳된 총각이 나왔다. 개장시간은 10시라고 했다. 우리의 부지런함에 감동했기 때문일까. 총각은 뜻밖의 친절을 베풀었다.

"우리 공원엔 조조할인 제도가 있습니다. 정상적인 표 가격은 어른 18달러, 어린이 14달러인데 지금 표를 끊으시면 어른 8달러, 어린이 5달러에 해드리죠. 원래 만 4세 이상은 표를 끊어야 하지만 특별히 어린이 두 명은 무료로 해드리겠습니다."

총각의 맘이 변하기 전에 얼른 26달러를 건넸다. 표를 받아보니 일련번호가 2번이었다. 우리보다 더 부지런한 관람객이 한 팀 더 있었던 모양이다. 총각은 표를 건네주면서 공원을 어떻게 둘러보면 좋을지 설명까지 해줬다.

로열 고지 다리는 현수교였다. 바닥엔 나무판자가 깔려있었다. 도보는 물론 차로도 건널 수 있는 다리였다. 중간쯤에 차를 잠시 세웠다. 바닥의 나무판자 사이로 절벽 아래가 내려다보였다. 현기증이 날 정도로 높았다.

다리는 1929년에 당시 돈으로 35만 달러를 들여 만든 것이다. 지금 화폐가치론 2000만 달러에 달하는 거금이었다. 다리의 가장 높은 곳은 320미터에 달한다. 다리 건너편엔 전망대가 있었다. 다리 입구와 절벽, 그 사이에 걸친 다리가 한눈에 들어왔다. 70년 전에 저 깊은 계곡에 다리를 놓을 생각을 했다는 게 경이로웠다.

캐논시티는 로키 산맥을 넘어 서부로 가는 관문 중 하나였다. 골드러시와 함께 서부로 이주하는 사람들이 로키 산맥을 넘기 전에 숨을 고르던 도시였다. 서부에 금이 나던 시절엔 돈도 흔했다. 로키 산맥의 한가운데에 긴 다리를 놓은 것은 바로 이런 배경에서였다. 다리 공사에도 이곳 감옥의 죄수들이 동원됐다.

절벽 아래쪽엔 아칸소 강이 흐르고 있었다. 1억 년 전쯤 화산활동과 지진으로 계곡이 생겼고, 그 계곡으로 강물이 흐르면서 벽을 깎아 캐니언을 만들었다. 320미터나 되는 그 캐니언의 높이는 애초부터 지진이 만들어낸 것이 아니라, 흐르는 강물이 1억 년의 세월 동안 조금씩 하천의 밑바닥을 깎아내며 이뤄온 것이다.

다리 중간의 가장 높은 320미터 지점에 서서 아이들이 주워온 솔방울을 아래로 떨어뜨려 보았다. 얼마나 높은지 솔방울이 바닥까지 떨어지는 게 보이지 않았다. 다리 공사를 하는 도중에 여기서 떨어져 목숨을 잃은 사람이 몇이나 될까.

절벽 아래로 흐르는 아칸소 강의 양안 중 한편엔 기찻길이 있었고, 반대편엔 썩은 나무관이 캐논시티까지 연결돼 있었다. 옛날 캐논시티 사람들은 나무관으로 아칸소 강의 물을 끌어다 식수로 썼다고 한다. 철도는 덴버와 리오그란데 강을 잇는 옛 기찻길인데 지금은 관광열차가 다닌다.

우리는 절벽 아래로 내려가는 트램의 첫 손님이 됐다. 45도 각도로 절벽을 따라 내려가니 아칸소 강이 손에 닿을 듯 다가왔다. 겨울이라 강 표면이 꽁꽁 얼어 있었다. 절벽 아래에서 위로 올려다보니 다리가 마치 나무젓가락을 얹어놓은 것처럼 가느다랗게 보였다.

로열 고지 다리 옆의 케이블카는 절벽 가운데에서 사람들이 다리를 구경할 수 있게 만든 것이었다. 그 케이블카의 바닥을 나무판자로 만들면 더 나을 텐데. 그러면 사람들이 나무판자 사이사이로 캐니언의 아래쪽을 내려다볼 수 있고, 몸을 움직일 때마다 바닥이 삐거덕거리는 소리를 들으며 더욱 오싹한 기분을 만끽하게 되지 않을까.

목장학교에 들어선 원자폭탄 공장

1943년 캘리포니아대학 교수 오펜하이머는 극비 임무를 수행하기 위해 뉴 멕시코 주 산속을 헤매고 있었다. 그가 찾는 것은 은밀한 장소였다. 다시 말해 겉으로 봐선 누구도 그 안에서 어떤 일이 벌어지고 있는지 상상할 수 없는 장소였다.

샌타페이 뒤편에 위치한 로스앨러모스라는 시골동네에 들어선 오펜하이머는 산을 오르다가 목장학교를 발견했다. 이 고장 출신으로 디트로이트에서 사업가로 성공한 애슐리 폰드라는 사람이 고향에 세운 학교였다. 당시 이곳은 오지였지만 폰드는 길을 닦고 그럴듯한 건물에 통신시설까지 갖춰 놓았다.

오펜하이머는 무릎을 쳤다. "바로 이곳이야!" 며칠 후 목장학교엔 수백 대의 군용트럭이 분주하게 뭔가를 실어 날랐다. 마을사람들은 무슨 일이 벌어지고 있는지 아무도 몰랐다. 훗날 일본 히로시마와 나가사키에 떨어진 원자폭탄이 바로 이곳에서 만들어졌다.

로스앨러모스의 원주민 유적지인 밴덜리어로 가는 길에 국립 과학단지를 만났다. 한참을 차로 달려도 철조망이 계속 이어질 만큼 큰 단지였다. 이 시골구석에 웬 과학단지? 그것도 국립씩이나?

이 과학단지가 바로 오펜하이머 교수가 점찍은 원자폭탄 공장 부지였다. 2차대전의 막바지에 연합국과 독일은 치열한 게임을 벌이고 있었다. 전세가 불리해진 독일이 비밀리에 원자폭탄 제조계획을 추진하기 시작했기 때문이었다. 독일은 이미 미사일을 보유하고 있었다. 따라서 핵탄두만 손에 쥔다면 단번에 전세를 역전시킬 수도 있었다.

독일의 계획을 눈치 챈 앨버트 아인슈타인은 1939년 미국 대통령 프랭클린 루스벨트에게 원자폭탄을 만들라고 권유하는 편지를 써 보냈다. 당시 미국 정부는 원자폭탄을 실제로 만들 수 있는지 확신을 갖지 못하고 있던 터였다. 아인슈타인의 권유는 결정적인 역할을 했다.

미국 정부는 바로 우란(Uran) 자문위원회를 설치했다. 1940년부터는 영국과 정보를 교환하며 원자폭탄 연구에 착수했다. 영국도 원자폭탄을 갖고 싶어 했지만 독일 공군의 폭격 때문에 공장을 지을 수가 없었다.

미국 정부의 과학연구개발국은 원자폭탄 개발계획을 본격적으로 추진하기 위해 1942년 8월 '맨해튼관구'라는 암호명을 붙인 원자폭탄 제조부서를 육군 공병단 소속으로 발족시켰다. 전쟁이 격화하자 맨해튼관구는 시카고대학의 미식축구장 관람석 아래에 '야금연구소(Institute for Metallurgy)'라는 암호명의 비밀 실험실을 만들었다. 이탈리아 출신 망명 과학자였던 페르미는 1942년 12월 2일 이 연구소에서 세계 최초의 원자핵분열 실험에 성공했다. 그리고 이듬해에 오펜하이머가 점찍은 목장학교에서 원자폭탄이 생산됐다.

목장학교에 원자폭탄 공장이라니, 도대체 어느 누가 상상이나 했을까. 위장술치고는 기막힌 위장술이었다. 지금도 국립 과학단지는 철조망으로 둘러싸인 채 삼엄한 경계가 이뤄지고 있었다.

2차대전이 끝난 뒤인 1947년에 이 원자폭탄 공장은 연방정부에 의해 국립 과학단지로 탈바꿈했다. 지금은 캘리포니아대학이 운영하고 있지만, 여전히 방위산업이나 에너지산업과 관련된 연구를 하고 있다. 단지의 크기는 112평방킬로미터에 달한다. 자기들 말로는 세계에서 가장 큰 과학단지라지만 그건 중국을 못 가봐서 하는 소리다.

원자폭탄을 만든 미국은 핵실험을 할 장소가 필요했다. 당시로선 세계 최초의 핵실험이었지만 독일에게 철저히 비밀로 해야 했다. 장소를 찾던 미국 정부는 뉴멕시코 남쪽 사막에서 절묘한 곳을 찾아냈다.

앨러모고도(Alamogordo)라는 곳이었다. 사막지대인 이곳 주위에는 미사일을 쏘아 올리면 떨어진 곳이 보일 만큼 넓은 평원이 펼쳐져 있다. 그러면서도 입구는 2511미터의 샌안드레스 피크와 1743미터의 샌오거스틴 고개가 가리고 있다. 높은 산 두 개가 입구를 막고 있는 평원이라면 핵실험을 하기에 안성맞춤이었다. 마침내 1945년 7월 16일 앨러모고도 사막에서 세계 최초의 핵실험이 이뤄졌다.

흔히 미국의 최초 핵실험은 남태평양 마셜군도의 비키니 섬에서 한 것으로 알려져 있다. 그러나 비키니 섬의 핵실험은 1946년 7월 1일에 이뤄졌다. 앨러모고도의 핵실험보다 1년이나 늦다. 앨러모고도의 핵실험에 성공하자 미국 정부는 비키니 섬에서 공개 실험을 한 것이다.

아이러니컬하게도 원자폭탄 실험이 이뤄진 곳엔 화이트 샌드 국립기념물이 있다. 화이트 샌드란 이름을 말 그대로 풀이하면 하얀 모래밭이다. 그러나 이곳의 하얀 가루는 모래가 아니라 석회가루다. 석회가루가 사구처럼 쌓인 것이다. 이곳에 왜 이런 석회사막이 생겼는지 정확한 원인은 아직 규명되지 않았다. 다만 호수물이 마르면서 물에 섞여있던 석회 성분이 날아와 석회사막을 만들었을 것으로 추정되고 있을 뿐이다.

넓이는 자그마치 704평방킬로미터에 달한다. 이 가운데 40퍼센트만 국립 보존지로 지정돼있고, 나머지는 미사일 실험장에 속해 일반인의 출입이 금지돼있다. 지금도 핵실험의 흔적이 남아있기 때문은 아닐까?

핵실험에 성공했다는 보고를 받은 미국 대통령 해리 트루먼은 1945년 7

화이트 샌드의 석회 언덕

월 24일 합동참모본부의 다음과 같은 명령을 승인했다. "제20공군은 1945년 8월 3일 이후 날씨가 맑아져 관측폭격이 가능해지는 대로 첫 번째 특수폭탄을 투하한다. 목표물은 히로시마, 고쿠라, 니가타, 나가사키 가운데 하나로 한다."

제20공군의 B-29 폭격기 에놀라게이는 8월 6일 새벽 2시 45분 12명의 승무원과 4.5톤의 특수폭탄을 싣고 사이판 옆의 티니언 공군기지를 이륙했다. 약 15분 뒤 2000미터 상공에서 총 11단계의 폭탄조립 작업이 시작됐다. 기장을 제외한 나머지 승무원들은 자신들이 무슨 짓을 하고 있는지 까맣게 몰랐다. 심지어 비행기가 피격당할 경우 승무원 각자에게 줄 청산가리 캡슐을 기장이 가지고 있다는 사실도 알지 못했다.

세계 최초의 원자폭탄 이름은 '꼬마소년'이었다. 꼬마소년의 조립이 완료되자 기장은 기내방송을 통해 원자폭탄을 떨어뜨리러 간다는 사실을 승무원들에게 알렸다.

8월 6일 오전 7시 9분. 히로시마 라디오 방송은 정규방송을 중단하고 공습경보를 발령했다. 미군 폭격기 B-29의 접근을 알린 것이다. 그러나 때는 이미 늦었다. 원자폭탄을 실은 에놀라 게이는 8시 15분 히로시마 상공에 도착했고, 섬이 훤히 내려다보이자 폭탄을 투하했다. 당시 승무원 가운데 한 사람은 그 순간 녹음기를 돌렸다.

"연기 기둥이 급속히 솟아오르고 있다. 그 속에는 화염의 붉은 핵이 보인다. 자줏빛과 회색의 이글거리는 덩어리가 그 붉은 핵과 함께 보인다. 그것은 온통 광란하는 것 같다. 불길이 마치 거대한 용광로에서 내뿜는 화염처럼 솟아오르고 있다. 도시는 그 밑에 있는 게 틀림없다."

원자폭탄의 화염 온도는 섭씨 3만 도에 이르렀다. 25만 명이었던 히로시마의 인구는 원자폭탄이 터진 뒤 10만 명으로 줄었다. 그러나 일본 군부는 항복을 거부하고 언론조작에 나섰다. 원자폭탄이 떨어진 사실조차 숨기고 신형 폭탄이 사용됐다고만 발표했다.

미국은 사흘 뒤인 8월 9일 두 번째 원자폭탄을 실은 비행기를 이륙시켰다. 1차 목표는 병기공장이 있는 규슈 섬의 고쿠라였고, 2차 목표는 남서쪽으로 160킬로미터 떨어진 나가사키였다. 운명의 여신은 마지막 순간에 두 도시의 운명을 바꿔버렸다. 고쿠라 상공에는 안개가 잔뜩 끼어 목표물을 육안으로 확인할 수 없었다. 미군기는 하는 수 없이 고쿠라를 포기하고 나가사키로 가서 두 번째 폭탄을 투하했다. 나가사키에선 7만 명이 목숨을 잃었다.

미국 정부는 당시에 미군이 원자폭탄을 쓰지 않았다면 일본군이 더 오랫동안 저항했을 것이라고 주장한다. 이렇게 됐다면 원자폭탄으로 희생된 사람보다 더 많은 사람이 죽거나 다쳤을 것이라는 얘기다. 역사엔 가정이 있을 수 없으므로 미국 정부의 말이 맞는지 틀리는지 검증하기는 어렵다. 그러나 명분이 옳다 한들 한순간에 20만 명에 가까운 양민을 학살하는 게 정당화될 수 있을까. 히틀러가 유태인을 학살한 것과 미국이 죄 없는 일본시민을 불구덩이에 몰아넣은 것은 어떻게 다를까.

핵실험이 이뤄진 샌오거스틴 고개 주변은 로스웰 사건으로도 잘 알려진 곳이다. 1947년 7월 2일 샌오거스틴에서 멀지 않은 로스웰이란 작은 마을에서 비행접시(UFO)가 목격됐다. 로스웰 상공에 나타난 비행접시는 북서쪽으로 가다가 샌오거스틴 고개를 넘지 못하고 추락했다.

유에프오가 추락한 곳 근처엔 올드 조프레스라는 목장이 있었다. 목장주 윌리엄 블레젤은 이른 아침 양을 살펴보기 위해 목장으로 가다가 흩어진 비행접시의 잔해를 발견했다. 다음날 로스웰 시내에 나간 블레젤은 친구들에게 자기 목장에 웬 비행물체 같은 게 떨어져 있다는 얘기를 했다. 블레젤은 지나가는 말로 한마디 한 것이었으나, 전날 비행접시를 봤다는 사람이 의외로 많다는 걸 알고 깜짝 놀랐다.

이튿날 블레젤은 비행접시의 잔해를 주워서 보안관 사무실에 신고했다. 순진한 그는 이 일로 자신이 얼마나 고초를 겪게 될지 몰랐다. 블레젤은 신고 후 집에 도착하기도 전에 인근 육군 항공대 기지의 군인들에게 연행돼 군부대 교도소에 수감됐다. 이후 블레젤은 군인들에게 엄중한 문초를 받았다. 군인들이 그를 어떻게 겁을 줬는지 몰라도 블레젤은 죽을 때까지 자기 목장에서 본 일을 발설하지 않았다.

비행접시의 잔해를 본 사람은 블레젤 말고도 많았다. 뉴멕시코 주 소콜로에 살고 있었던 미국 토양관리국 토목기사인 예비역 장교 글레디 바네트라는 사람은 비행접시에 탄 채 숨겨 있는 외계인도 목격했다고 주장했다. 외계인은 크기가 사람보다 훨씬 작았고, 털이 전혀 없는 머리는 가분수처럼 컸다고 한다. 그러나 바네트를 포함해 비행접시 잔해를 본 모든 사람은 군부대로 불려가 죽을 때까지 그들이 본 사실을 말하지 않겠다는 서약서를 쓰고야 풀려날 수 있었다.

7월 8일 미군은 비행접시 잔해를 수거했다고 공식 발표했다. 전 세계는 발칵 뒤집혔다. 〈뉴욕타임스〉 〈워싱턴포스트〉 등 미국 신문은 물론이고 전 세계 언론이 이 소식을 대서특필했다. 그러나 바로 다음날 미군은 전날 발표를 전면 취소하고 로스웰에 떨어진 잔해는 미군의 기상관측용 기구였다고 정정했다. 미국의 언론도 무슨 연유에선지 정부의 발표를 그대로 받아 정정기사를 냈다. 떠들썩했던 사건은 이것으로 무마되는 듯했다.

1995년 미국 폭스티브이가 로스웰에서 수거한 외계인 시신을 해부하는 장면을 보도하면서 로스웰 사건은 다시 세간의 관심사로 떠올랐다. 하지만 폭스티브이는 곧바로 이 테이프가 영국의 사기꾼들이 만든 가짜라는 걸 알아냈고, 즉시 정정방송을 했다. 이 해프닝으로 로스웰 사건은 조작이라는 심증이 더욱 굳어졌다.

그럼에도 불구하고 로스웰 사건이 아직 수수께끼로 남아있는 것은 당시 목격자들의 구체적이고 신빙성 있는 증언이 있기 때문이다. 심지어 블레젤의 목장에 가서 비행기 잔해를 수거해 군부대로 옮긴 장교가 그 잔해는 관측용 기구의 것이 아니라 생전 처음 보는 금속이었다고 말했다. 그는 사건 당시 로스웰 기지의 참모장교 제시 마셜이었다. 그는 2차대전 당시 폭격기 조종사로 활약해 훈장을 받은 엘리트 장교로, 훗날 소련의 원폭실험에 대한 정보를 빼낸 인물이기도 하다. 그의 증언에 따르면 로스웰에서 수거된 금속판은 종이처럼 얇으면서도 구부러지지 않았고, 불에 타지도 않았으며, 해머로 내리쳐도 끄떡없었다고 한다.

미국 정부는 지금도 로스웰 사건은 관측용 기구가 추락한 사고였다는 입장을 고수하고 있다. 그러나 수많은 사람들의 증언을 종합해보면 관측용 기구는 아니었다는 심증이 든다. 그렇다면 과연 비행접시와 외계인이었을까? 미국 정부로선 외계인의 존재가 확인될 경우 기독교 신앙의 붕괴라는 감당할 수 없는 사태를 맞게 될 것이라고 걱정했을 수도 있다. 혹 〈멘 인 블랙〉이라는 할리우드 영화에 나오는 것과 같은 외계인 관리를 위한 비밀기지가 샌오거스틴 평원에 숨겨져 있을지도 모르겠다.

제로니모에서 빌리 더 키드까지

1800년대까지만 해도 뉴멕시코 주와 텍사스 주가 만나는 황무지는 무법천지였다. 용맹스런 아파치 원주민과 백인 개척민 사이에 피비린내 나는 전쟁이 벌어졌는가 하면, 백인 무법자가 활개치고 다니기도 했다.

뉴멕시코 주와 텍사스 주의 경계에 있는 작은 시골도시 라스크루세스(Las Cruses)는 이름부터 비극적인 역사의 흔적을 간직하고 있다. 라스크루세스는 스페인어로 십자가란 뜻이다. 두 개의 큰 길이 십자로 만나는 곳이어서 붙여진 이름인가 했더니 그게 아니었다. 아파치 원주민의 잦은 습격으로 숨지는 사람이 속출하면서 동네 곳곳에 십자가가 즐비하게 된 데서 생긴 이름이었다.

라스크루세스의 백인을 공포에 떨게 한 원주민 전사가 바로 제로니모다. 제로니모는 1829년 뉴멕시코 주 남서부의 아파치 족 후손으로 태어났다. 처음부터 제로니모가 아파치의 추장이었던 건 아니다. 추장이 따로 있었지만 연설을 제대로 하지 못했다. 그래서 언변이 좋은 제로니모가 번번이 추장을 대신해 연설을 하게 됐고, 그러다 보니 자연스럽게 그가 아파치의 지도자로 부상했다.

제로니모는 원래 과격파가 아니었다. 그러나 1858년 스페인 군대가 제로니모의 어머니와 아내, 세 명의 자녀를 잔인하게 살해한 후로 가장 무서운 전사로 변했다. 1876년에 미국 군대가 아파치 게릴라를 멕시코 땅으로 몰아낼 때까지 10여 년간 제로니모는 신출귀몰하는 게릴라 전술로 미국 군대와 멕시코인, 백인 정착민을 괴롭혔다.

멕시코로 쫓겨 간 제로니모는 한동안 은둔생활을 했다. 그러나 1881년 아파치의 예언자 카야텐나에가 백인에 의해 살해당하자 다시 추종자들을 이끌고 게릴라 전쟁에 나섰다. 숨어 있다가 치고 빠지는 제로니모의 매복공격에 백인 기병대는 쩔쩔맸다.

1886년 백인 정부에 매수된 아파치 족에 의해 은신처가 발각되자 제로니모는 정식으로 미국 군대에 항복한다. 제로니모를 끝으로 백인 정부를 상대로 한 아메리카 원주민의 전쟁은 막을 내렸다. 투옥된 제로니모는 1909년 2월 감옥에서 쓸쓸히 삶을 마감했다.

제로니모가 한창 백인 기병대와 전쟁을 벌이던 시절에 멕시코 접경 지역에서는 백인 무법자가 판을 쳤다. 아파치 때문에 치안이 불안했던 탓에 법의 손길도 미치지 못했다. 이때 서부의 무법자 중에서 가장 이름을 날린 악당이 빌리 더 키드다.

빌리 더 키드는 전설적인 보안관 팻 개럿에게 체포돼 사형선고를 받았으나 처형 직전에 마치 영화의 한 장면처럼 탈출해 더욱 유명해졌다. 본명은 헨리 맥커티이고, 1859년 뉴욕에서 태어났다. 윌리엄 보니, 키드 앤트림, 윌리엄 앤트림 등 그의 가명은 정확히 몇 개인지도 모를 만큼 많았다.

빌리가 막 태어났을 때 아버지가 세상을 떠나자 어머니는 어린 아들을 데리고 인디애나 주로 갔다. 거기서 자라서 결혼을 한 빌리는 남쪽으로 이주해 뉴멕시코 주 실버시티에 정착했다. 빌리의 인생은 여기서부터 꼬이기 시작했다. 아내를 잃었고, 급기야 우발적인 살인까지 저지르고 말았다.

애리조나로 도망간 빌리는 사막을 전전하다 화이트샌드에서 북동쪽으로 80킬로미터 정도 떨어진 링컨 카운티로 흘러들었다. 이곳에서 그가 사용한 이름이 윌리엄 보니다. 빌리는 여기서 영국인 존 턴스톨이 운영하는 목장에 카우보이로 취직했다.

그러나 빌리는 억세게도 팔자가 셌던 모양이다. 하필이면 이때 턴스톨의 숙적인 이웃 목장주가 동네 보안관인 윌리엄 브래디를 사주해 턴스톨을 살해하는 사건이 벌어진다. 분노한 빌리는 동료들과 함께 턴스톨의 살해에 관련된 자들을 상대로 싸움을 벌이고 결국 보안관 브래디까지 살해했다. 보안관을 죽인 빌리의 목에는 현상금이 붙었다.

이때부터 빌리는 서부의 무법자로 이름을 날렸다. 멕시코 국경을 넘나들며 강도행각을 벌였던 그는 그 일대 부자들에게는 눈엣가시 같은 존재였다. 드디어 링컨 카운티는 빌리를 잡기 위해 보안관 팻 개럿을 스카우트했다. 개럿은 애리조나 주 출신으로 버펄로 사냥꾼에서 보안관으로 전업한 총잡이였다.

신출귀몰한 빌리도 집요한 개럿의 추적은 피할 수 없었다. 1880년 마침내 개럿의 손에 잡힌 빌리는 라스크루세스 옆의 도시 메실라에서 사형선고를 받았으나 형 집행 직전에 탈출했다.

그러나 개럿은 포기하지 않았다. 다시 1년간 빌리를 쫓아다닌 개럿은 빌리가 링컨 카운티에서 멀지 않은 포트섬너의 친구 목장에 숨어있다는 정보를 입수하고 목장을 덮쳤다. 개럿이 빌리의 친구를 족치고 있을 때 빌리가 그 방으로 들어갔다. 영문도 모르고 문을 여는 순간 빌리는 개럿이 쏜 권총 두 발을 심장에 맞고 쓰러졌다. 22년이란 짧은 생을 마감하는 순간이었다.

빌리의 이야기는 1989년 미국에서 연속극으로 방영되기도 했다. 빌리가 설쳤던 뉴멕시코 주에서는 최근 그를 복권하려는 움직임까지 있다. 그가 강도질을 하면서도 가난한 사람들을 도와줬기 때문이다. 천하의 악당 빌리 더 키드가 미국판 로빈 후드가 될지 두고 볼 일이다.

서부영화를 보면 빌리와 같은 무법자가 사고를 치고 나서 늘 도망가는 곳이 엘파소다. 멕시코와 미국은 1600킬로미터 가까이 국경을 맞대고 있다. 1846~1848년의 미국―멕시코 전쟁으로 캘리포니아 주와 애리조나 주를 미국이 차지하기 전까지 리오그란데 강 서쪽은 멕시코 땅이었다. 그만큼 국경이 더 길었다. 그런데 악당들은 왜 하필 엘파소만 고집했을까?

로키 산맥을 따라 남쪽으로 내려가 보지 않았다면 그 까닭을 알 수 없었을 것이다. 엘파소의 북서쪽은 로키 산맥이 가로막고 있다. 제아무리 악당이라도 말을 타고 로키 산맥을 넘기란 불가능했다. 걸어가는 것은 자살행위나 다름없었다.

반면 엘파소에서 멕시코로 통하는 길은 일찌감치 닦여 있었다. 1598년 후안 데 오나테란 스페인 사람이 멕시코를 거쳐 엘파소로 들어와 샌타페이까지 잇는 길을 놓은 것이다.

빌리와 같은 무법자가 주름잡았던 엘파소가 오늘날에는 멕시코로 도망가는 악당들 대신 아메리칸 드림을 좇아 미국으로 넘어온 멕시칸들로 넘친다. 엘파소 시내로 들어서자 멕시코 사람들이 북적대는 거리가 나타났다. 멕시코 국경이 가깝다는 신호였다. 국경선엔 구름다리 하나가 놓여있었다.

다리 이편은 미국이고 건너편은 멕시코다. 구름다리 아래는 미국에서 일을 보고 서둘러 멕시코로 넘어가는 사람들로 북적댔다. 크리스마스 이브여서인지 선물꾸러미를 든 사람이 많았다. 구름다리 입구엔 미국에서 사용하고 남은 동전을 주고 가라며 구걸하는 사람도 있었다.

국경 근처에선 검문소의 경찰을 빼고는 백인을 보기 어려웠다. 멕시칸천지였다. 여기가 멕시코인지 미국인지 분간할 수 없을 정도였다. 국경선을 따라 이어진 철조망 옆엔 군데군데 감시카메라가 높이 걸려 있었다. 미국 쪽 철조망에서 멕시코 땅까지는 10미터나 되려나. 이 좁은 공간이 왜 그리

먼 길이 됐을까.

　다시 시내 쪽으로 돌아왔다. 국경도시여서 그런지 선물가게가 많았다. 싸구려 물건을 파는 가게가 1980년대 영등포시장을 연상시켰다. 지나는 사람들의 차림새나 모양도 그랬다. 엘파소는 분명 미국 땅이다. 그러나 우리 앞에 펼쳐진 엘파소는 멕시코 땅에 가까워 보였다.

　엘파소를 소개하는 책자에도 미국의 텍사스 주와 뉴멕시코 주를 멕시코의 치와와 주와 국경으로 구분하지 않고 함께 그려놓았다. 1836년 멕시코가 미국과 맞붙었다가 패배하고 텍사스를 빼앗기기 전까지 이곳은 멕시코 땅이었기 때문이리라.

눈물 젖은 리오그란데

쾌속으로 질주하던 차가 깎아지른 절벽 위에 멈춰 선다. 순간 흙먼지가 하늘로 솟아오르며 멋진 자동차의 위용이 드러난다.

　텔레비전의 자동차 광고에 단골로 나오는 장면 중 하나다. 마치 칼로 갈라놓은 것처럼 날렵하게 솟은 절벽의 모습은 위태로우면서도 웅장하다. 이런 광고에 수도 없이 출연하는 자연의 배우는 텍사스 주가 자랑하는 빅밴드 국립공원이다.

　빅밴드로 들어가는 길은 세 갈래다. 우리는 서쪽으로 돌아 들어가는 길을 택했다. 프레시디오라는 도시에서 빅밴드까지 이어지는 멋진 길이 있다는 정보를 여행안내소에서 얻었기 때문이다. 빅밴드로 가는 17번 지방도로는 미국을 동서로 가르는 최남단 10번 고속도로가 생기기 전에 샌안토니오와 엘파소를 이어준 길이었다.

인적이 끊긴 길엔 '들장미 고개(Wild Rose Pass)'라는 푯말이 서 있었다. 지금은 자취를 감췄지만 옛날 이 길가에 들장미가 흐드러지게 피었다는 내용의 안내판이었다. 고개에 올라서니 저 너머로 굽이굽이 산길이 뱀처럼 기어가는 게 보였다. 1800년대에 금광을 찾아, 또는 자기 땅을 갖고 싶어 서부로 향한 포장마차와 장사꾼들이 부푼 꿈을 안고 넘던 고개다.

길 양옆으로는 험준한 산이 계속 이어진다. 조금만 북쪽으로 가면 대평원이 있는데 왜 높은 산을 돌아가며 길을 냈을까? 그것은 물 때문이었다. 대평원은 물 한 방울 없는 황무지지만, 산길 옆으로는 리오그란데 강이 흐르고 있다.

프레시디오는 작은 국경도시다. 마치 우리나라의 1970년대 달동네를 연상시켰다. 마을 안쪽 도로는 비포장이었다. 지붕 위로 전깃줄이 어지럽게 널려 있었다. 판자로 더덕더덕 붙인 집들은 페인트칠이 대부분 벗겨져 있었다. 도심 한복판도 엘파소와는 대조적으로 한산했다. 도시를 한바퀴 돌다가 길을 잘못 들어 국경검문소로 들어섰다.

'멕시코에 마약이나 무기를 갖고 오면 결딴납니다'라는 푯말이 우리 차를 가로막았다. 아차 싶어 얼른 차를 돌려서 다운타운으로 향했다. 검문소 바로 앞에서 차를 돌렸는데도 그 안에 있던 경찰은 전혀 신경을 쓰지 않았다. 모든 게 귀찮다는 표정이었다. 마치 진화가 멈춘 도시처럼 느껴졌다.

프레시디오에서 빅밴드까지는 엘 카미노 델 리오(El Camino del Rio)라는 이름의 170번 지방도로가 120킬로미터 길이로 펼쳐진다. 이 도로의 이름은 스페인말로 강변도로라는 뜻이다. 멕시코와 미국을 갈라놓은 리오그란데 강을 따라 길을 낸 데서 비롯된 이름이다.

그러나 한 시간을 달려도 강은 코빼기도 안 보였다. 강변도로라기에 서울의 강변도로를 연상했지만 천만의 말씀이었다. 오히려 험준한 산과 거대한 기암괴석이 도로 양옆으로 사열하듯 서 있을 뿐이었다. 험한 산길이니 속도를 내기도 어려웠다. 사람 키보다 큰 선인장과 갈대가 빽빽하게 서 있는 길이 나오는가 하면, 아찔한 절벽을 돌아가는 길이 이어지기도 했다. 가끔 '홍수조심' 또는 '강변접근로' 등의 표지판이 있었던 걸로 보아 옆으로 강이 흐르긴 흐르는 모양이었다.

험한 길을 달리면서 비로소 엘파소가 왜 악당들의 피난처였는지를 정확히 알게 됐다. 바로 리오그란데 강 때문이었다. 그렇다고 리오그란데가 엄청나게 큰 강이냐 하면 그렇지가 않다. 사람이 걸어서 건널 수 있을 정도로 강폭이 좁고 물이 얕은 곳도 많았다.

중요한 것은 강이 아니라 강의 양편에 서 있는 절벽이었다. 강을 따라서 마치 칼로 두부를 잘라놓은 듯한 절벽이 마주보고 달린다. 높이도 엄청날 뿐 아니라 절벽 뒤로 험한 산이 끝없이 이어진다. 이러니 리오그란데 강을 건너기란 불가능에 가까웠으리라. 도망갈 구멍이라곤 길이 나있는 몇몇 국경도시밖에 없었다. 그중 가장 만만한 게 엘파소였다.

아닌 게 아니라 170번 도로에서 몇백 미터만 남쪽으로 내려가면 멕시코 땅이다. 그러나 어디에도 철조망이나 감시탑이 없었다. 그런 게 필요 없다는 얘기다. 죽고 싶지 않으면 저 험준한 절벽과 산을 넘어 미국 땅으로 넘어올 생각을 하지 않을 테니까. 요즘도 리오그란데 강을 넘어오다 목숨을 잃는 멕시코 사람들이 적지 않다고 한다.

멕시코 사람들에게 리오그란데는 눈물 젖은 강이다. 1836년 멕시코는 리오그란데를 넘어온 미국 군대에 두 차례 패배한 끝에 텍사스 주와 뉴멕시코

리오그란데 강

주를 미국에 빼앗기고 말았다. 그 뒤 리오그란데 강은 아메리칸 드림을 꿈꾸며 미국 땅으로 넘어오기를 갈망하는 멕시칸을 가로막는 자연의 장벽이 됐다. 강물은 멕시칸의 쓰라린 역사를 아는지 모르는지 오늘도 말없이 흐르고 있었다.

세 시간을 달리면서 자동차라고는 딱 두 대를 만난 게 다였다. 길 입구에 '기름을 확인하세요'란 푯말이 있었던 이유를 알 만했다. 중간에서 기름이 떨어지면 참으로 낭패가 아닐 수 없으리라. 지나가는 차도 거의 없는데다 설령 있다고 해도 세워줄 것 같지 않았다.

얼마나 달렸을까. 인가가 하나둘 늘어나더니 라히타스라는 도시가 나왔다. 말이 도시이지 어지간한 고속도로의 휴게소 주변보다도 썰렁한 마을이었다. 아무리 돌아다녀도 여관이 보이지 않았다. 딱 하나 있는 호텔의 숙박료는 가장 싼 게 125달러나 됐다. 그러나 다음 마을까지는 100킬로미터가 넘는다는 호텔 프런트 아가씨의 말에 서부 사막의 호텔에서 호강을 하기로 했다.

그러나 예쁜 히스패닉 아가씨는 정직하지 않았다. 이튿날 50킬로미터도 못 가 털링구아라는 도시가 나타났다. 그곳엔 값싸고 깨끗한 모텔이 세 곳이나 있었다. 세상에 믿을 사람 없다는 말은 미국에서도 맞는 모양이었다.

빅밴드 국립공원은 역삼각형 모양이었다. 마버릭 로드를 따라 빅밴드를 아래쪽으로 싸고돌았다. 침니스 웨스트에 다 쓰러져가는 흙집 한 채가 있었다. 이곳이 국립공원으로 되기 전에 살았던 길베르토 루나라는 사람이 지은 집이었다. 그래서 집 이름이 '루나의 흙벽 초가집(Luna's Jacal)'이다.

이곳은 치와와 사막의 한복판이다. 낮엔 숨이 턱턱 막히게 덥지만 밤엔 온몸이 얼어붙을 정도로 춥다. 사막기후에 맞게 집은 반쯤 땅 밑으로 들어가 있고, 담과 지붕은 흙으로 돼 있었다. 양치기였던 루나 노인은 이 집에서 대가족을 거느리고 살았다. 조금만 북쪽으로 올라가면 큰 도시가 있었을 텐데 이 황량한 사막을 떠나지 않고 살았다니, 역시 동서를 막론하고 고향은 뜨기 어려운가 보다.

길모퉁이를 돌아서니 멀리 샌타엘레나 캐니언이 보였다. 쫙 갈라진 절벽 사이로 리오그란데 강이 흐르고 있었다. 강의 건너편은 멕시코 땅이었다. 캐니언 아래쪽으로 길이 나 있기에 따라가 보았다. 뜻밖에 길은 캐니언 안쪽까지 이어졌다. 절벽을 따라 난 계단을 오르다보니 양옆 바위에 조개껍질 화석이 박혀 있었다. 1억 년 전에 이 일대는 바다였다. 땅이 솟아오른 뒤인 6500만 년 전에는 공룡이 활보했다.

미국 땅에서 돌멩이를 던지니 멕시코 땅까지 날아갔다. 말 그대로 엎어지면 코 닿을 정도로 가까웠다. 강은 국경을 마음대로 넘나드는데 사람은 왜 그렇게 하지 못할까.

공원 사무실은 빅밴드에서 가장 높은 봉우리들이 모여 있는 치소스 분지에 자리 잡고 있었다. 해발 1646미터였다. 분지 주위론 해발 2000미터가 넘는 봉우리가 네 개나 버티고 있다. 가장 높은 봉우리는 에머리 피크로 2384미터다.

오후 3시가 넘어서야 공원 사무실 옆의 편의점에서 샌드위치로 점심을 때웠다. 이곳엔 숙박시설과 식당도 있었다. 주차장엔 차가 빼곡히 들어찼다. 공원 사무실 주변의 쓰레기통은 위쪽에 난 구멍으로 손을 넣어 고리를 잡고 당겨야 열리게끔 만들어져 있었다. 겉은 모두 쇠로 돼있었다. 이곳은 밤만 되면 산짐승 천지가 된다. 곰도 나타나 쓰레기통을 뒤지기 때문에 사람이 아니면 열 수 없도록 쓰레기통을 설계한 것이다.

빅밴드의 선인장

공원의 동쪽에 있는 리오그란데 빌리지로 가기 위해 블랙 갭 로드라는 지름길을 택했다. 길 앞에 '좋은 말로 할 때 사륜구동 차만 가세요. 조난당해도 책임 안 집니다' 란 팻말이 붙어 있었다.

팻말은 농담이 아니었다. 군데군데 웅덩이가 패어 있질 않나, 경사가 45도쯤 되는 바위길이 나오질 않나. 사륜구동 차로도 몇 번이나 웅덩이에서 빠져나오지 못해 애를 먹었다. 절벽 위에 난 길은 양옆이 군데군데 허물어져 있어 까딱하면 아래로 굴러 떨어질 판이었다.

해는 왜 또 그렇게도 빨리 지는지, 날이 저물고 있었다. 가로등은커녕 인적조차 없었다. 날이 저물면 길가에 차를 세우고 차 안에서 날이 샐 때까지 기다릴 수밖에 없었다. 꼼짝없이 빅밴드의 사막에서 밤을 지새우게 됐구나, 겁이 덜컥 나는데 픽업트럭 한 대가 나타났다.

미국에 와서 미국 사람이 그렇게 반갑기는 처음이었다. 인사를 나누면서 보니, 그들은 아예 텐트를 갖고 와서 야영을 하려는 게 아닌가. 미국 사람도 다니는 길에 겁을 먹다니……. 도움을 청하려던 마음은 사라지고 오기가 생겼다.

밤 9시를 넘겨서야 겨우 블랙 갭 로드를 벗어났다. 숙소를 구하기 위해 정신없이 달리는데 앞쪽으로 검문소가 보였다. 검문소 안에서 경찰 세 명이 한꺼번에 몰려나왔다. 창문을 열고 운전면허증을 내밀자 경찰이 스페인말로 마구 떠들었다.

'어 이상하다.'

다시 보니, 검문하는 아저씨의 옷 색깔이 미국 경찰이 입는 청색이 아니라 멕시코 경찰이 입는 국방색이었다.

'이거 길을 거꾸로 와서 우리가 멕시코로 온 건가!'

머리털이 쭈뼛 섰다.

"여기 멕시코인가요? 제가 길을 잘못 든 것 같은데 미국으로 가려면 어떻게 해야 하나요?"

"네? 무슨 말씀인가요?"

"멕시코 경찰 아니세요?"

"아, 저희는 미국 국경수비댑니다."

"그렇군요. 난 멕시코에 온 줄 알고 깜짝 놀랐네."

"어두운데 길조심하세요."

돌아서며 생각하니 괜히 부아가 치밀었다. 처음에 그들이 스페인말을 썼다는 건 나를 멕시코에서 넘어온 불법 이민자로 보았다는 얘기다. 며칠 고생해 얼굴이 좀 타긴 했지만 한국에서 온 어엿한 연수생을 멕시코에서 온 불법 이민자로 보다니.

혁명가의 최후

빅밴드에서 샌안토니오로 이어지는 90번 도로는 1691년 스페인 정복자들이 닦은 길이다. 이 길이 바로 스페인이 차지한 플로리다와 멕시코를 잇는 엘 카미노 레알(El Camino Real)이다. 200여 년 뒤인 1881년에 바로 옆으로 철도가 들어설 때까지 이 길은 서부로 가는 유일한 남쪽 루트였다.

1850~1880년에는 아파치 등 원주민과 전쟁을 하기 위해 군수물자와 병사들을 실어 나르는 병참도로로 한몫 톡톡히 했다. 1900년대 초에는 미국 남서부까지 진출한 멕시코의 혁명가 판초 비야를 잡기 위해 미국 군대가 멕

시코로 내려갔던 길이기도 하다.

판초 비야만큼 미국과 멕시코에서 평가가 극명하게 엇갈리는 인물도 드물다. 미국에서 판초는 산적의 괴수에 불과하다. 그러나 멕시코에서 그는 농민 혁명가다.

판초는 1877년 전후에 멕시코의 두랑고에서 태어났다. 본명은 도로테오 아랑고였다. 판초가 열여섯 살이 됐을 때 멕시코는 정치적으로 혼란기였다. 혼란을 틈타 양민의 피를 빨아먹는 악덕 관리들이 판을 쳤다. 그런 악덕 관리 중 하나가 판초의 누이를 겁탈하려다가 판초의 손에 요절이 났다.

이후 판초의 행적은 불분명하다. 치와와 사막에서 훔친 소나 말을 미국에 팔아 생계를 유지했던 것으로 알려져 있다. 그러나 그는 부자의 재산을 도둑질했을망정 가난한 사람들은 손대지 않았고, 오히려 그들을 돕는 데 앞장섰다. 가난한 농민들에게 양식을 나눠준 판초는 멕시코 판 임꺽정으로 이름을 날리기 시작했다.

좌파 성향의 판초는 1910년에 공화주의자인 프란시스코 마데로가 이끈 반란에 가담했다. 산골짜기 의적이던 판초는 이때부터 혁명가로 거듭났다. 마데로의 반란이 성공한 뒤 잠시 평민으로 돌아갔던 판초는 마데로가 암살되자 다시 혁명전사로 나섰다.

그가 이끈 군대는 농민군이었다. 당시 멕시코의 인구 중에서 농민이 절대다수였으니 판초의 인기는 하늘을 찔렀다. 판초가 참여한 혁명군은 마데로를 몰아낸 독재자 빅토리아노 후에르타를 쫓아내는 데 성공했다.

당시 서구를 휩쓴 사회주의 사상과 맞물려 판초는 미국의 진보주의자들에게 우상과 같은 존재가 됐다. 1917년의 러시아 볼셰비키 혁명을 다룬 《세계를 뒤흔든 10일간》이란 책의 저자 존 리드도 판초의 팬 중 하나였다. 멕시코의 농민혁명이 한창일 무렵 존 리드는 전쟁터로 쫓아가 판초를 처음으로 인터뷰하는 데 성공하기도 했다. 지금 판초의 사진이 비교적 많이 남아있는 것도 당시 좌파 사진가들 덕분이다.

그러나 독재자 후에르타를 몰아낸 뒤 혁명진영은 분열했다. 멕시코 혁명을 불안한 눈으로 바라보던 미국은 그 틈을 타 판초의 동지였던 친미주의자 베누스티아노 카란자를 꼬드겼다. 그리고 카란자로 하여금 판초를 치도록 뒤에서 조종했다.

미국과 카란자의 배신에 분노한 판초는 1914년 3월 미국의 뉴멕시코 주 콜럼버스를 공격해 26명의 미국인을 살해했다. 이 사건은 미국 입장에선 멕시코 공비의 만행이었다. 그러나 멕시코 사람들은 외국군이 미국 본토에 쳐들어가 승리를 거둔 유일한 사례로 이 사건을 기억하고 있다. 이후 판초는 수시로 미국 국경을 넘나들며 미국의 부자마을을 약탈했다.

판초가 미국에서 산적으로 악명을 날리기 시작한 것은 이때부터였다. 급기야 미국 군대는 1916년과 1919년 두 차례나 멕시코 국경을 넘어 판초를 잡으러 갔다. 그러나 명목만 산적토벌이었을 뿐 미국의 속셈은 멕시코에 좌파 반미정권이 들어서지 못하도록 무력시위를 하는 데 있었다.

아무튼 미국 군대로부터 물심양면의 지원을 얻은 멕시코 정부군은 마침내 1920년 판초에게서 항복을 받아냈다. 그러나 판초의 명성 때문에 멕시코 정부는 그를 투옥하는 대신 직업까지 마련해주면서 은퇴시킬 수밖에 없었다. 범부의 생활로 돌아간 지 3년 뒤에 판초는 은행 일을 보고 귀가하다가 괴한의 총에 맞아 쓰러졌다.

미국인들에게 판초는 공포의 대상이었다. 심지어 그가 죽은 뒤에도 판초가 살아있다는 소문이 나돌자 미국 정부는 판초의 시체를 사진으로 찍어서

엽서를 만들어 배포하기까지 했다.

우리는 판초를 잡기 위해 미국 기병대가 지났던 길을 따라 동쪽으로 향했다. 메사의 땅이었던 빅밴드와 달리 계속 평원만 이어졌다. 언뜻 캐니언이 보이기에 차를 세웠다. 도로를 따라 쳐놓은 철조망을 넘어 다리 아래로 내려갔다가 우와, 하고 소리를 지르고 말았다.

거대한 하나의 바위로 이뤄진 캐니언이 다리 아래 펼쳐졌다. 바위와 흙이 겹겹이 쌓여 캐니언이 된 게 아니라 양쪽 절벽 전체가 하나의 바위덩어리였다. 그 엄청난 바위가 조그만 홈을 따라 흐르는 물에 깎이고 깎여 거대한 캐니언이 된 것이다.

마침 캐니언 아래쪽에서 너덧 명의 사람들이 위를 올려다봤다. 우리를 보자 하이, 하면서 인사를 해왔다. 우리도 손을 흔들며 인사를 하니 메아리가 쩌렁쩌렁 울렸다. 캐니언 속에선 소리가 도망갈 구멍이 없었다.

그러고 보니 주변엔 캐니언이 많았다. 얼핏 보면 끝없는 평원이지만 가까이 가보면 대평원을 칼로 그어놓은 듯이 깎아지른 캐니언이 숨어 있었다. 빅밴드가 하늘을 향해 솟아 오른 캐니언이라면 이곳은 땅으로 꺼진 캐니언이다. 음양의 기묘한 조화가 아닐 수 없었다.

미국 군대가 판초를 잡기 어려웠던 것도 곳곳에 숨어있는 이런 캐니언 때문이 아니었을까. 어른 수백 명이 들어가도 넉넉한 자연동굴이 널려 있으니 게릴라전을 펴기에 이보다 좋은 지형이 없었을 게다. 동굴 곳곳에 설치해놓은 부비트랩은 미국 정규군을 끊임없이 괴롭혔을 것이다.

텍사스가 빅밴드와 함께 자랑하는 아미스타드 국립유원지(Amistad National Recreation Area)도 바로 그런 캐니언 중 하나였다. 캐니언도 강의 상류와 하류에 따라 다르다. 상류의 캐니언이 좁고 날카롭다면 하류의 캐니언은 넓고 깊은 대신 무뎠다. 피코스 강에 이르자 너비가 수백여 미터나 되는 캐니언이 나타났다.

판초가 누볐던 아미스타드 캐니언은 오늘날 거대한 호수가 되었다. 리오 그란데 강의 유일한 댐인 아미스타드 댐이 들어섰기 때문이다. 통바위로 된 캐니언이니 댐을 만들기엔 더 없이 좋은 지형이었을 것이다.

그러나 기대와 달리 아미스타드는 썰렁했다. 겨울이라 그렇기도 했지만, 애당초 보트가 없는 사람에겐 그림의 떡인 게 미국의 호수다. 한국과 달리 식당조차 변변한 게 없다.

아미스타드 댐 옆의 작은 마을에도 겨울이어서 사람이 살지 않는다고 했고, 온통 보트를 정박시켜 놓은 별장뿐이었다. 경치가 좋은 곳은 대부분 부잣집 안마당이 돼 있었다. 다만 사람이 없었기에 마음껏 들어가 경치를 볼 수 있었다.

빈집 마당에 들어가 캐니언 아래를 내려다보고 있는데 언제 나타났는지 염소만한 검둥개 한 마리가 내 다리에 머리를 대고 쿵쿵거리는 게 아닌가! 뒷머리가 곤추설 정도로 깜짝 놀랐다. 놀란 가슴을 쓸어내리며 개 눈치를 살피니 사람을 해칠 뜻은 전혀 없었다.

오히려 공을 물고 와 내 다리 앞에 놓고는 나더러 던져달라는 것이었다. 공을 던져주니 개는 신나게 달려가 공을 물어다가 다시 내 다리 앞에 갖다놓았다. 주인 없는 집을 지키던 그 개는 사람이 그리웠나보다. 검둥개에게 붙잡혀 공놀이를 하다 도망치듯 빠져나왔다. 검둥개는 한동안 우리 차 뒤를 쫓아오다가 멈춰 서서 물끄러미 우리를 바라봤다. 외로운 검둥개에게 미안했다.

1836년 알라모에서 있었던 일

텍사스 주 지도를 펼쳐놓고 보면 모든 길은 샌안토니오로 통한다. 사통팔달의 교통요지이기에 샌안토니오엔 일찍부터 원주민 마을이 발달했다. 평화롭던 마을은 1718년 스페인 성직자들이 군대와 함께 몰려들면서 유럽의 도시처럼 탈바꿈한다.

1600년대에 멕시코와 플로리다를 손에 넣은 스페인이 북미로 손길을 뻗치면서 텍사스로 성직자들을 대거 보냈던 것이다. 샌안토니오에 입성한 스페인 신부들은 곧 샌안토니오 데 발레로(San Antonio de Valero)를 비롯한 네 개의 성당을 지었다.

스페인 신부들이 지은 성당은 한동안 버려져 있다가 1800년대 초 스페인 군대가 다시 샌안토니오에 진주하게 되면서 기지로 사용됐다. 향수에 젖은 당시 스페인 병사들은 이 성당을 사시나무란 뜻인 고향마을 이름을 따서 '알라모'라고 불렀다. 1812년 멕시코가 스페인으로부터 독립하자 스페인 병사들은 알라모 요새를 떠났다.

그로부터 24년 뒤인 1836년 알라모 요새에선 미국 민병대 188명이 4000명의 멕시코 군대에 맞서 싸우다 장렬하게 전사하는 사건이 벌어졌다. 미국 사람들에게 알라모 전투의 의미는 우리에게 을지문덕 장군의 살수대첩이나 강감찬 장군의 귀주대첩의 의미와 비슷하다. 미국의 초등학교 역사교과서에서도 알라모 전투는 빠지지 않는다.

알라모 요새에 들어서니 멀쩡하던 날씨가 미쳐버린 듯 바람이 휘몰아치면서 추워졌다. 얼마나 전투가 격렬했던지 현재 남아있는 건 성당 건물 한 채와 담장의 일부뿐이다. 성당의 지붕도 훗날 복원한 것이다.

울퉁불퉁 높이가 다른 담은 당시 전투가 얼마나 격렬했는지를 보여준다. 본부로 쓰였던 성당 안에는 전쟁유물이 전시돼 있다. 요새는 그리 크지 않다. 우리나라의 수원성보다도 작아 보였다. 이곳에서 188명의 미국 민병대가 멕시코 정규군 4000명과 싸워 13일을 견뎌냈다는 게 믿어지지 않았다. 더욱이 멕시코 군은 대포까지 끌고 와 포탄을 수없이 퍼부어댔다는 것 아닌가.

여하튼 미국 민병대는 왜 멕시코 정규군과 싸워야 했을까? 이야기는 1812년으로 거슬러 올라간다. 스페인 군대가 알라모 요새를 떠난 뒤 텍사스는 스페인의 자산을 물려받은 멕시코 차지가 됐다. 그러나 당시만 해도 텍사스는 황무지였다. 물도 귀했다. 멕시코 사람들이 텍사스로 이주해 살기를 꺼려한 것은 당연했다.

버려진 땅에 미국 사람들이 이주하기 시작했다. 선구자는 모제스 오스틴이었다. 그는 텍사스에 미국인 정착촌을 만들겠다는 꿈을 안고 텍사스로 왔지만 요절하고 말았다. 그의 꿈은 아들 스티븐 오스틴이 이뤘다. 그는 온갖 난관을 뚫고 미국 사람들의 텍사스 이주 길을 여는 데 성공했다. 텍사스의 주도인 오스틴은 바로 오스틴 부자의 이름을 딴 것이다.

오스틴이 1821년 300가구의 미국인 가족들을 텍사스로 이주시킨 것을 계기로 미국 사람들의 텍사스 이주가 폭발적으로 늘어났다. 1836년에 이르자 미국 사람의 수가 3만 명을 넘어섰다. 텍사스 전체 인구의 4분의 3에 이르는 수였다. 자연히 미국 사람들과 멕시코 정부 사이에 충돌이 잦았다.

경제적인 이해관계도 엇갈렸다. 멕시코는 노예제도를 법으로 금지하고 있었다. 그러나 텍사스의 미국 사람들은 흑인 노예 없이는 농장을 경영할 수 없다며 공공연히 법을 어겼다. 이 무렵인 1834년 멕시코에선 산타 아나 장군이 군사쿠데타를 일으켜 정권을 잡았다.

텍사스의 미국 사람들은 이 기회를 놓치지 않았다. 그들은 독재자 밑에서 살 수 없다는 이유를 내걸고 1835년에 독립을 선언했다. 명분은 독재 타도였지만 멕시코 사람들 입장에서 보면 마구간 내주니 안방 내놓으란 격이었다.

텍사스를 그대로 놔둬선 안 되겠다고 결심한 산타 아나는 군대를 보냈다. 그러나 어중이들로 구성된 멕시코 군이 죽기 아니면 까무러치기로 덤벼드는 텍사스의 자원병들을 당해낼 수 없었다. 발끈한 산타 아나는 이듬해 직접 4000명의 군대를 이끌고 샌안토니오로 달려갔다.

13일간의 전투 끝에 산타 아나는 알라모 요새를 함락시켰다. 알라모 요새에서 살아나온 사람은 아낙 한 명과 아이 한 명, 그리고 흑인 노예 한 명뿐이었다. 장렬하게 전사한 사람 중에는 테네시 주 상원의원인 데이비 크로켓이란 인물도 포함돼 있었다. 칼싸움의 명수로 알려진 짐 보위도 전사했다.

그러나 이 전투로 멕시코 군은 진이 빠지고 말았다. 그 사이 텍사스의 민병대는 샘 휴스턴 장군의 지휘 아래 전열을 가다듬었다. 45일 뒤 멕시코 군과 텍사스 민병대는 샌하신토에서 다시 한번 맞붙었다. 이번엔 사정이 달랐다. 전투에 앞서 흰말을 타고 "알라모를 기억하라!"고 외친 휴스턴 장군의 선동에 텍사스 민병대는 사기가 충천했다. 그러나 알라모에서 지칠 대로 지친 멕시코 군은 보급도 제대로 받지 못했다.

전투는 싱겁게 끝났다. 텍사스 군대는 단 18분 만에 600명의 멕시코 군을 사살하고 700명을 포로로 잡는 전과를 올린다. 패배한 산타 아나는 황급히 말머리를 돌려 리오그란데 강을 넘어 도망가기 바빴다. 샌하신토 전투의 승리로 텍사스는 멕시코에서 독립했다. 9년 뒤인 1845년 텍사스는 미합중국의 28번째 주가 됐다.

미국 사람들 입장에서 보면 알라모 전투는 자유를 갈망한 용감한 사람들이 자유 아니면 죽음을 달라며 싸운 영웅적인 전쟁이다. 그러나 입장을 바꿔서 생각해보자. 지금 샌안토니오로 멕시코의 불법 이민자가 무더기로 넘어온다. 이들이 텍사스에 있는 히스패닉과 힘을 합쳐 자신들은 이라크전쟁에 동의하지 않는다는 명분을 내세우며 '히스패닉공화국'이란 나라를 만들고 독립을 선포한다면? 미국 정부는 잘했다고 박수를 칠까? 미국 정부군에 맞서 히스패닉들이 죽기를 각오하고 싸운다면 그 히스패닉들도 자유를 얻기 위해 목숨을 던진 용감한 전사들이라고 칭찬해줄까?

알라모 요새의 자원병들이 갈망했다는 자유라는 것도 따지고 보면 백인들만의 자유였을 뿐이다. 백인의 자유는 곧 노예제도의 합법화를 의미하는 것이었기 때문이다. 미국 사람들이 이기면 흑인은 법으로나마 보장되던 자유마저 빼앗길 수밖에 없었다.

알라모 전투의 역사를 보면, 최근 미국이 존재유무도 불분명한 대량살상무기를 찾아 없앤다는 핑계로 이라크에 쳐들어가 자기들 맘대로 이라크 정부를 뒤집어엎은 행동이 그리 놀라운 일도 아니다. 이라크를 점령한 지 2년이 넘도록 대량살상무기는 흔적도 찾을 수 없다.

그러나 누굴 원망하랴. 이곳에 사는 히스패닉들은 알라모 전투를 기념하는 축제 때 성조기를 들고 흔들며 먹고 마시고 논다. 조상의 뼈아픈 역사보다는 미국 국민이 된 게 더 좋은 것일까.

알라모 요새 바로 옆에는 샌안토니오 중심부를 한바퀴 도는 운하가 있다. 파세오 델 리오(Paseo del Rio)라는 이 운핫길을 따라 유명한 식당과 역사유적지 등이 적당한 간격으로 늘어서 있다. 샌안토니오에서 가장 화려한 리버 센터라는 건물도 이 운하를 끼고 있다. 리버 센터는 쇼핑센터인데 지하 1층으로 내려가면 샌안토니오 중심부를 도는 운하의 역이 나온다. 운하는 옛날엔 교통수단으로 쓰였지만 지금은 관광용이다.

연말인데도 운하의 역마다 사람들로 북적댔다. 가족 단위로, 연인끼리 삼삼오오 모여 텍사스식 바비큐를 즐기고 있었다. 저들은 이곳에서 불과 170년 전에 벌어졌던 일을 기억이나 하고 있는 걸까.

너희가 재즈를 아느냐

루이지애나 주의 뉴올리언스는 미국 속의 프랑스다. 어디를 가나 프랑스어 간판을 접하게 된다. 그렇다고 캐나다의 퀘벡에서처럼 프랑스어가 아니면 말이 통하지 않는 건 아니다. 영어를 쓰지만 프랑스 냄새가 거리 곳곳에 깊이 스며있다. 현재의 루이지애나 주는 그리 크지 않지만, 옛날의 루이지애나는 미국을 세로로 삼등분했을 때 가운데 3분의 1에 속하는 광활한 땅이었다.

루이지애나를 발견한 사람은 프랑스의 라살이었다. 캐나다의 5대호로 진출했던 프랑스는 오대호에서 미시시피 강으로 이어지는 수로가 있다는 걸 일찌감치 알아차렸다. 라살은 이 수로를 통해 미시시피 강을 따라 남하하면서 무역을 하기로 결심했다. 1674년 프랑스로 간 라살은 루이 14세로부터 미시시피 강을 무대로 모피 무역을 할 수 있는 권리를 받아 왔다. 7년 뒤인 1681년 라살은 미시시피 강을 따라 남하해 마침내 지금의 뉴올리언스에 당도했다. 감격에 겨웠던 라살은 자신이 발견한 미시시피 강 서쪽의 땅에 루이 14세의 이름을 따 루이지애나라는 지명을 붙이고, 그 땅을 프랑스에 귀속시켰다.

그러나 정작 루이 14세는 루이지애나의 가치를 몰랐다. 라살이 새 땅을 프랑스에 귀속시켰다는 소식을 듣고도 루이 14세는 재정 담당관에게 시큰둥한 편지를 썼다. "당신도 알다시피 라살의 발견은 쓸모가 없다고 확신하오." 유럽에서 전쟁을 치르느라 정신이 없었던 프랑스의 나폴레옹은 1803년 루이지애나를 1500만 달러에 미국으로 팔아넘겼다.

그러나 프랑스 사람들은 텃새가 심했다. 미국 땅이 됐다고는 하나 새로 이주해온 미국 사람들과 토박이 프랑스 사람들은 사사건건 부딪쳤다. 결국 양측은 신사협정을 맺었다. 프랑스 사람들은 미시시피 강 하구의 프렌치 쿼터에, 미국 사람들은 그 아래쪽 가든 지구에 각각 모여살기로 했다. 미국 속의 프랑스인 프렌치 쿼터는 이렇게 탄생했다.

숙소를 찾는 게 급선무였다. 뉴올리언스 초입에서 구한 쿠폰 북을 뒤졌다. 쿠폰 북은 미국의 여행안내소 어디에나 널려있다. 가끔은 햄버거 가게나 할인점 앞에 비치돼있는 경우도 있다. 쿠폰 북은 말 그대로 모텔, 음식점 등의 할인권이 인쇄된 책이다. 할인권에는 가격과 위치 등이 지도와 함께 일목요연하게 표시돼있다. 쿠폰 북만 있으면 예약하고 가는 것보다도 더 싸게 숙소를 구할 수 있으니 우리 같은 무작정 여행객에겐 필수품이다. 쿠폰 북에 표시된 것보다 요금을 비싸게 받거나, 우리를 손님으로 받아주지 않는 경우를 당하면 쿠폰 북에 안내돼 있는 전화로 신고하면 된다. 해당 업소는 벌금을 물지 않으려면 바로 방을 내주여야 한다.

프렌치 쿼터 바로 옆에 있는 앰배서더 호텔의 쿠폰 북 요금은 49달러였다. 체크인을 하는데 앞사람이 방값으로 79달러를 계산했다. 우리 차례가 돼 쿠폰 북을 내미니 두말없이 49달러만 받고 방을 내줬다. 쿠폰 북 덕분에 30달러를 번 셈이었다.

방은 오래된 호텔의 분위기를 살리려고 애쓴 흔적이 역력했다. 벽돌로 된 벽은 마감재를 쓰지 않아 벽돌 그대로다. 옛날식 수도관도 벌겋게 녹슨 채 그냥 밖으로 튀어나와 있었다. 그러나 침대나 욕실은 현대식으로 바뀌어져 있었다.

프렌치 쿼터는 남쪽이긴 하지만 미시시피 강을 끼고 있어 강바람이 매서웠다. 멀리 포구엔 유람선이 떠 있었다. 1800년대만 하더라도 저 포구엔 미시시피 강을 따라 오르내리는 스팀보트들이 길게 줄서 있었으리라. 미국 정부가 당시 미국의 화폐 총액과 맞먹는 거금을 주고 루이지애나를 사들인 것도 저 포구를 탐냈기 때문이다. 그러나 지금은 관광객이나 실어 나르는 신세가 됐으니 음지와 양지는 돌고 돈다.

강가의 프렌치 마켓은 쌀쌀한 날씨에도 불구하고 흥청댔다. 옛날엔 식료품과 생필품을 팔았겠지만 지금은 대다수 점포가 선물가게다. 뉴올리언스의 특산품을 팔 거라고 생각하면 오산이다. 진열된 물건을 뒤집어 보면 어김없이 '메이드 인 차이나'라는 문구가 찍혀있다.

프렌치 쿼터 한복판에 있는 잭슨 스퀘어는 1월 초인데도 인파로 붐볐다. 마침 건너편 길가에서 거리공연이 벌어지고 있었다. 지나던 행인들이 길을 멈추고 구경하느라 시끌벅적했다. 흑인 청년 한 명이 행인 예닐곱 명을 엎드리게 해놓고 그 위로 뛰어넘는 묘기를 보여주고 있었다. 별것도 아닌 공연인데 사람들은 박장대소를 하며 구경하고 있었다. 뉴올리언스에선 뭐든 보이는 대로 즐기겠다고 작심이나 하고 온 것처럼.

잭슨 스퀘어는 미국이 루이지애나를 사들인 뒤 뉴올리언스로 쳐들어온 영국군을 물리친 미국의 앤드류 잭슨 장군을 기념하기 위해 만든 공원이다.

어디선가 신나는 음악소리가 들렸다. 소리를 따라가 보니 성당 앞길에서 거리 악단이 재즈를 연주하고 있었다. 대부분 흑인이었고, 혼혈로 보이는 백인도 두 명 끼어있었다. 연주자의 차림새는 영락없는 노숙자였다. 연주하고 있는 악기도 구닥다리였다.

리듬을 돋우는 데 쓰는 빨래판처럼 생긴 악기는 말 그대로 판자에 못을 박아 만든 수제품이었다. 그러나 연주 솜씨는 거리악단이라고 얕볼 게 아니었다. 이들의 선조인 크리올(Creole)이 바로 재즈의 원조가 아니던가.

재즈의 역사는 17세기 말 이후 미국으로 잡혀온 흑인 노예의 음악으로 거슬러 올라간다. 노예생활의 비참함과 고향에 대한 그리움을 흑인만의 독특한 리듬으로 표현한 노래가 입에서 입으로 전해지며 재즈의 한 뿌리인 블루스로 발전했다.

크리올의 활약도 재즈의 역사에서 빼놓을 수 없다. 크리올은 노예로 팔려온 흑인과 프랑스 백인의 혼혈로 노예와 달리 자유인 신분이었다. 주로 뉴올리언스에 모여 살았던 크리올은 제대로 된 음악교육을 받았다. 이들에 의해 흑인 음악은 노동요에서 벗어나 래그타임이라는 형식을 갖추게 된다.

한편 남북전쟁이 끝나자 군악대에서 활약하던 흑인 병사들이 대거 뉴올리언스로 돌아왔다. 서구의 군대에서 군악대는 없어서는 안 될 존재였다. 군악이 곧 전투신호였기 때문이다. 당시 군악대는 일반 병사와 정반대 색깔의 제복을 입었다. 제복 색깔도 일부러 다르게 입을 판인데 흑인들이 군에 들어오니 백인부대의 군악대도 얼굴 색깔이 다른 흑인 차지가 된 게 당연했는지도 모른다.

군악대 멤버들은 각자 자기 악기를 들고 군악대에서 돌아왔다. 뿐만 아니라 전쟁이 끝나 더 이상 쓸모가 없어진 군악대의 악기도 뉴올리언스의 뒷골목 시장으로 마구 쏟아져 나왔다. 음악에 목말라하던 뉴올리언스의 흑인 음악가들에게 이렇게 군에서 흘러나온 악기는 갈증을 풀어주는 샘물이었다. 초창기 재즈가 금관악기로 구성된 브라스 밴드에서 출발한 것은 바로 이 때문이다. 블루스와 래그타임, 그리고 군악대의 음악이 뒤섞이면서 비로소 재즈가 태어났다.

1800년대 말 뉴올리언스는 도박, 매춘, 술로 상징되는 환락가였다. 마시고 노는 곳이었으니 재즈 연주자들이 일할 밤업소도 많았다. 초기 재즈가 '환락의 사생아' '타락한 음악'이라는 욕을 먹은 것은 이 때문이었다.

1917년 미국이 1차대전에 참전하면서 뉴올리언스는 군항으로 탈바꿈한다. 살벌한 전쟁분위기 속에서 사창가는 폐쇄됐다. 재즈 연주자들은 하루아침에 일터를 잃었다. 뉴올리언스의 재즈 대가들은 먹고살기 위해 고향을 떠나야 했다. 재즈가수 하면 떠올리게 되는 루이 암스트롱도 그렇게 뉴올리언스를 떠났던 사람이다.

고향을 떠난 재즈 연주자들이 새로 둥지를 튼 곳은 뉴욕과 시카고, 캔자스시티였다. 바로 이들에 의해 시카고 재즈, 뉴욕 재즈, 캔자스 재즈가 탄생했다. 모던 재즈가 발전한 것은 이때부터다. 환락의 사생아였던 재즈는 1차대전을 계기로 미국 전역으로 퍼졌고, 이어 세계인의 음악이 됐다.

거리의 악단 앞에선 연주단의 식구로 보이는 흑인 꼬마가 빗자루를 들고 춤을 추고 있었다. 홍이 오른 백인 꼬마도 함께 어울렸다. 신나는 브라스 밴드 음악이 연주되자 깡통에 팁을 넣는 손길도 바빠졌다. 재즈 음악을 들어본 적이 거의 없는 아들과 딸도 어깨춤을 췄다.

원래 재즈란 이런 분위기에서 듣는 게 참맛이 아닐까. 재즈가 태어난 곳이 바로 흑인 동네의 뒷골목이었으니까. 격식이고 체면이고 겉치레는 모두 벗어던진 알몸의 재즈는 귀로만 들리는 게 아니라 온몸으로 느껴졌다. 모르

뉴올리언스의 거리 재즈 악단

긴 해도 멋진 재즈 바에서 시디(CD)로 듣는 재즈는 박제된 음악이 아닐까 싶었다.

잭슨 스퀘어 앞에서 프렌치 쿼터를 한바퀴 도는 마차를 탔다. 재즈의 고향이라서 그랬을까. 마차를 모는 흑인 아저씨의 말은 그대로 재즈였다. 음악이 달리 필요 없었다. 아저씨는 친절하게 프렌치 쿼터의 역사와 거리에 얽힌 재미있는 이야기를 들려줬다. 그러나 남부 억양이 심한데다 말투가 너무 리드미컬해 말인지 노래인지 알아듣기가 어려운 게 아쉬울 따름이었다.

프렌치 쿼터를 동서로 가로지르는 로열 거리와 버번 거리엔 술집과 공연장이 즐비했다. '홀딱 쇼'라고 쓴 간판도 심심찮게 보였다. 이곳의 누드쇼는 미국에서도 수준 높기로 알아준다. 미국에서 남자들끼리 뉴올리언스 놀러 간다면 십중팔구는 이런 쇼를 보러 가는 것이라고 한다.

카페에선 라이브 쇼가 한창이었다. 록 밴드가 신나게 연주를 하는 모습이 창문 너머로 보였다. 밴드 앞에서 국적불명의 춤을 열광적으로 춰대는 사람, 한쪽 구석에서 그걸 보며 맥주를 홀짝거리는 사람, 뭐가 재미있는지 허리가 젖혀지도록 웃는 사람……. 그 광경을 보기만 해도 즐거워졌다. 프렌치 쿼터에는 오래된 여관이 많다. 100년은 기본이고 200년씩 된 곳도 있다. 저런 곳에서 한번 자보는 것도 괜찮겠다는 생각이 들었다.

프렌치 쿼터의 아침은 전날 밤의 치열했던 전투의 흔적으로 얼룩졌다. 골목마다 빈 깡통과 술병이 나뒹굴었다. 쓰레기더미에선 악취가 풍겼다. 맥주회사에서 나온 차는 골목골목을 누비며 술집에 맥주를 새로 장전시키고 있었다.

프렌치 쿼터에서 빼놓을 수 없는 구경거리 중 하나는 공동묘지다. 미국 사람들은 묘지를 화려하게 장식하지 않는다. 그러나 유럽 사람들은 다르다.

묘비 하나하나가 조각 작품이다. 프렌치 쿼터엔 옛날 프랑스 사람들이 만든 공동묘지가 여러 곳 있다.

마침 관광버스 세 대가 공동묘지 앞에 서 있었다. 한 무리의 사람들이 아침부터 공동묘지 구경에 나섰다. 아침에 공동묘지를 둘러보는 기분을 뭐라 표현해야 할지. 공동묘지 안에서 유고슬라비아 출신 가족의 묘비를 보았다. 젊었을 때 찍은 것인지 앳된 청년 세 명의 사진이 묘비에 붙어있었다. 어떤 사연으로 그 먼 곳에서 뉴올리언스까지 와서 결국 이곳에 묻히게 됐을까.

케이전 샐러드의 슬픈 사연

크리올이 뉴올리언스와 만나 재즈를 낳았다면, 케이전은 독특한 음식 문화를 남겼다. 우리에게도 낯설지 않은 케이전 샐러드가 바로 이들이 만든 대표적인 요리다. 케이전은 캐나다로 이주한 프랑스 사람들을 일컫는다. 영국이 북미대륙의 동부를 차지하고 스페인이 플로리다와 남미를 석권할 때 프랑스는 캐나다로 눈길을 돌렸다. 퀘벡과 캐나다의 노바스코시아(옛 이름은 아카디아) 섬이 케이전의 고향이다. 당시 프랑스는 미시시피 강 하구인 뉴올리언스에도 진출했다.

북미대륙 공략에 여념이 없던 유럽 열강은 1756년에 충돌했다. 원주민과 손잡은 프랑스가 영국과 맞붙었다. 7년을 끈 이 전쟁의 승자는 영국이었다. 전쟁에 진 프랑스는 캐나다를 영국에 헌납할 수밖에 없었다. 영국을 승리로 이끈 영웅은 훗날 미국의 초대 대통령이 되는 조지 워싱턴 중령이었다.

캐나다에 살고 있던 프랑스 사람들은 하루아침에 남의 나라에서 천대받는 신세가 됐다. 새로 이주해온 영국 사람들은 지금의 퀘벡과 노바스코시아에 살고 있던 프랑스 사람들에게 영국 성공회를 믿고 영국 국왕에게 충성하도록 강요했다.

많은 프랑스 사람들이 피땀 흘려 일군 터전을 버리고 떠날 수밖에 없었다. 고향을 떠난 프랑스 사람들은 뉴올리언스로 갔다. 그러나 스페인과 영국 사이의 비밀협정으로 인해 프랑스 땅이었던 루이지애나마저 스페인의 손에 넘어갔다. 이런 연유로 이주한 프랑스 사람들은 이곳에서도 환영을 받지 못했다.

이 때문에 미시시피 강 안쪽으로 깊숙이 들어가 세상과 담을 쌓고 사는 프랑스 난민이 많아졌다. 동병상린이라고 했던가. 가슴에 한을 품고 사는 프랑스 난민들과 통한 건 뉴올리언스의 흑인들이었다. 자연히 프랑스 백인과 흑인의 교류가 많아졌다. 케이전의 음식에 아프리카 색채가 많이 섞여 들어간 것은 이 때문이다.

프렌치 쿼터에 마더스(Mother's)라는 식당이 있다. 우리로 치자면 원조 할머니 집이다. 이 식당은 케이전 음식 전문점이다. 낮에 지나면서 보니 점심을 먹기 위해 사람들이 늘어선 줄이 20여 미터는 됐다. 도대체 음식이 얼마나 맛있으면 추위 속에 떨면서 저렇게 줄을 설까 싶었다.

우리도 마더스를 찾았다. 생소한 식당인 만큼 일단 안전하게 해산물 요리를 주문했다. 다만 도전용으로 잠발라야(Jambalaya)라는 요리를 시켰다. 그러나 잠시 후 가장 먼저 동이 난 건 잠발라야였다. 우리나라의 비빔밥과 일본식 덮밥의 중간쯤 되는 밥 요리인데 맛이 독특했다. 젓갈국물 같은 맛이 났다. 뉴올리언스에 와서 잠발라야를 못 먹고 간다면 헛일이라고 흑인 종업원은 넉살을 떨었다. 역시 어디를 가든 그곳의 원조 할머니 집 음식을 택하면 큰 실수는 안 한다.

이튿날 마더스를 다시 찾았다. 이번엔 검보(Gumbo)와 마더스의 특기로 만든다는 햄 샌드위치를 시켰다. 유혈 낭자한 메리(Bloody Mary)라는 칵테일도 한 잔 주문했다. 식당 앞에서 사람들을 줄 세우던 아저씨가 핏대를 올려가며 자랑한 칵테일이었다.

검보는 잠발라야와 비슷한 맛이 나는 수프에 밥을 넣어 죽처럼 끓인 음식이었다. 얼른 보면 영락없는 꿀꿀이죽이었다. 그러나 맛은 겉모양과 정반대였다. 전날과 마찬가지로 가장 먼저 바닥난 건 검보였다. 검보라는 이름은 곰보(Gombo)라는 아프리카 말에서 유래한 것이라 했다. 곰보는 이 수프에 들어가는 오크라(Okra)라는 식물의 아프리카 이름이다.

유럽식 수프에 아프리카식 쌀죽과 향신료를 섞은 게 바로 검보와 잠발라야다. 검보도 좋았지만 유혈 낭자한 메리도 맛이 독특했다. 이것은 토마토 주스에 타바스코 같은 매운 소스를 듬뿍 친 뒤 보드카를 넣은 칵테일이었다. 토마토의 역한 냄새를 없애기 위해 샐러리와 라임을 띄워놓았다. 토마토 주스에 핫소스를 탔으니 그 맛을 뭐라고 설명해야 할까? 첫맛은 코끝이 찡하게 맵기만 했다. 그러나 마실수록 감칠맛이 났다.

점심을 먹은 뒤 케이전이 숨어살던 미시시피 강으로 갔다. 미시시피 강이 바다와 만나는 곳은 늪지대였다. 악어가 득실대는 곳이다. 고향을 등진 케이전이 숨어살기엔 안성맞춤인 곳이었다. 늪지대에서는 꽁무니에 큰 바람개비를 단 보트를 타고 악어를 구경하는 스웜프 투어가 기다리고 있었다.

늪지대를 달릴 바람개비 배의 선장은 벤이라는 이름의 뚱뚱한 백인 아저씨였다. 그는 외모와 달리 사근사근했다. 시시콜콜한 것까지 한 시간여를 쉬지 않고 떠들어댔다. 그 선장의 말로는, 플로리다의 악어는 먹이를 줘서 키운 것이지만 이곳 악어는 진짜 원조 야생 악어라는 것이었다.

그러나 아무리 남쪽이라 따뜻하다지만 한겨울에 악어를 구경한다는 건 애초부터 욕심이었다. 악어는커녕 도마뱀 한 마리도 얼씬거리지 않았다. 거우 큰 쥐 같이 생긴 뉴트리아라는 동물 한 마리를 본 게 다였다. 선장은 멋쩍었는지 큰 오크나무 아래에서 배를 멈추고는 "이 나무가 바로 톰 크루즈 주연의 〈뱀파이어와의 인터뷰〉란 영화에 등장한 나무라는 거 아닙니까"라며 너스레를 떨었다. 나는 언젠가 본 영화다. 그러나 배를 타고 있는 사람들 가운데 톰 크루즈가 피를 빨아먹은 시체를 늪지대의 나무에 걸어놓는 장면을 기억하고 있는 사람이 과연 몇이나 될까.

강 안쪽엔 케이전이 사는 수상가옥이 늘어서 있었다. 미시시피 강 안쪽으로 깊숙이 들어가 외부와 접촉을 피하며 살았기에 케이전은 그들만의 독특한 음식문화를 간직할 수 있었다.

선착장에 닿을 무렵 벤 선장은 갑자기 큰소리를 쳤다. 살아있는 악어를 꼭 보여주겠노라고. 그러나 배에서 내릴 때까지도 악어는 꼬랑지도 볼 수 없었다. 어떻게 된 거냐고 묻는 관람객들에게 선장은 잠자코 따라만 오라고 했다.

잠시 후 벤 선장은 매표소 안에 들어가더니 아이스박스 안에서 새끼 악어 한 마리를 꺼내 왔다. 헉! 저게 바로 진짜 원조 야생 악어란 말인가!

악어를 보자 아이들의 눈빛이 제일 먼저 반짝거렸다. 악어를 쓰다듬어보고 주물럭거렸다. 우리 아이들만 아니라 미국 아이들도 마찬가지였다. 저러다 새끼 악어가 제명에 죽을 수 있을까 걱정됐다. 우리가 악어와 기념사진을 찍은 뒤 스웜프 투어장을 빠져나올 때까지도 악어는 다른 관광객들과 사진 찍기에 바빴다.

마르디그라(Mardi Gras)를 구경하지 못하고 뉴올리언스를 떠난다는 게 아쉬웠다. 뉴올리언스의 3대 명물 하면 재즈, 케이전 음식, 그리고 마르디그라다. 사순절 행사의 마지막 순서인 마르디그라는 불어다. 이것을 영어로 표현하면, 배터지게 먹는 화요일(Fat Tuesday)이다.

사순절은 예수 그리스도가 40일 동안 광야에서 기도하며 세속의 온갖 유혹을 물리친 것을 거울삼아 40일 동안 고기와 술을 멀리하며 금욕생활을 하는 기독교 명절이다. 그리스도가 부활한 날 이전 40일째부터 사순절이 시작된다. 사순절의 시작은 항상 수요일이다. 재의 수요일(Ash Wednesday)이 바로 그날이다. 로마교회에서 이날 참회의 뜻으로 양미간과 이마에 재 가루로 십자가를 그리는 데서 비롯된 말이다.

사순절이 시작되면 고기도 못 먹고 술도 못 마시니 바로 전날인 화요일에 먹고 마시고 몸이 부서져라 노는 풍습이 생겨났다. 바로 여기서 마르디그라라는 명절이 생겼다.

브라질의 리우데자네이루에서 매년 열리는 삼바 축제도 마르디그라의 하나다. 사순절이 시작되기 전 4일간, 그러니까 사순절 바로 전의 토, 일, 월, 화요일이 마르디그라의 절정기다. 이때는 뉴올리언스 전체가 광란의 축제마당으로 변한다. 이는 1857년 9명의 남자가 처음 마르디그라 가장행렬을 벌인 뒤 매년 뉴올리언스를 대표하는 축제로 발전했다. 프렌치 쿼터에 유난히 가면을 파는 가게가 많은 것도 이 때문이다.

축제기간 중엔 60여 무리의 가장행렬이 지나간다. 모든 행렬에는 각기 왕과 왕비를 세우게 돼있다. 어느 행렬의 왕과 왕비가 더 멋지고 화려한가를 보는 것도 마르디그라의 재미 중 하나다.

나바호 원주민이 말을 달리던 대평원을 지나, 애나사지의 절벽 집을 넘어 멕시칸의 애환이 서린 리오그란데 강을 따라 텍사스의 남쪽 끝까지 내려왔다. 서남부의 여정 내내 우리가 만난 것은 백인의 정복 역사요, 원주민과 멕시칸, 케이전, 흑인의 수난사였다. 어쩌면 서남부는 오늘날 초강대국 미국의 화려한 모습에 가려진 어두운 그림자가 아닐까.

토론토의 개선문

02 | 대륙의 심장

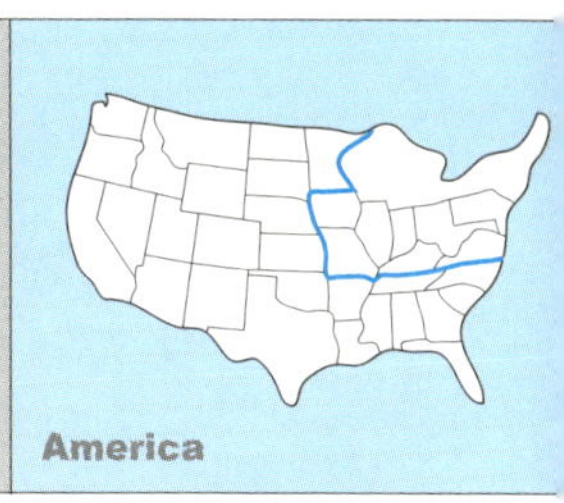

America

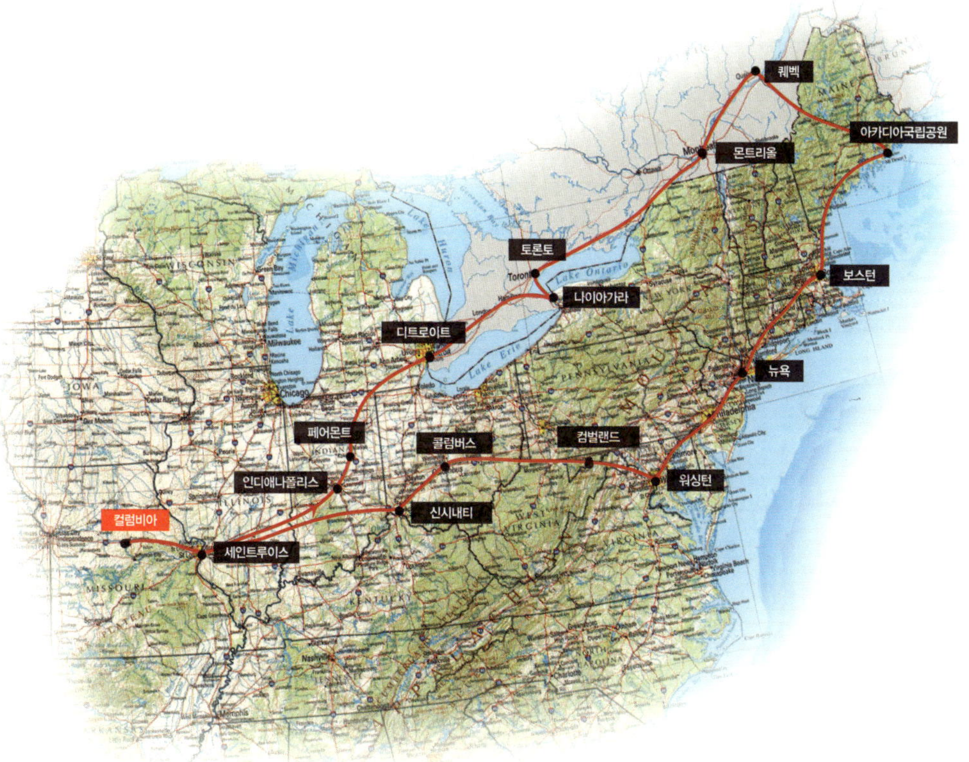

퀘벡
아카디아국립공원
몬트리올
토론토
나이아가라
보스턴
디트로이트
뉴욕
페어몬트
콜럼버스
컴벌랜드
인디애나폴리스
워싱턴
신시내티
컬럼비아
세인트루이스

북미대륙은 남북으로 길게 뻗은 로키 산맥과 미시시피 강에 의해 세로로 삼등분된다. 과거에 로키 산맥의 서쪽은 스페인이 차지했고, 로키 산맥과 미시시피 강 사이의 가운데 대평원은 프랑스가 선점했다. 영국 사람들이 처음 발을 들여놓은 곳은 미시시피 강의 동쪽 해안이다.

이 때문에 북미대륙의 동북부엔 오래된 유럽인의 도시가 몰려있다. 미국과 캐나다의 수도가 이곳에 자리 잡고 있는 것도 우연이 아니다. 서부에 신흥 부자촌이 많이 생겼다고 해도 북미대륙의 심장부는 역시 나비의 오른쪽 위편 날개에 해당하는 동북부다.

겨울철에 동북부로 갔다간 낭패를 당하기 십상이다. 자칫하면 폭설에 갇혀 꼼짝없이 발이 묶인다. 우리는 봄방학 때 동북부를 다녀왔다. 8박 9일의 일정이었다. 3월이었는데도 캐나다 쪽은 눈이 다 녹지 않았다. 봄기운과 아직 물러가지 않은 겨울풍경을 한꺼번에 볼 수 있어 좋았다.

컬럼비아에서 70번 고속도로를 따라 곧장 인디애나 주의 인디애나폴리스로 갔다. 거기서 다시 69번과 94번 고속도로를 번갈아 타고 북쪽에 있는 미시간 주의 디트로이트까지 간 다음 오대호 중 하나인 에리 호를 건너 캐나다로 갔다.

캐나다 국경을 따라 달리는 401번 고속도로는 몬트리올까지 이어진다. 중간에 나이아가라 폭포와 토론토를 들렀다. 몬트리올을 지나자 아직 녹지 않은 눈이 쌓여있었다. 퀘벡의 눈 더미는 어른 키 정도나 높았다.

퀘벡에서 173번과 201번 고속도로로 애팔래치아 산맥 북쪽 끝자락을 넘어 미국으로 다시 넘어왔다. 도로가 대서양과 만나는 곳에 미국의 4대 국립공원 중 하나인 아카디아 국립공원이 있다. 거기서부터 동부 해안을 따라 보스턴, 뉴욕을 거쳐 워싱턴까지 죽 내려온 뒤 70번 고속도로를 따라 다시 서쪽으로 향했다.

짧은 구간이었지만 메인, 뉴햄프셔, 매사추세츠, 로드아일랜드, 뉴저지, 펜실베이니아, 델라웨어, 메릴랜드, 버지니아, 웨스트버지니아, 오하이오 등 11개 주를 지났다. 집으로 돌아오는 길에 오하이오 주의 콜럼버스와 신시내티에도 들렀다.

영원한 연인 제임스 딘

1955년 9월 30일. 샌프란시스코 교외의 살라나스 공항을 향해 포르셰 스파이더 550 스포츠카가 시속 200킬로미터 가까운 속도로 달리고 있었다. 해가 넘어갈 즈음인 5시 59분. 도로에는 달리는 차가 거의 없었다. 한껏 속도를 낸 포르셰는 거칠 것 없이 쭉 뻗은 도로를 미끄러지듯 달렸다.

커브 길을 도는 순간 반대편에서 포드 세단 한 대가 갑자기 나타났다. 급브레이크를 밟았으나 속도가 너무 빨랐다. 포르셰는 미처 포드를 피하지 못했다. 포르셰는 박살이 났고 그 차에 타고 있던 젊은 청년은 목뼈가 부러져 그 자리에서 숨졌다. 스물넷의 나이로 세상을 떠난 제임스 딘이었다. 그는 이튿날 살라나스 공항에서 열릴 자동차경주에 참가할 계획이었다.

〈에덴의 동쪽〉이란 영화로 어느 날 혜성 같이 나타난 스타 딘은 만능 스포츠맨이자 자동차경주 광이었다. 스타가 된 후에도 그는 애마 포르셰를 몰고 자동차경주에 나가 여러 차례 우승컵을 안았다. 딘을 자동차경주 광으로 만든 도시가 바로 인디애나 주의 인디애나폴리스다. 딘의 고향은 인디애나폴리스에서 북쪽으로 한 시간 정도 떨어진 메리언이란 곳이다. 어지간한 미국 지도엔 표시조차 안 된 깡촌이다.

딘의 고향을 찾아가려면 인디애나폴리스를 거쳐야 했다. 인디애나폴리스는 미국 자동차경주의 메카다. 세계에서 가장 빠른 자동차경주인 '인디애나폴리스 500마일'이란 자동차경주가 열리는 곳이다.

경주장은 아침부터 분주했다. 인디애나폴리스에선 일 년에 세 차례 경주가 열리는데 첫 경기가 5월에 있다. 경기장은 첫 경기가 시작되기 전에 미리 트랙을 보수하고 각종 설비를 점검하고 있었다. 트랙 한쪽에 있는 '명예의 전당'이란 이름의 자동차박물관으로 갔다. 입구에서 표를 받는 직원은 죄다 노인이었다. 관광객을 안내하는 일도 노인이 했다. 말투나 손님을 맞는 태도를 보아 대부분 교육수준이 높은 사람으로 짐작됐다. 하루가 다르게 노령화가 진전되고 있는 우리가 타산지석으로 삼을 만했다.

트랙은 안쪽이 낮고 바깥쪽이 높게 설계돼 있었다. 자동차가 회전할 때 원심력이 작용해 튕겨나가는 것을 막기 위한 것이었다. 원래 이 트랙은 1909년 자동차 시험용으로 만들었다. 당시만 해도 인디애나폴리스는 미국 자동차 산업의 심장부였다. 자동차 제조회사가 많았다. 이 때문에 주행시험용 도로가 생긴 것이다.

자동차 회사나 써먹던 도로를 경주장으로 만들자는 아이디어를 낸 사람은 칼 피셔라는 사업가였다. 그는 훗날 마이애미 해변을 개발해 떼돈을 벌기도 했다. 첫 경주는 1911년에 열렸다. 첫 경주의 주행거리는 400마일이었다. 마침 자동차 산업은 미국에서 꽃망울을 터뜨리고 있었다. 인디애나폴리스는 물론이고 뉴욕, 시카고, 세인트루이스, 신시내티 등 당시 내로라하던 대도시에서 구경꾼이 구름처럼 몰려왔다.

첫 경기의 우승자는 레이 해로운이었다. 그에게 우승컵을 안겨준 비밀병기는 다름 아닌 백미러였다. 당시 경주용 차는 백미러를 달지 않았다. 그러나 해로운은 백미러를 달았고, 그 덕분에 경쟁자들이 뒤에서 어떻게 움직이는가를 살피면서 레이스를 펼칠 수 있었기에 추월을 허용치 않았다.

자동차경주에서 어떤 회사의 차가 우승했느냐는 바로 그 차의 판매실적으로 직결됐다. 자동차 회사마다 최고의 스포츠카를 만들기 위해 혈안이 된 건 당연했다. 더 강력한 엔진, 더 튼튼한 바퀴, 공기저항을 더 적게 받는 디자인을 개발하는 경쟁이 불붙었다. 고무 튜브가 들어간 타이어, 에틸 가솔린 엔진, 터보 엔진, 후륜구동 자동차, 사륜구동 자동차 등 자동차 제작기술에 혁명이 일어났다.

명예의 전당 안에 전시된 역대 우승 차들은 미국 자동차 산업의 발전사이기도 했다. 초기의 경주 차는 어설프기 짝이 없었지만 세월이 흐를수록 차의 외모가 더 날렵해지고 힘이 좋아졌다는 걸 한눈에 알 수 있었다. 전시된 차 중엔 포드가 세계 최초로 만든 자동차도 있었다. 어린 딘이 봤다면 얼마나 열광했을 차들인가.

딘이 속도에 광적으로 집착했던 건 불우했던 어린 시절 때문이었는지도 모른다. 딘은 1931년 치과 기공사의 외동아들로 태어났다. 아버지를 따라 도회지인 캘리포니아로 갈 때까지만 해도 딘의 가정은 순탄했다. 그러나 딘이 아홉 살 되던 해에 어머니가 유방암으로 세상을 떠나면서 딘은 외톨이가 됐다. 다시 숙부가 사는 인디애나 주의 페어몬트로 돌아간 딘은 고등학교를 졸업할 때까지 그곳을 떠나지 못했다.

한창 어머니의 정을 받아야 할 나이에 숙부 슬하에서 성장한 딘은 자연스럽게 내성적인 성격을 갖게 됐다. 특유의 반항아 기질에도 불구하고 여성의 모성애를 자극하는 그의 분위기는 이때 생겼는지 모른다. 속도에 대한 광적인 집착도 딘의 그런 내면을 드러내는 면모가 아닐까. 사춘기의 터질 듯한 울분과 어머니에 대한 그리움을 미친 듯이 달리는 차 안에서 달랬던 건 아닐까.

페어몬트는 세계적인 스타가 살았던 곳답지 않게 조용한 시골마을이었다. 자그마한 집들이 좁은 도로를 따라 다닥다닥 붙어 있었다. 딘의 생가가 어디쯤에 있을까 헤매다가 주택가 한복판에서 그의 유품과 관련 자료를 모아 전시하고 있는 갤러리를 찾아 들어갔다. 아직 이른 봄이라 그런지 갤러리 안은 텅 비어 있었다. 주인장을 불러도 안에서 아무 인기척이 없었다. 잠시 후 40대 중반쯤으로 보이는 남자가 나타나 그제야 등을 켰다. 느릿느릿한 그의 움직임은 답답했지만 설명은 솔직했다.

"이곳이 제임스 딘이 살았던 동네이긴 하지만 이 집은 그가 태어난 곳도 자란 곳도 아닙니다. 다만 제임스 딘에 관한 자료는 세계에서 가장 많이 보관하고 있지요."

적지 않은 입장료를 내고 더 안쪽으로 들어서자 어린 시절 딘의 사진이 발걸음을 붙잡았다. 서너 살이나 됐을까. 깜찍한 딘의 얼굴은 깨물어주고 싶을 정도로 귀여웠다. 반대편에는 딘이 쓰던 손목시계, 그림, 앨범 들이 전시돼 있었다.

첫 번째 방을 지나 두 번째 방으로 들어서자 3단으로 된 어른 키 높이의 장식장이 꽉 들어차 있었다. 장식장 안에는 전 세계에서 모아온 잡지들이 전시돼 있었다. 멀리 홍콩과 일본에서 발행된 잡지도 많았다. 가운데 위치한 거실에는 마네킹이 딘의 옷을 입고 서 있었다. 색이 다 바랜 초라한 옷을 입은 인형. 전 세계 젊은 여성들의 우상이었던 스타를 고향에선 저런 정도로 푸대접하고 있구나 하고 생각하니 왠지 서글퍼졌다.

거실 한쪽 벽에 문이 하나 있기에 열어보았다. 지하로 통하는 문이었다. 지하에도 전시물이 있는 걸까. 무심코 내려가 보니 지하는 주인장의 동생이 운영하는 고물 창고와 셔츠 공장이었다. 두꺼운 뿔테 안경을 쓴 아저씨는 우리를 보자 반갑게 인사했다. 레니라는 이름의 그 아저씨는 창고 안을 둘러보라고 친절하게 말했다.

창고 안에는 온갖 잡동사니가 다 모여 있었다. 딘이 입던 옷에서부터 그가 쓰던 포크와 나이프까지. 한쪽 구석엔 전 세계에서 흘러온 컵이 전시돼 있었다. 그중에는 88올림픽 로고가 찍힌 한국의 맥주회사 컵도 끼어 있었다.

레니는 고물 창고의 한쪽에 가내수공업 형태의 셔츠 공장도 운영하고 있었다. 처음엔 취미 삼아 1950년대풍의 셔츠를 만들었다고 한다. 그러다 록밴드를 하는 친구의 옷을 만들어준 게 인연이 돼 인터넷에 사이버 가게까지 열었다. 지금은 미국 전역에서 주문을 받을 정도가 됐다. 제임스 딘 갤러리 아래에 셔츠 공장과 고물상이 있을 줄이야.

딘은 1949년에 고등학교를 졸업한 뒤에야 캘리포니아에 있는 아버지에게 갔다. 아버지는 딘이 샌타모니카대학에 입학해 법관이 되기를 원했다. 그러나 연극에 관심이 많았던 딘은 로스앤젤레스의 캘리포니아 주립대학(UCLA)으로 옮겨 연극을 전공했다. 그의 연예계 데뷔작은 펩시콜라 광고모델이었다. 그가 받은 모델료는 30달러였다.

1951년에 딘은 캘리포니아를 떠나 뉴욕으로 갔다. 할리우드에선 안 되겠다고 판단하고 뉴욕의 브로드웨이로 활동무대를 옮긴 것이었다. 이때 딘이 연기공부를 위해 들어간 액터스 스튜디오의 동기생 중에는 폴 뉴먼도 있었다. 액터스 스튜디오는 그 외에도 말론 브란도를 비롯한 기라성 같은 배우들이 소속된 배우학교이기도 했다.

몇 차례 텔레비전 드라마와 브로드웨이 무대에 출연하던 그는 엘리아 카잔이라는 연출자를 만나게 된다. 이때부터 딘과 뉴먼의 인생은 묘하게 얽히기 시작한다. 뉴먼이 가장 하고 싶어 했던 배역은 〈에덴의 동쪽〉에서 딘이 맡은 '칼' 역이었지만 오디션에서 딘에게 주역을 빼앗겼다. 대신 폴 뉴먼은 딘이 딱지를 놓았던 〈성배〉라는 영화의 주연을 맡았고, 이 영화로 무명에서 촉망받는 신인으로 떴다.

폴 뉴먼과 〈성배〉에서 함께 연기한 여주인공 피어 안젤리는 딘이 일생을 통틀어 사랑한 유일한 여인이었다. 〈에덴의 동쪽〉에 출연한 후 딘은 곧바로 닉 레이 감독의 〈이유 없는 반항〉에 출연해 미국 베이비붐 세대의 반항아 기질을 유감없이 보여줬다. 그리고 세 번째 출연작이자 그의 유작이 된 〈자이언트〉에선 엘리자베스 테일러와 록 허드슨 같은 당대 스타들과 어깨를 나란히 했다.

공교롭게도 딘의 후속 출연작으로 예정됐던 〈왼손잡이 권총〉〈상처뿐인 영광〉의 주인공은 딘이 사망함에 따라 폴 뉴먼이 맡게 됐다. 한창 뜨고 있을 때 극적인 자동차 사고로 죽음으로써 딘의 신비스런 매력이 더욱 부각됐다. 딘은 자신이 출연한 세 편의 영화 가운데 〈에덴의 동쪽〉만 극장에서 보았을 뿐 나머지 두 편은 보지도 못했다. 두 번째 출연작인 〈이유 없는 반항〉은 그가 자동차 사고로 죽은 지 일주일 뒤에야 개봉됐다.

갤러리에서 동네 지도를 얻어 딘의 묘지를 찾아갔다. 딘의 묘는 동네 공동묘지 안에 있다고 안내서에 표시돼 있었다. 그러나 넓은 공동묘지 어디에도 딘의 묘비 위치를 표시해놓은 흔적이 없었다. 꽃다발이 있는 묘비가 그의 것이 아닐까 하고 사방을 둘러보니 꽃이 놓인 묘비는 여기저기 흔했다.

온 가족이 흩어져 여기저기 수색하다가 이상한 묘비 하나를 발견했다. 자줏빛 돌로 된 작은 묘비에 립스틱 자국이 어지럽게 묻어 있었다. 묘비명을 보니 '제임스 딘'이란 이름이 또렷하게 새겨져 있었다. 아직도 딘을 사랑하는 많은 여인들이 찾아와 그의 묘비에 키스를 하고 간 것이다.

딘은 1931년생이니 지금까지 생존해 있다면 70대 노인이다. 그가 아무리 섹시 스타라 해도 지금껏 살아 있다면 그의 묘비처럼 수많은 여인들의 키스 세례를 받을 수 있을까. 어떻게 보면 스타는 가장 화려하고 아름다울 때 팬들로부터 떠나는 게 영원히 팬들의 기억에 남는 길일지도 모르겠다. 딘의 묘비 옆에는 그를 키워준 삼촌과 숙모의 묘비가 나란히 서 있었다. 죽어서도 딘은 어머니 곁에 묻히지 못했다.

나이아가라 폭포에서 뛰어내린 여교사

세계에서 카메라 필름이 가장 많이 소비되는 곳은 어디일까? 나이아가라 폭포가 다섯 손가락 안에 꼽힌다고 해도 과언은 아니지 싶다. 그러나 세계적인 관광지인 나이아가라도 1812년까지는 동네 폭포에 지나지 않았다.

나이아가라는 프랑스 탐험가에 의해 처음 유럽에 소개됐다. 그러나 프랑스나 나중에 캐나다를 삼킨 영국은 1795년까지도 이 폭포를 개발할 생각을 하지 않았다. 정부 당국자조차 폭포는 어린아이들이 소풍이나 가는 곳이라고 여겼기 때문이다. 폭포 진입로를 정비하는 데 쓴 예산이 달랑 30달러였다니 말 다했다.

나이아가라가 세간의 관심을 끌게 된 건 우습게도 전쟁 때문이었다. 잊혀진 전쟁으로 꼽히는 1812년 미국의 2차 독립전쟁이 그 계기였다. 1차 독립전쟁에서 참패한 영국은 미국이 잠시 방심한 사이에 다시 한번 미국 땅으로 쳐들어갔다. 그러나 2년 만에 또 다시 패배한 영국군은 캐나다로 쫓겨 갔다. 후퇴하던 영국군은 나이아가라 폭포에서 배수의 진을 치고 미국 군대와

싸웠다. 전투 도중에 폭포의 장관을 보게 된 영국과 미국의 군인들은 전쟁
이 끝난 뒤에 나이아가라를 다시 찾기 시작했다. 그리고 이들에 의해 입소
문이 나면서 나이아가라는 비로소 관광지로 떠올랐다.

나이아가라 폭포로 가는 캐나다 북동쪽 401번 도로는 미국 국경을 따라
달린다. 길은 오대호를 지나 세인트로렌스 강을 따라 퀘벡까지 이어진다.
이 길엔 캐나다 북동쪽의 주요 도시들이 다 걸려있다. 오대호 가운데 하나
인 온타리오 호를 끼고 있는 해밀턴은 폭포로 가는 길목도시다.

길을 따라 이어지던 침엽수림은 해밀턴에 이르자 고풍스런 건물 숲으로
바뀌었다. 이른 주말 아침이었던 탓에 거리엔 조깅하는 사람이 많았다. 대
체로 혼자 뛰는 걸 즐기는 미국 사람들에 비해 캐나다 사람들은 여럿이 함께
어울려 뛰는 것을 좋아하는 것 같다. 무리 지어 조깅하는 모습은 두 나라 사
람의 성격차이를 보여주는 흥미로운 광경이다.

나이아가라는 입구부터 요란했다. 호텔, 식당, 카지노, 술집 들이 빼곡했
다. 캐나다에서 미국으로 넘어가는 무지개다리 쪽으로 가다가 모퉁이를 돌
아서자 캐나다 쪽 나이아가라 폭포가 모습을 드러냈다. 차창을 내리니 콰과
과광 하는 천둥소리가 들렸다. 폭포가 떨어지는 소리였다. 장엄한 폭포가
굉음을 내며 떨어지면서 다시 하늘로 튄 물방울이 안개처럼 하늘로 퍼지고
있었다. 3월 하순이었지만 보슬비가 왔던 터라 날씨가 추웠다. 그러나 폭포
주변엔 발 디딜 틈이 없을 만큼 관광객이 많았다. 곳곳에서 터지는 카메라
플래시 불빛이 어지러울 정도였다.

흔히 나이아가라 폭포는 두 개로 알려져 있다. 그러나 사실은 세 개다. 아
메리칸 폭포와 그 옆에 붙어 있는 브라이들 베일 폭포(Bridel Veil Falls)는 미
국 땅에 속해 있다. 얼른 보면 그 두 폭포는 하나 같지만, 위에서 보면 루나

라는 작은 섬이 갈라놓고 있다. 아메리칸 폭포의 맞은편엔 말발굽 폭포 (Horseshoe Falls)로 불리는 캐나다 폭포가 있다. 아메리칸 폭포는 높이가 56 미터여서 54미터인 캐나다 폭포보다 약간 높지만, 폭은 328미터로 캐나다 폭포의 675미터에 비해 훨씬 좁다.

공교롭게도 세 개의 폭포 가운데 두 개 반이 미국 땅에 있기에 캐나다에 서 바라보는 경치가 더 좋다. 미국 쪽에선 폭포가 떨어지는 윗자락밖에 안 보이지만 캐나다 쪽에선 전체가 다 보이기 때문이다. 캐나다 쪽에 미국인 관광객이 많은 것도 이런 연유에서다.

3월이라지만 폭포의 얼음은 아직 녹지 않았다. 거대한 얼음기둥 위로 떨 어지는 물줄기는 이때가 아니면 볼 수 없는 장관이다. 675미터 폭의 강물이 54미터의 높이에서 떨어진다고 상상해보라.

캐나다 쪽에 있는 테이블 록 콤플렉스(Table Rock Complex)라는 곳엔 말 발굽 폭포 아래로 내려가는 엘리베이터가 있었다. '폭포의 뒤쪽'이란 이름 의 관광코스였다. 여름에는 폭포의 뒤로 들어가서 떨어지는 물을 맞을 수도 있다. 그러나 우리가 갔을 땐 아직 얼음이 녹지 않아 물 떨어지는 소리만 들 을 수 있었다.

다만 폭포 바로 옆에 마련된 전망대에선 물이 떨어지는 모습을 가까이에 서 볼 수 있었다. 떨어진 물은 얼음과 강 표면에 부딪쳤다가 하늘로 튀어 오 르면서 물보라를 만들었다. 폭포 위에서 불어온 바람은 물보라를 강 하류 쪽으로 흩어지게 만들었다.

거대한 얼음기둥과 거침없는 물세례, 폭포를 감싼 물안개가 어우러져 만 들어내는 장관은 잠시 넋을 잃게 했다. 폭포에 홀려서였을까. 1900년대 초 엔 이 폭포 위에서 뛰어내리는 모험을 하는 사람이 많았다.

나이아가라의 캐나다 폭포 전경

1901년에 당시 63세였던 안나 테일러라는 여교사가 나무통을 타고 폭포로 뛰어내린 게 효시였다. 테일러는 3시간 뒤에 구조됐는데 온몸에 타박상만 입었을 뿐 생명엔 지장이 없었다. 테일러의 소문이 퍼지자 수많은 사람들이 폭포에서 뛰어내리는 모험을 감행했다. 그러나 나무통을 타고 뛰어내리는데 모든 사람이 온전할 리 없었다. 목숨을 잃는 사람이 속출했다. 결국 정부가 법으로 폭포에서 뛰어내리는 것을 금지했다.

어떻게 저 높은 폭포에서 나무통을 타고 뛰어내릴 생각을 했을까, 그것도 교사가? 우리로선 도저히 납득되지 않는 일이지만, 모험을 마약처럼 좋아하는 미국 사람들에겐 그것이 흥미로운 모험거리가 되는가 보다.

테일러가 뛰어내린 캐나다 폭포는 지난 1만 2000년 동안 11.2킬로미터나 상류 쪽으로 그 위치가 올라갔다. 폭포가 바위를 계속 깎으며 상류로 이동하고 있는 것이다. 지금도 폭포가 10년에 36센티미터씩 북쪽으로 이동하고 있다고 한다. 수백 년 후 우리의 후손이 볼 폭포는 우리가 지금 보는 것과는 전혀 다른 모습이 돼있지 않을까.

무지개다리를 건너 미국 땅으로 넘어갔다. 이곳에서 국경을 넘는 것은 식은 죽 먹기였다. 국경 검문소의 미국인 경찰은 여권만 확인하고는 통과시켜 주었다.

나이아가라 강의 하류엔 강변을 따라 미국과 캐나다 양쪽 모두 널찍한 도로를 내놓았다. 지도에는 마치 강을 보면서 달릴 수 있을 것처럼 표시해 놓았지만 막상 강이 보이는 곳은 많지 않다. 나이아가라 강 하류 쪽으로는 까마득한 절벽이 이어진다. 수만 년 동안 나이아가라 폭포가 깎은 것이다.

큰 강이 절벽 사이로 지나가니 수력발전의 입지로는 안성맞춤이다. 캐나다 쪽에 있는 아담 벡 수력발전소는 캐나다 온타리오 주에서 가장 크다.

나이아가라 강과 온타리오 호수가 만나는 곳에 나이아가라 요새 주립공원이 나왔다. 공원엔 사람이 한 명도 없었다. 아직 겨울 기운이 채 가시지 않은 때라 그런 모양이었다. 요새는 공원 끝 호숫가에 자리를 잡고 있었다.

이 요새는 옛날부터 군사 요충지였다. 영국 정복자들이 캐나다로 들어온 통로는 온타리오 호수와 연결된 세인트로렌스 강이었다. 온타리오 호수에서 내륙으로 들어가는 통로는 바로 이 요새가 지키고 있는 나이아가라 강이다. 때문에 이 요새는 프랑스에서 영국으로, 다시 미국으로 주인이 세 차례나 바뀌는 격전장이었다. 요새에서 본 온타리오 호수는 그야말로 바다나 다름없었다. 끝이 안 보였다.

미국 땅에서 퀸스턴—루이스턴 다리를 건너 다시 캐나다 땅으로 넘어갔다. 시간이 아직 일렀기에 토론토까지 가기로 했다. 시간이 없을 때는 어느 도시에나 있는 시티투어 코스를 따라 돌아보는 게 가장 효율적이다. 각 도시에서 가장 자랑할 만한 곳만 연결해 놓은 게 시티투어 코스이기 때문이다.

토론토는 옛 시가지와 초현대식 마천루가 잘 조화된 도시다. 온타리오 호수 쪽으론 토론토가 자랑하는 시엔타워를 비롯한 현대식 건물이 들어서 있다. 반면 다운타운 안쪽으로는 옛 도시다운 건축물이 많았다. 카사로마(Casa Loma)라는 중세 유럽식 성은 토론토를 대표하는 건물 중 하나다. 1912년에 완공된 성 안에는 98개의 방과 244미터에 달하는 지하 비밀통로가 있다.

토론토 한복판엔 차이나타운이 있다. 중국인의 토론토 이주는 1900년대 초에 대규모로 이뤄졌다. 중국 사람들이 얼마나 인해전술을 썼으면 토론토가 1923년에 '중국인이민금지법'까지 제정했을까.

차이나타운에 들어서니 이곳이 중국의 상하이인지 토론토인지 구분이 안 갈 정도였다. 왁자지껄한 상가 거리는 중국의 한 도시를 그대로 옮겨다 놓은 것 같았다. 길옆에 부호면가(富豪麵家)라는 국수 전문점이 눈에 띄었다. 잘 모르는 중국음식이지만 국수라면 일단 안전할 것 같았다. 훈제 오리, 쇠고기 조림, 국수, 볶음밥을 주문했다. 국수의 면발이 덜 풀린 당면 같아서 우리 입맛에 안 맞는다는 것을 빼고는 훌륭한 저녁식사였다.

상가 뒤편은 중국인이 사는 주택가였다. 골목마다 종친회 사무실이 있는 게 인상적이었다. 종친 따지는 건 한국 사람이나 중국 사람이나 같은 모양이다.

차이나타운에서 다시 현대식 건물이 있는 남쪽으로 내려갔다. 토론토에서 가장 높은 건물인 시엔타워(553미터)에 올라가 보기 위해서였다. 낮엔 비가 왔기 때문에 야경을 보기로 한 터였다. 토론토의 야경은 화려했다. 서울의 야경은 곳곳에 있는 산 때문에 군데군데 불빛이 끊기지만 토론토의 야경은 지평선까지 펼쳐졌다.

타워의 꼭대기는 2층으로 돼있다. 위층은 유리로 둘러싸여 있지만 아래층은 바깥으로 나가 밤바람을 맞을 수도 있었다. 아래층엔 바닥을 유리로 만들어 놓은 곳도 있었다. 유리 위에 서니 아래쪽이 그냥 내려다보였다. 하마가 올라앉아도 괜찮다는 설명이 있었지만, 아래가 그냥 보이니 다리가 후들거렸다. 유리 위에 못 올라서는 사람은 의외로 여자보다 남자가 훨씬 많았다.

엘리베이터를 타고 내려오는데 안내원이 천기 하나를 누설하겠다고 너스레를 떨었다. 무슨 얘긴가 듣고 보니 아래층은 원래 바닥 전체가 유리였다는 것이다. 처음엔 그대로 됐으나 현기증을 일으키는 사람이 많아 일부만 남기고 나머지는 카펫으로 가렸다는 설명이었다.

사람의 오감은 얼마나 가볍고 덧없는가! 눈에 보이는 것과 보이지 않는 것의 차이는 백지 한 장도 안 되는 것이로되 사람이 느끼는 감정은 하늘과 땅의 차이다. 뒤통수를 치는 안내원의 일침에 온몸을 엄습해오던 피로가 한 발 물러서는 것 같았다.

몬트리올의 미로 찾기

미국에는 고속도로 주변을 따라 마을이 형성돼있다. 고속도로에서 빠져나가면 어김없이 동네가 나오고 그곳에 주유소, 모텔, 식당이 늘어서 있다. 이 때문에 고속도로를 타고 여행하기가 편하다.

그러나 캐나다에선 몇 시간씩 고속도로를 달려도 마을 구경하기가 어려웠다. 주유소 표시가 있어서 고속도로에서 빠져나가 보면 최소한 4~5킬로미터는 더 가야 기름을 넣을 수 있었다. 아무리 가도 주유소는 안 나오고 초원만 계속 이어져, 도중에 포기하고 고속도로로 되돌아온 적도 있었다. 캐나다에 가면 주유소를 볼 때마다 기름을 넣는 게 좋다는 말은 과장이 아니었다.

캐나다의 고속도로 휴게소는 한국과 비슷했다. 휴게소에 주유소와 식당이 있다. 미국의 고속도로 휴게소엔 화장실과 간이 식탁밖에 없다. 주유소와 식당을 찾으려면 고속도로 바깥으로 나가야 했다. 캐나다에서 또 하나 헷갈린 건 거리 표시가 미터법으로 돼있다는 점이다. 우리 차의 속도계는 마일로 표시되기 때문에 속도제한 표지판을 볼 때마다 머릿속으로 암산을 해야 했다. 제한속도가 시속 70킬로미터인데 70마일(112킬로미터)로 달렸다간 영락없이 딱지를 떼일 수밖에 없다.

어느 사이 고속도로 표지판이 달라져 있었다. 모든 게 프랑스어였다. 퀘벡 주에 들어섰다는 뜻이다. 캐나다에서도 주 경계를 넘자 여행안내소가 나왔다. 몬트리올 시와 퀘벡 시의 지도가 필요해 안내소에 들어가려 했으나 일요일이라서 문을 닫고 있었다. 캐나다에는 쿠폰 북이 없었다. 일일이 예약을 해두어야 모텔에서 할인을 받을 수 있다는 얘기였다.

안 그래도 알아보기 어려운 도로 표지판이 프랑스어로 바뀌니 더욱 헷갈렸다. 글씨도 너무 작고 많았다. 예컨대 '몬트리올은 이곳에서 우회전하세요'라는 표지판을 미국에선 몬트리올이란 글자 밑에 오른쪽 화살표를 큼지막하게 그려놓았다. 그러나 캐나다에선 친절하게도 작은 글씨로 '몬트리올은 이곳에서 우회전'이라고 써 놓았다. 그것도 프랑스어로.

프랑스어로 된 표지판은 또 왜 그렇게 긴지. 사람 이름도 삼천갑자 동방삭 저리 가라 할 만큼 길더니만 지명도 장난이 아니었다. 최소한 철자가 열 개 이상은 된다. 시속 100킬로미터로 휙 지나치며 그걸 무슨 수로 읽으라는 말인가. 이래서야 어떻게 길을 제대로 찾아갈까.

몬트리올 시내에 들어서자 우려는 현실로 나타났다. 몬트리올은 북미대륙에서도 가장 오래된 도시 중 하나다. 1535년 자크 카르티에라는 프랑스 사람이 세인트로렌스 강을 따라 내륙으로 들어가다가 발견한 강 가운데 섬이 바로 몬트리올이다. 유럽 사람들이 본격적으로 이주하기 시작한 것은 1611년이었으니 무려 400년 가까이 된 도시다. 옛 도시의 특징은 길이 미로라는 데 있다. 운전하기도 힘든데 프랑스어로 숨은 그림 찾기를 해가며 길을 찾자니 오죽했으랴.

몬트리올 사람들은 영어도 잘 통하지 않았다. 프랑스어만 고집하기 때문이다. 프랑스 사람들이 몬트리올에 최초로 지은 성당인 노트르담 성당을 찾다가 이 동네 저 동네 헤매기를 30여 분. 이래선 안 되겠다 싶어 차를 세우고 사방을 둘러봤다. 멀리 산꼭대기에 둥근 돔이 보였다. 교회 건물이었다. 지도는 접어 넣고 무작정 돔을 향해 차를 몰았다. 길 찾기를 할 때는 이정표가 될 확실한 목표물 하나를 정하고 무조건 그쪽 방향으로 가는 것도 때론 훌륭한 방법이다. 언덕으로 오르다 보니 아내가 드디어 우리의 위치를 확인했다며 환호했다. 바로 옆에 몬트리올 대학이 나타났던 것이다.

조금 더 올라가니 돔이 있는 건물이 보였다. 산 위에 서 있는 웅장한 교회였다. 성 요셉 예배당(St. Joseph's Oratory)이라고 씌어 있었다. 이것은 세계에서 가장 큰 예배당이다. 높이가 무려 124미터에 달한다. 몬트리올에 가서 딱 한 가지만 봐야 한다면 두말 할 필요 없이 이것을 꼽는 사람이 많다.

요셉은 예수 그리스도의 속세 아버지를 가리킨다. 말하자면 동정녀 마리아의 남편이다. 이곳에 요셉을 기리는 예배당이 들어선 것은 성십자회의 안드레아 수사가 보여준 기적 때문이었다.

안드레아 수사는 1845년 몬트리올에서 태어났다. 본래 이름은 알프레드 베세트였다. 8남매를 낳은 그의 어머니는 알프레드가 아홉 살 되던 해 세상을 떠났고, 아버지마저 3년 뒤에 죽었다. 고아가 된 8남매는 뿔뿔이 흩어져 각자 먹고살 길을 찾아야 했다. 알프레드도 영국으로 건너가 직물회사에서 일하는 것으로 밥벌이를 했다. 1867년 캐나다로 돌아온 알프레드는 성십자회에 입문하게 되고, 거기서 안드레아라는 세례명을 받았다.

안드레아는 평소 성 요셉을 특별히 섬겼다. 그의 진심이 하늘에 닿았는지 서른 살 되던 해 그는 병을 고치는 능력을 얻게 된다. 이 사실이 알려지면서 산꼭대기 판잣집이었던 안드레아의 기도실은 인산인해를 이뤘다. 성 요셉 예배당의 곳곳에 있는 목발 탑은 안드레아가 병을 고쳐준 환자들이 버리고 간 목발로 쌓은 것이다.

안드레아는 그 능력을 성 요셉의 은총으로 돌렸다. 그의 노력으로 1924년 세계에서 가장 큰 예배당이 지어지기 시작해 1955년에 완공됐다. 1937년에 아흔한 살을 일기로 영면한 안드레아의 시신은 성 요셉 예배당 아래에 있는 기도실 뒤에 안치됐다.

예배당 안으로 들어서니 기도실이 나왔다. 수만 개는 됨직한 촛불이 향기를 내며 타고 있었다. 어찌나 엄숙한지 숨소리 내기도 미안했다. 예배당 2층에선 결혼식이 열리고 있었다. 우리가 들어갔을 땐 결혼식이 막 끝난 상태였다. 예배당 앞에선 신랑 친구들이 사진을 찍는 중이었다. 단상 위엔 대장간에서나 쓰는 망치와 쇠사슬이 놓여 있었다. 자세히 보니 쇠사슬은 하객들이 앉아있던 의자 전체를 하나하나 묶고 있었다. 그 쇠사슬을 단상 위에 있는 망치로 끊은 모양이었다.

해몽인즉, 행복한 한 쌍의 커플이 사랑을 이룸으로써 수많은 사람을 묶고 있던 쇠사슬이 끊어졌다, 뭐 이런 뜻이 아닐까 싶었다. 언제나 꿈보다는 해몽이 좋은 법이다.

예배당 위로는 박물관이 있고, 다시 그 위에는 테라스가 있었다. 몬트리올 시내가 파노라마로 펼쳐졌다. 멀리 오른 쪽으로 큰 성당이 보였다. 그게 노트르담 성당이 아닐까 싶었지만 거기까지 찾아갈 자신감이 생기지 않았다.

다시 기도실로 내려왔다. 어두워서 잘 몰랐는데, 다시 보니 기도실엔 유난히 유색인종이 많았다. 중국 사람이 가장 많았고, 인도나 아랍계로 보이는 사람도 꽤 보였다. 물설고 낯선 이국땅에서 살아가자니 종교와 기도의 힘이 필요하리라.

성당 옆엔 낡은 목조건물이 있었다. 바로 그 건물이 안드레아 수사가 처

성 요셉 예배당 내부

음 지은 예배당이다. 그 예배당의 꼭대기엔 56개의 종으로 이뤄진 악기가 있었다. 그것은 원래 프랑스 에펠 탑에 설치하려고 만든 것이었지만 10.9톤이나 나가는 무게 때문에 탑 위에 올려놓을 수가 없었다. 어떻게 할까 고심하던 차에 성 요셉 예배당이 완공되자 프랑스가 그것을 이곳에 기증했다.

몬트리올을 떠나기 전에 올림픽 스타디움을 둘러보고 싶었지만 미로 같은 길을 뚫고 경기장까지 찾아갈 엄두가 나지 않았다.

엘비스를 웃긴 퀘벡의 펠비스

캐나다 퀘벡 주는 북미대륙의 프랑스다. 도로 표지판에서 식당 메뉴까지 모두 프랑스어다. 몬트리올 시와 퀘벡 시의 관광지를 빼고는 영어가 안 통한다고 생각하면 된다. 원래 캐나다는 프랑스가 먼저 차지했고 이름도 '뉴 프랑스'였다.

퀘벡 시는 캐나다 내륙으로 들어가는 수로인 세인트로렌스 강의 입구를 지키고 있다는 전략적인 중요성 때문에 1600년대에는 뉴 프랑스의 수도로 번성했다. 1690년 영국군이 쳐들어왔지만 앞으로는 절벽, 뒤로는 눈 덮인 산이 둘러싸고 있는 지형적 조건 덕분에 60년 동안 영국군의 침략을 잘 막아냈다.

하지만 유럽에서 전쟁을 벌이느라 정신이 없었던 나폴레옹은 뉴 프랑스를 포기했고, 결국 1759년 퀘벡 시는 영국군의 손에 넘어갔다. 영국은 퀘벡주와 노바스코시아 섬에 사는 프랑스 사람들에게 영국 왕실에 충성맹세를 하고 성공회로 개종하도록 강요했다. 자존심 하면 알아주는 프랑스 사람들이 이에 자극되어 저항운동에 나섰다.

때마침 1770년대 미국 땅에서 독립운동이 시작됐다. 자칫하면 독립운동이 캐나다까지 번질 것을 우려한 영국 정부는 1774년 서둘러 퀘벡법을 제정했다. 퀘벡에서는 영국 성공회 대신 로마 가톨릭을 믿어도 되고 세금도 자체적으로 거둬 쓰라는 게 이 법의 내용이었다. 퀘벡의 지주와 교회 지배층에게 당근을 줘서 미국의 독립전쟁에 동조하지 않도록 하기 위한 계략이었다.

일단 영국 정부의 당근정책은 효과를 거뒀다. 퀘벡은 미국의 독립전쟁에 가담하지 않았다. 그러나 영국 사람과 프랑스 사람이 서로에게 갖게 된 감정은 이후로도 풀리지 않았다. 프랑스 사람들의 텃세가 심했던 탓에 영국에서 퀘벡으로 이주해온 사람들은 배겨내지 못했다.

결국 1880년에 이르러선 영국계 주민은 모두 토론토나 미국으로 빠져나가 버렸다. 이 때문에 퀘벡은 영국 땅이면서도 영어가 안 통하는 곳이 됐다. 훗날 캐나다가 영국으로부터 독립한 뒤에도 퀘벡만은 프랑스어를 고집했다. 캐나다 서쪽으로 가면 영어도 쓰고 프랑스어도 쓴다. 관광지 안내문에도 두 나라 언어가 다 씌어 있다. 그러나 퀘벡에선 '웃기지 마라'다. 프랑스어 모르면 고생할 각오를 하라는 얘기다.

퀘벡 시를 휘감고 있는 세인트로렌스 강은 아직 얼어붙어 있었다. 남녘 훈풍에 녹녹해진 얼음이 강의 흐름에 밀려 쩍쩍 갈라지며 느릿느릿 대서양으로 떠내려가고 있었다. 얼음덩이의 무게를 못 이겨 빙판이 솟구친 곳도 군데군데 있었다.

강을 내려다보는 언덕 위에 세인트루이스 성당이 있다. 일요일 아침인데도 사람이 없었다. 강이 훤히 내려다보이는 자리엔 성모 마리아 상이 서 있었다. 마리아 상 옆엔 대포 한 문이 떡 버티고 앉았다. 성모 마리아 상과 대포의 조화라! 유럽 정복자들의 북미대륙 침략사를 단 한 장의 사진으로 표현하라면 바로 이 장면이 아닐까.

언덕 위 길이 끊어질 무렵 퀘벡 시의 옛 시가지가 나타났다. 옛 시가지는 성벽으로 둘러싸여 있다. 멕시코 이북의 북미대륙에서 옛 시가지와 새 시가지가 성곽으로 나뉘어져 있는 곳은 퀘벡 시뿐이다. 성 안은 프랑스의 중세 시가지를 연상케 했다. 좁은 골목길은 돌로 포장돼 있었다. 다닥다닥 붙은 집은 프랑스의 어느 도시를 그대로 옮겨놓은 것 같았다. 이 안에선 집수리도 맘대로 할 수 없다. 창틀 하나를 바꾸려 해도 당국에 신고하고 허가를 받아야 할 정도로 철저하게 관리된다.

성 안에선 주차가 문제였다. 장시간 주차할 수 있는 공공 주차장이 없는 것은 아니었다. 그러나 차를 한곳에 세워두고 다섯 살 난 딸을 데리고 다니기엔 성이 너무 넓었다. 궁리 끝에 메뚜기 주차 전법을 쓰기로 했다. 동전을 넣는 노상 주차장에 한 시간 정도 차를 세운 뒤 주변을 돌아다니다 시간이 되면 다시 다른 곳으로 옮기는 식이었다. 대학시절 느지막이 도서관에 가도 자리 걱정을 할 필요가 없게 해준 것이 바로 메뚜기 전법이 아니었던가.

성의 중심부는 프롱트낙 성(Chateau Frontenac)이 차지하고 있다. 이 성은 1893년에 지어진 건물로, 지금은 호텔로 쓰이고 있다. 2차대전 당시 프랭클린 루스벨트 미국 대통령과 윈스턴 처칠 영국 총리가 회담을 했던 장소이기도 하다.

호텔 앞의 뒤프랭 테라스(Dufferin Terrace)에선 세인트로렌스 강이 한눈에 들어왔다. 여기서 보면 왜 이곳에 프랑스 사람들이 성을 지었나를 금방 알 수 있다. 세인트로렌스 강은 한강보다 폭이 넓다. 그러나 성채가 있는 곳에 이르면 강이 한번 꺾이면서 폭이 좁아진다. 바로 그 길목을 지키는 곳에

퀘벡의 생안 예배당

성이 서 있다. 세인트로렌스 강의 입구를 지키기에 천혜의 입지다. 높은 곳에 앉아서 대포만 쏴대면 강을 따라 들어오는 적의 배는 속수무책일 수밖에 없다.

메뚜기 주차를 위해 동전을 바꿔 나오는데 때마침 거리의 가수가 공연을 하고 있었다. 인간 주크박스였다. 앞에 놓인 깡통에 동전을 넣으면 엘비스 프레슬리의 노래를 패러디해 불렀다. 엘비스의 머리 모양을 본 뜬 가면까지 쓰고 있었다. 가수의 이름은 펠비스였다.

그는 엘비스의 히트곡을 부르면서 엘비스 특유의 몸동작이나 발음을 과장스럽게 흉내 냈다. 봄방학을 이용해 미국에서 온 고등학생들이 많았기에 금세 구경꾼이 몰렸다. 시장경제 원리는 어김없이 작동했다. 처음엔 50센트만 넣어도 감지덕지하고 노래를 불렀던 펠비스는 구경꾼이 몰리자 2달러를 넣어도 꿈쩍 안 했다.

펠비스의 본명은 게리 오코너라고 했다. 영어를 잘 하는 걸로 보아 퀘벡 사람은 아닌 것 같았다. 몇 마디 주고받는데 입에서 술 냄새가 확 풍겨 왔다. 돈이 어느 정도 쌓이자 펠비스는 서둘러 가발을 벗고 가방을 챙겨 어디론가 사라졌다. 어슬렁거리며 펠비스가 간 곳은 술집이 아니었을까.

성 안도 중세 유럽 도시지만, 성 아래쪽에도 옛 시가지가 있었다. 성 안쪽이 행정 중심지라면 아래 동네는 상가와 서민들의 주택가였다. 아래 동네로 내려오니 세인트로렌스 강이 손에 잡힐 듯 가까워졌다. 봄바람이 겨우내 강을 뒤덮고 있던 얼음 덩어리들을 먼 바다로 끌고 가고 있었다.

느릿느릿 흘러가는 얼음 덩어리를 보면서 서남쪽으로 가자 몽모랑시 폭포가 나타났다. 겨울시즌이라 입장료를 안 받는다고 해서 일단 기분이 좋았다. 대신 폭포를 가로지르는 케이블카가 운행을 안 했다. 걸어서 폭포 쪽으로 갈 수밖에 없었다. 20여 분 갔을까. 폭포가 모습을 드러냈다. 도시의 폭포를 얕잡아 보고 갔던 우리는 그 장관에 잠시 입을 다물 수 없었다. 높이가 83미터로 나이아가라 폭포보다 30미터나 더 높았다.

폭포 중간에 아직 녹지 않은 얼음 덩어리가 그대로 붙어 있었다. 얼음 덩어리 가운데로 물이 떨어지며 구멍을 만들어 거대한 반지처럼 생긴 얼음기둥이 만들어졌다. 마침 우리가 다리 위에 섰을 때 거대한 얼음 덩어리 하나가 무게를 못 이겨 굉음을 일으키면서 아래로 떨어졌다. 장쾌한 장면이었다.

폭포 위에 놓인 현수교는 걸어서 건널 수 있었다. 폭포수는 생안 산에서 내려온 물이었다. 퀘벡 시의 뒤통수를 지키고 있는 산은 높이가 800미터밖에 안 되지만 초여름까지 눈으로 뒤덮여 있기 때문에 쉽사리 넘기 어렵다. 더욱이 대포를 끌고 올라가는 건 알프스를 넘은 나폴레옹이라도 어려웠으리라.

반골의 고장 퀘벡에서도 목구멍은 포도청이었던 모양이다. 1960년대에 퀘벡 주에선 분리독립 운동이 거세게 불붙었다. 그러나 1980년과 1995년 두 차례 퀘벡 주에서 분리독립 안을 주민투표에 붙였으나 두 번 다 반대표가 절반을 넘어 부결됐다. 독립한 뒤 경제가 제대로 돌아가겠느냐는 걱정이 자존심을 눌렀던 것이다.

퀘벡 시를 관통하는 40번 고속도로를 타고 가다 미국 쪽으로 방향을 바꿔 73번 고속도로로 들어섰다. 북미대륙의 동북쪽 끝은 애팔래치아 산맥이 시작되는 곳이다. 달리면서 보이는 동네는 한국의 강원도 산골을 연상시켰다. 요리조리 돌아드는 개천, 저녁 짓는 연기가 피어오르는 자그마한 시골집, 끊어질 듯 이어지는 좁은 도로…….

날이 저물고도 한참 더 가서야 미국 국경이 나타났다. 캐나다 쪽 국경 검문소엔 아예 사람이 없었다. 미국 국경 쪽에도 검문소엔 사람이 없고 사무실 안에 경찰 두서너 명만 앉아 있는 게 보였다.

검문소를 통과하는데도 아무도 신경을 쓰지 않는 눈치였다. 안에 있는 경찰과 눈을 마주치려고 계속 쳐다보면서 슬슬 차를 몰았다. 그래도 우리를 돌아보는 경찰은 한 명도 없었다. 그냥 넘어가라는 얘긴가?

의아해 하며 막 검문소를 통과하려는데 갑자기 사무실 문이 열렸다. 백인 경찰 한 명이 오른손을 권총에 올려놓은 채 우리 차를 세웠다.

"지금 뭐 하는 겁니까?"

"아무도 우리 차에 관심을 기울이지 않기에 여기가 검문소가 아닌 줄 알았습니다."

"뭐라고요? 최소한 10초는 기다렸다가 가야지요."

"미안합니다. 나이아가라 폭포 쪽에서 국경을 넘을 땐 검문소에 경찰이 서 있었기에 앞쪽에 그런 검문소가 또 있는 줄 알았습니다."

몇 마디 하는 동안 안에서 건장한 경찰 두 명이 더 나왔다. 여차 하면 권총을 빼들고 쏠 태세였다. 처음 나온 백인 경찰은 차를 뒤로 빼고 오른쪽을 보라고 했다. 후진을 한 뒤 오른쪽을 봤다. 거기에는 '경찰이 나올 때까지 이곳에서 기다리시오'라는 안내문이 있었다.

아뿔싸! 사무실이 있는 왼쪽만 쳐다보며 차를 몰았던 탓에 그 표지판을 보지 못했던 것이다. 미국이 이라크와 막 전쟁을 시작한 때였다. 미국 국경을 무단 침범한 차량엔 총격을 해도 할 말이 없는 살벌한 시기였다. 등에서 식은땀이 흘렀다.

백인 경찰은 뒤 창문을 내리라고 하고, 손전등으로 차 안을 비춰봤다. 뒷좌석에 누워 자고 있는 아이들을 보자 경찰은 그제야 권총에서 손을 뗐다.

일단 테러범은 아니란 심증이 간 모양이었다.

아무도 신경을 안 쓰지 않았느냐는 말에 기분이 상했던지 백인 경찰은 차에서 내려 트렁크를 열어보라고 했다. 아이스박스와 옷가방이 나오자 모두 열라고 했다.

그러나 그건 경찰 아저씨의 실수였다. 아이스박스를 여는 순간 며칠 묵은 김치 냄새가 백인 경찰의 얼굴을 덮쳤다. 순간적으로 호흡곤란을 일으킨 경찰은 안을 들여다 볼 생각도 않고 황급히 뚜껑을 닫았다.

때마침 그의 뒤에서 무력시위를 하던 경찰 한 명이 한국에서 군 복무를 한 모양이었다. 전기밥솥을 보는 순간 그는 "아 저거 라이스 쿠커로구만" 하고 아는 척을 했다. 시키지도 않았는데 그는 동료 경찰들에게 전기밥솥 쓰는 방법까지 브리핑했다.

까마귀 날자 배 떨어진다고 그 순간 밥솥 위에 있던 트리플 에이 여행사의 여행안내서가 와락 쏟아졌다. 그제야 백인 경찰은 우리가 여행객이란 사실을 믿었다. 더 이상 볼 것도 없다는 듯 그만 하면 됐다며 트렁크를 닫으라고 했다. 그리고는 한마디 덧붙였다.

"미국 국경은 절대로 그냥 넘어선 안 됩니다. 오늘 당신들 운이 아주 좋았다고 생각하세요. 만약 국경을 무단 침범했다면 경을 쳤을 겁니다."

시민이 만든 국립공원

미국의 북동쪽 끝자락인 메인 주는 3월 하순인데도 추웠다. 봄을 느낄 수 없는 추운 땅 메인 주엔 아카디아 국립공원이 있다. 그 이름엔 슬픈 사연이 녹아 있다. 아카디아는 캐나다 동쪽 끝의 섬 노바스코시아의 옛 이름이다. 뉴올리언스에 뿌리를 내린 케이전이 영국군의 등쌀에 못 이겨 떠나기 전 살았던 곳이다. 케이전에겐 그리움과 회한이 서린 이름인 셈이다.

아카디아 국립공원은 메인 주에서도 북동쪽 끝자락에 자리 잡은 마운트데저트 섬에 있었다. 바하버는 그 섬의 다운타운이다. 국립공원으로 가는 길답게 양편으로 호텔과 식당이 즐비했다.

한국의 관광지에서도 흔히 볼 수 있는 싸구려 놀이동산도 몇 개 보였다. 겨울이어선지 먼지를 뒤집어 쓴 놀이기구들이 흉물스럽게 방치돼 있었다. 마운트데저트 섬 어귀에 들어서자 길 위에 떨어진 낙엽과 흙먼지를 털어내는 인부들이 간간이 보였다. 길고 길었던 메인 주의 겨울을 기억 속에서 얼른 지워버리고 싶은 듯 손놀림이 빨랐다.

아카디아는 바닷가재의 산지로도 유명하다. 미국에서 바닷가재 잡이를 가장 많이 하는 곳이 바로 아카디아다. 바하버의 메인 스트리트 끝자락에 '게디스 팝 앤 레스토랑'이라는 식당이 보였다. 간판에 랍스터가 끝내준다고 큼지막하게 써놓았기에 무조건 들어갔다.

바닷가재 철이 아니라 그랬을까. 살아있는 바닷가재는 파운드당 13.95달러나 했다. 어른 팔뚝만한 놈이 대략 2파운드 가까이 되니 우리가 살았던 컬럼비아에서 사먹던 것에 비해 그리 싸지 않았다. 산지 값이 어째서 더 싸지 않느냐고 주인에게 물었더니 대답이 걸작이었다.

"산지니까 싱싱해서 그렇죠."

말이 되는 것도 같고 안 되는 것도 같았지만 선택의 여지가 없었다. 2파운드와 1.5파운드짜리 두 마리를 수프와 함께 주문했다. 미국의 바닷가재 요리는 간단명료했다. 바닷가재를 소금물에 푹 삶은 뒤 다리와 머리를 먹기 좋게 자른다. 그런 다음 소스를 곁들여 내놓는다. 그게 전부였다. 아내와 나는 맛있게 먹었지만 아이들은 짜기만 한 바닷가재가 입에 맞지 않았던 모양이었다. 귀한 바닷가재는 거들떠보지도 않고 수프와 비스킷으로 배를 채웠다.

철 이른 관광지는 어디나 썰렁하긴 마찬가지다. 아카디아 국립공원도 예외는 아니었다. 가는 날이 장날이라고 했던가. 어렵사리 찾아간 아카디아는 문을 닫아놓고 있었다. 4월 1일부터 개장한다는 것이었다. 지도를 보니 공원 한복판에 캐딜락 산이 있었다. 466미터밖에 안 되는 나지막한 산이지만, 워낙 북쪽에 있다 보니 3월 말까지 눈이 녹지 않아 산길이 폐쇄된 것이다.

난감해서 지도를 살펴보는데, 공원 안쪽으로 난 도로는 눈 때문에 폐쇄되지만 해안을 따라 섬을 한바퀴 도는 길은 겨울에도 개방된다는 게 아닌가. 국립공원은 폐쇄돼 있는데 섬 일주 도로는 열려 있다? 얼른 이해가 가지 않는 말이었으나, 밑져야 본전이니 해안도로로 가보기로 했다.

슈너 헤드 로드를 따라 섬의 동쪽 해안으로 달렸다. 십여 분 갔을까. 답답한 동네 길이 갑자기 툭 트이더니 대서양이 우리 앞으로 와락 다가섰다. 전망대가 있는 곳이었다. 망망대해가 펼쳐졌다. 날씨는 찌뿌드드했지만 파도는 낮았다. 얼마 만에 보는 바다인가. 싸늘한 바닷바람을 맞으니 정신이 버쩍 들었다. 전망대 옆에 있는 안내문에서 아카디아 국립공원의 내력을 알 수 있었다.

마운트데저트 섬은 원래 사유지였다. 뉴욕과 워싱턴 등 동부에 사는 부자들이 여름별장을 지어 놓고 드나들던 휴양지였다. 부자들이나 드나들던 섬의 빼어난 경치가 시간이 지나면서 입소문을 타기 시작했다.

하버드 대학의 총장을 지낸 찰스 엘리엇이란 사람이 1901년 자연보호를 위한 기부단체를 결성한 것은 바로 이때였다. 엘리엇 총장은 빼어난 마운트데저트 섬의 경치를 모든 미국인이 함께 즐길 수 있도록 하자고 부자들을 설득하기 시작했다. 처음엔 몇몇 뜻있는 사람만 땅을 내놓았다. 시간이 가면서 엘리엇의 운동이 알려지자 기부행렬이 줄을 이었다. 마침내 엘리엇이 결성한 기부단체는 612만 평에 달하는 땅을 모아 정부에 기증하기에 이르렀다.

1916년 우드로 윌슨 대통령은 이 땅을 시외르 드 몽(Sieur de Monts) 국립기념물로 지정했다. 이후 기부되는 땅이 더 늘어나자 3년 뒤 미국 하원은 이곳을 아카디아 국립공원으로 승격시켰다. 미시시피 강 동쪽의 첫 국립공원이었다.

국립공원이 문을 닫았는데도 해안 일주도로는 개방돼 있었던 까닭을 곧 알게 됐다. 해안 일주도로는 이 섬에 사는 주민들이 이용하는 도로이기 때문이었다. 섬의 90퍼센트는 국립공원으로 지정돼 있지만 해안의 어촌엔 여전히 주민들이 살고 있었다. 미국에서 국립공원과 주민의 거주지가 이처럼 뒤섞여 있는 곳은 아카디아밖에 없다.

아카디아가 미국의 5대 국립공원 안에 드는 이유를 알 만했다. 경치도 경치지만 민간의 기부에 의해 태어난 국립공원으로는 유일한 곳이라는 의미가 있기 때문이었다. 기부 문화가 잘 정착된 미국이기에 가능한 얘기였다.

예컨대 한국의 울릉도가 부자들의 관광지로 알려지기 시작했다고 가정해보자. 섬에서 경치가 좋다는 곳은 금싸라기 땅이 돼버릴 것이다. 그 땅을 국가에 아무 대가 없이 헌납할 사람이 얼마나 될까. 단지 아름다운 경치를 다른 사람과 함께 느끼고 싶다는 마음 하나만으로.

전망대에서 내려와 해안을 따라 돌아가니 모래사장이 있는 해변이 나타났다. 이 섬에 있는 유일한 모래사장이다. 마운트데저트 섬은 북미대륙의 대서양 연안에서 가장 큰 돌섬이다. 섬 전체가 거대한 바위다. 그러니 모래사장

배스하버헤드 등대

이 거의 없다. 그러나 아카디아가 멋진 경관을 자랑하는 것은 이 때문이다.

마운트데저트 섬 오른쪽엔 호수가 두 개 있다. 이글 호수와 조던 호수다. 조던 호수 옆엔 옛날 이곳에 살았던 부자의 저택이 있다. 조던이라는 이름도 저택과 땅을 기부한 사람의 이름이다. 저택은 이제 곧 들이닥칠 손님맞이 준비가 한창이었다.

문득 남해가 생각났다. 미국 5대 국립공원이라는 아카디아의 자연경관과 비교해도 한국의 남해는 전혀 손색이 없다. 남해엔 아카디아의 모래사장과는 비교가 안 될 만큼 아름다운 해수욕장도 많다. 그런가 하면 바다를 향하고 있는 남해 바위절벽의 절경은 아카디아보다 결코 못하지 않다. 제주도와 울릉도는 또 어떤가.

우리는 하늘이 내려준 그 아름다운 자연을 곁에 두고도 진가를 깨닫지 못하고 있는 것은 아닐까. 조금만 더 가꾸고 아낀다면 세계적인 관광지가 될 곳이 수두룩한데도 남의 떡만 바라보고 있는 것은 아닐까.

포구에는 아침 일찍 성게 잡이를 나갔던 배가 막 돌아와 짐을 부리고 있었다. 급할 것도 없고 기다리는 사람도 없다는 듯 두 어부는 느릿느릿 작업을 했다. 가까이 가보니 막 잡은 성게가 몇 상자 트럭에 실려 있었다. 미국의 성게는 색깔이 초록색이라는 게 한국과 다를 뿐 모양은 비슷했다.

섬의 왼쪽 부분 아래엔 등대가 하나 서 있다. 배스하버헤드(Bass Harbor Head) 등대다. 아카디아나 메인 주를 소개하는 안내책자에 모델로 가장 많이 등장하는 것이기도 하다. 미국 땅의 최북단에 있는 등대이기 때문이다. 바람 부는 대서양 바다를 지키고 있는 그 등대는 말없이 바다를 향해 천사의 빛을 쏘고 있을 뿐이었다.

미국 독립전쟁의 발원지 보스턴

1760년대 북미대륙에 전운이 감돌았다. 북미대륙의 동부 도시들이 비대해 질수록 본국인 영국과의 갈등이 커졌다. 프랑스와의 긴 전쟁으로 재정이 거 덜 난 영국 정부와 노쇠한 영국 경제는 북미 식민지의 신선한 피가 필요했 다. 급기야 영국 왕 조지 3세는 1763년 북미대륙에 인지세를 부과하는 법을 제정했다. 미국에서 영국으로 가는 모든 문서에 인지를 붙이도록 한 법이었 다. 물론 이는 영국 정부의 재정적자를 메우기 위한 고육지책이었다.

영국은 1767년에는 미국인들이 즐겨 마시는 차에 세금을 매기는 타운센 드법까지 만들었다. 그러나 타운센드법은 차를 즐기는 미국인들이 남미에 서 수입해온 커피를 마시게 하는 엉뚱한 결과를 낳았다. 영국은 소탐대실을 했고, 커피를 생산하는 남미는 어부지리를 한 셈이 됐으니 역사의 아이러니 가 아닐 수 없다.

보스턴에 접어들면서부터는 미국의 격동기였던 1770년대로 시간여행을 시작했다. 도심엔 일방통행이 많아 지도가 없으면 제자리에서 맴돌기 십상 이었다. 다운타운에 있는 '자유의 길(Freedom Trail)'이라는 관광코스를 따 라가기 위해 지도를 구했다. 걸어서 두 시간 정도 걸리는 코스였다. 이름이 말해주듯 이 코스는 미국이 영국으로부터 독립하는 과정에서 가장 치열했 던 시간과 공간을 잇는 길이었다.

영국에 대한 반감을 품은 보스턴 시민들이 정치세력화하기 시작할 무렵 불에 기름을 붓는 사건이 터졌다. 1770년 영국 군대가 보스턴의 시위군중에 발포해 5명의 시민이 목숨을 잃는 사건이 벌어졌던 것이다. 군대가 민간인 시위대에게 발포하는 것은 세계의 어느 혁명에서나 첫 장을 장식한다.

새뮤얼 애덤스 등 미국의 독립운동가들은 이 사건을 독립투쟁의 도화선으로 만들기 위해 연일 반정부 집회를 열었다. 시내 안쪽의 보스턴 학살사건의 현장과 파뉴일 홀(Faneuil Hall)이 바로 집회장소였다. 파뉴일 홀은 미국에서 떼돈을 번 피터 파뉴일이란 부자가 1742년 보스턴 시에 기증한 건물이다. 이후 이곳은 미국 독립운동가들의 집회장소로 이용돼 미국 독립의 요람으로 일컬어지게 됐다.

연일 반영국 시위가 벌어지자 영국은 1773년 영국에서 미국으로 수출되는 차의 거래를 영국 동인도회사에 독점시키는 관세법을 통과시켰다. 차 무역으로 짭짤한 재미를 보던 미국의 상인들은 하루아침에 쫄딱 망했다. 이에 격분한 보스턴 시민 50여 명은 원주민 복장을 하고, 항구에 정박 중이던 동인도회사의 배 두 척을 습격했다. 이들은 배에 실려 있던 342개의 차 상자를 박살내고 차를 모조리 바다에 던져버렸다.

악수는 악수를 부르는 법이다. 보스턴 달래기에 나서도 시원찮을 판국에 영국 정부는 보스턴 항구를 폐쇄시키고 군대를 보내 손해배상까지 요구하는 초강경 조치로 맞대응했다.

보스턴 항에 가보니, 미국 독립전쟁의 도화선인 보스턴 차 사건의 현장이 보존돼 있었다. 부두엔 보스턴 차 사건 때 불탄 배와 똑같이 생긴 배 모형이 전시돼 있었다. 요트 정도의 크기였다. 배나 박물관이나 뽀얀 먼지를 뒤집어쓴 채 초라한 모습이었다. 배 옆에 아무렇게나 솟아 있는 낡은 나무기둥 위로 갈매기만 히릴없이 앉았다 날았다 할 뿐이었다.

보잘것없는 배 주변으로는 수십 층짜리 초현대식 건물들이 들어서고 있었다. 다리 건너편엔 컨벤션센터를 짓는 공사가 한창이었다. 미국의 오늘이 있도록 한 역사의 현장치곤 어수선한 느낌을 주었다. 역사라면 자다가도 벌떡 일어서는 미국 사람들에게도 먹고사는 일보다 급한 일은 없는가 보다.

보스턴 차 사건이 터지자 침묵을 지키고 있던 미국의 온건파까지 반란의 대열에 합류했다. 드디어 1774년 필라델피아에서 첫 대륙의회가 열렸다. 이는 혁명정부의 수립을 의미했다.

영국과 북미 식민지의 무력충돌은 이제 초읽기에 들어갔다. 안 되겠다고 판단한 영국 정부는 1775년 보스턴의 반란세력을 뿌리 뽑기 위해 야밤에 군대를 진군시켰다. 일촉즉발의 위기에 보스턴을 구한 영웅이 폴 리비어였다.

은세공사였던 리비어는 영국군이 진군해 온다는 소식을 접하자마자 말을 달려 보스턴의 1분대기조(minutemen)를 깨웠다. 1분대기조란 보스턴 일대의 민병대로 1분 안에 전투태세를 갖추도록 준비시켜 놓은 병력이었다. 이들은 평상시엔 물론 농부였다.

콥스 힐 묘지를 지나면 나오는 올드 노스(Old North) 교회가 리비어의 영웅담을 낳은 곳이다. 영국군이 쳐들어오자 이 교회의 첨탑 위에서 보초를 서던 사동이 등불을 밝혔고, 이를 본 리비어가 말을 달려 1분대기조를 깨웠다. 이 첨탑은 18세기까지는 보스턴에서 가장 높은 것이었지만 지금은 고층건물에 파묻혀 보이지도 않을 정도다.

리비어의 활약으로 즉각 집결한 1분대기조는 보스턴 인근의 벙커힐에서 영국군과 맞붙었다. 이 전투에서 영국군은 전술적으로는 승리를 거뒀다. 그러나 오합지졸로 짜여진 미국의 1분대기조가 수적인 열세에도 불구하고 영국 정규군과 맞붙어 팽팽한 접전을 벌였던 것은 미국 민병대의 전략적 승리였다.

자신감을 얻은 미국 혁명정부는 조지 워싱턴 장군을 총사령관으로 임명하고 그로 하여금 혁명군을 이끌게 했다. 1776년 미국 정부는 독립선언서를 발표했다. 초반에 선전했던 영국군은 도처에서 나타나는 미국 민병대의 게

릴라 공격에 무너져 1781년 미국에 항복하고 말았다.

1차 미국독립전쟁에서 진 영국은 1812년 재차 미국을 공격하고 나섰다. 영국은 뉴올리언스와 볼티모어를 공략했다. 그러나 1차 전쟁과 달리 2차 전쟁은 싱겁게 끝났다. 뉴올리언스 해전에서 영국 해군이 미국 해군에 참패했기 때문이다.

영국 군함을 무너뜨린 미국 전함 중 하나가 USS 컨스티튜션(US Ship Constitution)이다. 이 배는 보스턴 다운타운의 서쪽을 흐르는 찰스 강 건너편의 네이비 야드(Navy Yard)에 전시돼있다. 네이비 야드는 원래 해군기지였으나 지금은 보스턴 국립 역사공원으로 탈바꿈했다.

컨스티튜션은 미국 해군이 1797년 건조한 최초의 군함이다. 영화에서나 보던 범선처럼 생겼다. 당시까지 변변한 군함이 없었던 미국 해군은 컨스티튜션을 보유하면서 비로소 해군다운 면모를 갖추게 된다. 컨스티튜션은 나무로 만든 배이지만 영국 군함이 쏜 포탄 수십 발을 맞고도 침몰하지 않아 '철갑으로 쌓인 노함'이라는 별명을 얻기도 했다.

보스턴에선 길을 가다보면 발에 차이는 게 역사유적지이기 때문에 학생들의 수업도 야외에서 이뤄지는 경우가 많다. 미국에서 가장 오래된 시민공원인 보스턴 코먼(Boston Common)의 동상들 앞에서 학생들이 역사 선생님의 강의를 듣는 모습을 볼 수 있었다. 코먼은 공유지라는 뜻으로 영국 식민지 시대부터 내려온 말이다. 중세 유럽식 농사방식에선 공유지가 반드시 필요했다. 이 땅이 훗날 공원이 되어 보스턴 시민의 안식처 역할을 하게 됐다.

보스턴 코먼의 남쪽에는 백베이라는 옛 시가지가 있다. 이곳의 코플리 광장엔 화창한 봄 날씨를 희롱하는 사람들이 많았다. 도시락을 들고 나와 광장에서 까먹는 직장인도 심심찮게 보였다. 광장 끝엔 로마네스크 양식의 대표적 건물인 트리니티 교회와 초현대식 건물인 존 행콕 센터가 나란히 서 있었다. 신구의 묘한 조화랄까. 트리니티 교회가 연륜과 위엄으로 과객의 시선을 끈다면, 62층 높이의 존 행콕 센터는 푸른 봄하늘로 옷을 해 입은 듯한 세련됨과 높이로 보는 이를 압도했다.

보스턴엔 한국 학생들이 동경해마지 않는 메사추세츠공과대학(MIT)과 하버드대학이 있다. 메사추세츠공과대학의 교정은 찰스 강을 따라 어지럽게 이어져 있다. 좁은 공간에 건물을 계속 짓다보니 교정이 답답해졌다. 큰 돔 모양의 본관 앞에선 학생들이 원반던지기를 하고 있었다.

겉으로 봐선 우리나라의 대학과 크게 달라 보이지 않았다. 그러나 건물 안에 있는 사람은 하늘과 땅 차이이니 도대체 우리에겐 무엇이 부족한 것일까. 천편일률적인 사람을 만드는 교육제도로는 죽었다 깨어나도 저런 대학을 가질 수 없는 게 아닐까.

하버드 대학의 유니버시티 홀 안의 동상 앞에는 사진을 찍는 사람이 많았다. 가까이 가보니 '존 하버드 창설자 1638년'이라고 씌어있었다. 이 짧은 글에 세 가지나 잘못된 내용이 들어있다 해서 유명해진 동상이다. 하버드대학이 창설된 해는 1638년이 아니라 1636년이고, 존 하버드는 이 대학의 창설자가 아니라 도서관과 재산을 기부한 사람이며, 동상의 얼굴은 존 하버드가 아니라 당시 이 대학에 다녔던 학생이라는 것이다.

두 차례의 세계대전에 참전했다 전사한 하버드대학의 학생을 기리는 메모리얼 교회 주변에는 한가롭게 책을 읽는 학생이 여기저기 있었다. 그중에는 며칠 감지 않은 것 같은 더벅머리와 아무렇게나 걷어붙인 바지자락에 반팔 티셔츠 차림으로 건물 앞에 드러누워 책을 읽고 있는 학생도 있었다.

하버드대학의 학생이라면 두터운 안경테를 쓴 백면서생을 떠올린다. 그러나 대학 교정에서 만난 학생들은 서울의 어느 대학에서나 볼 수 있는 싱그러운 젊은이들이었다.

그라운드 제로의 장미꽃 한 송이

뉴욕은 미국이 아니라고 미국 사람들은 말한다. 수많은 인종과 문화가 뒤섞여 있기 때문에 뉴욕에서는 미국의 정체성을 찾기가 어렵다는 얘기다. 미국이라는 한 나라의 도시라기보다는 세계의 도시라고 하는 편이 더 어울릴지 모르겠다. 21세기 세계 최강국인 미국의 심장부이니 세계에서 가장 유명한 사람과 물건이 죄다 뉴욕에 모여 있다. 뉴욕을 보면 세계의 흐름을 읽을 수 있다는 말은 과장이 아니다.

뉴욕은 지리적으로 넓기도 하지만 문화나 인종의 스펙트럼도 다양하다. 어차피 뉴욕을 짧은 시간 안에 다 둘러보기란 불가능하다. 발길이 닿는 대로 보고 느끼고 즐기자는 편한 마음으로 맨해튼 섬을 향해 달렸다. 뉴저지주에서 맨해튼 섬으로 넘어가는 가장 빠른 루트는 링컨 터널을 통과하는 길이었다.

터널 입구부터 차가 밀리기 시작했다. 러시아워를 피했는데 웬 교통체증이람. 터널 입구에서 검문을 하고 있었다. 이라크전쟁이 한창일 때였다. 테러범이 터널 안에서 폭탄을 터뜨릴지도 모른다는 불안감에서 삼엄한 경계가 펼쳐지고 있었다. 경찰만 나와 있는 게 아니고 군인들도 총을 들고 서 있었다. 조금만 수상한 기색이 보이면 차 내부와 트렁크를 다 열어보고 신분증 검사를 했다.

맨해튼 섬에 들어선 뒤 록펠러 센터에서 멀지 않은 주차장에 차를 세워놓고 걷기 시작했다. 록펠러 센터는 제너럴 일렉트릭의 본사 건물을 중심으로 21개 빌딩이 모여 있는 곳이다. 1928년 존 록펠러 2세가 짓기 시작한 건물로, 대공황을 이겨낸 미국의 상징이다. 이 건물은 1980년대에 일본 자본에 넘어가 미국인들의 자존심이 여지없이 구겨졌지만, 1990년대에 제너럴 일렉트릭 그룹이 되찾았다.

빌딩 가운데 있는 지하 플라자에는 아이스링크가 있었다. 점심시간을 이용해 스케이트를 타는 직장인이 심심찮게 보였다. 아이스링크 위엔 황금색 프로메테우스 동상이 서 있었다. 눈이 부시도록 흰 얼음판과 햇빛을 받아 광채를 내는 황금색 동상은 묘한 조화를 이뤘다.

록펠러 센터는 미국의 상징인 만큼 테러범의 표적이 될 수 있는 장소다. 이 때문에 빌딩 주변으로 경찰이 쫙 깔렸다. 민간인보다 경찰이 더 많을 정도였다. 기마경찰, 스쿠터 경찰, 자전거 경찰 등 경찰도 종류가 그렇게 많다는 걸 여기서 처음 알았다.

뉴욕은 테러 공포증에 휩싸여 있었다. 어지간한 건물 앞에선 모두 짐 검사를 했다. 이름이 알려진 건물에는 금속탐지기까지 설치돼 있었다. 쇠붙이 하나라도 주머니에 넣고 들어가면 경보가 울렸다.

중부 맨해튼의 동쪽 끝에 자리 잡은 유엔 본부도 예외가 아니었다. 입구에서 짐을 맡기고 신분증 검사를 받은 뒤 몸수색까지 당해야 했다. 유엔 본부 앞엔 총신을 엿가락처럼 휘어 매듭을 지어 놓은 권총 동상이 있다. 국제적인 분쟁을 전쟁이 아니라 대화로 풀자는 유엔의 정신을 표현한 것이다. 이런 권총 동상의 의미는 미국 정부가 먼저 새겨야 하지 않을까.

유엔 본부 안에서는 국제정치의 무대답게 많은 인종을 볼 수 있었다. 마치 인종박람회에 참석한 것 같았다. 자유롭게 낙서를 하도록 돼있는 벽에는 한국어 낙서도 많았다. 때가 때였던지라 한국어 낙서는 대부분 '북핵 문제를 대화로 풀라'는 내용이었다. 이라크에 대한 미국의 공격을 비난하는 낙서도 많았다.

엠파이어스테이트 빌딩까지는 택시를 타고 갔다. 최근 뉴욕의 택시 안에는 작은 액정 텔레비전이 설치됐다. 택시를 타고 가는 동안 텔레비전을 볼 수 있었고, 뉴욕의 관광지에 대한 정보도 검색할 수 있었다. 교통체증이 심할 때는 심심풀이용으로 괜찮겠다 싶었다. 그러나 광고가 너무 많이 나왔다. 영화 중간에 광고가 나오는 미국 방송에 익숙하지 않은 우리로선 택시 안의 액정 텔레비전을 보며 무료함을 달래기는커녕 짜증만 났다.

1931년 완공됐을 때 엠파이어스테이트 빌딩은 미국에서 가장 높은 건물이었다. 그러나 1등자리는 이후 시카고의 시어스타워에, 그 다음엔 9.11 테러 때 사라지긴 했지만 월드트레이트센터에 잇따라 넘어갔다. 다만 돌로 지은 건물로는 엠파이어스테이트 빌딩이 아직도 미국에서 가장 높다. 돌은 인디애나의 석회암과 화강암이 사용됐다. 로비를 화려하게 장식하기 위해 이탈리아, 독일, 프랑스, 벨기에 등에서 형형색색의 화강암을 수입해다 붙여 놓기도 했다.

엠파이어스테이트 빌딩엔 86층 전망대와 102층 전망대 등 두 개의 전망대가 있다. 86층은 노천이고, 102층은 유리벽으로 둘러싸여 있다. 둘 중 낮은 전망대이긴 했지만 건물 밖으로 나가볼 수 있다는 말에 86층 전망대로 갔다. 어느 도시를 가나 높은 빌딩 위에 올라가서 내려다보는 광경은 대개 비슷비슷하다. 엠파이어스테이트도 그저 그렇겠거니 하고 올라간 우리는 맨해튼의 빌딩 숲을 보면서 뉴욕을 다시 보게 됐다.

마치 깊은 산에 큰 고목들이 빽빽하게 서 있는 것처럼 수십 층짜리 건물들이 빼곡히 들어차 있었다. 빌딩 숲 사이로 개미가 지나다니듯 자동차가 이리저리 바삐 움직이는 게 보였다. 빌딩 숲이란 말이 실감났다. 남쪽으론 멀리 자유의 여신상까지 보였고, 북쪽으론 할렘까지 한눈에 들어왔다. 서쪽엔 허드슨 강, 동쪽엔 이스트 강이 흐르고 있었다.

네덜란드의 정복자들이 이곳에 살던 원주민에게서 단돈 24달러어치의 싸구려 장신구를 주고 산 땅이 맨해튼이다. 물론 원주민이 땅을 안 팔았다면 싸구려 장신구조차 챙기지 못 하고 그냥 빼앗겼겠지만, 그때의 원주민이 지금의 맨해튼을 본다면 땅을 치지 않을까.

2001년 9월 11일 이전까지만 해도 이곳에서 남쪽을 보면 높다란 쌍둥이 빌딩이 보였다. 월드 트레이드 센터였다. 9.11 테러로 이 빌딩이 무너진 뒤 남쪽 마천루 지역을 바라보는 미국 사람들의 마음이 얼마나 허전할까.

뉴욕의 지하철은 길이가 1049킬로미터에 달한다. 서울에서 부산을 두 번 왕복할 거리다. 맨해튼 섬을 구석구석 연결하고 있기에 지하철만 타면 맨해튼의 어디든 갈 수 있다. 그러나 시설이 오래되고 부랑자들이 아무데나 소변을 보는 통에 지린내가 진동했다.

다운타운의 코틀랜드 역에서 내려 지상으로 나갔더니 그라운드 제로(Ground Zero)였다. 바로 9.11 테러를 당한 월드 트레이드 센터가 서 있던 곳이다. 그라운드 제로란 원래 원자폭탄이 떨어진 장소를 일컫는 말이다. 9.11 테러가 미국인들에게는 원자폭탄을 맞은 것과 같은 충격이었다는 뜻일 게다.

월드 트레이드 센터가 있던 자리엔 철책이 세워져 있었다. 안에는 건물 잔해를 치우는 공사가 아직도 진행 중이었다. 철책 곳곳에 빨간 장미가 꽂

뉴욕의 야경

혀 있었다. 철책을 붙잡고 하염없이 눈물을 흘리는 사람도 간간이 눈에 띄었다. 테러로 가까운 사람을 잃은 모양이었다. 그라운드 제로에선 뭔가 무거운 것이 내 머리를 짓누르는 듯한 느낌에서 벗어나지 못했다.

비행기 테러로 무너진 건물은 월드 트레이드 센터 두 동 말고도 세 동이 더 있었다. 워낙 큰 빌딩이 무너지니 옆에 있던 작은 건물도 함께 쓰러졌던 것이다. 무너지지 않은 건물 두 동도 검은 베일에 싸인 채 출입이 금지되고 있었다. 그라운드 제로에 대한 정리가 끝나면 함께 철거될 예정이라는 것이었다.

죽은 자는 서럽겠지만 산 자는 살았으니 먹고살아야 한다. 그라운드 제로 옆에 장사꾼들이 진을 치고 있었다. 월드 트레이드 센터의 사진이나 로고가 들어간 장식품, 모자, 의류 따위를 파는 사람들이었다. 지나가는 관광객에게 싸구려 기념품을 사라고 조르는 그들에게 그라운드 제로는 역사의 현장이 아니라 먹고살기 위한 생존의 전쟁터이리라.

그라운드 제로에서 10분 정도 걸어가니 대서양 해안이 나왔다. 맨해튼의 남쪽 끝에 있는 배터리 공원이다. 월드 트레이드 센터를 강타한 비행기도 대서양을 통해 맨해튼에 접근했다. 배터리 공원은 맨해튼에 처음 진출한 네덜란드 사람들이 1624년에 정착촌을 이뤘던 곳이다.

자유의 여신상이 손에 잡힐 듯 보였다. 여신상은 1884년 프랑스가 미국의 독립기념일에 선물한 것이다. 프랑스 에펠탑을 설계한 알렉산더 에펠이 내부설계를 했다. 프랑스가 여신상을 선물한 데는 깊은 뜻이 담겨 있었다.

미국이 독립전쟁을 할 때 프랑스는 미국 편을 들어줬다. 자유의 여신상에는 '너희 나라가 독립할 때 우리가 도와줬던 것을 영원히 기억해 달라'는 프랑스의 메시지가 담겨 있다. 여신상을 통한 무언의 압력인 셈이다. 역사를 아는 미국 사람이 여신상 앞에 서면, 프랑스가 미국의 뜻을 거스르고 얄밉게 굴어도 미국이 프랑스를 내칠 수 없다는 생각을 할 수도 있겠다.

브로드웨이의 타임 스퀘어는 세계에서 가장 화려한 거리다. 브로드웨이는 원래 '신작로' 쯤의 뜻을 가진 말인데 지금은 전혀 다른 뜻으로 쓰인다. 뮤지컬의 메카가 되다보니, 브로드웨이 하면 사람들이 뮤지컬을 떠올리게 됐다.

브로드웨이의 한복판 타임 스퀘어는 42번가, 브로드웨이, 7번가가 교차하는 지점에 있는 삼각형 모양의 거리다. 사각형이 아닌데도 이름에 스퀘어가 붙었다는 게 묘하다. 옛날 이곳에 〈뉴욕타임스〉의 본사가 있었기 때문에 타임 스퀘어로 불리게 됐다고 한다. 지금은 〈뉴욕타임스〉 본사가 43번가로 이사 갔지만 거리 이름은 그대로 남았다.

저녁 무렵의 타임 스퀘어는 현란한 네온사인과 인파로 휘황찬란했다. 눈을 어지럽히는 온갖 조명과 광고판 때문에 가만히 서 있어도 정신이 혼란스러워졌다. 로마제국의 전성기에 로마의 번화가에 간 사람의 느낌이 이렇지 않았을까. 청나라가 한창 잘 나갈 때 베이징의 자금성 앞에 선 조선의 사신도 마찬가지 아니었을까.

주차장으로 돌아와 차를 찾아서 센트럴 파크로 갔다. 날이 이미 저물고 있었지만 공원에 놀러 나온 사람이 많았다. 빌딩 숲 속에 그처럼 깊은 숲이 있는 게 부러웠다. 하늘이 보이지 않을 정도였다.

공원엔 늦은 조깅을 하는 사람, 데이트를 즐기는 연인, 개를 산책시키는 노인 등이 한가로운 초저녁을 보내고 있었다. 우리도 용산의 미군기지가 이전하면 서울 도심에 공원을 만드는 게 어떨까. 물론 미군기지 때문에 구부려 놓은 도로는 똑바로 펴야겠지만, 녹지를 없애고 아파트를 짓는 일만은 피했으면 좋겠다.

센트럴 파크의 위쪽은 할렘이다. 미국 영화에서 언제나 범죄지역으로 그려지는 곳이다. 할렘은 뉴요커에게 필요악이다. 마약과 범죄의 소굴이라는 점에선 싹 쓸어버려야 할 곳이다. 그러나 이곳에 살고 있는 흑인과 푸에르토리코에서 온 불법 이민자들이 어느 날 사라진다면 뉴욕은 그 순간부터 오물과 쓰레기 천지로 바뀔 수밖에 없다. 식당도 모두 문을 닫아야 할 게다.

그렇다면 할렘의 흑인이나 푸에르토리코 사람들을 맨해튼 섬 바깥의 교외로 이주시키면 될 것 아닌가. 한국이 달동네를 아파트촌으로 개조할 때 써먹었던 방법을 뉴욕 시장에게 귀띔이라도 해주면 어떨까. 허드슨 강이 내려다보이는 곳에 초고층 아파트를 세우면 땅주인은 벼락부자가 될 터인데 참으로 아깝지 않은가.

그러나 미국에선 자동차가 없으면 집 밖으로 한 발짝도 움직이지 못 한다. 대부분 차가 없는 할렘의 흑인이나 푸에르토리코 출신 불법 이민자가 맨해튼 섬 밖으로 나가면 출퇴근할 길이 막막해진다. 그것은 뉴욕의 허리 아랫도리 경제가 마비됨을 뜻한다. 뉴욕 시장이 할렘의 재개발을 선뜻 추진하지 못하는 데는 이런 속사정이 있지 않을까. 물론 할렘을 잘못 건드렸다간 흑인 표를 잃을지 모른다는 우려도 있을 게다.

초고층 빌딩 숲과 할렘의 공존. 이는 21세기 뉴욕이 안고 있는 모순이 아닐까.

워싱턴을 설계한 랑팡의 이상

1781년 독립전쟁에서 이긴 미국은 '새 술은 새 부대에 담는다'는 성경의 격언처럼 새 수도를 원했다. 그러나 수도를 어디로 정하느냐를 놓고 남북 간에 의견이 엇갈려 논란이 분분했다. 수도를 유치하면 당장 돈과 사람이 몰려들 게 불을 보듯 뻔하기에 서로 수도를 유치하려 했다.

지루한 공방 끝에 1790년 동부의 중앙부에 해당하는 포토맥 강과 애너코스티아 강이 만나는 곳에 수도를 두기로 합의가 됐다. 대신 수도는 어느 주에도 속하지 않는 것으로 하고, 연방정부가 직접 관할하기로 했다. 수도가 들어설 땅은 메릴랜드 주와 버지니아 주가 연방정부에 조금씩 기부했다. 워싱턴의 공식 명칭이 워싱턴 컬럼비아 특별구(Washington District of Columbia)인 것은 메릴랜드 주에도 버지니아 주에도 소속되지 않게 된 데서 비롯됐다.

조지 워싱턴 초대 대통령은 수도 건설의 책임자로 피에르 샤를 랑팡이라는 프랑스 사람을 임명했다. 랑팡은 독립전쟁 때 미국 편에서 군사고문의 역할을 했던 사람이다.

랑팡은 마차의 두 바퀴처럼 워싱턴에 두 개의 핵을 만들고자 했다. 하나는 국회의사당이고 다른 하나는 백악관이다. 마차의 바퀴를 보면 중심에서 방사형으로 바큇살이 뻗어있다. 워싱턴의 도로도 이와 비슷하다. 국회의사당과 백악관을 핵으로 해서 길이 사방으로 뻗어있다.

랑팡은 두 핵심 건물 가운데서도 국회의사당을 워싱턴의 한복판에 앉혔고, 백악관은 한 걸음 옆으로 물렸다. 의회가 정치의 중심이 되는 것이 랑팡의 이상이었고, 미국이 추구했던 국가의 모습이었던 것이다.

예로부터 상감마마가 있는 궁이 중심이었던 우리의 수도와는 다른 모습이다. 우리나라에선 어디까지나 청와대와 행정부가 서울의 핵이다. 국회의사당은 여의도에 뚝 떨어져 있다. 행정수도 이전을 위헌이라고 판정한 헌법

재판소조차 수도는 나라님이 있는 곳이라고 판정했다.

그렇다고 지금 청와대를 여의도로 보내고 국회의사당을 경복궁 뒤로 옮겨올 수는 없는 일이다. 앞으로 통일이 된다면 평양을 수도로 삼고 그 중심에 국회의사당을 두면 어떨까. 평양엔 인구도 서울보다 훨씬 적어 공간도 여유가 있을 게다. 더욱이 통일이 되면 남과 북의 경제력 차이가 심각한 사회문제로 부각될 텐데 이를 완화하는 효과도 있지 않을까.

워싱턴을 설계한 랑팡은 자신의 꿈을 펼치지도 못하고 쫓겨나고 말았다. 독단적인 성격 탓에 주위 사람들과 충돌이 잦았기 때문이다. 독립전쟁에서 이긴 뒤 말발이 세진 워싱턴 대통령의 측근들이 프랑스 사람인 랑팡에게 수도 건설을 맡긴다는 것을 못마땅해 하기도 했다. 결국 랑팡은 물러났고, 워싱턴의 모습은 처음 랑팡이 설계했던 것과는 사뭇 달라졌다.

워싱턴의 심장부로 들어가려니 포토맥 강을 건너야 했다. 그 전에 꼭 들러야 할 곳이 있었다. 미국의 국방부인 펜타곤이었다. 9.11 테러 때 비행기 공격을 받았던 곳이다. 펜타곤이 있는 자리는 워싱턴 시와 맞닿아 있는 버지니아 주에 속한다.

차를 몰고 비행기가 추락한 현장을 찾았지만 일방통행이 많아 제자리만 뱅뱅 맴돌았다. 하는 수 없이 눈에 띄는 주차장에 차를 세워 놓고 펜타곤으로 걸어갔다. 9.11 테러 이전엔 펜타곤도 일반에 공개했었다. 그러나 테러 후 이라크전쟁까지 터지자 일반인 출입이 금지됐다.

소총으로 무장한 군인이 입구에서 검문을 하고 있었다. 이동식 금속탐지기까지 설치돼 있었다. 군복을 입은 군인의 가방까지 이 잡듯 뒤지는 판에 동양인 관광객이 검문을 거부할 계제가 못 됐다.

펜타곤의 입구 옆에 체력단련장이 있었다. 아이들을 그곳에 풀어놓고 얼른 펜타곤 사진을 찍었다. 마침 비가 쏟아졌다. 서둘러 차로 돌아가는데 갑자기 뒤에서 소총을 든 군인이 달려왔다.

"방금 펜타곤 사진을 찍었습니까?"

"그런데요?"

"저와 초소까지 가주서야겠습니다."

"아니 왜요?"

"펜타곤 사진을 찍는 건 금지돼 있습니다. 사진을 찍었다면 조사를 받아야 합니다. 물론 필름은 압수합니다."

많이 돼야 20대 초반으로밖에 안 보이는 병사는 겁을 줬다. 아내와 아이들을 차로 돌려보낸 뒤 혼자 초소로 따라갔다. 군인 서너 명이 나를 빙 둘러서더니만 사진기를 보자고 했다. 나를 연행한 병사는 어디론가 장황하게 전화를 하고 있었다. 이러다 잡혀가는 것 아닐까?

잠시 후 어린 병사가 다가와 말했다.

"선생님 죄송합니다. 펜타곤 외부를 찍는 건 아무 문제도 없다고 합니다. 불편을 끼쳐 드려 죄송합니다. 이제 가서도 됩니다. 즐거운 여행이 되기를 바랍니다."

'지금 장난하나?' 하는 말이 목구멍까지 나왔지만 겨우 참았다.

포토맥 강가에는 알링턴 국립묘지가 있다. 우리로 치면 동작동 국립묘지 같은 곳이다. 미국 대통령이 중대결단을 내릴 때 들르는 곳이기도 하고, 외국 대통령이 미국을 방문할 때면 으레 찾는 곳이기도 하다. 알링턴 국립묘지엔 워싱턴을 한바퀴 도는 투어모빌(Tourmobile)의 시티투어가 있었다. 가격이 어른 18달러, 어린이 9달러로 그리 비싸지 않았다. 시티투어로 알링턴 국립묘지를 비롯해 워싱턴 시내를 두루 돌아볼 수 있었다.

시티투어의 첫 경유지는 케네디의 묘였다. 미국 사람들이 지금도 존경하는 위인으로 제일 먼저 꼽는 대통령의 묘치고는 소박했다. 1963년 저격당한 케네디 대통령과 1994년 세상을 떠난 부인 재클린, 그리고 두 아이의 묘석이 나란히 바닥에 뉘어져 있었다. 그 가운데는 영원히 꺼지지 않는다는 횃불이 가랑비에도 불구하고 타오르고 있었다.

케네디 대통령은 어쩌면 인기 절정에서 저격당했기 때문에 지금도 존경을 받고 있는지도 모르겠다. 케네디 대통령이 열아홉의 백악관 인턴 여직원과 밀회를 즐겼다는 사실은 더 이상 비밀이 아니다. 성 추문으로 한바탕 곤욕을 치른 빌 클린턴 대통령보다 한 술 더 뜬 격이다. 어디 그뿐인가. 마릴린 먼로는 케네디 대통령과의 염문 때문에 살해됐을 것이라는 의혹까지 제기됐다. 위인이란 본인이 노력해서 되는 게 아니라 후세 사람들이 필요에 따라 만드는 게 아닐까.

무명용사의 묘지에선 매일 참배식이 거행된다. 현역 군인 세 명이 무명용사의 묘에 헌화하는 의식을 참배객과 함께 치른다. 마침 우리가 갔을 때 의식이 시작되고 있었다.

이라크전쟁 탓인지 분위기가 사뭇 엄숙했다. 군인들의 구령소리에 맞춰 관광객 모두가 국기에 대한 경례와 묵념을 했다. 아무도 웃거나 떠드는 사람이 없었다. 그 속에서 사진을 찍고 있자니 머쓱할 정도였다. 중고등학교 시절 교련 시간이 연상됐다. 여기가 자유의 나라라는 미국이 맞는가.

하기야 9.11 테러 이후 우리나라의 국가보안법보다 더 살벌한 애국법을 제정한 나라 아닌가. 미국은 테러를 막는다는 명분으로 도청과 강제구금을 합법화했다. 자유의 나라라지만 마녀사냥에 나서면 군사독재 정부보다 더 무서워지는 게 미국 정부다.

알링턴 국립묘지는 원래 남북전쟁 당시 남군의 영웅 로버트 리 장군의 저택이었다. 리 장군이 1861년 남군의 주력부대인 버지니아 군의 사령관이 되자 북군이 그의 저택을 징발했다. 나중에 리 장군의 가족은 소송을 통해 옛 저택의 소유권을 되찾았지만 이미 군 묘지가 돼 버린 터라 집은 포기하고 배상을 받았다. 미국의 국립묘지가 남군 영웅이 살았던 집이라니, 역사는 참으로 짓궂은 악동과도 같다.

시티투어 버스를 타고 포토맥 강을 건넜다. 알링턴 메모리얼 다리를 건너자 링컨 기념관이 나타났다. 워싱턴을 소개하는 모든 책에 나오는 곳이다. 1963년 마틴 루터 킹 목사가 20만 명의 인파를 앞에 두고 "나에겐 꿈이 있습니다"라는 연설을 했던 장소다. 링컨 기념관 앞에서 국회의사당까지는 탁 트인 광장이었다. 링컨 기념관 앞에는 길이가 698미터나 되는 기다란 인공 연못이 있다. 이 인공 연못은 기념관이 물에 비치도록 설계됐다. 그래서 이름도 '반사 풀(Reflecting Pool)'이다.

링컨 기념관 양옆으로 두 개의 전쟁 기념비가 서 있었다. 왼쪽은 베트남전쟁, 오른쪽은 한국전쟁을 기념하는 것이었다. 베트남전쟁 기념비는 세 개나 있었다. 그중 하나는 브이(V) 모양의 검은 벽으로 돼있었는데, 그 벽에 베트남전쟁에서 전사하거나 실종된 병사 5만 8000여 명의 이름이 전사하거나 실종된 날짜순으로 새겨져 있었다. 벽의 맞은편에는 전쟁에 지친 모습을 한 세 명의 군인 동상이 죽은 전우의 이름을 바라보고 있었다. 그 뒤로는 여군 세 명이 다친 병사를 돌보며 구조를 요청하는 자세의 동상이 자리 잡고 있었다.

베트남전쟁 기념비가 세 개씩이나 된 데는 복잡한 사연이 있다. 첫 번째 기념비인 검은 벽은 마야 잉 린이라는 중국계 이민 2세가 디자인한 것이다.

린이 예일대 학생이던 1979년 기념비 공모에 응모해 심사위원 만장일치로 당선됐다. 그러나 린의 작품이 공개되자 기념비 제작에 돈을 댄 베트남전 참전용사회에서 들고일어났다. 기념비를 만들어 달랬더니 웬 묘비냐는 것이었다.

논란을 거듭하던 기념비사업단은 하는 수 없이 절충안을 선택했다. 1982년 린의 디자인대로 검은 벽 기념비를 설치한 뒤 1984년 프레드릭 하트라는 조각가에게 의뢰해 세 명의 군인 동상을 따로 만들어 세웠다.

그러자 이번에는 베트남전쟁에 참가했던 여군 동지회가 이의를 제기했다. 왜 여군은 없느냐는 것이었다. 이에 따라 1993년 글레나 굿에이커라는 조각가가 만든 여군 동상을 하나 더 세웠다. 베트남전쟁은 전쟁 당시에도 거센 찬반논란을 일으켰지만 기념비를 세우는 데도 논란이 분분했던 걸 보면 뭔가 꼬여도 단단히 꼬인 전쟁이었던 게 틀림없다.

린의 검은 벽은 베트남전 참전용사회의 우려와 달리 세 개의 기념비 가운데 가장 인기 있는 명물이 됐다. 전쟁에서 자식, 남편, 아버지, 형제를 잃은 수많은 유가족이 지금도 찾아와 이름 아래 꽃을 놓고 가거나 고인을 기리는 쪽지를 남긴다. 고인이 썼던 철모나 군화를 갖다놓는 사람도 있다. 기념비를 관리하는 국립공원 관리소는 매일 기념비를 청소하면서 수거한 쪽지나 유품, 기념품 등을 모아 박물관에 따로 전시해 놓고 있다.

마침 흑인가족이 기념비 앞에 모여 있었다. 할머니가 손녀를 데리고 와 할아버지 이름을 가리켜 보여주자, 손녀는 정성스레 이름의 본을 떴다. 휠체어에 탄 할머니는 아무 말 없이 그런 손녀를 바라보고 있었다. 전쟁의 명분이야 시간이 지나면 잊혀질지 모른다. 그러나 사랑하는 이를 잃은 사람의 아픔은 영원히 잊혀지지 않는다.

베트남전쟁 기념비 반대편에 한국전쟁 기념비가 있었다. 한국전에 참전한 병사들이 빗속에 진군하는 모습을 보여주는 동상 19개가 서 있었다. 육해공군은 물론 각기 다른 인종을 표현한 동상이었다. 동상의 오른쪽엔 검은 벽이 있었다. 벽에는 전쟁에서 산화한 병사들의 얼굴이 부조로 새겨져 있었다.

한국전쟁은 미국 사람들에게 베트남전쟁 못지않게 기억하고 싶지 않은 전쟁이다. 물론 우리에게도 한국전쟁은 아픈 역사다. 형제자매가 서로에게 총부리를 겨누고 지금까지도 철천지원수가 되게 만든 부끄러운 과거다. 그 전쟁을 남의 나라에서 기념하고 있다는 건 더 부끄러운 일이었다.

링컨 기념관에서 국회의사당까지 펼쳐진 잔디밭에는 사각형 첨탑인 워싱턴 기념탑이 서 있었다. 랑팡은 원래 국회의사당과 링컨 기념관 사이에 어떤 건물도 세우지 않으려 했다. 그러나 1848년 미국 의회는 조지 워싱턴 초대 대통령을 기리는 탑을 잔디밭에 세우기로 했다. 탑 공사는 한창 진행되던 중에 남북전쟁이 터지는 바람에 중단됐다가 1880년에 재개됐다. 같은 곳에서 채취한 돌을 썼는데도 시간이 흐르면서 돌의 색깔이 변한 탓에 탑의 아래쪽과 위쪽의 색깔이 다르게 됐다.

백악관은 기념탑의 왼편에 돌아앉아 있었다. 테러 경계령이 최고조에 달한 때였으니 백악관 내부를 둘러보는 것은 단념해야 했다. 입구부터 어지간한 장갑차도 뚫을 수 없는 바리케이드가 겹겹이 쳐져 있었다. 백악관 앞쪽으로 가는데 갑자기 경찰이 길을 막았다. 왜 그러냐고 물었더니 묵묵부답이었다.

경찰이 입을 다문 이유를 잠시 후에 자연스럽게 알게 됐다. 백악관 안뜰에서 헬리콥터 소리가 요란하게 나더니 조지 부시 대통령을 실은 헬기가 날아올랐다. 부시 대통령이 영국의 토니 블레어 총리와 회담을 하러 가는 길

OUR NATION HONORS
HER SONS AND DAUGHTERS
WHO ANSWERED THE CALL
TO DEFEND A COUNTRY
THEY NEVER KNEW
AND A PEOPLE
NEVER MET

한국전쟁 기념물

이었다는 걸 나중에 텔레비전을 보고 알았다.

백악관은 워싱턴에서 가장 오래된 건물 중 하나다. 조지 워싱턴 대통령이 짓기 시작했지만 정작 그 자신은 백악관에서 집무하지 못하고 2대 대통령인 존 애덤스부터 부시 대통령까지 쓰고 있다.

원래 백악관(White House)은 흰색이 아니었다. 1814년 영국군이 볼티모어와 수도 워싱턴을 기습 공격했을 때 백악관 건물을 불태워버렸다. 미국은 영국군을 물리친 뒤 대통령 집무실을 다시 지으면서 외벽을 흰색으로 칠했다. 이 때문에 백악관이란 별명이 붙은 것이다.

경찰 바리케이드 너머로 아담한 흰색 건물인 백악관이 보였다. 이라크의 수백만 국민을 지옥으로 몰아넣은 전쟁이 저 안에서 결정됐고, 클린턴의 부적절한 만남도 저 안에서 벌어졌다. 랑팡은 의회를 미국 정치의 중심에 놓고자 했지만, 오늘날 전 세계를 좌지우지하는 힘은 백악관에서 나온다.

해가 다 넘어갈 무렵 국회의사당 앞에 도착했다. 이곳 역시 관광객의 출입은 금지돼 있었다. 의사당 앞에는 큰 분수대가 있었다. 분수대 위로 북군의 영웅이었던 율리시스 그랜트 장군의 동상이 아래를 내려다보고 있었다.

국회의사당으로 가려면 연못에서 계단으로 올라가야 한다. 그러다 보면 자연히 국회의사당을 우러러보게 된다. 미국의 국력을 상징하는 거대한 돔 모양의 국회의사당 지붕이 조명을 받으면서 환하게 밤하늘을 밝히고 있었다.

국회의사당 계단에서 뒤로 돌아서니 멀리 워싱턴 기념탑과 링컨 기념관이 내려다보였다. 왼편으론 스미소니언박물관 건물들이, 오른편으론 정부청사가 마치 사열하듯 줄지어 서 있었다. 영화에 나오는 전성기 로마의 위용을 보는 듯했다.

제퍼슨 기념관이 있는 타이틀 베이신(Tital Basin) 주변엔 마침 벚꽃이 활짝 피어 있었다. 일본이 미국과 국교를 정상화한 뒤 우호의 표시로 선물한 벚꽃 3000여 그루다. 해마다 이맘때면 워싱턴에선 벚꽃축제가 열린다고 한다. 광고효과를 따져보면 일본이 벚꽃을 미국에 선물한 것은 이미 본전을 뽑고도 남은 장사이리라.

저녁을 먹은 뒤 워싱턴 기념탑으로 다시 갔다. 워싱턴 기념탑은 밤에 보는 게 좋다는 안내서의 설명만 믿고 일부러 밤에 찾아간 것이다. 그러나 전쟁 때문이었는지, 그날 운이 없었던지 문이 닫혀 있었다. 사각형의 기념탑은 아래에서 위로 쏘는 조명을 받아 환하게 빛났다. 마치 하늘에 구멍이라도 내겠다는 기세였다. 바벨탑을 쌓은 족속의 말로를 미국 사람들은 기억이나 하고 있는 것일까.

콜럼버스가 중부로 간 까닭은

미국 동부의 애팔래치아 산맥에선 예로부터 석탄이 많이 났다. 그러나 워싱턴을 비롯한 동부 도시로 석탄을 나를 방법이 마땅치 않았다. 애팔래치아 산맥의 탄광과 동부 사이에는 험한 산악지대였기 때문이다.

포토맥 강이 있지만 이 강은 상류로 갈수록 폭이 좁아질 뿐 아니라 곳곳에 폭포가 있어 배가 다닐 수 없었다. 궁리 끝에 생각해낸 게 운하였다. 포토맥 강 옆으로 난 297킬로미터의 체사피크—오하이오 운하는 이렇게 해서 탄생했다. 운하를 건설하는 데는 무려 22년이나 걸렸다.

운하를 오가는 배는 당나귀를 이용해 끌었다. 1850년 워싱턴에서 중부 내륙으로 이어지는 뱃길이 열리자 운하도시 컴벌랜드가 흥청대기 시작했다. 호텔이 들어서고 술집이 많이 생겨났다. 석탄을 싣고 갈 배가 들어올 때마다 컴벌랜드의 술집과 유곽은 시끌벅적했다. 이 도시는 미국의 초대 대통령 조지 워싱턴이 군인으로 처음 부임한 곳이기도 하다.

그러나 운하의 시대는 오래가지 못했다. 운하가 겨우 완공될 무렵 철도가 들어왔기 때문이다. 잇따른 대홍수로 운하가 자주 유실되자 화물주들은 철도 쪽으로 발길을 돌렸다. 결국 1924년 체사피크─오하이오 운하는 역사 속으로 사라졌다.

오늘날 컴벌랜드에는 운하의 흔적만 남아 있었다. '이곳이 그 유명한 체사피크─오하이오 운하의 종착역이 있었던 자리'라는 팻말만이 80여 년 전의 영화를 증언하고 있을 뿐이었다. 7~8미터 너비의 옛 운하에는 하수가 흐르고 있었다. 돌로 쌓은 운하의 양쪽 벽만이 옛 건축물의 냄새를 풍기고 있었다. 운하의 종착역이 있었던 곳에는 공교롭게도 운하의 목줄을 끊은 철도역이 자리 잡았다. 물론 그 철도역도 지금은 관광용으로만 운행되고 있을 뿐이다.

컴벌랜드 시내를 한눈에 바라볼 수 있는 언덕 위에 오래된 교회 하나가 서 있다. 엠마뉴엘 에피스코펄 교회(Emmanuel Episcopal Church)다. 이곳은 원래 미군의 요새였다. 군인 조지 워싱턴이 21세에 처음 부임한 곳이기도 했다. 1754년 영국과 프랑스가 북미대륙의 패권을 놓고 맞붙었을 때 워싱턴 중령은 영국군 장교로 참전했다. 교회 한쪽엔 이곳에 부임했던 미국 장군들의 이름이 초상화와 함께 죽 나열돼 있었다.

교회를 돌아 옛 시가지 쪽으로 가는데 웬 사람들이 줄을 지어 시위를 벌이고 있었다. 이라크전쟁을 반대하는 시위인 모양이구나 생각하며 가까이 가봤더니 정반대였다. 전쟁을 지지하는 시위였다. 노란 리본을 달고 나온 사람도 있었다. 지나가는 차들이 경적을 울리며 시위대에 호응하기도 했다.

아무래도 동부에 가까우니 보수적인 성향이 강했다. 워싱턴에서 컴벌랜드로 오는 길에는 노란 리본을 단 집이 많았다. 우리가 사는 컬럼비아에선 전쟁반대를 표시하는 팻말을 단 집이 대부분이었다. 동부와 중부의 정서는 그렇게 달랐다.

그러나 2004년 미국 대통령 선거에선 정반대 결과가 나왔다. 전쟁지지 시위가 벌어진 동부에선 민주당의 존 케리 후보가 이겼고, 전쟁반대 시위가 벌어진 중부에선 공화당의 조지 부시 후보가 압승했다. 알다가도 모를 게 여론이다.

당시의 선거에서 가장 큰 격전지였던 곳 중 하나가 오하이오 주였다. 주도 콜럼버스의 토요일 오후는 유령의 도시를 연상시켰다. 도심엔 사람은 물론 차도 거의 없었다. 넓은 대로를 걸어 다녀도 될 정도였다. 가끔 지나가는 차는 구닥다리였고, 어쩌다 마주치는 사람도 십중팔구 남루한 차림의 흑인이었다.

시 청사 앞엔 크리스토퍼 콜럼버스의 동상이 서 있었다. 콜럼버스는 바다의 사나이인데 중부 내륙의 도시에 어째서 그의 동상이 서 있을까? 그럴 만한 사연이 있었다. 1803년 오하이오 주가 연방에 가입하자 주도를 어디로 정할 것인가가 당장 시급한 현안으로 부각됐다. 몇 군데가 후보지가 꼽혔지만 주 정부가 주도 건설을 위한 땅과 돈을 대기엔 여력이 없었다.

이때 오하이오 주 한복판에 자리 잡은 프랭클린턴이라는 도시에서 주 정부에 솔깃한 제안을 했다. 프랭클린턴을 끼고 흐르는 시오토 강 옆에 주도를 건설하면 147만 평의 땅과 5만 달러를 주 정부에 기부하겠다는 것이었다. 주 의회는 논란 끝에 제안을 받아들였고, 수도의 이름은 북미대륙에 처음 유럽의 깃발을 꽂은 콜럼버스의 이름을 따서 붙이기로 했다. 콜럼버스 선장과 콜럼버스 시는 사실 아무런 관계도 없었던 셈이다.

그러나 여하튼 콜럼버스를 시의 이름으로 쓰게 됐으니 억지로라도 그와 관련이 있는 기념물을 만들어야 했다. 주 정부는 생각 끝에 콜럼버스가 타고 왔던 산타마리아 호를 원형 그대로 복원하기로 했다. 시오토 강가에 전시된 배가 바로 그것이다. 산타마리아 호를 타보기 위해 공원으로 내려갔으나 문은 닫혀 있었고, 사람 그림자도 찾아볼 수 없었다. 공원에는 노숙자가 잘 때 덮었던 신문지만 어지럽게 널려 있었다.

이튿날에는 전형적인 중부 내륙도시인 신시내티를 지났다. 시내를 내려다볼 수 있다는 캐류 타워(Carew Tower)로 갔다. 1930년에 지어진 캐류 타워는 49층 높이로 신시내티의 명물이다. 그런데 시내 중심부에 가까워질수록 운동복을 입은 사람이 늘어났다. 캐류 타워 앞에 이르자 수천 명의 인파가 몰려 법석을 떨고 있었다. 무슨 일인고? 알고 보니 심장협회에서 주최한 단축마라톤 대회가 막 시작되려는 찰나였다.

마라톤 대회 때문에 시내 안쪽 도로는 모두 통제됐고 캐류 타워도 문을 닫았다. 신시내티에서 가장 화려하다는 분수광장은 대회에 참여한 사람들에게 나눠줄 핫도그와 음료수의 진열대가 차지하고 있었다. 덕분에 핫도그와 생수를 공짜로 얻어먹기는 했으나, 윈스턴 처칠이 "미국의 내륙도시 중 가장 아름답다"고 격찬했다는 신시내티의 참모습을 느끼기는 어려웠다.

신시내티엔 하늘 길(Sky Walk)이라는 게 있다. 시내에 촘촘히 들어선 쇼핑센터와 캐류 타워를 안으로 잇는 길이다. 이 길을 따라가면 비 오는 날에도 옷을 적시지 않고 신시내티 시내를 두루 돌아다닐 수 있다.

하늘 길에는 화려한 쇼핑가가 계속 이어졌다. 세계적인 상표의 의류나 보석, 장신구 등을 파는 가게가 즐비했다. 그러나 일요일인데다 마라톤 대회까지 열린 탓에 쇼핑객보다는 운동복을 입은 사람이 더 많았다.

신시내티가 아름답다고 하는 이유는 도심 한복판에 쇼핑센터가 모여 있기 때문이 아닐까 하는 생각이 들었다. 미국의 어지간한 도시의 중심지는 저녁이 되면 텅 비어 마치 유령도시처럼 된다. 함부로 나다닐 수가 없다. 그러나 신시내티의 도심은 쇼핑센터로 채워져 있다. 자연히 밤에도 사람의 왕래가 많고 거리 카페도 문을 연다. 도심 한복판에 자리 잡은 분수대 옆에서는 거리 악사가 연주를 한다. 누구나 신시내티에선 중부 내륙도시의 한가롭고 나른한 낭만을 느낄 수 있으리라.

신시내티는 미국의 대표적인 대중음식인 칠리 요리로 유명하다. 골드스타와 스카이라인이라는 체인점이 알려져 있다기에 이곳저곳 찾아다녔지만 문을 연 곳이 없었다.

지나가는 미국 아주머니에게 신시내티에서 가장 유명한 칠리 요리점이 어디에 있느냐고 물었다. 그러나 칠리의 고장이라는 신시내티의 아주머니는 뜻밖에 "저는 칠리를 좋아하지 않아서 어디 있는지 모르겠네요"라는 게 아닌가.

한참 헤맨 끝에 하늘 길 쇼핑센터 한쪽에서 골드스타 칠리 체인점을 하나 찾아냈다. 그러나 신시내티의 칠리는 색다른 맛이 없었다. 그보다는 일본식 데리야키 치킨이 우리 입맛에는 더 맞았다. 칠리 맛을 보지 못했다면 신시내티를 봤다고 하지 말라는 말은 과장이 아닌가 싶었다.

제임스 딘의 고향을 지나 캐나다를 여행할 때까지만 해도 이라크전쟁의 분위기를 감지하기 어려웠다. 그러나 미국 국경을 넘으면서 테러공포에 사로 잡힌 미국의 모습을 접하게 됐다. 보스턴을 지나 뉴욕과 워싱턴에 들어서자 미국은 빈 라덴의 악령에 시달리고 있음을 피부로 느낄 수 있었다. 미국이 경찰과 총 든 군인의 도움 없이 살 수 없는 나라가 된 건 알 카에다 때문일까, 아니면 석유 없이는 버틸 수 없는 미국 경제의 체질 때문일까.

니바호 루프 트레일에서 바라본 브라이스 캐니언

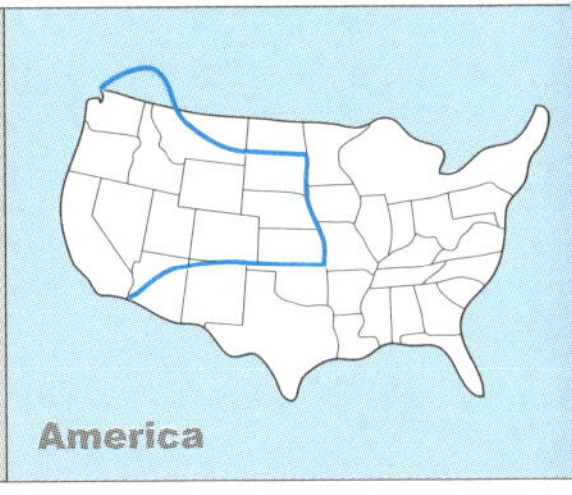

03 | 골드러시가 바꿔놓은 역사

America

캐나다 로키
밴쿠버
캘거리
시애틀
글래시어국립공원
아스토리아
포틀랜드
MONTANA
OREGON
IDAHO
옐로스톤국립공원
래피드시티
SOUTH DAKOTA
러시모어
크레이지호스
NEBRASKA
NEVADA
샌프란시스코
요세미티국립공원
그랜드정크션
덴버
컬럼비아
UTAH
COLORADO
캔자스시티
KANSAS
자이언캐니언
죽음의계곡
브라이스캐니언
샌루이스오비스포
메사버드국립공원
라스베이거스
그랜드캐니언
로스앤젤레스
세도나
조슈아트리국립공원
San Diego

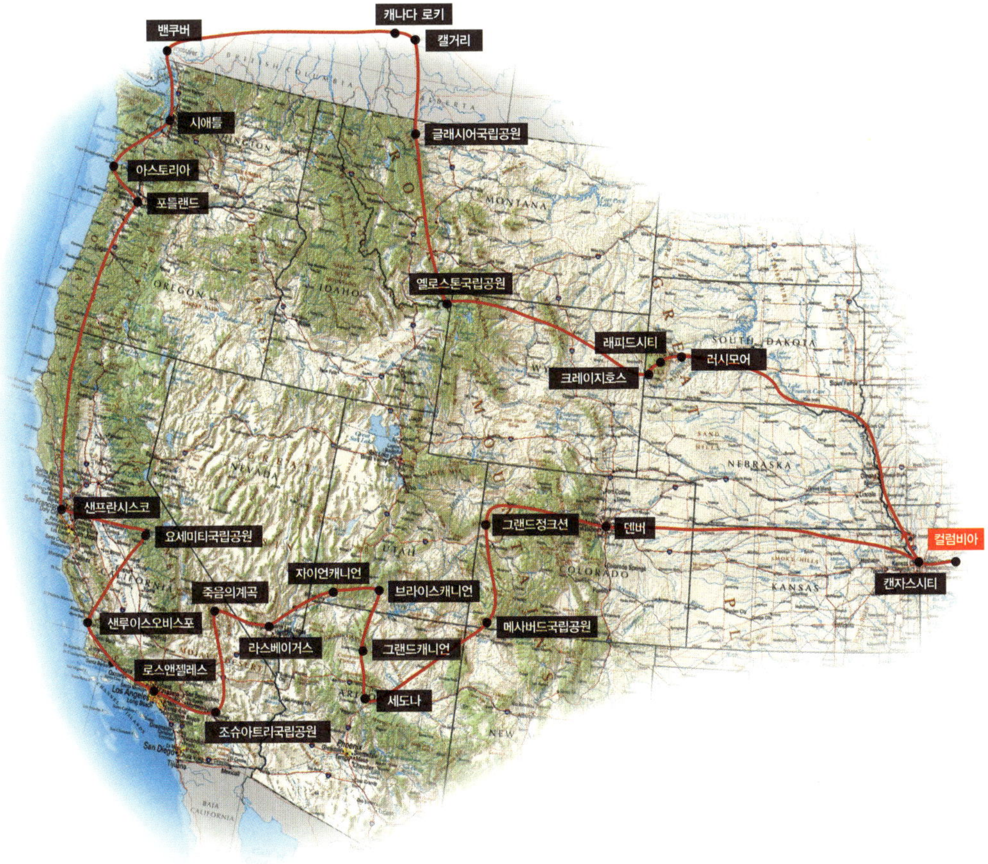

로키 산맥 서쪽의 지명은 대부분 스페인어로 돼있다. 샌디에이고, 로스앤젤레스, 샌프란시스코 등이 다 그렇다. 본래 스페인이 차지했던 곳이기 때문이다. 아직도 서부에 스페인어를 쓰는 히스패닉이 많은 연유도 여기에 있다.

막 독립한 미국은 로키 산맥 너머의 서부 해안을 탐내지 않았다. 그러나 서부에서 금이 발견된 후 사정이 달라졌다. 골드러시는 서부의 지도와 자연환경까지 뒤바꿨다. 멕시코가 스페인으로부터 넘겨받은 땅은 어느새 미국 땅이 됐다.

자연으로 보면 미국 서북부는 우리나라 동해안과 비슷한 지형이다. 해안선은 깎아지른 절벽이 이어지는 곳이 태반이다. 그만큼 절경도 많다. 하나하나가 자연이 인간에 내린 선물이다.

서북부 여정은 24박 25일이었다. 여름방학이 시작되자마자 출발했다. 로키 산맥은 초봄과 늦가을에도 폭설이 내리기 때문에 여름에 넘는 게 가장 안전하다.

70번 고속도로를 따라 콜로라도 주의 덴버까지 갔다. 로키 산 국립공원을 넘어 다시 70번 고속도로를 타고 그랜드 정크션까지 간 다음 550번 지방도로로 남하했다. 550번 도로는 미국에서 가장 경치가 빼어난 지방도로 중 하나다. 두랑고에서 서쪽으로 가서 모뉴먼트 밸리를 따라 남하했다. 애리조나 주 세도나까지 내려간 다음 그랜드 캐니언을 넘어 라스베이거스로 갔다. 다시 95번 지방도로로 죽음의 계곡 국립공원을 돌아 로스앤젤레스에 도착했다.

로스앤젤레스에서부터 샌프란시스코까지는 해안을 따라 달리는 1번 지방도로를 이용했다. 샌프란시스코에 입성하기 전 요세미티 국립공원에서 하루 야영했다. 샌프란시스코부턴 해안도로를 포기하고 5번 고속도로로 북상해 시애틀을 거쳐 밴쿠버로 갔다.

거기서 캐나다 5번 지방도로로 재스퍼로 간 뒤 캐나다 로키 산 국립공원을 관통해 밴프로 내려와 캘거리를 거쳐 다시 미국으로 들어갔다. 남하하면서 옐로스톤 국립공원을 들렀다. 옐로스톤에서 90번 고속도로를 따라 동쪽으로 가면서 래피드시티를 지나 사우스다코타 주를 관통한 뒤 다시 29번 고속도로로 남하해 미주리 주로 돌아갔다.

여름과 겨울이 공존하는 곳

로키 산맥을 향해 떠난 것은 초여름인 6월 초였다. 그러나 미주리 주를 지나 콜로라도 주로 가는 대평원은 이미 한여름이었다. 기온은 섭씨 30도를 웃돌았다. 식구 모두 반팔과 반바지로 갈아입었다. 신발도 샌들로 바꿔 신었다. 차창을 활짝 열어젖히고 대평원을 달리는 기분을 어떻게 표현해야 할까. 그러나 여름복장으로 로키 산맥을 넘으려 한 게 얼마나 무모한 짓이었는지 당시엔 꿈에도 생각지 못했다.

여름의 대평원에선 해가 늦게 지고 일찍 떴다. 밤 10시가 다 되도록 어슴푸레하기만 하던 하늘이 새벽 4시가 조금 넘으면 다시 훤해졌다. 이러니 초원에 사는 사람들이 부지런해지지 않으려야 않을 수가 없다.

덴버에 이르자 갑자기 땅이 솟아올랐다. 로키 산맥이다. 고봉준령을 병풍처럼 두른 덴버는 평지에 들어선 도시다. 말과 마차로 로키 산을 넘어야 했던 시절 덴버는 서부로 가는 마지막 관문이었다. 덴버를 관통하면 바로 로키 산맥 안으로 들어서게 된다. 좌우로 3000미터가 넘는 산이 도열했다. 백두산은 2744미터다. 백두산보다 높은 고봉이 덴버에선 뒷동산 정도란 얘기다.

길 한편에 '골든 길편 골드 밀'이라는 간판이 보였다. 백인 이주민들이 금을 찾아 서부로 서부로 향하던 시절에 잘나가던 금 채굴장이었다. 옛 영화를 가슴속에 품은 채 허물어져 가는 모습이 시간의 무게를 느끼게 했다. 그러나 잠시 짠하던 마음은 채굴장 모퉁이를 돌아서자마자 싹 가셨다. 온 동네가 카지노 소굴이 돼있었다. 한국의 강원도 정선이 오버랩 됐다. 폐광 위에는 결국 카지노밖에 들어설 게 없는 것일까.

로키 산 국립공원으로 오르기 위해선 에스테스파크라는 도시를 지나야 했다. 1859년 이 산맥을 처음 등반했던 사람의 이름이 도시 이름에 남았다. 해마다 수십만 명의 관광객이 몰리는 곳이라 그런지 활기가 넘쳤다. 집도 예쁘고 거리도 깨끗했다. 이 도시의 주유소는 땅 짚고 헤엄치기로 돈을 벌었다. '여기서부터 128킬로미터 안에는 주유소가 없습니다'라는 표지판 하나면 그만이었다. 그 이상 애써 광고할 필요가 없어 보였다. 험준한 산악 길을 가는 데 기름도 안 채우고 갈 강심장은 없을 것이다.

미국의 국립공원에 들어가기 위해선 차 한 대당 20달러에 달하는 입장료를 내야 한다. 그러나 국립공원 연간회원이 되면 50달러에 1년 동안 전국의 국립공원을 무시로 드나들 수 있다. 신분증과 함께 연회원권을 내보이자 매표소 직원은 두말없이 지도와 공원신문을 내줬다.

입구 바로 앞 말발굽 공원엔 사슴 무리가 내려와 한가롭게 풀을 뜯고 있었다. 공원 안내원은 사슴이 식사하는 데 방해가 되지 않도록, 정해진 장소가 아니면 차도 세울 수 없게 했다. 아예 공원 직원이 비디오카메라를 들고 나와 서울에서 버스 전용차선 위반 차량을 단속하듯 감시하고 있었다. 로키에선 사슴 팔자가 상팔자다. 풀을 뜯고 있던 사슴은 엘크였다. 덩치가 살찐 말만했다. 겨우내 허기졌던지 사람들이 둘러서서 구경하고 사진을 찍는데도 소 닭 보듯 하며 풀 뜯기에 여념이 없었다.

산을 오르니 멀리서 봤던 눈이 코앞으로 다가왔다. 6월 초순인데도 눈이 어른 키보다 높게 쌓여 있었다. 만년설이라는 말이 실감났다. 눈 녹은 물이 아름드리 소나무 사이로 흘러내리며 개울을 만들고 있었다. 처음엔 맑은 개울이었지만 아래로 내려갈수록 흙탕물 급류로 변했다. 하늘을 찌를 듯 서 있는 소나무는 보기만 해도 탐스러웠다.

산등성이에 쌓인 눈을 만져보고 있는데 위에서 느닷없이 쉭 하는 소리가 났다. 산 할아버지가 스키를 타고 내려오는 것이었다. 길게 기른 흰 수염이 바람에 휘날렸다. '산 할아버지 구름모자 썼네'란 노랫말이 딱 어울리는 할아버지였다. 한여름에 스키를 타는 할아버지라! 로키 산맥에선 계절이 거꾸로 가고 있었다.

로키 산 국립공원의 백미는 '트레일 리지 로드'다. 이 길은 10월 중순부터 5월까지는 눈 때문에 폐쇄되는 길이다. 76.8킬로미터에 달하는 구불구불한 길은 여름인데도 속도를 내기 어려웠다. 정상 부근으로 가자 마침 내리던 비가 눈보라로 바뀌었다. 도로에서 가장 높은 곳은 라바 절벽으로 해발 3713미터나 됐다. 자동차로 백두산보다 높은 곳을 올랐다는 얘기다.

고도가 기온을 얼마나 낮추는가를 피부로 느끼기 시작한 것은 이때부터였다. 반바지에 반팔 차림으로 차 밖으로 나갔다가 심장이 멎는 줄 알았다. 세찬 눈보라는 좁쌀 같은 눈의 결정을 사정없이 얼굴에 뿌려댔다. 맨얼굴로는 눈을 뜰 수조차 없었다. 트레일 리지 로드의 중간쯤에 있는 알파인 여행 안내소에 들러 화장실에 갔더니 샌들을 신고 온 사람은 우리 가족밖에 없었다. 거의 대부분이 두꺼운 등산화에 겨울 방한복을 입고 있었다. 겨울외투를 준비하지 않은 걸 땅을 치고 후회했지만 소용이 없었다. 화장실을 다녀오면서 흠뻑 젖은 발은 꽁꽁 얼어붙었다.

산 아래에서 꼭대기로 오르는 동안 높이에 따라 산의 얼굴이 계속 바뀌었다. 산 중턱까지는 수십 미터의 아름드리 소나무 숲이 자리 잡고 있었다. 조금 더 오르자 관목이 눈을 덮고 있었다. 해발 3000미터가 넘으면 나무가 자랄 수 없는 툰드라 지대가 된다. 아름드리 소나무는 간 데 없고, 이끼와 눈만 산등성이를 덮고 있을 뿐이었다. 트레일 리지 로드의 반대편 끝은 2550미터 고지에 자리 잡은 그랜드 호수다. 호수 위엔 하얀 배들이 떠 있었다. 눈 덮인 산 아래 짙푸른 소나무 숲을 둘러친 푸른 호수, 그리고 그 위에 떠있는 하얀 배들은 자연과 사람이 어우러져 만든 그림이었다.

거대한 호수까지 만났으니 로키 산맥을 다 넘은 것이려니 했다. 그러나 그건 오산이었다. 크렘링이란 도시에 이르자 다시 길이 두 갈래로 나뉘었다. 하나는 포장된 40번 도로였고 다른 하나는 포장이 안 된 지름길이었다. 비포장 길은 '경치 좋은 길'이라는 표지판이 붙어 있었다. 스테이트 브리지까지 이어진 비포장도로는 로키의 또 다른 자태를 보여주는 길이었다. 이 모퉁이를 돌면 기묘한 바위산이 솟아있고, 저 모퉁이를 돌면 노랑, 파랑 꽃밭이 펼쳐졌다. 노란 야생화는 노랗다 못해 붉은 기마저 돌았다. 보랏빛 도라지꽃처럼 생긴 야생화도 널려 있었다.

비포장도로가 70번 고속도로와 다시 만나자 이번엔 천길 낭떠러지길이 나왔다. 글렌우드 계곡이었다. 아래쪽으론 시퍼런 강물이 흐르고 있었다. 눈이 많이 오거나 도로 아래로 흐르는 콜로라도 강이 범람할 경우에 수시로 끊기는 구간이었다. 70번 고속도로는 로키 산맥을 관통하기 때문에 미국의 고속도로 중에서 변화무쌍한 길이다. 서부로는 기암절벽과 거친 강을 건너고, 중부에선 대평원을 지나 동부의 대도시까지 이어진다. 이 고속도로를 한 번 횡단하는 것만으로도 미국의 다양한 맛을 느낄 수 있다.

글렌우드 스프링스라는 도시에 이르자 비로소 로키 산맥은 저 멀리 물러앉아 병풍처럼 펼쳐졌다. 쿠폰 북을 들고 '라마다 인'이라는 모텔로 갔다. 방이 있냐고 했더니 물론 있다고 했다. 그러나 직원은 쿠폰 북을 꺼내자 안색이 싹 달라졌다. 방이 몇 개 안 남아 쿠폰 북을 받을 수가 없다는 것이었다. 쿠폰 북에 광고를 해놓고 무슨 소리냐고 따졌더니 광고문안을 잘 살펴보라는 것이었다. 다시 쿠폰 북을 보니 개미 오른쪽 두 번째 발에 낀 먼지만한 크기로 '방 사정에 따라 쿠폰을 받지 않을 수도 있음'이라는 문구가 씌어져 있었다. 휴가철이 되니 미국도 어쩔 수가 없었다. 바가지 상혼은 어디나 마찬가지였다.

하는 수 없이 옆에 있는 다른 여관으로 갔다. 39달러로 돼 있는 쿠폰을 내밀었더니 이번엔 그 책의 인쇄가 잘못 됐다나. 무슨 하마 콧구멍 후비는 소리냐고 화를 냈더니 다른 쿠폰 북을 꺼내 보여줬다. 과연 주인장 말대로 거기엔 여름시즌 요금이 54달러로 돼 있었다. 숙박계를 쓰는데 주인장이 미안했던지 내가 물어보지도 않은 정보를 줬다. 이곳에도 대중 온천탕이 있으며, 저녁 9시부터 10까지는 세일을 한다는 것이었다. 정상적인 요금은 1인당 13달러이지만 저녁 9시부터는 8달러로 할인해 준다는 얘기였다.

서둘러 컵라면과 밥으로 저녁을 먹은 뒤 온천으로 달려갔다. 글렌우드 스프링스의 온천탕은 목욕탕이라기보다는 수영장에 가까웠다. 노천 온천인데 어지간한 야외수영장 서너 개를 합쳐놓은 크기였다. 탕은 세 개로, 맨 앞은 뜨겁고 중간은 미지근하며 끝은 찬물이었다. 찬물에는 다이빙대까지 있었다. 밤 9시가 넘었는데도 사람이 많았다. 온천수에 무슨 성분이 있어서인지 생채기가 난 부분이 따끔따끔했다. 교교한 달빛 아래 식구들과 함께 온천탕에 몸을 담글 줄이야. 달과 별을 보며 온천 수영장에서 헤엄을 쳤다. 어두컴컴한 수면 위로 하얀 수증기가 올라가고 있었다. 아이들은 신바람이 났다. 직원이 이제 그만 물에서 나오라고 소리칠 때까지 우리는 악착같이 물 속에서 놀았다.

청년의 계곡 블랙 캐니언

미국의 대표적인 캐니언을 세 개 꼽으라면 그랜드 캐니언, 요세미티, 그리고 블랙 캐니언이다. 한국인에게 그랜드 캐니언이나 요세미티는 잘 알려져 있지만 블랙 캐니언은 생소하다. 콜로라도 주 내륙 깊숙이 있어서 한국 관광객이 찾아가기 어렵다. 게다가 1999년에야 국립공원으로 지정됐을 만큼 미국에서도 그리 유명한 곳이 아니다.

그러나 지질학적으론 블랙 캐니언이 그랜드 캐니언이나 요세미티 못지 않은 비중을 갖고 있다. 그랜드 캐니언은 더 이상 침식이 이뤄지지 않는 노년의 계곡이지만, 요세미티는 장년이요, 블랙 캐니언은 청년의 계곡으로 분류되기 때문이다. 지금으로부터 수십만 년 전의 그랜드 캐니언의 모습이 바로 지금의 요세미티와 블랙 캐니언이란 얘기다.

블랙 캐니언 국립공원은 북쪽 절벽과 남쪽 절벽으로 나뉘어져 있다. 중간에 다리가 없기 때문에 북쪽 절벽을 본 뒤 남쪽 절벽으로 가기 위해선 100킬로미터 가까이를 돌아가야 한다. 남쪽은 개발이 잘 돼 일년 열두 달 개방되는 반면 북쪽은 자연상태로 둔 곳이 많아 겨울에는 폐쇄된다. 여름 아니면 갈 수 없는 곳을 우선 가보기로 했다.

북쪽 절벽은 진입로부터가 심상치 않았다. 크로포드라는 도시부터 한 시간여 동안은 비포장도로였다. 길옆으로 초원이 펼쳐졌다. 큰 굴렁쇠 같은 걸 수십 개 옆으로 이어 붙여놓은 듯한 스프링클러가 초원에 물을 뿌리고 있었다. 본래 블랙 캐니언 일대는 황무지였다. 캐니언 아래쪽으로 구니슨 강이 흐르고 있지만 캐니언 아래로 접근할 길이 없어 물을 끌어다 쓸 수 없었다. 사실 중부 대평원에 정착한 개척민에게 가장 아쉬운 것은 물이었다. 대평원엔 비가 거의 오지 않았기 때문이다. 물 한 방울이 절실한 사람들이 큰 강을 눈앞에 뻔히 보고 가만있었을 리가 없었다.

1901년 윌리엄 토런스라는 사람이 용기를 냈다. 링컨재단의 후원을 받은 토런스는 구니슨 강 상류로 올라가 고무보트를 타고 래프팅을 시작했다. 9일 동안 장장 53킬로미터를 고무보트 하나에 의지해 떠내려갔다. 내려가면서 그는 블랙 캐니언의 지형을 유심히 살폈다. 탐험을 마친 토런스는 정부에 블랙 캐니언 아래로 터널을 뚫어 관개수로를 낼 수 있다는 보고서를 제출했다.

정부는 그의 건의에 따라 1905년 구니슨 우회터널 공사를 시작했다. 4년 만에 완공된 터널을 통해 구니슨 강의 물이 황무지로 콸콸 쏟아져 나왔다. 이후 블랙 캐니언 일대는 농장으로 탈바꿈했다. 때때로 인간의 힘은 자연조차 바꾼다.

흙먼지를 일으키며 덜컹덜컹 비포장도로를 달리다 보니 국립공원 입구가 나타났다. 관리사무소엔 직원이 한 명도 없었다. 순찰을 나갔다는 팻말만 달랑 붙어 있을 뿐이었다. 그러나 관리사무소에서 100여 미터 떨어진 캠핑장엔 제법 텐트가 많았다. 건장한 청년 두 명이 암벽등반 장비를 어깨와 허리에 잔뜩 멘 채 걸어 나오고 있었다. 북쪽 절벽엔 암벽등반이나 자연탐험을 즐기려는 사람들이 주로 찾는다. 샌들을 신고 나타난 우리 가족을 보자 청년들은 황당하다는 표정을 지었다.

관리사무소 옆으로 캐즘 전망대로 가는 길이 있었다. 지도를 보니 캐니언 안쪽으로 걸어 들어갈 수 있는 길이었다. 물 한 통과 빵을 가방에 싸 넣고 소풍에 나섰다. 길 양옆으론 키 작은 관목이 우거져 있었다. 그 속에 길이 1센티미터가 조금 넘는 크기의 매미들이 빼곡히 들어앉아 요란하게 울고 있었다. 이곳의 매미는 맴맴 하는 소리를 내지 않고 빨래판 긁는 듯한 소리를 냈다. 여기서도 빠각빠각 저기서도 빠각빠각. 매미 소리라 해도 왠지 소름이 끼쳤다.

돌이 많아 뱀이 자주 출몰하니 조심하라는 안내문도 붙어 있었다. 뱀 종류만 30여 종이 넘는다는 것이었다. 아니나 다를까 아들 녀석이 앞장섰다가 으악, 소리를 질렀다. 큰 뱀 한 마리가 휙 지나간 것이다. 관리사무소 앞에서 트레일에 나서는 사람들이 두꺼운 등산화와 긴 양말을 꺼내 신었던 이유를 알 만했다.

한 시간쯤 숲 속을 헤맸을까. 전망대 표지판이 보였다. 몇 발짝 나갔더니 발 아래로 낭떠러지가 펼쳐졌다. 칼로 자른 듯한 절벽이 끝없이 밑으로 펼쳐졌다. 아래쪽으론 풀 한 포기 없이 온통 시커먼 바위뿐이었다. 절벽은 좁고 깊었다. 이 때문에 햇빛이 절벽 아래쪽까지 미치지 못했다. 블랙 캐니언이란 이름도 절벽이 깊고 좁아 아래쪽이 항상 어두컴컴하다는 데서 나온 것이라고 한다. 고무보트를 타고 깊은 계곡 사이의 강을 탐험한 사람은 도대체 심장과 간이 어떻게 생겼을까.

블랙 캐니언은 워낙 넓어 도보로 돌아보는 건 무리였다. 차로 협곡 전망대라는 곳으로 갔다. 이미 깊은 절벽을 봤던 터라 난간이 둘러쳐진 곳까지 아무 생각 없이 다가갔다가 하마터면 소리를 지를 뻔했다. 절벽의 높이는

2000미터가 넘었다. 보고만 있어도 현기증이 났다. 절벽 아래로 독수리인지 매인지 새들이 날고 있었다. 절벽 중간에 둥지를 튼 모양이었다. 천혜의 새 낙원이었다. 새 말고는 어떤 짐승도 절벽의 중간까지 갈 수가 없을 것으로 보였다. '균형바위 전망대'엔 집채만한 바위 하나가 절벽 아래로 떨어질락 말락 매달려 있었다. 사람이 발로 한 번만 차도 떨어질 것 같은 바위가 수만 년이 지나도록 아슬아슬하게 균형을 잡으며 서 있다니 신통한 일이다.

북쪽 절벽을 돌아보면서 비로소 블랙 캐니언이 청년이라는 말이 실감났다. 미국의 유명한 캐니언은 지진으로 땅이 갈라져서 생긴 게 아니다. 물이 만든 것이다. 물은 먼저 깊게 물길을 낸다. 그런 다음 밑으로 파 들어간다. 이어지는 홍수는 물길을 넓힌다. 요세미티는 절벽 사이에 쌓였던 빙하가 녹으면서 형성된 강이 계곡을 깎았다. 그랜드 캐니언은 그 과정이 훨씬 더 오랫동안 진행돼 캐니언이 더 깊고 넓어진 것이다. 캐니언을 두고 청년이니 장년이니 노년이니 하는 말을 붙인 건 이런 연유에서였다.

블랙 캐니언은 구니슨 강이 아래로만 파 들어갔기 때문에 좁고 깊은 캐니언이 됐다. 그러나 블랙 캐니언은 시간이 흘러도 요세미티나 그랜드 캐니언처럼 장년이 되고 노년이 될 것 같지 않다. 사람이 캐니언 위에 댐을 만들어 홍수가 날 가능성을 막아놓았기 때문이다. 댐을 무너뜨릴 만큼 큰 홍수가 나지 않는 한 블랙 캐니언은 영원히 청년으로 남아있지 않을까.

북쪽 절벽을 돌아 92번 도로를 타고 블랙 캐니언을 우회했다. 산등성이를 도는데 갑자기 소 떼가 나타났다. 뒤에는 카우보이 세 명이 말을 타고 소를 따라가고 있었다. 사냥개 한 마리가 좌우로 왔다갔다하며 소가 길 밖으로 나가는 걸 막았다. 카우보이는 느긋해 보이는데 개만 바빴다. 그들은 관광용으로 소몰이를 하는 게 아니었다. 실제로 소를 들판에 놓아 풀을 먹이는 중이었다.

남쪽은 입구부터가 북쪽과 달랐다. 포장된 널찍한 길이 여행안내소까지 깔려 있었다. 전망대도 넓고 편하게 설치해 놓았다. 블랙 캐니언은 북쪽이 남쪽보다 높다. 이 때문에 남쪽에서 북쪽 절벽을 볼 때 캐니언의 모습이 더 잘 드러난다. 그러나 절벽에 섰을 때의 아찔한 스릴은 북쪽이 더 나았다.

다섯 개의 전망대를 차로 돌았다. '페인티드 월 뷰'는 높이가 무려 2300미터나 되는 절벽이었다. 거대한 벽에 대자연이 벽화를 그려 놓았다. 수천만 년에 걸쳐 비와 바람과 강물이 만든 그림이다. 뉴욕의 엠파이어스테이트 빌딩이 벽화의 중간 높이도 안 될 정도라고 하면 그 규모가 가히 짐작이 갈 것이다.

도인들의 메카 세도나

도 좀 닦았다는 사람치고 계룡산에서 수도하지 않은 도사가 없다. 아니 도인 행세를 하자면 최소한 계룡산 밥을 몇 년은 먹어야 한다. 왜 그럴까? 우리나라에선 기가 가장 충만한 곳이 계룡산이기 때문이다. 범부는 느낄 수 없지만 도인에겐 서기(瑞氣)가 뿜어져 나오는 땅이 느껴진다고 한다.

미국도 마찬가지다. 그랜드 캐니언을 오른편에서 감싸고 아래로 뻗어 내린 사막길이 미국에선 가장 기가 충만한 곳이다. 예로부터 이 땅에 살아온 원주민에겐 성지와 같은 곳이었다. 사막 길의 종착지인 애리조나 주의 세도나는 미국 도인들의 메카다. 미국에서 도를 닦았다고 하면서도 세도나 공기를 마셔보지 못했다고 하면 사이비 취급을 받는다.

그랜드 캐니언으로 가는 넓은 고속도로를 마다하고 비포장도로가 허다한 모뉴먼트 밸리(Monument Valley)를 택한 것도 이 때문이었다. 모뉴먼트 밸리로 가는 261번 도로는 왕복 2차선의 좁은 도로다. 그나마 계속 이어지던 도로가 갑자기 중간에 끊기더니 비포장도로가 나왔다. 흙먼지를 일으키며 비포장도로를 내려가던 우리는 한꺼번에 함성을 지르고 말았다.

"우와!"

지평선이 아련하게 보이는 붉은 사막에 수백 미터 높이의 기기묘묘한 붉은 바위산이 제멋대로 서 있었다. 모뉴먼트 밸리였다. 절벽 아래 목장 하나가 엄지손톱만하게 보였다. 목장 주변으로 도로가 이리저리 뻗어 있었다. 자를 대고 그냥 죽죽 그어놓은 듯 도로는 끝이 보이지 않는 일직선이었다.

붉은 바위산과 우리가 서 있었던 전망대 사이엔 눈에 보이지 않는 무언가가 꽉 들어차 있는 듯 밀도가 느껴졌다. 땅에서 솟구치는 기라는 게 바로 이런 것일까. 함께 산 아래 모습을 보고 있었던 미국 사람들도 아무 말이 없었다. 그리고 보니 우리는 메사의 정상 부분을 달려온 것이었다. 그러다 메사의 절벽 끝에 닿았고 거기서 모뉴먼트 밸리를 내려다보게 됐다. 모뉴먼트 밸리의 바위산은 기기묘묘했다. '멕시칸 모자'라는 이름의 바위는 사람이 멕시코 모자를 쓰고 있는 형상이었다. 미국 서부를 선전하는 광고사진에 단골로 나오는 붉은 바위산이 지천이었다.

애리조나 주를 넘어서니 마을 하나가 나타났다. 판자로 대충 지붕과 벽을 얽어놓은 집이 다닥다닥 붙어 있었다. 문 앞에 '오픈'이라는 팻말을 붙여놓은 걸 보면 지나는 관광객에게 뭔가 팔기는 파는 모양인데 도무지 들어가고 싶은 생각이 들지 않았다. 부부가 집 앞에 쌓인 붉은 흙더미를 빗자루로 쓸어내고 있었다. 온 천지가 다 붉은 먼지를 뒤집어쓰고 있으니 청소를 하는 의미는 없었다. 다만 출입문이 잘 열리지 않을 만큼 흙먼지가 쌓였기에 그걸 치우는 중이었다.

이들은 나바호 원주민의 후손이다. 모뉴먼트 밸리는 나바호 원주민 보호 구역이기도 하다. 부부가 함께 흙 치우는 모습을 멀리서 사진으로 찍었다. 그런데 부부의 표정이 멀리서도 느껴질 만큼 험악해졌다. 나바호 원주민은 사진 찍히는 걸 매우 싫어한다는 사실을 몰랐던 것이다. 그때 갑자기 바람이 불지 않았다면 원주민 부부에게 카메라를 빼앗겼을지도 모른다. 바람이 불자 부부는 재빨리 집 안으로 들어가 버렸다. 땅에 가라앉아 있던 붉은 흙먼지가 순식간에 하늘로 날아올랐다. 눈 깜짝할 사이에 흙먼지가 온 세상을 뒤덮었다. 마치 안개가 자욱하게 낀 것처럼 앞이 보이지 않았다. 눈앞에 서 있던 거대한 바위산이 흙먼지에 휩싸여 형체를 알아볼 수 없었다.

숨도 제대로 쉴 수 없을 정도였다. 흙먼지가 눈과 코로 마구 들어왔다. 서둘러 차에 올라 남쪽으로 달렸다. 이어지는 붉은 색 메사와 바위산을 보며 기분이 울적해졌다. 800여 년 전에 이 땅의 패권을 놓고 다퉜던 애나사지와 나바호 원주민은 이제 역사의 뒤안길로 물러났다. 애나사지는 헤메스 골짜기에 파묻힌 채, 나바호는 모뉴먼트 밸리의 붉은 흙먼지를 뒤집어쓴 채. 모뉴먼트 밸리의 붉은 산은 관광객에겐 환상적인 비경으로 다가올지 모르지만, 나바호의 후손에겐 기약 없는 내일의 자기 모습일지도 모르겠다.

세도나로 가는 길에서 만난 우팟키 앤드 선셋 분화구(Wupatki & Sunset Crater) 국립기념물에도 원주민의 흔적은 남아있었다. 선셋 분화구 국립기념물은 용암이 흘러내리다가 그대로 굳어버린 곳이다. 화산암이야 제주도에도 흔하지만 이곳의 용암은 흘러내리던 모양 그대로였다. 구멍이 숭숭 뚫어진 용암 개천이 길게 누워 있었다. 마치 금방 흐르다 굳은 것 같았다.

용암이 흐르면서 나무와 풀을 죄다 녹여버렸을 테지만 그 후 용암 위에 다시 소나무와 잡풀이 자라났다. 용암 개천을 지나니 검은 언덕이 나왔다. 석탄 덩어리로 산을 만든 것처럼 시커먼 자갈이 산을 덮고 있었다. 역시 화산폭발 때 생긴 것이었다. 곳곳에 이런 분화구가 널려 있었다.

화산이 터지기 전 이곳엔 애나사지와 시나구아(Sinagua) 원주민이 살았다. 곳곳에 원주민 유적이 남아 있는 건 이 때문이다. 메사버드의 애나사지 원주민이 절벽 중턱에 집을 짓고 살았던 서기 1100~1300년에 이곳에서도 애나사지 원주민이 마을을 이루고 살았다.

우코키(Wukoki) 유적지는 사막 한가운데 있었다. 풀 한 포기 없는 황무지 속에 넓적한 바위가 있고, 그 위에 3층짜리 돌집이 올라 앉아있다. 돌집 터에 올라서자 주변이 훤히 다 보였다. 이런 사막에 접시 같은 바위 하나가 덜렁 떨어진 듯한 모습이었다. 굳이 바위 위에 집을 지은 것은 짐승이나 외적의 침입을 막기 위해서였으리라.

우팟키 유적지의 산 아랫자락에도 돌집이 모여 있었다. 애나사지는 왜 척박한 곳만 골라가며 살았을까. 조금만 남쪽으로 내려가면 세도나 북쪽의 우거진 산림이 나오는데 말이다. 화산이 터지자 이곳에 살았던 사람들은 남쪽으로 옮겨갈 수밖에 없었다. 그러나 화산이 식은 뒤에 화산재가 쌓인 땅이 기름지다는 걸 알게 된 원주민은 다시 이곳으로 돌아왔다고 한다.

애나사지의 역사에서 풀리지 않는 시기인 서기 1400년 전후는 이곳에서도 오리무중이다. 이곳에 살았던 애나사지 원주민도 이 시기에 고향을 버리고 다시 남쪽으로 이주했다. 왜 그랬는지, 타임머신이 있다면 과거로 되돌아가 보련만 상상의 나래를 펴볼 따름이다.

세도나는 붉은 바위 카운티에 속한다. 이름 그대로 멀리서 봐도 산의 색

G WATER
DRINKS
ROAST
MUTTON
NAVAJO
BURGER
NAVAJO
TACO

모뉴먼트 밸리의 나바호 원주민 마을

깔이 붉었다. 흙에 철 성분이 유난히 많기 때문이라는 것이다. 과학자들이야 산이 붉은 이유를 이처럼 화학 성분을 따져 설명하겠지만, 옛날 이곳에 살았던 원주민은 신이 내린 성스러운 땅으로 여겼을 법했다.

세도나를 아래쪽으로 우회해 남쪽으로 들어갔다. 여행안내소가 막 문을 열었다. 안내원은 모두 할머니였다. 세도나에 대한 지식이 없는데 어떻게 투어를 하면 좋겠느냐고 물었다. 할머니는 대뜸 지도 한 장을 꺼내더니만 꼭 가봐야 할 곳을 형광펜으로 하나하나 표시해 줬다. 관광 안내서에는 잘 안 나오는 전망대의 위치까지 꼼꼼하게 설명했다. 여행안내소엔 명상, 요가, 기수련 등을 체험해보는 관광상품의 카탈로그가 많았다. 그중엔 한국의 한 기수련 단체가 내놓은 팸플릿도 있었다. 단학을 하는 단체인데 이곳에 도장도 개설해 놓고 있었다.

세도나의 179번 도로는 붉은 바위산을 꿰뚫고 지나간다. 이 도로로 가다 보니 가장 먼저 베르데 벨리 스쿨 로드에 있는 '대성당 바위'가 우리를 맞았다. 모양이 큰 성당처럼 생긴 바위였다. 바위 쪽으로 가보니 부자동네가 나타났다. 집 하나하나가 조각 작품이었다. 선인장 꽃이 핀 정원은 그림 같았다. 거리의 가로수도 어른 키보다 높은 선인장들이었다. 바위 바로 아래쪽까지 부잣집이 들어서 산으로 올라가는 길을 찾기 어려웠다.

동네 한복판엔 골프장이 있었다. 월요일인데도 골프장에 사람이 많았다. 세도나는 은퇴한 노인들이 많이 모여 사는 곳으로 유명하다. 날씨가 따뜻하고 습기가 많지 않아 노인들이 지내기에 안성맞춤이기 때문이다. 게다가 기가 충만하다니 더할 나위가 없다. 부자들의 휴양지가 돼버린 뒤 이곳에 살던 원주민은 시 외곽으로 밀려났다. 원주민의 성지였던 곳이 백인 부자 노인의 낙원으로 탈바꿈한 것이다. 도 닦는 사람이 이곳에 많이 모이는 것도 어쩌면 명상이나 기수련에 아낌없이 돈을 쓸 수 있는 부자 노인이 많이 살기 때문인지도 모르겠다. 미국에서 명상이나 기수련 같은 동양 수련법을 익히려면 시간이 많이 필요한데다 돈도 수월찮게 들기 때문이다.

코트하우스 뷰트(Courthouse Butte)와 벨 록(Bell Rock)이라는 바위산 주변으로 건축 붐이 일고 있었다. 택지를 개발하고 집을 짓는 공사가 한창이었다. 멀리 붉은 바위산에 초대형 십자가가 서 있는 게 보였다. 십자가 교회(Chapel of the Holy Cross)였다. 거대한 붉은 바위 위에 긴 사다리꼴 모양의 교회가 올라앉아 있었다. 건물 앞벽은 전체가 유리인데 거기에도 거대한 십자가를 붙여놓았다. 십자가에 햇빛이 반사돼 멀리서도 교회가 보였다. 붉은 바위가 있는 곳은 죄다 부잣집이 들어서 있어 접근이 어려웠지만 십자가 교회만은 아무나 산 가까이 갈 수 있게끔 개방돼 있었다.

교회는 마거릿 브런즈윅 스타우드라는 조각가의 꿈이 현실화된 것이다. 스타우드가 십자가 교회에 대한 생각을 처음 갖게 된 것은 1932년이었다. 어느 날 뉴욕의 엠파이어스테이트 빌딩을 무심코 바라보다 빌딩의 창틀에서 십자가 문양을 보게 됐다. 거기서 영감을 얻은 스타우드는 스케치에 스케치를 거듭하면서 자신이 보았던 십자가 교회의 모습을 그려냈다.

1937년 헝가리 부다페스트에 교회를 짓는 일을 맡은 스타우드는 평소 꿈꿨던 교회를 지으려고 했다. 그러나 공사를 시작한 지 얼마 안 돼 2차대전이 터졌다. 전쟁이 끝난 뒤 미국으로 돌아간 스타우드는 우연히 세도나에서 교회를 새로 지으려는 계획이 추진되고 있다는 소식을 들었다. 스타우드는 만사를 제치고 달려왔다. 마침 이 지역 상원의원도 스타우드를 도왔다. 1953년 건축허가가 떨어졌고, 2년 뒤 교회가 완공됐다. 십자가 교회는 스타우드의 뜻에 따라 언제라도 교회를 찾는 모든 사람에게 개방하기로 했다. 교회

앞마당에선 세도나의 남서쪽 전경이 한눈에 들어왔다. 스타우드에게 감사할 따름이었다.

　교회는 생각보다 크지 않았다. 50명 정도가 앉을 만한 자리밖에 없었다. 예수의 얼굴 상이 걸려있는 정면 벽은 유리로 돼있었다. 바깥으로 세도나의 붉은 바위들이 보였다. 예수 상은 역광 때문에 검은 윤곽만 보였다. 경건한 교회음악이 흘러나왔다. 멀리 보이는 붉은 산과 예수의 실루엣, 조용히 기도를 하는 사람들이 잘 어울렸다. 마음이 착 가라앉는 느낌이었다. 교회 지하에 있는 선물가게가 산통을 깨지 않았더라면 더 좋았으련만.

　세도나의 북쪽엔 하늘을 찌를 듯한 전나무가 빽빽하게 들어서 있었다. 남쪽의 붉은 산과 대조적으로 온통 초록빛이었다. 계곡으로 맑은 물이 흐르고 있었다. 송어가 살 만큼 물이 차고 깨끗했다. 거대한 바위산 아래로는 깊은 계곡이 패여 있고, 그리로 맑은 물이 흐르고 있었다. 물가엔 짙푸른 숲이 빽빽하게 우거져 있었고, 계곡에선 물놀이를 즐기는 사람들이 있었다. 먼 옛날엔 원주민들이 붉은 바위 아래서 기도를 드리기 위해 몸을 씻은 곳이었을 텐데 지금은 가족 놀이터가 됐다.

그랜드 캐니언의 우라늄 광산

그랜드 캐니언 국립공원에 도착한 것은 늦은 오후였다. 숙소를 예약하지 않고 무작정 갔기 때문에 캠핑장부터 찾았다. 캠핑장에 자리가 없으면 공원 입구까지 되돌아 나와야 했다. 동쪽 입구의 '사막 전망대' 옆 캠핑장으로 갔다.

여름휴가철에 국립공원 내 숙박시설을 잡는 건 하늘의 별 따기다. 그러나 캠핑장은 다르다. 국립공원의 캠핑장은 거의 대부분 예약을 안 받는다. 먼저 오는 사람 순서대로 빈 자리에 셀프 서비스를 하도록 돼있다. 때문에 아무리 사람이 붐비는 여름철이라도 시간대만 잘 맞추면 자리를 잡을 수 있다.

오후 4~6시가 가장 좋다. 그때쯤 자리를 뜨는 사람이 많기 때문이다. 시간을 잘 맞춰 간 덕에 어렵지 않게 캠핑장에 자리를 잡았다. 화장실에서 가까운 26번 사이트에 짐을 풀어놓고 캠핑장 입구로 갔다. 입구엔 사이트 이용 신고서가 비치돼 있었다. 신고서에 이름과 주소를 적어 넣고 사용료 10달러를 동봉해 우체통처럼 생긴 상자에 넣으면 끝이다.

캠핑장은 시설이 좋았다. 식수도 콸콸 나왔고, 공공 화장실은 바로 옆에 가도 전혀 냄새가 나지 않았다. 쓰레기나 오물도 찾아볼 수 없었다. 대학 시절 지리산의 산장에 갔다가 화장실을 보고 숨이 막혔던 기억이 떠올랐다. 조금씩만 주의하면 모두가 기분 좋아질 수 있는 게 화장실이 아닐까. 쓰레기나 오물이 버려져 있는 걸 보고 기분 좋을 사람은 없을 게다.

사막 전망대에서 보는 그랜드 캐니언의 노을은 눈물이 나올 정도였다. 캐니언 자체가 형형색색의 아름다움을 자랑하는데 붉은 색 노을이 하늘을 덧칠하니 붉은 색은 더 붉고 흰색에선 광채가 났다. 그랜드 캐니언을 보지 않고서 캐니언을 봤다고 얘기할 수 없을 거란 생각이 들었다. 계곡 안쪽에는 수를 헤아릴 수 없는 메사가 흩어져 있고, 그 사이로 콜로라도 강이 흐른다. 캐니언에선 해가 빨리 진다. 계곡이 깊어 해가 조금만 기울어도 계곡 아래쪽은 컴컴해진다. 노을이 만드는 캐니언의 컬러 쇼는 길어야 10여 분이었다. 우리가 그 짧은 시간을 놓치지 않은 것은 운이 좋은 덕분이었다.

이튿날 새벽에 잠시 눈을 붙인다는 게 그만 해 뜨는 시간을 넘기고 말았다. 일출은 5시 10분인데 5시 20분이 지나서야 눈을 떴다. 깜짝 놀라 텐트 밖에 나와 보니 하늘이 벌써 훤했다. 아이들은 곤히 자고 있었다. 아내와 사막 전망대로 향했다.

사막 전망대엔 돌로 쌓은 탑이 있었다. 위에 올라가서 보면 캐니언이 멀리까지 보인다. 탑을 걸어 올라가는 것은 공짜다. 그러나 내려오면 선물가게를 거쳐야 나올 수 있기 때문에 그 만큼의 대가는 치르게 돼있었다. 남쪽 절벽에서 가장 경치가 좋은 곳은 우리가 야영을 했던 사막 전망대 부근과 공원 관리 사무소 본부가 있는 남쪽 입구 근처의 매서 포인트다. 사막 전망대는 2267미터, 매서 포인트는 2170미터나 된다. 까마득한 절벽이었다.

해가 중천에 뜬 뒤의 사막 전망대는 또 다른 모습이었다. 캐니언 전체가 그늘진 곳 없이 다 보였다. 남쪽 절벽과 북쪽 절벽 사이의 거리는 평균 16킬로미터나 된다. 캐니언 안에 흩어져 있는 메사에는 지층이 뚜렷하게 나타나 있었다. 가장 위층에 있는 바위가 2억 6000만 년 전에 퇴적된 흙이 굳어진 바위이고, 가장 아래층에 있는 바위는 무려 18억 년 전에 형성된 것이라고 한다. 당시엔 계곡이 없었다. 이곳에 캐니언이 생기기 시작한 것은 500만~600만 년 전부터라고 한다. 대략 75만 년 전에는 현재와 비슷한 모습이 됐을 것으로 과학자들은 추정하고 있다.

그랜드 캐니언에는 셔틀버스 노선이 세 개 있다. 빨간색은 캐니언 빌리지의 서쪽, 파란색은 동쪽의 야바파이(Yavapai), 녹색은 빌리지의 안쪽을 돈다. 빌리지 서쪽과 야바파이는 셔틀버스를 타지 않으면 들어갈 수 없다. 셔틀버스는 공짜였다. 캐니언 빌리지의 동쪽은 차로 대부분 돌아봤기 때문에 서쪽 포인트로 갔다. 셔틀버스는 모두 여덟 곳의 포인트를 차례로 돌아 다시 캐니언 빌리지의 정류장으로 돌아왔다. 각 포인트에서 경치를 보고 즐기려면 차에서 내려 구경을 한 뒤 다음 차를 타면 되는 방식이었다.

각 포인트에 도착해서 마주치는 광경 중 하나는 화장실 앞에 늘어선 긴 줄이었다. 자연보호를 위해 화장실을 한두 개밖에 설치해 놓지 않아서다. 자연을 위해 그렇게 할 수밖에 없었을 테지만 사정이 급한 사람은 참 난감하지 않을 수 없다.

마리코파 포인트 옆에 폐광 하나가 있었다. '오펀 광산(The Orphan Mine)'이란 팻말이 붙어 있었다. 절벽 중턱까지 운행했던 케이블카 시설이 시뻘겋게 녹슨 채 그대로 남아 있었다. 웬 케이블카 시설인가 했더니 우라늄 광산이었다. 안내문엔 여기서 생산된 우라늄이 2차대전 때 군사적 용도로 사용됐다고 씌어 있었다. 광산에서 지금도 약한 방사능이 나오고 있으니 가까이 접근하지 않는 게 신상에 좋을 것이라는 설명도 곁들여져 있었다.

2차대전 때 군사적 용도로 쓰였다면 일본 히로시마와 나가사키에 떨어뜨린 원자폭탄에도 여기서 난 우라늄이 들어가지 않았을까. 20만 명의 목숨을 앗아간 악마의 무기가 세계적인 관광지에서 나왔다는 게 아이러니했다.

그랜드 캐니언을 맨 먼저 답사한 사람은 광산업자였다. 1891년에 대니얼 호건이라는 광산업자가 그랜드 캐니언에 살고 있던 하바수파이 부족의 길잡이를 앞세워 캐니언을 뒤지던 끝에 구리 광맥을 처음 발견했다. 현재 마리코파 포인트가 있는 절벽의 335미터 아래쪽이었다.

호건은 미국이 멕시코와 전쟁을 벌일 때 산악부대 요원으로 참전했던 인물이다. 그는 자신의 경력을 살려 깎아지른 절벽을 밧줄과 맨손으로 오르내리며 손수 광산을 만들었다. 덕분에 그는 그랜드 캐니언이 국립기념물로 지정되기 2년 전인 1906년 시어도어 루스벨트 대통령으로부터 광산 채굴허가를 받아냈다. 그는 광산을 포함한 2만 5000평의 땅을 개인 소유지로 확보했다.

그랜드 캐니언의 아침

30여 년 동안 구리를 캐던 호건은 그랜드 캐니언에 관광객이 몰리기 시작하자 광업보다 관광업이 수지가 더 맞는다는 걸 깨달았다. 그는 광산이 있던 자리에 숙박시설을 짓고 상점을 열었다. 그 후 광산 주인이 여러 번 바뀌었다.

관광시설이 된 고아 광산은 1951년에 다시 한번 전환기를 맞는다. 그랜드 캐니언을 구경하러 온 아마추어 방사능 탐지 전문가가 호건의 광산 근처에서 우연히 방사능을 감지해냈다. 그는 방사능의 진원지를 찾다가, 호건이 쓸모없다고 생각해 한 곳에 쌓아둔 광석에 우라늄이 다량 포함돼 있다는 것을 알게 됐다.

이날 이후 고아 광산은 관광업에서 손을 떼고 우라늄을 캐기 시작했다. 2차대전에 고아 광산은 미국의 서남부에서 우라늄을 가장 많이 생산하는 곳이었다. 광산 주인은 떼돈을 벌었다. 국립공원도 짭짤하게 재미를 봤다. 우라늄을 실어 나르기 위해선 국립공원 안에 있는 도로를 이용해야 했기 때문이다. 국립공원은 도로 이용료로 우라늄이 함유된 광석 1톤당 2센트씩 챙겼다.

그러나 절벽에 갱도를 파 들어가면서 지하수가 갱도를 통해 흘러서 절벽 붕괴사고가 잇따랐다. 그대로 뒀다간 그랜드 캐니언의 자연경관을 망칠 것이라는 환경운동가들의 항의가 빗발쳤다. 이 판국에 정신 못 차린 광산 주인은 광산 위에 있는 그랜드 캐니언 절벽 위에 대규모 호텔 등 위락시설을 짓겠다는 계획을 발표했다.

결국 정부가 나섰다. 1962년 케네디 대통령은 그랜드 캐니언의 고아 광산을 국립공원이 수용하도록 하는 법안을 만들어 의회의 승인을 받았다. 의회의 허가 아래 고아 광산은 1987년까지 우라늄을 비롯한 광물을 생산하다가 문을 닫았다.

북쪽 절벽으로 가자면 무려 344킬로미터를 돌아가야 했다. 북쪽 절벽으로 가는 길 도중에 있는 마블 캐니언에 나바호 다리가 걸려 있었다. 다리 아래로 콜로라도 강이 유유히 흐르고 있었다. 강폭은 그리 넓지 않지만 절벽이 너무 가팔라 다리가 없으면 강을 건너는 것이 불가능해 보였다. 마블 캐니언 일대는 원주민 보호구역이다. 하바수파이 원주민이 아직도 캐니언 아래 골짜기 살고 있다.

나바호 다리를 걸어서 건너다가 한국 사람을 만났다. 연인 사이인 두 쌍이 캘리포니아에서 차를 렌트해 서부일주 여행을 하고 있다는 것이었다. 한국에서 차와 숙소를 모두 예약하고 왔다고 했다. 미국 여행도 패키지로 다니기보다 그들이나 우리 식구처럼 손수 차를 운전해가며 맘대로 돌아다니는 것이 더 좋을 수 있다. 자동차 여행에는 패키지여행에선 느낄 수 없는 스릴과 자유로움이 있기 때문이다.

북쪽 절벽에 도착하니 해가 뉘엿뉘엿 넘어가고 있었다. 북쪽은 남쪽보다 300미터 정도 더 높다. 따라서 절벽의 경치를 제대로 보자면 남쪽에서 북쪽을 올려다보는 게 낫고, 절벽 전체를 조망하자면 북쪽에서 남쪽을 내려다보는 게 낫다.

북쪽 절벽엔 남쪽보다 사람이 많지 않았다. 남쪽은 차로 대부분의 포인트를 다 돌아볼 수 있지만 북쪽에선 걸어야 하는 곳이 많기 때문일 것이다. 해 지는 절벽 위에 앉아 명상을 하는 사람이 심심찮게 눈에 띄었다. 굳이 도를 닦는 사람이 아니더라도 해지는 그랜드 캐니언의 절벽 위에 가부좌를 틀고 앉아 몇 차례 심호흡을 하다보면 마음이 가라앉을 것 같다. 명상을 하다가 눈을 떠서 절벽 아래를 내려다보면 세상사 백팔번뇌가 다 가소롭고 하찮게 생각되지 않을까.

모르몬교의 땅

일부다처제 하면 아랍 세계를 떠올리기 쉽다. 그러나 미국에도 일부다처제가 있었다. 모르몬교의 성지인 유타 주는 1895년 이전에는 일부다처제를 법으로 인정했다. 모르몬교 지도자 브리검 영은 총 27명의 아내와 결혼해 56명의 자녀를 두었던 것으로 알려져 있다.

일부다처제는 모르몬교를 다른 기독교 종파와 확실하게 구분시켜 주는 교리였지만 이 때문에 모르몬교가 혹독한 탄압을 받기도 했다. 모르몬교도들이 지세가 험하기로 소문난 유타 주로 흘러든 것도 다른 기독교도들의 박해를 피하기 위해서였다. 유타 주를 성지로 만든 뒤에도 모르몬교의 시련은 계속됐다. 일부다처제 때문에 유타 주는 미합중국 연방에 가입할 수 없었다. 결국 연방 가입을 위해 모르몬교 지도자들은 일부다처제를 포기해야 했고, 1895년에 이를 금지하는 법을 통과시켰다.

모르몬교는 뉴욕 주에서 가난한 농부의 아들로 태어난 조지프 스미스 2세가 창시했다. 1827년의 어느 날 모로니라는 천사가 스미스에게 찾아와 알 수 없는 문자가 새겨진 황금판을 주고 갔다. 판에 새겨진 내용은 선지자 모르몬이 신의 목소리를 듣고 글로 옮긴 것이었으나 아무도 번역할 수 없었다. 그것을 스미스가 영어로 번역했다는 것이 바로 모르몬경이다. 스미스는 자신의 종파를 '말일성도 예수그리스도교(The Church of Jesus Christ of Latter Day Saints)'라고 이름 지었다. 모르몬교는 별칭인 셈이다.

모르몬교의 역사는 수난의 연속이었다. 기독교도들에 의해 사이비 종교로 낙인찍혔기 때문이다. 스미스는 모르몬교의 보금자리를 찾아 신도들을 이끌고 서부로 갈 수밖에 없었다. 처음엔 미주리 주를 성지로 정했다. 그러나 곧이어 몰려온 기독교도들에 의해 다시 일리노이 주로 쫓겨 갔다. 결국 스미스는 일부다처제로 풍기를 문란하게 하고 사이비 교리를 유포했다는 죄목으로 체포돼 감옥에 갇혔다. 옥살이를 하던 스미스는 1844년 감옥에서 일어난 폭동의 와중에 어이없이 살해당하고 말았다.

갑작스런 교주의 사망으로 모르몬교는 분열했다. 스미스의 아들을 중심으로 한 현실주의자들은 모르몬교의 일부다처제를 포기하고 미주리 주로 돌아가 기독교도들과 화해했다. 반면 스미스의 교리를 끝까지 지킨 원리주의자들은 스미스의 어린 시절 친구이자 동지인 브리검 영의 지도 아래 종교의 자유를 찾아 서부로 더 깊숙이 숨어들었다. 이들이 정착한 도시가 유타 주의 주도인 솔트레이크시티다.

그들은 유타 주로 들어가기 위해 로키 산맥을 넘어야 했다. 험한 산과 계곡을 넘어 자유의 땅으로 가는 과정에서 수많은 사람이 죽었다. 모르몬교가 일부다처제를 계속 교리로 인정한 것도 험난한 서부로의 여정에서 남자가 많이 죽었기 때문이란 해석도 있다. 그만큼 유타 주엔 험한 캐니언이 많다는 이야기이기도 하다.

유타 주의 89번 지방도로에서 12번 도로로 빠져서 잠시 들어가자 갑자기 산이 붉게 물들기 시작했다. 바위며 흙이 온통 진한 오렌지 빛깔이었다. 계곡의 이름도 레드 캐니언이었다. 산엔 붉은 색 바위기둥이 수백, 수천 개가 서 있었다. 오랜 풍화작용이 만든 자연의 조각이다. 형형색색의 빛깔을 수놓은 장본인은 바다와 강이다. 1억 4000만 년 전에는 북미대륙의 가운데 부분이 바다였다. 6000만 년 동안 바닷물이 이곳에 모래와 온갖 화학물질을 끌어다 쌓았다. 모래는 사암으로 바뀌었다. 사암은 부드러우면서도 결이 고와 자연이 조각을 하기에 좋았다.

이후 지각변동으로 중부 내륙이 솟아올라 콜로라도 고원이 되자 이번엔 강이 바위를 조각하기 시작했다. 강물이 흐르면서 한편으론 바위를 깎았지만 다른 한편으론 상류에서 실어온 흙을 중하류에 쌓았다. 이 때문에 콜로라도 고원은 다양한 지층을 갖게 됐다. 같은 지층이라도 깎여나간 부위에 따라 색깔이 다르다. 브라이스 캐니언은 지층의 가장 윗부분이다. 자이언 캐니언의 지층은 브라이스 캐니언의 가장 아랫부분과 일치하고, 그랜드 캐니언의 지층은 자이언 캐니언의 가장 아랫부분과 같다. 이러니 캐니언마다 색깔이 다를 수밖에 없다.

브라이스 캐니언 국립공원은 동서로는 좁고 남북으로 길다. 그 안으로 들어가는 길 중 유일하게 서쪽으로 들어갔다가 서쪽으로 나와야 하는 곳이 브라이스 포인트다. 브라이스 캐니언의 알맹이를 보고 싶다면 가야 할 곳이 바로 브라이스 포인트다. 억겁의 세월이 깎아놓은 수만 개의 붉은 바위기둥이 마치 사열하듯 늘어서 있었다.

중국 시안(西岸)에서 본 진시황릉의 병마용이 떠올랐다. 병마용은 사람이 빚은 것이지만 브라이스 캐니언의 붉은 기둥은 대자연이 깎은 조각이다. 병마용을 빚기 위해 중국의 수십만 평민이 목숨을 바쳐야 했다. 그러나 미국 사람들은 자연으로부터 브라이스 캐니언을 선물 받았으니 천혜란 바로 이를 두고 하는 말이 아닐까.

입구 쪽에 몰려있는 세 곳의 포인트를 건너뛰려다 혹시나 해서 들어가 봤다. 전망대에 서는 순간 이곳을 못 보고 갔더라면 얼마나 후회했을까 싶었다. 인스피레이션 포인트의 붉은 기둥들은 더 섬세했다. 어떻게 저토록 붉은 바위기둥이 생겨날 수 있었을까.

브라이스 캐니언을 돌아 나와 이번엔 자이언 캐니언으로 갔다. 자이언 캐니언은 국립공원인데도 9번 도로가 관통했다. 공원의 핵심부는 셔틀버스를 타야만 들어갈 수 있지만, 경관이 좋은 포인트는 9번 도로에 대부분 붙어 있다. 이 때문에 굳이 셔틀버스를 탈 필요가 없었다.

자이언 캐니언은 별게 없을 것이라고 지레 짐작했던 우리는 이내 감탄사를 연발할 수밖에 없었다. 자이언 캐니언의 바위는 육중했다. 거무튀튀하게 번들거리는 뱃사람의 굵은 팔뚝 같았다. 단순하면서도 시원시원한 바위산의 선은 바라만 봐도 힘이 솟구치는 것 같았다. 산은 전체가 하나의 바위였다. 바위산을 마치 거대한 빗으로 쓸어놓은 것처럼 빗살무늬가 산 전체를 뒤덮고 있었다. 통바위에 새겨진 무늬이니 보는 사람은 그 스케일에 압도당한다. 브라이스 캐니언이 빼어난 여성미를 자랑한다면 자이언 캐니언은 근육질의 남성미를 뽐낸다.

9번 도로엔 무려 1709미터 길이의 터널이 있었다. 캐니언을 관통해 도로를 내자니 터널을 뚫는 게 불가피했을 것이다. 통바위에 굴을 뚫는 일이 얼마나 어려웠을까. 자이언 캐니언의 터널공사는 현대 토목기술의 진수를 보여준 공사로 꼽힌다. 그만큼 난공사였다는 얘기다. 터널 안에는 인공조명이 없었다. 군데군데 터널 옆으로 구멍을 내 자연광이 굴 안쪽으로 들어오게 설계를 했다. 워낙 단단한 바위라 터널을 넓게 낼 수는 없었다. 이 때문에 터널은 한 방향씩으로밖에 통행이 안 됐다. 터널입구 양쪽에 안전요원이 서서 무전으로 차량의 진행을 도왔다.

터널을 나오자 사방이 거대한 바위산으로 둘러싸여 있었다. 마치 바위산 속에 폭 파묻힌 느낌이었다. 지금이야 이곳을 편하게 차로 달릴 수 있지만 불과 200년 전에 모르몬교도들은 걸어서 저 바위산을 넘었으리라. 종교의 자유를 찾아 북미대륙으로 온 기독교도들이 다시 모르몬교도들을 이 척박한 바위산으로 몰아낸 것을 보면 신의 뜻은 알다가도 모를 일이다.

라스베이거스에는 낮이 없다

1829년 모하비 사막. 멕시코의 상인에게 고용된 라파엘 리베라는 미국 중부에서 로스앤젤레스로 가는 길을 개척하다가 사막에서 길을 잃었다. 그를 비롯한 60명의 탐험대는 물을 찾아 헤매다가 우연히 오아시스를 발견했다. 그리고 그 샘물에 스페인어로 초원이란 뜻인 라스베이거스라는 이름을 붙였다.

원주민만 살던 이 오아시스에 1855년 모르몬교도들이 정착촌을 만들었다. 백인 요새를 지은 모르몬교도들은 원주민에게 농사짓는 법을 가르치며 선교를 하려고 했다. 그러나 원주민은 모르몬교를 받아들이지 않았고 틈만 나면 백인 요새를 공격했다. 결국 모르몬교도는 라스베이거스를 버리고 떠날 수밖에 없었다.

버려졌던 라스베이거스는 1905년 솔트레이크시티에서 로스앤젤레스를 잇는 철도가 설치되면서 다시 번성하기 시작했다. 1920년대 미국에서 금주법이 실시되자 사막도시 라스베이거스는 밀주업자와 매춘부, 도박꾼으로 득실댔다. 무법천지였던 라스베이거스가 오늘날과 같은 도박천국이 되도록 주춧돌을 놓은 사람은 뉴욕의 마피아였던 벅시 시걸이다.

그의 파란만장한 삶은 워런 비티와 아네트 베닝이 주연한 할리우드 영화 〈벅시〉로도 잘 알려져 있다. 벅시는 1906년 2월 28일 미국 뉴욕에서 태어났다. 그는 훗날 마피아의 대부가 된 루치아노와 어린 시절을 함께 보내며 뉴욕 뒷골목에서 잔인한 킬러로 성장했다. 그의 본명은 벤저민이었으나 킬러로 이름을 날리면서 벅시라는 별명을 얻었다.

로스앤젤레스를 비롯한 서부 도시가 급성장하자 뉴욕의 마피아는 서부로 세력을 확장하기 위해 벅시를 로스앤젤레스로 보냈다. 이때 할리우드 영화 세트장을 방문한 벅시는 우연히 영화계의 신데렐라였던 버지니아 힐을 만나 사랑에 빠지게 된다.

1929년 대공황으로 금주법의 족쇄가 풀리고 2년 뒤 네바다 주가 도박을 합법화하는 법을 제정하면서 라스베이거스가 새롭게 주목받기 시작하던 때였다. 금주법의 시대에는 천덕꾸러기였던 라스베이거스가 합법적인 도박의 도시로 부상할 수 있는 여건이 마련된 것이다. 당시 로스앤젤레스가 급성장하는 과정에서 쌓인 스트레스를 발산할 곳이 필요했다.

라스베이거스의 가능성을 확신한 벅시는 뉴욕으로 날아가 마피아의 돈을 끌어왔다. 1945년 로스앤젤레스의 한 갑부가 자금난에 몰려서 짓다만 호텔 건물을 내놓자 벅시가 이를 인수했다. 벅시는 이것을 수영장이 있고, 방에 에어컨이 설치되고, 목욕탕에 타일을 깐, 당시로는 초호화판 호텔로 만들었다. 1946년 크리스마스 다음날 개관한 이 호텔의 이름은 벅시의 부인이 된 버지니아의 애칭을 따 '플라밍고'로 붙였다. 모든 게 순조로운 것처럼 보였다.

그러나 벅시는 시대를 너무 앞서갔다. 초호화판 호텔엔 기대했던 것만큼 손님이 들지 않았다. 엎친 데 덮친 격으로 버지니아가 벅시의 돈을 빼돌렸다는 루머까지 나돌았다. 초조해진 뉴욕의 마피아는 벅시를 그대로 놔둬선 안 되겠다고 판단했고, 1947년 총잡이를 로스앤젤레스로 보내 벅시를 제거했다.

벅시가 죽은 뒤 라스베이거스엔 미국의 3대 공군기지 중 하나인 넬리스

기지가 들어섰다. 이곳에서 지하 핵실험도 이뤄졌다. 공군기지가 들어서면서 군인과 그 가족이 몰려들기 시작해, 라스베이거스는 네바다 주에서 가장 큰 도시로 성장했다.

1960년대 미국의 전설적인 갑부인 하워드 휴즈가 등장하면서 라스베이거스는 마피아의 손에서 벗어난다. 휴즈는 마피아로부터 라스베이거스의 호텔을 사들여 가족이 함께 즐길 수 있는 휴양시설로 만들었다. 1989년엔 스티브 윈이란 사업가가 라스베이거스를 테마형 종합 오락레저도시로 탈바꿈시켰다. 오늘날 라스베이거스를 대표하는 테마호텔들은 모두 스티브 윈의 미라주 호텔을 본뜬 것이다.

라스베이거스에 도착하니 저녁 7시가 넘었다. 방부터 구해야 했다. 이곳저곳 헤매다 혹시나 싶어 카지노 호텔로 가봤다. 라스베이거스에서 가장 화려한 거리인 라스베이거스 스트립에 있는 카지노 로열 호텔이었다. 세 자릿수의 숙박비는 각오했는데 뜻밖에도 하룻밤에 49달러란다.

라스베이거스에선 도박을 뺀 모든 게 쌌다. 호텔, 항공요금, 음료수, 술, 담배 등이 이웃 캘리포니아 주에 비해 반값이었다. 라스베이거스에 대규모 컨벤션센터가 많은 것도 저렴한 물가 덕분이라고 한다. 컨벤션센터에서 회의를 주최하는 입장에선 행사장 임대료, 식사비, 숙박비가 싸니 좋다. 회의를 하러 온 손님이 밤새 주머니를 몽땅 털리든 말든 그것은 주최 측이 걱정할 문제가 아닐 것이다.

원래 21세 이상만 출입할 수 있었던 라스베이거스의 카지노 호텔은 1990년대 이후 테마호텔로 거듭나면서 가족호텔로 바뀌었다. 당시에 들어선 호텔이 엑스칼리버, 보물섬(Treasure Island), 룩소(Luxor) 등이다. 보물섬 호텔에선 한밤중에 모의 해상전투가 벌어졌다. 대포가 불을 뿜고 해적의 함성이 진동을 했다. 룩소는 이집트 피라미드를 그대로 본떠 만든 호텔이었다. 피라미드의 꼭대기에서 밤하늘로 쏘는 서치라이트는 우주에서도 보인다고 한다. 벅시 시걸이 지은 플라밍고 호텔은 힐튼 가문에서 인수해 플라밍고 힐튼으로 이름을 바꿨다.

발리 호텔을 지나니 에펠탑이 나타났다. 크기는 파리의 에펠탑보다 훨씬 작았지만 화려하기는 진품을 뺨쳤다. 건너편 벨라지오 호텔에선 라스베이거스에서 가장 인기가 있다는 분수 쇼를 벌였다. 호텔 앞에 있는 초대형 분수가 음악에 맞춰 물춤을 췄다. 룩소 호텔 아래쪽으론 디즈니랜드와 엠파이어스테이트 빌딩을 본뜬 호텔도 있었다.

처음엔 라스베이거스 스트립을 따라 테마호텔이 들어섰지만 이젠 뒤편으로도 테마호텔이 번질 기세다. 도박은 불경기의 영향을 거의 받지 않는다. 할일 없는 사람이 많아질수록 도박장은 더 붐비기 마련이다. 사막이 대부분인 네바다의 주민들에게 라스베이거스는 황금알을 낳는 거위다. 2001년에 라스베이거스를 찾은 관광객은 3500만 명에 이르렀다. 이들이 뿌리고 간 돈은 315억 달러(37조 8000억 원)에 달했다. 이 해에 라스베이거스의 도박장이 벌어들인 수입만 60억 달러였다니 말 다했다. 네바다 주는 라스베이거스가 먹여 살리고 있다고 해도 과언이 아니다.

도박에 반드시 따라붙는 게 술과 여자다. 미국의 어느 도시를 가나 술 구하기가 쉽지 않지만 라스베이거스는 술은 물론 여자를 찾는 남자들에게 관대하다. 거리엔 '기똥찬 여자 지천입니다'라는 등의 전단을 나눠주는 삐끼가 쫙 깔려 있었다. 이곳의 삐끼는 특이한 버릇이 있다. 빳빳한 전단을 손바닥에 딱딱 치면서 나눠주다가, 지나가는 행인 중에 이를 받지 않는 이가 있으면 더 세게 손바닥에 친다. 겁을 주자는 것인가? 그러나 치안만큼은 확실

라스베이거스의 테마 호텔

하다. 라스베이거스는 미국의 대도시 중 밤거리를 맘 놓고 다닐 수 있는 몇 안 되는 도시다. 그래서 라스베이거스의 밤은 길다. 아무리 늦은 밤에도 카지노의 불이 꺼지지 않는다. 라스베이거스의 밤거리를 헤매다 보니 너무 피곤해 정작 도박장은 제대로 구경도 못했다.

이튿날 체크아웃을 하러 나갔더니 이른 아침부터 카지노 앞에 붙어 앉은 사람이 제법 많았다. 밤을 꼬박 샜는지 그들의 눈은 벌겋게 충혈돼 있었다. 라스베이거스 스트립 거리에서 뜻밖에 한국말 간판을 만났다. '인삼 갈비'라는 글자가 멀리서 봐도 선명했다. 한국인 관광객이 얼마나 많으면 한국말 간판을 걸어 놓았을까.

전날 밤 네온사인의 홍수를 이뤘던 라스베이거스는 아침이 되자 화장을 지운 늙은 작부의 얼굴처럼 변했다. 네온사인 덕분에 화려하게 보였던 호텔은 아침햇살에 온갖 잡티가 다 드러났다. 거리를 메웠던 인파는 다 어디 갔는지 흔적도 찾을 수 없었다. 하늘을 날아다니던 관광헬기도 자취를 감췄다. 라스베이거스엔 밤만 있고 낮은 없었다.

먼 옛날 라스베이거스가 어떤 곳이었는지를 알려면 라스베이거스에서 차 운전 시간으로 서쪽으로 네 시간 정도 떨어진 죽음의 계곡 국립공원(Death Valley NP)을 보면 된다. 죽음의 계곡은 물 한 방울 없는 불모의 사막이다. 그러나 사막이라고 해서 아프리카의 사하라 사막과 같은 모래언덕을 연상하면 오산이다. 우리 기준으로 보면 황무지라고 해야 옳을 듯싶다. 산도 있고 가끔 잡초도 있다.

죽음의 계곡은 입구부터 을씨년스러웠다. 남루한 히스패닉의 마을이 이어질 뿐이었다. 바위산을 달굴 듯 맹렬하게 불타는 태양, 차가 지날 때마다 하늘로 흩어져 오르는 흙먼지, 지나치는 자동차의 오디오에서 쏟아져 나오는 록 음악이 어우러져 사막의 황량함이 더했다. 중간에 무인 여행안내소가 있었다. 거기엔 화장실이 있고, 공원안내서도 비치돼있었다. 그러나 수도는 없었다. 물은 각자 알아서 준비하라는 얘기였다.

계곡을 동서남북으로 가르는 네 거리에 닿았다. 도로 한편으로 아프리카 사막에서나 볼 수 있는 모래언덕이 펼쳐졌다. 뜨거운 여름햇빛을 받아 모래가 맨발로는 걸을 수 없을 정도로 뜨거웠다. 모래는 밀가루처럼 고왔다. 한 주먹 쥐어서 뿌리면 바람에 날려갈 정도였다. 선인장 아래 그늘에 도마뱀 한 마리가 뜨거운 햇빛을 피하고 있었다. 도마뱀이 있다면 그 먹잇감인 곤충류도 있다는 얘기고, 도마뱀을 먹고 사는 뱀이나 새도 산다는 증거다. 실제로 죽음의 계곡엔 식물만 600여 종이 있고 동물도 수백여 종이 살고 있다고 한다. 생명의 힘은 우리의 상상을 뛰어넘을 만큼 끈질기고 강인하다. 달걀을 깨 놓으면 금방 익을 것 같은 열사의 사막에서도 생태계의 질긴 사슬은 끊어지지 않고 있었다.

죽음의 계곡 한복판에 스토브파이프 웰스(Stovepipe Wells)라는 오아시스가 있다. 이 오아시스는 지금 캠핑장과 모텔이 돼있다. 아이들의 성화로 아이스크림을 사기 위해 가게로 들어가자 무더운 밖과는 딴 세상이었다. 딸의 말마따나 "에어컨을 빵빵하게 틀어놓았다." 우리처럼 가게에 잠깐 들르는 사람이야 괜찮겠지만 여기서 계속 사는 주인은 냉방병에 걸리지 않을까 싶었다. 밖은 40도가 넘는 혹서의 날씨인데, 안은 반팔 티셔츠를 입고 있기에 썰렁할 정도였다.

가게 옆으로 '악마의 옥수수 농장'이란 푯말이 보였다. 사막에서 자라는 잡초더미에 붙인 이름이었다. 사실 악마가 가꾼 풀이 아니라면 이 혹독한 자연환경에서 어떻게 살아남을 수 있었겠는가.

190번 도로를 만났다. 죽음의 계곡을 남북으로 가르는 길이었다. 도로 양옆으로 3000미터가 넘는 바위산이 막아서고 있었다. 1억 4000만 년 전에 바다였던 북미대륙의 가운데 부분이 갑자기 솟아오르자 미처 바다로 빠져나가지 못한 바닷물이 산에 갇혀 짠물 호수가 됐다. 유타 주의 솔트레이크시티에 짠물 호수가 있는 것은 이 때문이다. 지각변동은 기후에도 변화를 가져왔다. 바다가 육지로 변하자 비가 오지 않았다. 갇혀 있던 바닷물도 점점 증발했다. 이윽고 수분은 사라지고 소금만 남았다. 가끔 비가 올 때마다 소금이 물에 녹아 계곡을 따라 흘러내렸다. 소금물은 190번 도로를 따라 내려갔다. 멀리서 보면 마치 큰 강이 흐르고 있는 것 같았다. 그러나 가까이 가보니 강에는 물이 거의 없었다. 물처럼 보였던 것은 강바닥에 드러난 소금이다. 허연 소금 결정이 멀리선 강물처럼 보이는 것이다.

소금물이 흘렀던 강의 지류에는 약간의 물기가 남아있는 곳도 있었다. 물이 너무 맑아 맛을 보니 혀가 떨어져 나갈 정도로 짰다. 개울가의 부드러운 흙더미에는 작은 구멍이 수도 없이 뚫려 있었다. 마치 바닷가 모래사장의 게집처럼 보였다. 도마뱀도 많았다. 짠맛이 나는 습지에 사는 생물이니 바다생물임에 틀림없다. 수백만 년 전 이곳에 살았던 바다생물이 살아남아 진화를 거듭해 사막생물로 거듭난 것이다.

죽음의 계곡에서 화장실과 수도를 갖춘 유일한 곳은 여행안내소였다. 주유소에선 휘발유값이 갤런당 2.7달러나 했다. 중부에선 대도시에서도 1.5달러 안팎이었다는 점을 감안하면 휘발유값도 금값이었다. 여행안내소 벽에 붙어있는 온도계는 섭씨 40도를 가리키고 있었다. 온도를 재기 시작한 이후 이 지역의 최고기온은 섭씨 56.7도였다고 한다.

자연 예술가의 길이 끝나는 곳에 '악마의 골프 코스'가 있었다. 악마가 골프를 친다면 어떤 곳일까. 재미있는 이름이었다. 골프 코스엔 잔디가 없었다. 대신 말라붙은 갯벌을 갈아엎어 놓은 것 같은 평지가 펼쳐졌다. 자세히 살펴보니 그 위에는 하얀 소금 결정이 붙어있었다. 땅속에 남아있던 수분이 소금을 머금고 증발하다 마른 갯벌 위에 결정을 만든 것이었다. 결정은 신기하게도 공 모양이었다. 하얀색에 속은 텅 빈 형태였다. 공의 크기는 지름이 5밀리미터쯤이었다. 공의 안쪽은 소금 결정이 만든 기묘한 무늬가 새겨져 있었다. 그런 공을 칠 수 있다면 악마가 틀림없으리라.

악마의 골프장은 죽음의 계곡에서 가장 낮은 배드 워터(Bad Water)까지 이어졌다. 배드 워터는 해수면보다 86미터나 낮다. 워낙 고도가 낮으니 사막인데도 물이 고였다. 물론 짠물이다. 물속엔 생쥐 한 마리가 익사한 채 떠 있었다. 죽은 지 꽤 오래된 것 같은데 썩지 않았다. 물이 워낙 짜서 그런 것이리라. 사막을 헤매던 사람들이 드디어 물을 발견했다며 이 물을 들이켰을 때 기분이 어땠을까. 그 작은 연못의 이름이 배드 워터인 것은 당연했다. 죽음의 계곡에서도 각종 생명은 살아남기 위해 지금도 자연과 싸우고 있었다. 그 혹독한 날씨에서도 생존의 본능은 살아 숨쉬었다. 지구촌 곳곳에서 서로 죽이기 위해 혈안이 된 사람들도 죽음의 계곡에서 생명을 만나면 생각이 조금은 달라지지 않을까.

죽음의 계속 남동쪽에 자리 잡은 조슈아 트리 국립공원(Joshua Tree NP)은 특이한 나무가 뒤덮고 있었다. 조슈아 트리는 선인장과 야자수를 합쳐놓은 듯한 모양의 나무였다. 높이는 야자수만큼 큰데 줄기와 가지가 모두 가시 돋친 선인장이었다. 창세기의 조슈아(여호수아)가 기도하는 모습을 닮았다 해서 붙은 이름이었다. 북미대륙에서도 이 일대에서만 볼 수 있는 나무다. 247번 지방도로를 따라 서문을 통해 국립공원으로 들어가자 어귀에서부터 조슈아 트리 군락이 나타났다. 불과 1킬로미터 떨어진 곳에는 없는 나무가 어째서 이곳에서만 빽빽하게 자라고 있는 것일까.

공원에서 가장 높은 곳은 1581미터의 키스 뷰 전망대다. 차를 타고 전망대 바로 아래까지 올라갈 수 있었다. 사방은 모두 황무지였다. 공원 안쪽엔 조슈아 트리라도 있지만 바깥쪽은 그야말로 사막만 끝없이 펼쳐져 있었다. 미국의 서부는 사막지대임을 한눈에 알 수 있었다.

차이나타운보다 큰 코리아타운

"큰일 났어요!"

로스앤젤레스에 조금 못 미친 바스토우라는 히스패닉 도시에서 하룻밤 묵은 다음날 아침. 아들이 밖으로 나갔다가 모텔 방으로 헐레벌떡 뛰어 들어왔다. 도대체 무슨 일일까. 깜짝 놀라 뛰쳐나갔더니 우리 차에 도둑이 들었던 것이다. 한 달여 여행을 하려다 보니 차에 장비가 많았다. 하는 수 없이 캠핑장비와 식량 중 일부, 장작 한 뭉치 등을 가방에 넣어 차 지붕 위에 묶어 둔 채 잠을 잤다. 그걸 밤사이에 도둑이 달랑 들고 가버린 것이다. 그동안 단 한 번도 이런 일이 없었기에 방심했던 게 화근이었다. 차에 묶어 놓았던 고정 벨트는 예리한 칼로 모두 잘려져 있었다.

모텔 측에서 신고를 했는지 10여 분 만에 경찰차가 왔다. 조지프 실바라는 건장한 체격의 경찰은 속에 방탄복까지 입고 있었다. 실바는 우리가 묵은 모텔에서 얼마 전에 비슷한 도난사고가 있었다고 알려줬다. 그러더니 함께 주위를 둘러보자고 했다. 먼젓번 도난사고 때는 도둑이 훔친 물건을 모텔 담벼락 한쪽 구석에 숨겨놓아 쉽게 찾았다는 것이었다.

무슨 호랑이 재채기하는 소리냐 싶었다. 아무리 이곳 도둑이 머리가 나쁘기로서니 똑같은 실수를 되풀이하겠는가. 어쨌든 실바를 따라 모텔 뒤로 가보니 트럭 바퀴자국 하나가 있었다. 범인의 차량이 남긴 것일 가능성이 크다는 게 실바의 추측이었다.

그러나 그게 다였다. 실바는 우리 주소와 연락처를 물어보고는 명함 한 장을 건네주더니 휑하니 가버렸다. 하기야 수백 달러짜리 짐을 훔친 좀도둑을 잡기 위해 경찰이 모두 매달린다면 미국 인구의 절반은 경찰이 돼야 할 것이다. 더 기다려 봐야 소용이 없었다. 모텔에서도 안됐다는 말뿐이었다. 차 위에 짐을 놔둔 건 어디까지나 손님의 실수라는 것이었다. 차가 성한 걸 다행이라고 생각해야 했다.

로스앤젤레스에는 처외삼촌이 살고 계셨다. 처외삼촌께서 코리아타운 안에 있는 뉴서울 호텔에 숙소를 잡아주셨다. 한국 사람이 운영하는 호텔이라 모든 게 익숙했다. 오랜만에 한국 식당에서 저녁을 먹은 뒤 선셋 스트립을 따라 로스앤젤레스의 밤거리를 한바퀴 돌았다.

샌타모니카의 3번가 프롬나드는 자동차가 없는 길이었다. 밤이 깊었는데도 사람이 붐볐다. 거리의 가수, 마술사, 아이스크림 장수 들이 여기저기 있었고, 지나는 젊은이들은 카페에서 흘러나오는 리듬에 몸을 맡긴 채 초여름 밤의 흥취를 즐겼다.

그 와중에 낯선 풍경이 눈에 띄었다. 스무 명 남짓한 사람들이 둘러앉아 열띤 토론을 벌이고 있는 것이었다. 도대체 뭘 하고 있을까. 토론 주제는 뜻밖에도 성경의 창세기 한 구절이었다. 기독교 선교사로 보이는 사내가 행인들과 성경해석을 놓고 설전을 벌이는 중이었다. 달밤에 체조도 유분수지 여름밤 젊은이의 거리에서 성경토론이라니.

바스토우에서 식량을 도둑맞은 터라 코리아타운에서 보급을 받아야 했다. '가주마켓'이란 한국 슈퍼마켓은 어지간한 미국 잡화점보다 훨씬 컸다. 한국에서도 구경하기 힘든 과자와 음식이 가득했다. 즉석에서 만든 손두부도 있었다. 웬 한국 사람이 그렇게 많은지, 한국인지 미국인지 분간이 안 될 정도였다.

코리아타운은 로스앤젤레스의 한복판에 자리 잡고 있다. 거리는 한국말로 된 간판이 뒤덮고 있었다. 간판만 봐서는 이곳이 미국이란 생각이 거의 들지 않았다. 영어 한마디 못 해도 사는 데 지장이 없다는 말은 과장이 아니었다. 그러나 어쩐 일인지 코리아타운의 간판은 한국의 1980년대 수준에 가까웠다. 서울만 해도 어지간한 동네의 간판은 유행에 뒤지지 않는다. 네온사인은 기본이다. 그러나 로스앤젤레스 코리아타운의 시간은 1980년대에서 멎은 것 같았다.

지나다니는 사람은 대부분 히스패닉이었다. 1994년 로스앤젤레스 폭동때만 해도 코리아타운은 흑인 동네였다. 그러나 이후 흑인은 히스패닉에게 밀려 도시 서남부로 옮겨가기 시작했다. 한국 사람은 어른밖에 볼 수 없었다. 대부분 한국 아이들은 백인 동네의 학교에 다니기 때문이다. 한국 사람의 교육열은 미국에 와서도 결코 식지 않는다. 자신은 단칸방에서 피죽을 끓여먹고 살아도 자식만큼은 백인 동네의 사립학교에 보낸다. 그중에서도 유태인이 운영하는 학교가 인기다. 유태인 역시 교육열이 높아 명문 고교나 대학으로의 진학률이 높기 때문이다.

코리아타운은 이런 이유로 생활공동체가 되기 어려웠다. 일은 코리아타운에 와서 하지만 사는 곳은 백인 동네이고 아이들도 백인 학교에 다닌다.

바로 옆에 있는 한국 가게는 서로 도와야 할 동포라기보다는 흑인이나 히스패닉 고객을 놓고 경쟁을 벌여야 하는 라이벌인 경우가 많다. 자연히 결속력이 떨어질 수밖에 없다.

반면 차이나타운은 의식주가 모두 그 안에서 이뤄지는 생활공동체다. 타운 안에 집과 학교, 가게가 모여 있다. 상가의 주된 고객 역시 중국 사람이다. 그러니 서로 모여 살게 된다. 중국인 이민자가 늘어나도 옆 블록으로 옮겨가지 않고 안으로 더 밀집한다. 미국 사회에서 한인회보다 화교단체가 더 힘을 쓰는 것도 이런 연유에서가 아닐까. 차이나타운은 코리아타운의 북동쪽에 자리 잡고 있다. 입구부터 요란하게 차이나타운이란 간판을 붙여 놓았다. 중국에서 단체관광객이 왔는지 허름한 점퍼와 구겨진 바지를 입은 촌로들이 관광버스 옆에서 떠들고 있었다.

코리아타운과 차이나타운만 보면 로스앤젤레스는 동양인의 도시다. 그러나 다운타운으로 나가면 다시 히스패닉 천지가 된다. 간판부터 대부분 스페인어다. 지나다니는 사람이나 가게 주인이나 모두 히스패닉이다. 멕시코 국경 근처의 엘파소 거리에 와 있는 게 아닌가 하는 착각이 들 정도였다.

로스앤젤레스에 히스패닉이 많아진 건 1781년부터다. 당시 이곳 총독으로 부임한 펠리페 데 네베는 캘리포니아 남부에 정착촌을 건설하기 위해 멕시코에 광고를 냈다. 정착촌을 건설하고 땅을 경작하는 사람에겐 땅 소유권을 주고 세금도 면제해주겠다는 것이었다. 44명의 히스패닉 개척민이 지원을 했고, 이들이 세운 정착촌이 로스앤젤레스의 모태가 된 엘 푸에블로다.

로스앤젤레스에서 다섯 손가락 안에 드는 고층 빌딩인 라이브러리 타워 뒤에 엘 푸에블로 주립 역사기념물이 있다. 오래된 이 가톨릭 성당에선 마침 히스패닉 커플의 결혼식이 열리고 있었다. 하객들이 교회 안마당을 메웠다. 막 식을 올리고 나온 신혼부부가 친지들과 인사를 나눴다. 아름다운 신부는 아버지와 포옹을 하면서 눈물을 흘렸다.

길 건너 시장 안에 로스앤젤레스에서 가장 오래된 집이 있었다. 1818년 흙으로 지은 건물이었다. 안쪽에는 로스앤젤레스의 상수도 역사가 옛 우물터와 함께 전시돼 있었다. 미국 서부는 사막지대다. 물이 흔치 않은 건 당연했다. 이 때문에 로스앤젤레스가 대도시로 성장하면서 부닥친 가장 큰 난관은 물 문제였다.

1781년 엘 푸에블로에 정착한 히스패닉들은 로스앤젤레스 강에서 물을 끌어왔다. 잔하스(Zanjas)라고 불리는 배수로는 이들이 만든 것이었다. 잔하스는 1902년 지하수를 개발하는 데 성공할 때까지 로스앤젤레스의 상수도 역할을 했다. 그러나 로스앤젤레스가 대도시로 부상하면서 로스앤젤레스 강이나 지하수로는 물 부족 문제를 해결할 수 없었다. 더 풍부한 수자원의 개발이 필요했다. 이때 로스앤젤레스 수자원부의 책임을 맡은 윌리엄 멀홀랜드는 로스앤젤레스에서 오웬스 강에 이르는 400킬로미터의 로스앤젤레스 수로 건설을 추진했다.

공사도 어려웠지만 오웬스 골짜기에 살던 농민들이 결사반대하며 공사를 막았다. 우여곡절 끝에 멀홀랜드는 기어이 1913년 로스앤젤레스 수로를 완공했다. 그러나 폭발적으로 늘어나는 로스앤젤레스의 인구는 오웬스 강만으로 감당하기 어려웠다. 결국 1941년 동북부 콜로라도 강에서 물을 끌어오는 새 수로를 건설하고 나서야 물 부족은 겨우 해소됐다. 이후에도 크고 작은 몇 개의 수로가 더 추가됐고, 빗물을 저장하는 물탱크도 보완됐다.

1920년대에는 무성영화가 폭발적인 인기를 얻으면서 로스앤젤레스는 영화산업의 새로운 본거지가 됐다. 로스앤젤레스가 영화산업의 메카가 된 것은 기후 덕분이었다. 초기 영화에선 조명이 가장 중요한 요소였다. 당시에는 조명기술이 발달돼 있지 않았기 때문에 자연광이 절대적으로 필요했다. 로스앤젤레스는 강수량이 적고 맑은 날이 많아 영화를 찍기에 안성맞춤이었다. 여기다 서부영화 붐이 일자 로스앤젤레스 주변의 캐니언과 목장이 영화 촬영지로 각광을 받았다.

사실 미국 사람이 서부라고 말할 때 서부는 서부 해안이 아니다. 엄밀히 말하자면 로키 산맥과 미시시피 강 사이의 옛 루이지애나 지역을 말한다. 동부에 정착한 백인들에겐 중부가 서부였던 셈이다. 할리우드 영화에 나오는 악당과 전설적인 보안관의 얘기도 거의 대부분 중부에서 벌어진 일이다. 그러나 할리우드가 로스앤젤레스에 생기는 바람에 중부에서 일어난 일을 서부 사막에서 재현하게 됐다.

미국 영화의 메카 할리우드의 어귀에 이르자 멀리 산 위에 '할리우드'라고 쓴 간판이 보였다. 여기서 선셋대로 한 블록 위인 할리우드 대로로 꺾어지니 '스타의 거리'가 나왔다. 스타 2000여 명의 이름과 손도장이 새겨진 블록이 깔려있는 곳이다. 햄버거 가게에 있는 안내서엔 어디에 누구의 손도장 타일이 있는지가 지도와 함께 표시돼 있었다. 길옆에 주차를 해놓고 아이들과 할리우드 스타의 이름을 찾는 놀이를 하며 걸었다. 할리우드 대로엔 관광객이 붐볐다. 좋아하는 스타의 타일 옆에서 사진을 찍는 사람이 많았다.

대로 한가운데 '차이나 극장'과 '코닥 극장'이 자리 잡고 있었다. 차이나 극장은 아카데미 시상식장으로 유명한 개봉관이다. 매년 아카데미 시상식 때 스타들이 이 극장 앞에서 포즈를 취한다. 그러나 바로 옆에 코닥 극장이 새로 들어서면서 아카데미 시상식장도 코닥 극장으로 바뀌었다.

차이나 극장 앞에는 할리우드 영화에 나왔던 캐릭터 옷을 입은 사람들이 득실거렸다. 관광객과 사진 한 장 찍어주고 팁을 받는 사람들이었다. 할리우드엔 정작 영화를 찍는 사람이 거의 없다. 그러나 할리우드라는 유명세 때문에 캐릭터 옷만 입고 나와도 돈벌이가 된다. 서울의 충무로에도 이런 거리를 만들면 어떨까. 한국 영화가 아시아시장에선 제법 인기를 끌고 있으니 대만이나 중국 관광객을 끌어들이는 명소가 되지 않을까.

스페인 땅이었던 캘리포니아는 1822년 멕시코가 스페인에서 독립하면서 멕시코로 넘어갔다. 그러나 엘 푸에블로가 세워지긴 했어도 멕시코 사람들은 캘리포니아에 가서 살기를 꺼려했다. 정든 고향을 버리고 아무것도 없는 황무지에 가서 새 삶을 개척할 엄두를 내지 못했다.

빈 땅에 미국의 개척민이 들어오기 시작했다. 멕시코는 버려진 땅을 개간해주는 미국 사람들을 모른 척했다. 그러나 백인의 숫자가 늘어나자 사정이 달라졌다. 멕시코 정부에 반기를 드는 마을이 많아졌다. 그즈음 미국 정부는 서부로 가는 길을 내기 위해 필요하니 캘리포니아와 뉴멕시코를 팔라고 멕시코 정부에 요구했다. 물론 헐값으로. 멕시코가 말을 듣지 않자 미국은 1846년 군대를 보내 멕시코를 쳤다. 수도인 멕시코시티까지 위험해지자 멕시코 정부는 1850년 항복하고 말았다. 이후 캘리포니아와 뉴멕시코는 미국 땅이 됐고, 할리우드가 들어서면서 부자동네도 들어섰다.

할리우드를 지나면 비벌리힐스다. 미국에서 가장 돈 많은 사람들이 산다는 동네다. 곳곳에 사설 경비원이 있을 줄 알았으나 의외로 동네가 조용했다. 담 대신 어른 키보다 높은 나무가 안을 가리고 있었다. 동네 어귀에선 스타들의 집 위치를 표시해 놓은 지도를 팔고 있었다. 비버리힐스의 집들은 집이라기보다 궁전에 가까웠다. 집 한 채의 크기가 어지간한 실내체육관만 했다. 비버리힐스의 아래쪽은 부잣집 마나님들이 쇼핑을 하는 로데오 거리

다. 한국의 압구정동에 있는 로데오 거리가 바로 여기서 이름을 따온 것이
지만 모습은 많이 달랐다. 압구정동 로데오 거리와 달리 젊은이는 별로 보
이지 않는 진짜 고급의 거리였다.

코리아타운에서 비버리힐스까지 각양각색의 로스앤젤레스를 보고 나니
어떤 게 로스앤젤레스의 진정한 모습인지 가늠이 잘 안 됐다. 미국의 백인
정부는 한때 로스앤젤레스의 다양성을 인정하지 않으려 했다. 인종차별이
계속되자 흑인의 불만은 높아만 갔다. 로스앤젤레스가 1965년 대폭동을 비
롯한 흑인 저항운동의 근거지가 된 것도 이 때문이다.

요세미티의 사나운 모기 떼

장년 캐니언인 요세미티는 그랜드 캐니언이나 블랙 캐니언과는 또 다른 분
위기였다. 단단하게 보이는 거대한 바위절벽은 자이언 캐니언을 연상시켰
다. 자이언 캐니언을 뻥튀기 기계에 넣고 튀기면 요세미티가 되지 않을까
싶었다. 요세미티는 사방으로 넓게 퍼져 있다. 차로 돌아볼 수 있는 곳은 요
세미티를 동서로 관통하는 120번 도로와 가운데 움푹 들어간 요세미티 밸리
두 곳뿐이었다.

요세미티 밸리 어귀에 브라이들 베일 폭포가 있기에 먼저 들르기로 했
다. 10여 분 숲 속으로 난 길을 따라 올라가니 천지가 진동하는 소리가 들렸
다. 189미터 높이에서 폭포수가 바위로 몸을 던져 부딪친 뒤 튀어 올랐다.
사방으로 물보라가 일었다. 폭포 가까이 갔다가 흠뻑 젖었다. 여름이었지만
폭포 옆은 서늘했다. 거기다 얼음장처럼 찬 폭포수를 맞고 나니 닭살이 돋

았다.

시원한 그늘에는 불청객이 꼬였다. 모기였다. 요세미티의 모기는 산의 정기를 받아서 그런지 억세게 전투적이었다. 한번 걸린 사냥감은 포기하지 않았다. 심지어 걷고 있는 사람의 발목을 물었다. 잠깐 사이 여섯 군데나 당했다. 모기가 문 자리는 금세 부어올랐다. 가렵기도 이루 말할 수가 없었다. 그러나 모기의 공격은 전초전에 불과했다.

얼른 숲 속에서 벗어났다. 요세미티 밸리로 가는 길에 글래시어 포인트로 가는 도로가 갈라졌다. 11월에서 이듬해 5월까지는 폐쇄되는 길이었다. 글래시어 포인트는 980미터의 아찔한 절벽이었다. 멀리 요세미티 밸리의 장관이 파노라마처럼 펼쳐졌다. 요세미티 밸리는 와이(Y) 모양이었다. 왼쪽으로 테나야 캐니언, 오른쪽은 리틀 요세미티 밸리였다. 가운데엔 돔 경기장을 반으로 갈라놓은 모양의 거대한 바위인 해프 돔(Half Dome)이 서 있었다. 돔의 뒤로는 하얀 눈을 덮어 쓴 3000미터 높이의 산들이 어깨동무를 하고 있었다.

산이 높으면 골이 깊다. 거대한 바위산 사이엔 깊은 골짜기가 패여 있었다. 그 골짜기엔 머시드 강이 흐른다. 이 강은 6월에 물이 가장 많다. 산꼭대기에 있는 눈이 녹아내리기 때문에 비가 오지 않아도 수량이 풍부하다는 것이다. 원래 평평했던 땅에 이처럼 깊은 골짜기를 만든 것도 머시드 강이다. 1000만 년 전까지 요세미티는 평평한 고원지대였다. 거기에 강이 흐르면서 물길이 났다. 한번 물길이 생기면 시간이 흐르며 산이 조각되어 생겨난다. 수백 미터씩 되는 골짜기도 수백만 년이면 거뜬히 깎아낸다.

요세미티엔 폭포가 많다. 글래시어 포인트에서 마주 보이는 요세미티 폭포는 높이가 739미터다. 세계에서 다섯 번째로 높다. 바닥으로 수직 낙하하는 폭포로는 세계에서 가장 높다고 한다. 제주도에 있는 정방폭포가 23미터이니 그 높이가 얼마나 까마득하겠는가.

그랜드 캐니언에서 그랬던 것처럼 공원 안에 있는 숙소를 잡기 위해 시간을 맞춰 카레 마을(Curry Village)로 갔다. 머시드 강을 따라 올라가는데 강가에 '하우스키핑 캠프'란 푯말이 보였다. 공원 측에서 군용 막사처럼 생긴 4인가족용 텐트를 수십 채 지어놓은 캠핑장이었다. 텐트는 엉성했지만 집마다 울타리도 세우고 안에는 피크닉 테이블과 화덕도 갖춰 놓았다. 텐트를 도둑맞은 우리로선 안성맞춤이었다.

혹시나 하고 들어갔더니 캠핑사이트가 딱 하나 남아 있었다. 그런데 하필이면 화장실 코앞이었다. 아무리 그래도 이런 곳을 주냐 싶었지만 이내 마음이 바뀌었다. 화장실에서 냄새가 전혀 나지 않았기 때문이다. 오히려 설거지하는 곳이 화장실에 붙어있어 편했다. 텐트라고는 하지만 캠프장에 전기까지 들어와, 전기밥솥과 전기렌지를 쓸 수 있었다.

요세미티에선 차에 음식물을 남겨두지 말아야 한다. 밤에 곰이 와서 차 유리창을 깨고 차 안을 엉망진창으로 만들어놓기 때문이다. 텐트 안에도 음식물을 두면 곰이 텐트를 찢고 들어올 수 있다. 이 때문에 하우스키핑 캠프엔 텐트마다 철제 음식물 보관함이 두 개씩 갖춰져 있다. 모든 음식물은 그 통 속에 보관하고 문을 잠가둬야 한다. 곰이 아니라도 텐트 주위를 쉴 새 없이 들락거리는 다람쥐가 음식물을 그냥 두지 않을 태세이기 때문이다.

캠핑장 한쪽은 강변 백사장이었다. 머시드 강이 흐르고 있었다. 물은 얼음장처럼 찼다. 산꼭대기의 눈이 녹은 물이니 찰 수밖에 없다. 상류에서 보트를 타고 래프팅을 하는 사람들이 내려왔다. 물은 깊지 않았지만 물살이 제법 빨랐다. 고무튜브를 물에 띄워놓고 딸을 앉혀놓자 튜브가 물에 떠내려갔다. 온 식구가 돌아가며 간이 래프팅을 했다.

저녁 무렵 해가 지는 계곡의 경치를 보러 나갔다. 산 정상 부근은 저녁노을을 받아 오렌지 빛깔로 변했고 아래쪽은 그늘이 됐다. 빛과 그림자가 그리는 그림은 시시각각 변했다. 머시드 강에 비친 산봉우리들은 강 수면의 짙은 색깔 때문에 더욱 선명하게 보였다.

이웃 텐트에선 모닥불 옆에 둘러앉아 기타를 치면서 노래를 부르고 놀았다. 미국 사람들은 저녁 열 시만 되면 다 자는데 이곳에선 자정까지 안 자고 노는 사람이 많았다. 불들이 웬만큼 꺼지고 난 뒤 다시 개울가로 갔다. 백사장에 누워 하늘에 뜬 별을 헤아렸다. 달과 별이 얼마나 밝은지 멀리 요세미티 폭포가 떨어지는 게 어렴풋이 보였다.

이튿날 아이들을 데리고 자전거를 타러 갔다. 카레 마을 옆에 자전거와 보트를 빌려주는 곳이 있었다. 요세미티 밸리는 거의 평지다. 오르막과 내리막이 심하지 않기 때문에 밸리를 자전거로 한바퀴 도는 데 별로 힘이 들지 않았다. 전날 차를 타고 갔다가 셔틀버스 외에는 출입금지라고 해서 들어가지도 못했던 해피 아일스까지 갔다. 바위라도 집어삼킬 것 같은 급류가 다리 아래로 흐르고 있었다. 자전거를 타는 사람들이 많았다. 해피 아일스에선 1996년 7월에 어마어마한 바위가 절벽 아래로 떨어지는 장관이 연출됐다고 한다. 무게 8만 톤의 바위덩어리가 절벽에서 미끄러져 518미터를 자유낙하했다. 그 충격으로 거센 폭풍이 불어 일대 나무가 다 쓰러지고 계곡 안은 천둥소리 같은 굉음으로 진동했다는 것이다. 몇백 년 만에 한 번씩 벌어지는 그 자연의 쇼를 볼 수 있었다면 얼마나 좋았을까.

오후엔 요세미티 밸리에서 가장 큰 백사장인 센티널 비치에서 수영을 하기로 했다. 하우스키핑 캠프에서 체크아웃을 하고 나왔는데 아내가 캠핑장에 점퍼를 벗어놓고 왔다고 했다. 식구들을 차에서 내려놓고 혼자 아내의 점퍼를 찾으러 갔다. 요세미티 밸리는 일방통행이라서 왔던 길을 거슬러 올라가려면 공원을 크게 한바퀴 돌아야 했다.

그런데 이게 웬 일인가. 점퍼를 찾아 비치로 돌아가니 강변 백사장에서 한창 물놀이를 하고 있어야 할 식구들이 수영복만 입은 채 도로까지 나와 있었다. 자초지종인즉 기분 좋게 수영복으로 갈아입은 뒤 강변으로 갔다가 수백 마리의 모기 떼가 달려드는 통에 쫓겨 나왔다는 것이었다. 아들의 다리는 모기 물린 자리로 울퉁불퉁했다. 대충 헤아려 봐도 스무 군데 이상 물렸다. 모기도 요세미티 모기만큼 극성스런 종자를 본 적이 없다. 우리가 묵은 캠핑장에선 숲이나 물이 고이는 곳에 약을 뿌려 모기를 쫓았기 때문에 모기에 별로 시달리지 않았던 것이다. 짐을 모두 챙겨 다시 캠핑장 안의 백사장으로 돌아와 아이들을 풀어놓고 모자란 잠을 보충했다.

요세미티 계곡의 위쪽에는 초원이 펼쳐져 있었다. 이 초원은 포큐파인 평원으로 해발 1828미터나 됐다. 사방으로 눈 덮인 산이 둘러 서 있는 초원 위로 사슴들이 한가롭게 풀을 뜯고 있었다. 어지간한 산보다 높은 곳에 큰 호수가 하나 있었다. 테나야 호수였다. 시퍼렇다 못해 검은 호수와 눈 덮인 산은 절묘한 조화를 이뤘다. 서로 존재하기에 더욱 빛나는 관계랄까. 요세미티를 거의 횡단할 무렵 타이오가 고개가 나왔다. 해발 3031미터였다. 아래로 타이오가 호수가 내려다보였다.

우리가 놀았던 머시드 강의 물이 바로 밸리 위에 있는 저 호수들에서 흘러내린 것이었다. 눈 덮인 산을 보니 얼음장 같았던 강물의 느낌이 되살아났다.

포티나이너스의 꿈

1848년 1월 24일 오후. 캘리포니아 주 새크라멘토로 이주해온 제임스 마셜은 고용주인 존 서터의 사무실 문을 발로 차며 안으로 들어갔다. 마셜은 서터에게 문을 꼭 잠그라고 한 뒤 주머니에서 뭔가를 꺼냈다. 명주 천으로 꽁꽁 싼 물건은 다름 아닌 사금 조각이었다. 마셜은 새크라멘토의 계곡에 이런 사금이 지천으로 깔려있다고 흥분했다.

마셜도 서터도 자신들의 발견이 1800년대 중반의 북미대륙을 열병으로 몰아넣은 골드러시로 이어질 줄이야 꿈에도 몰랐을 것이다. 마셜이 금을 발견했다는 소문은 전화도 우체국도 파발마도 없던 당시에 이메일보다도 더 빠른 속도로 미국 전역으로 퍼져나갔다.

일찍 새크라멘토 계곡에 도착한 사람은 하루에 천 달러어치의 금을 캐기도 했다. 당시 농민의 연간 수입이 400달러 안팎에 불과했음을 감안하면 골드러시라는 열병이 삽시간에 퍼질 만도 했다. 새크라멘토에서 가장 가까운 포구였던 샌프란시스코는 눈 깜작할 사이에 서부에서 가장 붐비는 항구가 됐다. 마셜이 금을 발견했을 무렵 샌프란시스코의 인구는 고작 800명이었다. 그러나 1849년 한 해 동안에만 4만 명의 인파가 일확천금의 꿈을 안고 샌프란시스코 항구에 내렸다.

1849년에 샌프란시스코로 몰려온 사람들을 '포티나이너스(49ers)'라고 부른다. 샌프란시스코 다운타운에 있는 49마일 드라이브 도로의 이름이나 샌프란시스코를 근거지로 한 미식축구단의 이름도 여기서 따온 것이다.

모두가 금을 찾아 샌프란시스코로 왔지만 포티나이너스 가운데 금 광산으로 성공한 사람은 극소수였다. 오히려 몰려든 인파를 상대로 장사를 해서 출세한 사람이 많았다. 그중에 가장 유명한 사람이 리바이스 청바지의 창업자인 리바이 스트라우스일 것이다.

그 역시 1849년 금을 캐러 멀리 독일에서 샌프란시스코로 가는 배에 오른 이민자였다. 그러나 뒤늦게 미국 땅을 밟은 그는 금은 구경도 하지 못했고, 먹고살기 위해 뭐든 일거리를 찾아야 했다. 광산에서 일했던 리바이는 광산 노동자들이 기거할 천막을 파는 장사를 시작했다.

겨우 자리를 잡아가던 어느 날 그가 납품했던 천막이 불량품으로 전량 반품되는 일이 벌어졌다. 리바이는 쫄딱 망해서 거리에 나앉을 판이었다. 그러나 하늘이 무너져도 솟아날 구멍은 있다던가. 고민을 거듭하던 리바이는 반품된 천막 천으로 바지를 만들어 팔자는 아이디어를 냈다. 광산에서 험한 일을 하는 노동자에겐 질긴 바지가 필요했다. 리바이의 아이디어는 금세 시장에 먹혔다. 아무리 마구 입어도 헤지지 않는 리바이의 바지는 날개 돋친 듯 팔려나갔다.

당시 사막의 광산에서 일하던 노동자들은 뱀 때문에 고전했다. 사나운 독사에 물려 다치거나 죽는 사람이 많았다. 리바이의 머리는 아이디어로 다시 번뜩였다. 사막의 원주민에게는 파란색에 뱀을 쫓는 영험한 힘이 있다는 민간신앙이 있었다. 리바이는 곧바로 누런 천막 천에 스카이블루 색을 들여서 청바지를 만들어 팔았다. 청바지는 공전의 히트를 쳤다. 청바지 뒤에 붙어있는 가죽 라벨은 원래 천막을 지탱하는 줄이나 기둥을 고정시키기 위해 붙여 놓는 가죽 라벨이었다. 미처 떼어낼 틈이 없어 가죽 라벨이 그대로 붙어 있는 바지를 만든 게 지금은 청바지의 고유패션이 돼 버렸다.

시내 한복판에 있는 유니언 광장에 차를 세웠다. 광장 옆 도로에 한 무리의 사람들이 줄을 서 있었다. 샌프란시스코의 명물인 케이블카를 기다리는 것이었다. 샌프란시스코의 케이블카는 허공에 떠있는 게 아니라 땅위로 다니는 차였다. 전기모터나 디젤엔진으로 움직이는 게 아니라 굵은 쇠줄로 차를 끌어올리고 끌어내리고 하기 때문에 케이블카라고 불리는 것이었다. 샌프란시스코를 무대로 하는 할리우드 영화에 꼭 등장하는 게 이 케이블카다. 요금은 한 사람당 2달러였다. 잠시 기다리니 케이블카가 올라왔다.

케이블카는 남북으로 2개 노선, 동서로 1개 노선이 있었다. 남북노선 가운데 파월—하이드 노선의 끝은 샌프란시스코 부두(Fisherman's Wharf)였다. 케이블카는 만원이었다. 다섯 살짜리 딸만 간신히 좌석에 앉히고 나머지 식구는 케이블카 옆에 매달려서 갔다. 샌프란시스코엔 언덕이 많아 오르막과 내리막이 심했다. 그래도 속도가 빠르지 않기 때문에 차에 매달려서 가도 그리 위험하지는 않았다.

케이블카의 종착역인 해상공원엔 19세기에 운항했던 배들이 정박돼 있었다. 부두엔 관광객이 북적댔다. 멀리 앨커트래즈 섬이 보였다. 미국의 전설적인 마피아 두목 알 카포네와 머신건 켈리 등을 수감했던 감옥이 있는 곳이었다. 사방이 바다라 죄수가 탈출하기도 어렵지만, 만에 하나 빠져 나가더라도 사방이 훤히 터져 있으니 육지까지 당도하기 전에 잡힐 수밖에 없는 천혜의 감옥이었다. 니컬러스 케이지와 숀 코너리가 주연한 〈더 록〉이라는 할리우드 영화로 한국에도 잘 알려진 장소다. 29년 동안 연방 감옥으로 사용되는 동안 감옥에서 실종된 죄수는 단 4명뿐이었다. 이들도 후에 살아서 다시 나타나지 않은 것으로 미루어 탈출과정에서 익사한 것으로 추측되고 있다. 영화에선 숀 코너리가 앨커트래즈를 살아서 탈출했다가 인질을 구하기 위해 다시 들어간 것으로 돼 있지만 영화는 어디까지나 영화일 뿐이다.

샌프란시스코 부두에선 39번 피어가 가장 유명하다. 왜일까? 답은 현장

PIER 39

샌프란시스코 부두 39번 피어 앞의 바다사자들

에서 볼 수 있었다. 39번 피어 앞에는 수백 마리의 바다사자가 다가와 쉬고 있었다. 이곳에 바다사자가 오기 시작한 것은 1989년 대지진 때였다. 지진으로 파괴된 잔해가 바다로 떠내려가자 바다사자 한두 마리가 나타나 그 위에 올라가 쉬기 시작했다. 그 널빤지가 편했을까. 이후 바다사자가 점점 늘어났다.

바다사자가 늘어나자 샌프란시스코 시 당국은 나무판자로 만든 바다사자의 쉼터를 많이 띄웠다. 뗏목처럼 생긴 쉼터 수십 개가 39번 피어 앞에 있었다. 대지진의 참화 속에서도 샌프란시스코 사람들은 바다사자에게 쉼터를 만들어줄 마음의 여유가 있었던 것이다. 어쩌면 그런 여유와 따스한 마음이 폐허 위에 아름다운 도시를 새로 건설한 원동력이었는지도 모른다.

부두에는 거리 공연자도 많았다. 팬터마임을 하는 사람, 악기를 연주하는 사람, 노래를 하는 사람 등 저마다 손님 끌기에 바빴다. 부두에는 게와 바닷가재를 삶아 파는 간이식당이 즐비했다. 드럼통처럼 생긴 솥에 수백 마리는 됨직한 많은 게가 들어앉아 손님을 기다리고 있었다. 바닷가재 반 마리와 조개수프, 피자를 샀다. 다들 배가 고팠던지 접시를 테이블에 놓기가 무섭게 포크가 날아들었다.

샌프란시스코의 차이나타운은 중국을 빼고는 세계에서 가장 큰 중국인 공동체다. 미국 서부에 중국인이 많아진 것은 대륙횡단 철도 때문이었다. 1862년 에이브러햄 링컨 대통령은 태평양 철도법을 제정한 뒤 두 개의 철도 회사에 공사를 줬다. 센트럴 퍼시픽 철도는 캘리포니아 주의 새크라멘토에서 시작해 중부 네브래스카 주의 오마하까지 철도를 놓도록 하고, 유니언 퍼시픽 철도는 거꾸로 오마하에서 새크라멘토로 철도를 놓도록 해 중간지점에서 두 회사가 만나도록 했다. 미국 정부는 두 회사가 경쟁하도록 하기 위해 건설비를 공사 진척도에 따라 주기로 했다. 더 빨리 철도를 놓는 쪽이 더 많은 돈을 벌 수 있게 했던 것이다.

그러나 철도공사는 큰 난관에 부딪쳤다. 1861년에 터진 남북전쟁이 점점 격화하자 공사를 할 인부를 구할 수가 없었다. 두 회사는 하는 수 없이 외국에서 인부를 구해 와야 했다. 유니언 퍼시픽은 아일랜드에서, 센트럴 퍼시픽은 중국에서 일꾼을 조달했다. 이 때문에 1860년대 샌프란시스코엔 중국 이민자의 행렬이 끊이지 않았고, 동부엔 아일랜드 이민자가 몰렸다.

49마일 드라이브 길엔 일본문화센터가 있었다. 일본풍 담 안에는 광장이 있었다. 높은 탑이 서 있는 광장 주변으로 일본 가게가 모여 있었다. 그 가운데는 한국말로 된 간판도 서넛 눈에 띄었다. 모두 노래방이었다. 일본 거리에 한국 노래방이라. 역시 가무하면 한국 사람이다.

꼬불꼬불 울퉁불퉁한 샌프란시스코의 도로는 현지에 연수하러 왔던 홍승일 선배가 경고한 대로 미로에 가까웠다. 49마일 도로의 표지판만 따라가는데도 길을 잃기 십상이었다. 한참 이 골목 저 골목을 헤매는데 가파른 언덕 앞에 사람들이 모여 있는 게 보였다. 무슨 구경거리일까.

사람들이 몰려있는 곳은 가파른 언덕에 나 있는 꽃길이었다. 롬바드 가의 '세계에서 가장 구불거리는 도로(the crookedest street in the world)'라는 길이었다. 일방통행인 길은 차 한 대가 겨우 지날 수 있을 정도로 좁았다. 구절양장(九折羊腸)이란 말 그대로였다. 언덕 밑에 모여 있는 사람들은 가파른 길로 차들이 엉금엉금 기어 내려오는 모습을 구경하는 인파였다. 눈이라도 오면 저 길을 어떻게 내려올까.

해가 아직 중천이라 우선 금문공원부터 돌아보기로 했다. 금문교로 가는 링컨대로는 해안을 아우르는 도로였다. 바람이 심하게 불었다. 차 문을 열기가 어려울 정도였다. 태평양에서 불어오는 바닷바람이니 오죽 하랴. 독수리 포인트에 서니 멀리 금문교와 샌프란시스코가 그림처럼 다가섰다. 오른편으로 펼쳐진 백사장엔 파도가 밀려와 하얀 포말을 일으키고 있었다. 언덕 위에는 엽서에서나 보던 집들이 줄지어 서 있었다. 하나하나가 그대로 건축 작품이었다.

그러나 언덕을 넘어서자 전혀 다른 모습의 동네가 나타났다. 모래사장을 따라 나지막한 집이 다닥다닥 붙어 있었다. 모래먼지가 도로를 넘어 주택가까지 날렸다. 지붕마다 모래먼지가 누렇게 쌓여 있었다. 언덕 위는 백인 부자동네였고 아래쪽은 남루한 히스패닉 마을이었다.

금문교의 타워는 227미터다. 다리에서 바다 수면까지도 67미터에 달해 큰 유조선도 지날 수 있게 설계했다. 다리는 시속 160킬로미터의 강풍에도 견딜 수 있다. 1937년 완공됐을 때는 색깔이 없었으나 해질 때 금문교의 모습이 아름답다는 걸 알고 시 당국이 5000갤런의 인터내셔널 오렌지 페인트를 들여 다리를 색칠했다. 금문교를 지탱하고 있는 긴 줄은 가는 철사 수만 가닥을 꼬아 만든 거대한 철사 줄이다. 아들이 두 팔로 쇠줄을 감쌀 수가 없을 정도로 굵었다.

아이들과 금문교 위를 걸었다. 다리엔 기둥이 두 개 있었다. 첫 번째 기둥을 지나 중간까지 갔다. 가운데 서니 다리가 아래위로 출렁거리는 게 느껴졌다. 해는 이미 산을 반쯤 넘고 있었다. 노을이 질 무렵 금문교에 서면 뛰어내리고 싶은 욕망이 든다고 했지만 아래를 보니 아찔한 생각만 들었다. 자살충동은 외부에서 오는 게 아니라 마음 안에 있는 게 아닐까.

오리건 트레일의 포장마차

1800년대에 중부까지 진출한 백인 이민자가 서부로 갈 수 있는 길은 두 갈래였다. 하나는 미주리 주에서 출발해 콜로라도 주까지 간 다음 남하한 뒤 뉴멕시코 주 샌타페이를 지나 샌디에이고나 로스앤젤레스로 가는 샌타페이 트레일이었다. 다른 하나는 미주리 주의 인디펜던스에서 출발해 서북쪽 끝 오리건 주의 아스토리아까지 가는 오리건 트레일이었다.

샌타페이 트레일은 거리가 짧은 대신 길이 험했고, 도중에 아파치 원주민이나 멕시코 산적을 만날 우려가 컸다. 반면 오리건 트레일은 장장 3200킬로미터에 달하는 대장정이었으나 상대적으로 안전했다. 흔히 서부영화에 나오는 포장마차 행렬은 대부분 오리건 트레일에서 볼 수 있었던 광경이다.

오리건 트레일을 여행하는 사람들에게는 《초원 여행자(The Prairie Traveler)》라는 책이 필독서다. 이 책에 따르면 여행자들이 탄 포장마차는 코네스토가(Conestoga)로 불렸다. 포장마차를 처음 만든 곳의 지명이 그대로 마차 이름이 됐다. 이 마차는 양쪽 끝부분을 가운데보다 높게 설계해 울퉁불퉁한 길을 가더라도 안에 있는 물건이 밖으로 튀어나가지 않게 만들었다. 또 물을 만나면 바퀴를 빼 보트로도 사용할 수 있게 만든 수륙양용이었다.

오리건 트레일의 종착지는 지금의 오리건 주 포틀랜드 서쪽의 작은 어촌 마을이다. 포틀랜드 어귀엔 컬럼비아 강이 흐른다. 미주리 강을 따라 미국 중부를 탐험했던 루이스와 클라크가 태평양을 만난 게 바로 이곳이었고, 이들의 탐험 길을 따라 오리건 트레일이 생겼다.

긴 여정에서 살아남은 사람들은 다시 남북으로 흩어졌다. 북쪽으로 올라간 사람들은 시애틀에 정착했다. 시애틀 역시 언덕 위에 들어선 도시였다.

오르막 내리막이 심했다. 시애틀이라는 도시 이름은 원주민 부족의 추장 이름에서 따왔다. 그의 이름은 시앨스였다. 추장은 자기 이름을 빌려주는 대가로 1만 6000달러를 받았다고 한다.

오리건 트레일을 통해 들어오는 백인이 크게 늘면서 시애틀도 점점 커졌다. 그런데 이주민은 남자가 압도적으로 많아 농촌총각 문제가 대두했다. 이때 아사 머서라는 사람이 신붓감을 구하기 위해 동부로 갔다. 머서는 결국 11명의 용감한 신부를 데려오는 데 성공했다. 이듬해 다시 신부를 구하러 가서 데려온 57명의 아가씨 중에는 훗날 머서의 부인이 된 여인도 끼어 있었다. 머서의 농촌총각 해결작전은 나중에 〈신부 여기 오다(Here Come The Brides)〉라는 유명한 텔레비전 시리즈로 제작되기도 했다. 이후 성장가도를 달린 시애틀은 1889년 한 화가의 부주의가 부른 대화재로 하루아침에 잿더미가 돼버린다. 그러나 불과 4년여 만에 시애틀은 다시 서북부의 최대 도시로 거듭났다. 이후 시애틀엔 콘크리트와 철제 건물이 많이 들어섰다.

시애틀을 내려다볼 수 있는 '스페이스 니들'이란 탑이 있다. 이 탑은 시애틀 센터 안에 있는 명물로 1962년 세계박람회를 앞두고 건설됐다. 세계 최초로 탑 정상 부분이 360도 회전하도록 설계돼 화제였다. 그 안엔 과학관, 오페라 하우스, 전망 탑, 놀이공원 등이 들어섰다.

탑 꼭대기에 오르자 해가 멀리 서쪽 바닷가로 넘어가는 게 보였다. 구름이 잔뜩 끼어 해가 동그랗게 보이지는 않았지만, 붉은 노을이 온 도시를 물들이는 모습은 아름답다 못해 경이롭기까지 했다. 서쪽으론 엘리어트 만에 컨테이너 선이 열 척가량 정박해 있었다. 그 너머로 올림픽 산맥이 보였다. 시애틀의 동쪽엔 거대한 워싱턴 호수가 자리 잡고 있다. 이 호수는 폭이 28.8킬로미터나 된다. 왼쪽의 바다와 오른쪽의 호수를 운하가 이어주고 있다. 양쪽에 거대한 물이 있다 보니 시애틀은 일년 열두 달 안개가 끼고 날씨가 궂다. 눈도 많이 온다. 그래서 우중충한 분위기다.

서부이민 초기에 오리건은 지금의 워싱턴 주와 캐나다 밴쿠버까지 포괄하는 넓은 땅이었다. 그러나 오리건 트레일이 생기기 전까지는 이곳에 백인이 살지 않았다. 이 때문에 1818년 영국과 미국은 이곳을 공동 영토로 남겨두기로 했다. 그러나 오리건 트레일이 뚫리면서 사정이 달라졌다. 미국 사람들이 꾸역꾸역 오리건으로 모여들면서 영국과 미국 사이에 외교적 충돌이 잦아졌다.

1845년엔 영국과 미국이 전쟁 직전까지 가는 험악한 상황이 벌어졌다. 그러나 당시 캘리포니아와 뉴멕시코를 빼앗기 위해 멕시코와 전쟁을 해야 했던 미국으로선 영국과 전쟁을 벌일 여유가 없었다. 이 때문에 미국은 1846년 영국과 북위 49도 선을 두 나라 국경으로 정하기로 합의했다. 이 협정의 결과로 밴쿠버는 영국 땅이 됐다.

밴쿠버에 처음 가는 사람은 밴쿠버와 밴쿠버 섬을 혼동하기 쉽다. 우리가 아는 밴쿠버는 밴쿠버 섬이 아니라 브리티시컬럼비아 주의 도시다. 밴쿠버에서 가장 높은 엘리자베스 여왕 공원에 들어섰을 때는 가랑비가 살짝 뿌린 뒤였다. 도대체 얼마나 높은 곳일까? 지도를 보니 해발 140미터였다. 이것만 봐도 밴쿠버의 지세가 얼마나 평탄한가를 알 만하다.

밴쿠버 사람들은 정원을 가꾸는 데 많은 공을 들인다. 하다못해 주택가의 집 안마당에도 어른 키보다 큰 사철나무와 소나무가 빼곡했다. 사철나무 울타리가 담을 대신하는 집이 대부분이었다. 얼마나 오래 키웠는지 사철나무 울타리는 바늘도 안 들어갈 만큼 속이 우거져 있다. 미국에도 안마당에 정원을 가꾸는 집이 많다. 그러나 미국 사람들은 사철나무나 향나무 같은 관상수는 잘 기르지 않는다. 이런 관상수는 시시때때로 깎아줘야 하기에 손이 많이 가기 때문이다.

밴쿠버 해양박물관엔 달랑 배 한 척이 있었다. 세인트로크 호였다. 이 배는 1940년 밴쿠버를 출발해서 북극해를 경유한 뒤 캐나다 동해안의 핼리팩스까지 약 2년 동안 항해하면서 북극의 수많은 무인도들을 캐나다 땅으로 만든 장본인이다. 이 배가 없었다면 오늘날 캐나다가 북극해에 묻혀있는 많은 자원에 대해 소유권을 주장할 수 없었을 것이다. 캐나다 역사에선 거북선에 버금가는 역사유물이지만 우리에겐 그저 평범한 범선 한 척으로밖에 보이지 않았다. 배 한 척 달랑 전시해놓고 '박물관'이라는 간판을 붙여놓은 게 좀 낯간지럽다는 생각이 들었다. 캐나다 사람들 역시 일천한 역사 때문에 유적이나 유물에 열광한다. 어쩌면 우리는 너무 많은 유적과 유물을 갖고 있어 그 귀중함과 중요성을 못 느끼는 것인지도 모르겠다.

그러나 다르게 보면 박물관이라고 해서 수백 년, 수천 년 된 유물만 전시해야 하는 것은 아니다. 동네마다 향토의 역사와 선인의 발자취를 되짚어볼 수 있는 유적과 유물이 있다면 보존하고 가꿔서 후손에게 물려줄 책임이 우리에게 있다. 거북선 한 척 보존하지 못한 우리가 캐나다의 역사를 바꾼 범선 앞에서 무슨 할말이 있으랴.

스탠리 공원은 밴쿠버 시민이 가장 많이 찾는 쉼터다. 반도처럼 바다로 쑥 뻗어나간 공원에는 해안을 따라 일주도로가 나 있었다. 공원의 안쪽은 원시림에 가까운 숲이 빽빽하게 들어차 있었다. 도심 한복판에 어떻게 저런 숲이 보존될 수 있었을까. 바다 한가운데 세워놓은 인어 아가씨 동상에는 누가 그랬는지 목도리를 감아 놓았다. 날씨가 쌀쌀한데 발가벗고 있는 아가씨의 모습이 안쓰러웠을까.

캐필라노 계곡에 걸린 현수교

공원의 북쪽 끝자락엔 북 밴쿠버로 가는 라이온스 게이트 다리(Lions Gate Bridge)가 걸려있다. 생긴 게 흡사 샌프란시스코의 금문교 같았다. 절벽 아래로 지나가는 배가 한눈에 보이니 천혜의 군사요충지였다. 옛날엔 여기에 포대가 있었다. 마침 다리 아래로 컨테이너를 가득 실은 배가 지나가고 있었다. 세계 4대 미항 중 하나인 밴쿠버 항에서 막 빠져나온 배였다.

라이온스 게이트 다리 너머 북 밴쿠버는 산악지대다. 그라우스 산 꼭대기에 있는 캐필라노 호수에서 강이 흘러 내려오고 있었다. 강을 따라 이어지는 캐필라노 계곡은 자연경관이 수려했다. 계곡 중간쯤에 서스펜션 브리지 공원이 있었다. 이곳의 현수교는 수십 미터 높이의 절벽을 가로지르게 설치돼 있다. 다리를 건너다보면 양쪽으로 심하게 흔들린다. 어지간히 간이 크지 않은 사람은 양쪽 밧줄을 붙잡지 않고 걸어가기가 어려울 정도다.

차이나타운 입구엔 커다란 벽화가 있었다. 밴쿠버의 중국인 이주역사를 요약해 놓은 그림이었다. 캐나다에 중국 사람이 대거 이주하기 시작한 것은 1880년대다. 캐나다의 동서를 가로지르는 대륙횡단 철도를 놓는 공사에 노동력이 필요하자 당시 영국 정부가 중국 사람을 끌어왔다. 철도의 양쪽 종착역인 밴쿠버와 토론토에 중국 사람이 많이 모여 사는 것도 이 때문이다.

철도를 놓을 때는 중국 사람이 오는 게 좋았겠지만 그 후에 문제가 생겼다. 이주해 온 중국 사람들은 식당을 차렸다. 식당 하나에는 최소한 대여섯 명의 종업원이 필요했다. 종업원은 다시 중국에서 데려왔다. 이렇게 해서 중국 사람이 기하급수적으로 늘어나자 밴쿠버는 중국 사람으로 넘쳐나게 됐다. 이 차이나타운은 샌프란시스코를 빼고는 북미대륙에서 가장 중국 사람이 많은 곳이다. 샌프란시스코와 다른 점이 있다면 차이나타운이 특정 지역에 국한돼 있지 않고 도시 전역에 흩어져 있다는 것이다. 밴쿠버에는 동네 어디를 가나 중국말로 된 간판이 있다.

밴쿠버에 중국 사람이 얼마나 많은가는 이곳에 살았던 선배의 딸이 다니는 학교의 학생 구성만 봐도 알 수 있었다. 한 학급당 학생 수가 25명 정도인데 그 가운데 백인은 5명밖에 안 된다는 것이었다. 중국 아이가 15명 정도이고 나머지는 한국, 베트남 등 동남아와 인도 아이가 섞여 있다는 얘기였다. 백인 학생이 오히려 중국 학생의 눈치를 봐야 할 정도다.

이쯤 되면 밴쿠버는 중국 땅이라고 해도 지나치지 않을 법하다. 밴쿠버를 홍콩에 빗대 '밴콩(Van Kong)'이라고 부르는 게 과장은 아니었다. 실제로 홍콩이 중국으로 반환될 때 홍콩 부자 상당수가 밴쿠버로 이민을 갔다. 중국인들은 중국 본토뿐 아니라 북미대륙 곳곳에 이미 중국 땅을 만들어 놓고 있다. 인해전술은 얼마나 무서운 것인가.

차이나타운에는 중국풍 공원도 있었다. 중국 혁명의 아버지 쑨원의 호를 딴 중산(中山) 공원이었다. 중국 쑤저우(蘇州)에 갔을 때 보았던 정원을 떠올리게 했다. 규모는 작았지만 아기자기한 꾸밈새는 쑤저우의 정원을 옮겨 놓은 것 같았다. 작은 연못엔 연꽃이 떠 있었다. 연못에 설치된 아담한 중국식 정자가 물위로 어른거렸다. 중국 정자의 처마는 마치 끈을 달아서 치켜올린 듯 처마 자락이 하늘을 향해 고개를 들고 있다. 한국의 처마와는 사뭇 다른 모습이다.

바위와 물이 싸운다면 누가 이길까

미국에 로키 산 국립공원이 있다면 캐나다엔 캐나다 로키 산 국립공원이 있

캐나다 로키 산 국립공원의 아침 호수

다. 캐나다 로키는 재스퍼와 밴프를 잇는 93번 도로를 따라 펼쳐진 길이다. 재스퍼까지 가는 길옆으로 철도가 놓여 있다. 99번 철도다. 1880년대에 중국 사람들이 만든 철길이다. 백두산 정도 되는 산을 수백 개나 넘으며 철길을 놓자니 오죽했을까. 철길을 놓은 중국 사람들의 후예는 캐나다에 살 권리가 있다.

높이 3954미터의 롭슨 산이 재스퍼를 지키고 있었다. 캐나다 로키에서 가장 높은 산이다. 꼭대기엔 만년설이 덮여 있었다. 산모퉁이를 막 돌아서는데 롭슨 산 전체가 갑자기 확 다가섰다. 마치 캐나다 로키를 얕잡아 보고 들어오는 외지인의 기를 죽이려는 듯.

재스퍼는 2층 이상 건물이 거의 없는 전형적인 시골 마을이었다. 그러나 거리에는 인파가 북적댔다. 다운타운엔 숙소가 없을 것 같아 피라미드 로드를 따라 재스퍼 외곽으로 나갔다. 마을을 벗어나 산길로 접어드는데 '패트리샤 호수 방갈로'란 팻말이 보였다. 방은 흠잡을 데 없이 훌륭했다. 침실이 두 개에다 깨끗한 주방에는 식탁까지 갖춰져 있었다.

이튿날 아침 창밖을 보니 앞산이 노랗게 물들고 있었다. 얼른 일어나 카메라를 메고 밖으로 뛰쳐나갔다. 멀리 눈 덮인 설산의 봉우리들이 아침햇살을 받으며 기지개를 켜고 있었다. 호수엔 물안개가 새벽잠에서 깨어나지 않은 채 나지막이 깔려 있었다. 호수의 평화로움과 산봉우리에 비치는 햇살의 따스함이 가슴을 적셔왔다. 보고만 있어도 눈물이 날 것 같은 풍경이었다.

호숫가에서 한 백인 아저씨가 낚시를 하고 있었다. 막 지나치려는데 아저씨의 낚싯줄이 갑자기 팽팽해졌다. 잠시 물고기와 씨름하던 아저씨는 어른 팔뚝만한 송어 한 마리를 낚아 올렸다. "믿을 수가 없어! 믿을 수가 없어!" 아저씨도 설마 고기가 잡힐까 반신반의했던지 감탄사를 연발했다. 그러면서 우리 눈치를 계속 살폈다. 낚시 면허가 없는 눈치였다. 면허가 없다면 고기를 놓아줘야 하지만 아침거리를 그냥 풀어주기가 아까웠을 게다. 우리가 지나가길 기다리던 아저씨는 잡은 물고기를 챙겨 넣고 얼른 사라졌다.

호수 가운데에 작은 섬이 있었다. 해가 호수 위를 비추기 시작하니 물안개가 서서히 걷혔다. 불그스레한 아침햇살이 설산을 물들였다. 눈이 시리도록 하얀 눈이 산꼭대기를 따라 덮여있었다. 호수에는 물안개가 저공비행을 했다. 그 위로 배고픈 아침 새가 날았다. 무릉도원이란 이런 곳이 아닐까.

93번 국도에 올라섰다. 캐나다 로키가 시작됐다. 멀리 에디드 캐벌 산이 보였다. 3367미터다. 이곳에선 3000미터가 넘지 않으면 산 축에도 못 낀다. 산이 높다보니 폭포도 장엄하다. 애더바스카 폭포에는 물이 얼마나 거칠게 쏟아지는지 다가서기가 겁날 정도였다. '미친 듯이'라는 말이 딱 어울렸다. 폭포 옆으로 과거에는 물길이었지만 물이 다른 곳으로 방향을 틀면서 노출된 관광용 도로가 있었다.

안내판에 '바위와 물의 오랜 싸움'이란 설명이 붙어 있었다. 바위가 물길을 막아섰다. 물은 수만 년 동안 바위에 몸을 던지며 싸웠다. 종국에는 물이 바위를 뚫고 새 길을 냈다. 물이 역사라면 바위는 역사를 거스르려는 독재자나 시대에 역행하는 이데올로기라고 할 수 있을까. 당장은 거대한 바위가 물의 흐름을 막을 수 있을지 모른다. 그러나 언젠가는 물이 땀구멍보다도 미세한 바위의 틈새를 뚫고 새 물길을 내고야 만다. 시대의 흐름을 읽지 못하는 세력은 결국 물의 힘에 밀려 역사의 뒤안길로 사라지게 마련이다.

3360미터의 프라이야트 산이 보이는 곳에 드래건 피크가 펼쳐졌다. 산은 꼭대기가 마치 칼로 깎아놓은 것처럼 뾰족했다. 풍화가 돼도 어떻게 저렇게 됐을까 의아했다. 가까이 가보니 산꼭대기가 깎인 것이 아니었다. 원래 옆으로 평평했던 바위 지층이 지진으로 뒤틀리면서 마치 나무판자가 부러진 것처럼 단면이 위로 솟아오른 것이었다. 잘린 단면이 꼭대기가 되니 뾰족할 수밖에 없었던 것이다.

산이 뒤집어쓰고 있는 빙하의 두께는 수십 층짜리 건물과 맞먹었다. 만 년 동안 쌓인 눈이니 오죽할까. 컬럼비아 아이스필드였다. 늦봄까지 빙하 평원이 펼쳐진다 해서 붙여진 이름이었다. 지구 온난화는 이곳에서도 사단을 일으키고 있었다. 따뜻한 날씨가 해마다 빙하를 갉아먹었다. 빙하까지 가는 길에는 빙하의 경계가 언제 어디까지 있었는지를 표시해 놓은 푯말이 군데군데 서 있었다. 1900년대 푯말을 지나 2000년 푯말 앞까지는 200미터쯤 되는 것 같았다. 그만큼 빙하가 줄었다는 얘기다. 수십 층 건물 높이의 얼음덩이가 녹아내리니 그 물이 모이고 모여 강을 이뤘다. 빙하 아래는 시커먼 흙탕물이 거칠게 흐르고 있었다. 물은 서쪽으로는 태평양, 동쪽으로는 대서양, 북쪽으로는 북극해로 흘러간다.

빙하가 녹아 흘러내린 물은 페이토 호수에 모였다. 호수로 가는 길에는 아네모네가 소담스럽게 피어 있었다. 호수의 빛깔을 무어라 표현해야 할까. 비취색도 아니요 연두색도 아니요 푸른색도 아닌 오묘한 빛깔이었다. 아래쪽 바우 호수도 마찬가지였다. 페이토와 바우 호수의 물은 계절에 따라 빛깔이 바뀐다고 한다. 초여름까지는 비취색에 가까운 빛깔을 띠지만 가을에는 터키 블루가 된다고 한다.

밴프는 재스퍼보다 큰 도시다. 2~3층짜리 건물도 많았다. 도시를 감싸고 있는 설퍼 산에는 케이블카와 온천도 있다. 케이블카는 설악산 권금성에 올라가는 케이블카와 비슷했다. 케이블카에서 내려 한참을 걸어 올라가니 밴프 시내가 한눈에 들어오는 전망대가 있었다. 산꼭대기엔 천문대도 있다.

우주에서 날아오는 온갖 종류의 광선을 탐측하는 곳이었다. 하늘과 가까운 곳이니 그럴 만도 하다 싶었다. 혹 외계인이 쏘아 보낸 광선은 없었을까.

어퍼 온천 풀은 동네 수영장이었다. 이곳에서도 한국 사람을 만났다. 캐나다에 사는 가족과 미국 콜로라도 주에 사는 가족이 함께 놀러 왔다고 했다. 온천에 한국 사람이 얼마나 많이 오는지 선물가게엔 '귀국선물 준비'라는 한국말이 씌어있었다.

북극의 여름은 낮이 길다더니 그 말을 실감할 수 있었다. 밤 11시가 넘어도 하늘은 여전히 훤했다. 서쪽 하늘은 마치 해가 막 떨어진 것처럼 붉게 물들어 있었다. 캘거리를 지나 미국 땅으로 넘자 워터턴 빙하 국제평화공원(Waterton Glacier International Peace Park)이 나타났다. 캐나다와 미국 양쪽에 걸쳐 있는 국립공원이라 '국제'라는 말이 붙은 모양이었다. 캐나다의 워터턴 국립공원과 미국의 빙하 국립공원이 합쳐진 곳이다. 공원으로 들어가는 길은 이름은 '태양으로 달려가는 도로(Go to the Sun Road)'였다.

길 이름대로 태양을 향해 달리다 보니 갑자기 바다 같은 호수가 나타났다. 성 마리 호수였다. 호수 건너편엔 빙하가 덮인 거대한 바위산이 버티고 서 있었다. 호숫가에는 노인 부부가 벤치에 앉아 하염없이 물을 바라보고 있었다. 반백의 노인 부부는 저 호수를 바라보며 무슨 생각을 하고 있는 것일까.

산중의 날씨는 변덕스럽기가 죽 끓듯 했다. 로간 고개의 여행안내소에서 아들과 함께 산을 10여 분 올라갔는데 갑자기 진눈개비가 쏟아지기 시작했다. 처음엔 기분 좋을 정도로 오더니만 되돌아가기 어려운 지점에 이르자 굵은 빗방울로 변했다. 바람까지 세차게 불었다. 얼음 같은 폭풍우가 얼굴을 덮치니 눈을 뜨기조차 어려웠다. 산 위에서 중학생쯤으로 보이는 학생한 무리가 내려오고 있었다. 그중 한 명은 산에서 탈진을 했는지 두 학생의 부축을 받으며 기다시피 내려왔다. 그 모습을 보니 겁이 더럭 났다. 안 되겠다. 작전상 후퇴! 비를 쫄딱 맞으며 주차장까지 내려오니 하늘이 언제 그랬냐는 듯이 쨍하고 개었다.

옐로스톤의 야생 곰

미국에서 야생 곰이 많이 살던 곳 중 하나가 옐로스톤 국립공원이다. 이곳에서는 지금도 곰을 심심찮게 만날 수 있지만, 1950년대까지는 사슴만큼 곰이 흔했다. 입장객 수가 많지 않아 재정적으로 쪼들린 공원 측은 고육지책으로 꾀를 냈다.

옐로스톤에 오면 곰을 가까이서 볼 수 있고, 곰에게 먹이를 주는 체험까지 할 수 있다고 광고를 했다. 이 방법은 꽤 효과를 발휘했다. 전국에서 곰을 보기 위해 관광객이 몰리기 시작했다. 사람을 피하던 곰도 사람이 주는 먹이에 익숙해져갔다. 곰은 수시로 야영장은 물론 도로에까지 나타나 먹이를 달라고 졸라댔다. 그럴수록 관광객은 더 많아졌다.

그러나 지나친 건 언제나 모자람만 못한 법. 점점 더 사람이 주는 먹이에 의존하게 된 곰은 야성을 잃어갔다. 사냥할 생각은 안 하고 야영장과 여행 안내소 주변으로만 몰려들었다. 얼마 안 가 공원엔 굶어죽는 곰이 속출했다. 사냥하는 법을 잊어버렸기 때문이었다. 배가 고파진 곰이 사람을 공격하는 사고도 빈발했다.

곰이 멸종하기 직전에 가서야 정부는 국립공원 내 모든 야생동물에게 먹이를 주는 행위를 금지시켰다. 야생동물은 야생동물답게 살도록 두는 게 가장 자연스럽다는 것을 뒤늦게 깨달은 것이었다. 이후 곰은 사람을 공격하지 않았고, 사람도 곰을 귀찮게 하지 못하도록 철저한 관리가 이루어졌다. 꾸준한 노력 덕분에 곰은 다시 크게 늘었다.

곰을 흔하게 볼 수 있다는 옐로스톤은 진입로가 동서남북 다섯 곳이나 있다. 내부 도로는 8자 모양으로 나 있다. 우리가 들어간 곳은 8자의 아래쪽 동그라미 왼쪽에 있는 메디슨을 거쳐 가는 루트였다. 매표소를 지나니 도로를 따라 기본 강이 흐르고 있었다. 강에는 프라이 낚시를 하는 사람이 간간이 보였다. 아침햇살을 받아 반짝이는 개울 안에서 긴 낚싯줄을 휘두르는 낚시꾼의 모습은 〈흐르는 강물처럼〉이라는 영화의 한 장면을 떠올리게 했다.

어쩐 일인지 서쪽 입구 근처의 나무는 죄다 타서 시커먼 기둥뿌리만 남아 있었다. 온 산이 산불 흔적으로 뒤덮여 있었다. 국립공원이라면 끔찍하게 아는 미국 사람들이 산에서 밥을 해먹다 불을 낸 것은 아닐 테고……. 산불의 주범은 벼락이었다. 마른벼락 때문에 산불이 난 것이다. 메사버드 국립공원에서도 똑같은 광경을 본 적이 있다. 산불이 지나간 옐로스톤의 산은 마치 나무들의 공동묘지 같았다.

미국 정부는 자연현상에 의해 산불이 날 경우 가급적 인위적으로 불을 끄지 않는다. 불이 저절로 꺼질 때까지 놔둔다. 잿더미가 된 숲에 나무를 인공 조림하지도 않는다. 생태계 스스로 복원되도록 그대로 놔두고 연구한다는 것이었다. 마른벼락은 오늘날에만 치는 게 아닐 것이고, 그렇다면 옛날에도 이곳에는 수많은 산불이 났을 텐데 생태계의 사슬이 별 문제 없이 유지돼온 걸 보면 굳이 인공의 조림을 할 필요가 없을 거라는 판단에서였다. 수십 년간의 연구 결과 산불이 옐로스톤의 생태계를 파괴하지 못했다는 결론을 얻었다고 한다. 자연의 치유능력도 놀랍지만 그런 생각을 하는 미국 사람들의 열린 사고방식이 배울 만했다.

8자의 아래쪽 동그라미가 위쪽 동그라미와 만나는 지점을 조금 못 미친 곳에 '미술가의 물감통 언덕(Artist Paint Pot Hill)'이 있었다. 수증기를 펑펑 뿜어내는 간헐천이었다. 파란 온천수에 손가락 끝을 대보니 뜨거웠다. 곳곳에 버펄로와 사슴의 배설물이 있었다. 짐승들도 몸이 안 좋을 때는 온천에 와서 목욕을 한다고 했다. 그러나 사람은 온천수에 접근하는 게 금지돼 있었다. 온천수에 사람의 손이 닿으면 화학적인 변화가 일어나 자연환경이 파괴되기 때문이란다. 미술가의 물감통은 진흙탕이었다. 간헐천은 회색 진흙을 삼사 미터 높이로 뿜어냈다. 팥죽이 부글부글 끓는 모양이었다. 유황성분 때문인지 계란 썩는 냄새가 진동했다.

노리스 간헐천 웅덩이는 큰 온천지구였다. 넓은 주차장에 화장실이 단 두 개밖에 없었다. 당연히 줄이 길었다. 줄이 십 미터쯤 됐지만 불평하는 사람은 없었다. 화장실은 뜻밖에 '푸세식'이었다. 수세식으로 만들면 환경을 더 오염시키기 때문이라는 것이었다.

간헐천은 색깔과 모양이 제각기 달랐다. 진주 간헐천은 거무튀튀한 탕 안에 티 없이 맑은 온천수가 잔잔하게 숨을 쉬고 있었다. 에메랄드 간헐천의 물 색깔은 말 그대로 눈부신 초록빛이었다. 같은 간헐천이라도 물의 성분이 다르기 때문에 생긴 현상이다.

옐로스톤의 북쪽 끝 공원 관리사무소 본부가 있는 매머드 핫스프링에서 낚시 면허를 샀다. 송어 낚시를 해보기 위해서였다. 면허는 열흘짜리가 10달러, 일년짜리는 20달러였다. 기발한 상술이었다. 열흘과 일년은 하늘과 땅 차이인데 값은 10달러밖에 차이가 안 난다. 이 정도 차이라면 대부분 일

옐로스톤 국립공원의 노란 바위

년짜리를 살 것 같다. 그러나 외지에 사는 사람이 일년에 옐로스톤을 몇 번이나 찾을 수 있을까.

8자 모양의 위쪽 동그라미 오른쪽은 계곡 지대였다. 옐로스톤의 그랜드 캐니언이었다. 인스피레이션 포인트에 서니 아래로 펼쳐진 계곡이 훤히 보였다. 이곳에 옐로스톤이란 이름이 붙은 이유는 바로 이 계곡의 바위 색 때문이었다. 바위에 초여름 햇빛이 비치자 바위가 마치 황금처럼 빛났다. 여기저기 초록색 줄이 바위에 그어져 있었다. 증기에 함유된 구리 성분이 자연스럽게 채색을 한 것이다. 예술가 포인트의 캐니언은 온통 황금색이었다.

진흙 화산 지구에는 진흙이 솟구치는 간헐천이 모여 있었다. 이곳의 도로는 군데군데 푹 꺼져 있었다. 땅 밑에 온천수와 증기가 차 있다가 출구를 찾아 빠져나가면 땅이 갑자기 꺼져버리는 것이었다. 과속을 했다간 대형 사고를 당하기 십상이었다.

캐니언을 거의 다 벗어날 무렵 절벽 아래로 대평원이 펼쳐졌다. 그런데 갑자기 앞에서 차가 밀렸다. 혹시 사고가 난 게 아닐까. 천천히 차를 모는데 가만히 보니 사고가 난 게 아니라 사람들이 길옆에 차를 대느라 북새통이었다. 도대체 무슨 영문일까. 지나가는 사람에게 물었다. 절벽 아래 초원에 곰이 있다는 것이었다. 옐로스톤에 가서 야생 곰을 못 봤다면 헛고생한 것이라는 얘기를 들은 적이 있다. 진짜 곰이 있구나. 우리도 얼른 차를 대고 사람들 틈에 끼어 곰을 찾기 시작했다.

그러나 아무래도 곰은 보이지 않았다. 다시 옆 사람에게 물어보니 저 멀리 까만 점처럼 보이는 게 곰이라는 것이었다. 그러고 보니 까만 점 서너 개가 움직이는 게 보였다. 고성능 망원경이 있다면 모를까 그게 곰인지 사슴인지 들소인지 분간할 수가 없었다. 옐로스톤에 가서 곰을 봤다는 사람이 있다면 이젠 무슨 소린지 알 것 같았다.

옐로스톤의 남동쪽 옐로스톤 호수는 해발 2357미터에 자리 잡고 있었다. 호수의 물은 생각보다 차지 않았다. 송어는 본래 차고 깨끗한 물에서만 산다. 그래서 민물고기지만 회를 먹을 수 있는 어종이기도 하다. 낚싯대를 꺼내 물에 던졌다. 인공미끼를 썼다. 그러나 아무리 옐로스톤의 송어가 순진하기로서니 생전 송어 낚시라곤 해본 적이 없는 왕초보 낚시꾼에게 걸릴 수야 없지 않은가. 송어도 체면이 있지. 그러나 의외로 미국 송어는 공평했다. 가슴까지 오는 장화까지 신고 물 속에 들어가 프라이 낚시를 하는 미국 아저씨들도 낚싯줄만 부산하게 들었다 놨다 했지 소득은 없었다. 낚시보다는 저녁노을이 지는 호숫가에서 먹는 불고기 맛이 더 기막혔다.

이튿날은 전날 돌지 못한 8자의 남서쪽 루트를 공략했다. 8자의 서쪽은 수증기나 물을 뿜어내는 간헐천이 많지만, 동쪽은 캐니언 지대였다. 분화구 호수 드라이브는 분화구였던 곳에 생긴 호수를 도는 길이었다. 수백 명이 한꺼번에 들어가 목욕을 해도 남을 만큼 엄청나게 큰 야외 온천탕이었다. 그러나 옐로스톤엔 대중목욕탕이 없었다. 펄펄 끓는 온천수가 개울로 그냥 흘러 내려가도록 방치하는 것은 가슴 아픈 일이었다. 한국이나 일본 같았으면 개울 옆에 온천탕을 만들어 흘러가는 물에 발이라도 담글 수 있도록 할 텐데 말이다. 이런 게 문화적 차이일 게다. 미국 사람들은 온천수가 그냥 흘러 내려가도 전혀 아깝다고 생각하지 않는 모양이었다.

그랜드 프리즘 온천은 프리즘 효과를 눈으로 확인할 수 있는 곳이었다. 온천탕에서 올라가는 수증기가 붉은 색, 푸른 색, 초록색으로 시시각각 변했다. 어떻게 붉은 색 수증기가 나올 수 있을까? 그러나 그건 수증기 색깔이 변한 게 아니라 바닥의 색깔이 수증기에 반사돼 그렇게 보일 뿐이었다. 수증기가 프리즘 역할을 하고 있는 셈이었다.

옐로스톤에서 가장 크고 유명한 간헐천은 '오래된 약속(Old Faithful)'이다. 오래된 약속이란 이름은 이 간헐천이 수백 년 동안 거의 같은 시각에 거의 같은 높이로 물을 뿜어 올린 데서 비롯됐다. 마침 간헐천이 물을 뿜는 시간이었다. 수많은 사람들이 주차장에 차를 대고 좋은 자리를 잡기 위해 뛰기 시작했다. 덩달아 우리도 달렸다. 간헐천 주위엔 순식간에 수백 명의 인파가 뺑 둘러쌌다. 잠시 후 오래된 약속은 물을 뿜어내기 시작했다. 10여 미터 정도 될까.

사람들은 참을성 있게 기다렸지만 오래된 약속은 끝내 화려한 분수 쇼를 보여주지 않았다. 오래된 약속인데 하필 우리가 갔을 때는 약속을 지키지 않은 것일까. 그러나 오래된 약속의 명성에 가려 잘 알려지지 않은 '캐슬 간헐천(Castle Geyser)'에서 뜻밖에 수십 미터의 물기둥이 솟았다고 했다. 뒤늦게 캐슬 간헐천으로 달려가 봤지만 그쪽도 쇼는 이미 끝나버렸다.

대통령을 향한 성난 말의 포효

1876년 6월25일 몬태나 주 남부의 리틀 빅혼. 남북전쟁의 영웅인 조지 커스터 중령이 이끄는 제7기병대가 모습을 드러냈다. 커스터 중령은 오리건 트레일 주변의 원주민 게릴라를 소탕하라는 명령을 받은 미 육군 선봉 부대장이었다. 젊은 커스터는 남북전쟁의 승리에 자만했다. 수 족과 샤이엔 족의 원주민 연합군을 오합지졸로 얕잡아 봤다. 원주민 연합군의 수가 얼마나 되는지 정확히 파악하지도 않은 채 그는 연대를 3개 조로 나눠 진격했다.

커스터의 본대가 리틀 빅혼의 강둑에 이르렀을 무렵, 매복하고 있던 3000여 명의 원주민 연합군이 기습공격을 가했다. 좌우로 포진한 나머지 병력이 미처 손을 써보기도 전에 커스터의 본대는 원주민 연합군에 포위당했고, 불과 45분 만에 커스터와 215명의 제7기병대는 몰살하고 말았다. 남북전쟁에서 불패의 신화를 이룬 커스터와 제7기병대의 전멸은 미 육군에게 엄청난 충격이자 손실이었다.

리틀 빅혼 전투를 승리로 이끈 수 족의 지도자는 시팅 불(웅크린 황소)이었고, 야전사령관은 크레이지 호스(성난 말)였다. 두 사람은 리틀 빅혼 전투 이후 미 육군의 집요한 추격으로 결국 처절한 최후를 맞게 된다. 그러나 수 족을 비롯한 원주민의 가슴속에 시팅 불과 크레이지 호스의 영웅담은 사라지지 않았다.

수 족의 영웅 크레이지 호스를 낳은 다코타 평원은 원래 원주민에게 할애된 땅이었다. 1866년과 1868년 두 차례 원주민과 백인이 전쟁을 치른 후 미국 정부는 블랙 힐스 일대를 수 족의 영토로 인정했다. 그러나 서부를 휩쓴 골드러시 열병이 오리건 트레일로도 번지면서 사정이 달라졌다. 수 족의 영토였던 블랙 힐스에서 금이 발견됐기 때문이다. 이를 조사하도록 파견된 젊은 장교 커스터는 "블랙 힐스에는 풀뿌리에도 금가루가 묻어있다"는 허무맹랑한 보고서를 정부에 올렸다. 백인 정부는 즉각 수 족과의 평화협정을 내팽개치고 미 육군에게 블랙 힐스에서 수 족을 몰아내라는 명령을 내렸다가 리틀 빅혼의 참패를 당했던 것이다.

치욕의 패배를 당한 미 육군은 운디드니에서 피비린내 나는 복수극을 펼쳤다. 커스터의 부대였던 제7기병대는 1890년 12월 350여 명의 수 족을 운디드니 근처 마을에 수용했다. 원주민 전사의 무장해제 과정에서 사소한 총기사고가 나자 제7기병대는 무장도 하지 않은 수 족을 향해 기관총을 난사했다. 군인들은 "리틀 빅혼을 기억하라"며 미친 듯이 악을 썼다. 순식간에 벌어진 대학살에서 여자와 어린아이 200여 명을 비롯해 300여 명이 목숨을 잃었다.

와이오밍 주와 사우스다코타 주의 경계에 들어서자 '악마의 탑(Devils Tower)'이란 돌산이 블랙 힐스를 지키고 서 있었다. 악마의 탑은 평원에 우뚝 선 주상절리 지형의 돌산이다. 제주도의 정방폭포와 천지연폭포에서 볼 수 있는 지형과 같다. 1600만 년 전 용암이 땅위로 솟구치다 그대로 굳어 버렸다. 시간이 지나면서 용암의 주위를 감싸고 있던 산흙은 풍화에 씻겨나가고 솟아오르다 굳은 용암만 남아 탑이 된 것이다. 용암은 한 덩어리 바위가 아니라 육각형 모양의 기둥 수천 개를 묶어놓은 듯했다. 높이는 1558미터에 이른다.

악마의 탑은 이곳에 살았던 수 족 원주민의 성지였다. 큰 바위나 나무에 신령이 깃들여 있다고 믿는 것은 아마 북미대륙 원주민의 조상이 아시아에서 건너갔기 때문이 아닐까. 처음 이곳을 발견한 백인들은 악마의 탑을 정복의 대상으로 삼았다. 난다 긴다 하는 등산가가 앞 다퉈 찾아와 바위를 탔다. 이로 인해 원주민과 백인 간에 마찰이 잦아졌다. 성스런 돌산에 쇠못을 박고 밧줄을 치렁치렁 걸어놓는 게 원주민에겐 용납이 안 됐을 것이다.

하는 수 없이 미국 정부는 이곳의 암벽등반을 제한했다. 악마의 탑을 오르려는 등반가는 공원당국의 허가를 받도록 했다. 원주민의 제사가 있을 때는 등반이 아예 금지됐다. 돌산의 뒤편에는 옛날 바위산을 올랐던 사람들이 만들어 놓은 나무사다리 흔적이 남아있었다. 자연을 대하는 백인과 원주민의 태도는 여기서 뚜렷하게 갈렸다. 비록 미신이라지만 원주민은 자연의 힘

을 경외하고 그 힘에 동화돼 살기를 원했다. 그러나 백인들은 자연을 이기고
자 했다. 인간의 발길을 거부하는 자연에 도전해 기어이 굴복시키려고 했다.

자연과 원주민을 정복하고자 했던 백인들은 수 족의 한 맺힌 블랙 힐스
산자락에도 미국 대통령의 흉상을 조각했다. 미국 사람들이 성지로 여기는
러시모어 국립기념물이다. 거대한 산에 조각된 대통령은 왼쪽부터 차례로
조지 워싱턴(초대), 토머스 제퍼슨(3대), 에이브러햄 링컨(16대), 시어도어
루스벨트(26대)다. 미국을 세우고(워싱턴), 땅을 넓힌 뒤(제퍼슨), 남북으로
갈린 나라를 통합하고(링컨), 세계 최강국으로 만든(루스벨트) 대통령들을
새긴 것이다.

산 입구는 마치 워싱턴의 알링턴 국립묘지를 연상케 했다. 미국 사람들
에겐 성지나 다름없는 곳이니 그럴 만도 했다. 건들거리며 걷던 사람들도
입구에선 옷매무새를 고쳤다. 산으로 가는 길옆에는 50개 주를 상징하는 기
둥이 서 있고, 그 위엔 각 주의 깃발이 꽂혀 있었다. 산 아래 설치된 무대에
서 여가수가 미국 국가를 열심히 부르고 있었다. 마침 이라크와 전쟁을 치
르고 있던 때라 국가의 무게가 여느 때와 사뭇 다른 분위기였다.

대통령들의 흉상은 산 하나를 통째로 깎은 것이었다. 처음 이곳에 조각
을 하자는 아이디어를 낸 사람은 사우스다코타 역사협회의 조나 로빈슨이
라는 향토사학자였다. 그는 백인의 서부개척사를 상징하는 인물을 조각해
이곳을 관광지로 만들자는 제안을 했다. 조각가를 찾던 그는 거친 보글럼이
란 사람을 만나게 된다.

1867년 아이다호 주의 부유한 모르몬교 가정에서 태어난 보글럼은 조각
에 남다른 재능을 보여 어릴 적부터 파리로 가 공부했다. 보글럼이 명성을
얻기 시작한 것은 자유의 여신상이 들고 있는 횃불을 리모델링하면서부터

였다. 그를 일약 미국의 대표 조각가로 올려놓은 작품은 조지아 주 애틀랜타의 스톤마운틴에 새겨진 세 명의 남군 장군 부조였다. 당시만 해도 스톤마운틴의 부조와 같은 거대한 조각이 미국에는 없었다. 당연히 그런 경험을 가진 조각가도 있을 수 없었다. 때문에 블랙 힐스에 조각을 할 인물로는 보글럼이 적격이었다.

보글럼은 조각을 한다면 단순히 서부개척사를 대표하는 인물이 아니라 미국을 빛낸 위대한 영웅이어야 한다고 생각했다. 그는 1920년대에 미국에서 사회주의와 무정부주의 사상이 득세할 때 애국주의 사상을 전파하고 다닌 우파 사상가이기도 하다. 보글럼은 '위대한 미국'에 미국적인 조각상이 하나도 없다는 것을 통탄해 마지않았다. 그에게 '미국적'이란 '거대한'과 동의어였다.

보글럼의 거창한 구상은 1927년 미 정가에도 전해져 당시 캘빈 쿨리지 대통령으로부터 조각을 정부사업으로 시행하라는 허락을 받아냈다. 그는 블랙 힐스의 돌산을 돌며 조각할 산을 찾아 나섰다. 그리고는 뾰족한 돌산 대신 여러 개의 조각상을 한꺼번에 새겨 넣을 수 있는 1745미터 높이의 널찍한 러시모어 산을 골랐다.

러시모어 조각은 1924년 착수됐다. 당시 보글럼의 나이는 57세였다. 보글럼은 당초 러시모어에 워싱턴, 링컨, 제퍼슨 등 세 명의 대통령만 새기는 것으로 구도를 잡았다. 그러나 세 명을 새기고 나니 공간이 남아 어색했다. 네 번째 인물을 누구로 하느냐로 고심하던 보글럼은 당대 대통령이었던 시어도어 루스벨트를 꼽았다. 루스벨트는 2차대전을 승리로 이끈 프랭클린 루스벨트의 5촌 당숙으로 미국—스페인 전쟁의 영웅이자 파나마 운하를 건설해 미국을 세계적인 강대국으로 부상시킨 26대 대통령이었다. 당대의 인물을 역사적 평가도 끝나지 않은 상태에서 워싱턴이나 링컨, 제퍼슨과 같은 반열에 올려놓는 것에 대해 논란이 많았으나 보글럼은 이를 관철시켰다.

조각 작업은 고행에 가까웠다. 때론 암벽등반가가 돼야 했고 때론 폭발 전문가가 돼야 했다. 겨울엔 몇 달씩 작업이 중단되기도 했다. 1929년 몰아닥친 대공황으로 정부지원금이 줄어 고전하기도 했다. 1930년 워싱턴의 흉상이 가장 먼저 완공됐고, 1936년 제퍼슨, 1937년 링컨의 얼굴이 완성됐다. 마지막 루스벨트의 얼굴을 조각하던 보글럼은 1941년 3월 세상을 떠나고 말았다. 마무리는 아들인 링컨 보글럼이 맡았다.

그러나 미국이 2차대전에 참전하면서 러시모어 조각은 세상으로부터 잊혀지고 말았다. 이 때문에 러시모어 조각의 공식 제막식은 50년이나 지난 1991년 6월에야 이뤄졌다. 하지만 조지 부시 대통령의 주재로 열린 이 행사엔 아들 링컨 보글럼도 참석하지 못했다. 그마저 1986년 세상을 떠났기 때문이다.

수 족의 영혼이 깃든 블랙 힐스에 미국 대통령의 흉상이 조각되기 시작하자 수 족 지도자들은 분노했다. 이 땅이 도대체 누구의 땅인데, 이 땅에 어떤 역사가 있는데 백인 대통령의 흉상이란 말인가. 수 족 지도자들은 블랙 힐스에 러시모어의 조각보다 훨씬 더 큰 수 족 영웅 조각을 만들기로 했다.

수 족은 백인 정부의 압제에 눌려 숨조차 제대로 쉬지 못했지만 가슴속에는 그들의 영웅을 품고 있었다. 바로 리틀 빅혼 전투의 야전사령관 크레이지 호스였다. 긴 생머리를 휘날리며 말을 달리면서 다코타 평원을 향해 팔을 뻗은 크레이지 호스의 모습을 블랙 힐스에 조각하기로 했다. 조각가를 찾던 수 족의 추장 헨리 스탠딩 베어(서 있는 곰)는 1939년 코작 지올코브스키라는 조각가에게 편지를 썼다.

지올코브스키는 당시 뉴욕에서 한창 뜨고 있던 신인 조각가였다. 유복자로 태어난 그는 조각을 공부해 자수성가했다. 그는 1939년 뉴욕 세계미술대전에서 1등을 하면서 이름이 알려졌다. 그는 1908년 보스턴으로 건너온 폴란드 이주민의 아들로 앵글로색슨 족이 아니었다. 지올코브스키는 크레이지 호스와 생일이 같았다. 추장 스탠딩 베어는 지올코브스키야말로 크레이지 호스의 조각을 위해 신이 보낸 사람이라고 굳게 믿었다.

그러나 2차대전이 시작되자 지올코브스키는 군에 입대했다. 제대 후 지올코브스키는 크레이지 호스를 연구하기 시작했고 곧 비극적이면서 장렬했던 크레이지 호스의 삶에 매료됐다. 크레이지 호스는 1842년 지금의 노스다코타 주 변경인 래피드크릭에서 태어났다. 어릴 적 그는 원주민 부족들 사이에서 '오글라라의 이방인'으로 불렸다. 머리카락이 다른 아이들처럼 죽죽 뻗은 검은 색이 아니라 갈색 곱슬머리였기 때문이다.

크레이지 호스가 열두 살 되던 해 모르몬교도의 목장에서 소가 없어지는 사건이 벌어졌다. 백인 기병대는 다짜고짜 크레이지 호스의 마을로 쳐들어와 남자는 물론 부녀자까지 닥치는 대로 살상하는 만행을 저질렀다. 이 일을 계기로 크레이지 호스는 백인과의 평화는 환상이란 확신을 갖게 됐다. 독수리의 깃털을 꽂은 뒷머리, 다부진 상체, 백마를 타고 달리는 그의 모습은 곧 백인 기병대에게 공포의 상징이 됐다. 리틀 빅혼 전투에서 크레이지 호스는 불꽃으로 타올랐다.

하지만 수많은 여자와 아이들을 데리고 다니면서 백인 기병대에 맞서는 것은 무리였다. 결국 그는 1877년 로빈슨 요새에서 백인 기병대에게 항복했다. 크레이지 호스를 잡은 백인 병사가 그에게 물었다.

"이곳에 네가 발붙일 땅이 한 뼘이라도 있는 줄 아느냐?"

크레이지 호스는 왼팔을 뻗어 다코타 평원을 가리키며 대답했다.

"내가 묻히는 곳이 바로 나의 땅이다."

크레이지 호스의 전설적인 이 일화는 지올코브스키를 전율시켰다. 죽을지언정 백인 정부에 구걸하지 않겠다는 크레이지 호스의 정신이야말로 블랙 힐스에 새겨져야 한다고 그는 확신했다. 그리고 단돈 174달러를 들고 1947년 블랙 힐스로 갔다. 첫 발파작업은 1948년 6월 3일에 이뤄졌다. 리틀 빅혼 전투에 참전한 수 족 전사 다섯 명도 하객으로 참석했다.

그러나 높이 170미터의 돌산을 휴대용 착암기 하나로 깎는다는 것은 미친 짓에 가까웠다. 산꼭대기까지 오르는 데만 741단의 통나무 계단을 올라야 했다. 수도 없이 부상을 당했고 자금난에 쪼들렸다. 그보다 더 견디기 힘든 것은 백인사회의 차별이었다. 러시모어의 대통령상을 마주보는 위치에 원주민 영웅을 조각한다는 건 당시 백인사회에서 용납하기 어려웠다. 조각가로서 그의 인생은 그걸로 끝이었다.

그런데 어려울 때마다 그의 곁에서 자원봉사를 해주던 루스 로스란 여인이 있었다. 루스는 지올코브스키보다 열여덟 살이나 어린 젊은 대학생이었다. 백인이면서 원주민의 조각에 일생을 바치는 지올코브스키의 열정에 반한 루스는 지올코브스키과 결혼했고, 훗날 지올코브스키의 대업을 물려받았다.

중국의 옛 고사에 우공이산(愚公移山)이란 말이 있다. 중국 전국시대의 철학서인 《열자》 탕문편(湯問篇)에 나오는 고사다. 옛날 중국의 북쪽에 우공이란 노인이 살았다. 그의 집 앞엔 태형(太形)과 왕옥(王屋)이란 높은 산이 있어서 넘어 다니기가 여간 힘든 게 아니었다. 이에 우공은 아들들과 함께 두 산의 흙을 파다가 동쪽 바닷가에 버리기로 했다. 이웃들은 모두 우공

크레이지 호스의 조각 작업 현장

을 비웃었다. 나이 아흔에 언제 산을 손으로 파서 옮긴다는 말인가. 노인이 망령이 나도 단단히 났다고 손가락질했다. 그러나 우공은 태연하게 말했다.

"내가 못하면 내 아들이 하고 내 아들도 다 못하면 그 손자가 할 것이다. 그렇게 대대로 하면 언젠가는 산을 옮길 수 있다."

우공이 흔들림 없이 매일 산을 파내어 옮기자 정작 다급해진 것은 두 산에 살던 산신령들이었다. 우공이 산을 파다 동쪽 바닷가에 버리면 자신들이 기거할 곳이 없어지게 되기 때문이었다. 결국 산신령의 간청으로 옥황상제가 힘이 장사인 과아씨의 아들을 보내 두 산을 통째로 들어 동쪽과 남쪽으로 옮겼다.

지올코브스키가 처음 블랙 힐스에 크레이지 호스를 조각하기 시작하자 백인사회는 비웃었다. 맨주먹으로 어떻게 거대한 바위산을 조각하겠다는 말인가. 그러나 지올코브스키가 10여 년 만에 크레이지 호스의 윤곽을 깎아내자 백인 정부는 몸이 달았다. 정부는 이 조각을 연방정부 소유로 만들기 위해 지올코브스키에게 수백만 달러의 재정지원을 해주겠다고 제안했다.

그러나 지올코브스키는 이를 단호히 거절했다. 크레이지 호스의 조각은 백인 정부의 소유물이 아니라 수 족, 나아가 북미대륙 사람 모두의 역사기념물이어야 한다는 신념 때문이었다. 죽는 순간까지 백인 정부에 굴복하지 않은 크레이지 호스를 조각하면서 백인 정부의 도움을 받을 순 없었다. 지올코브스키는 끝까지 관광객의 기부금과 입장료 수입만으로 조각비용을 충당했다.

크레이지 호스 조각은 러시모어의 대통령상과는 비교가 안 될 만큼 컸다. 러시모어 산 전체도 크레이지 호스의 머리부분밖에 안 됐다. 크레이지 호스의 몸과 백마를 합치면 러시모어 상의 대여섯 배는 될 듯했다.

조각은 이제 겨우 얼굴 부분이 완성됐을 뿐이었다. 크레이지 호스의 몸과 그가 탄 말은 윤곽만 어렴풋이 드러난 단계였다. 대평원을 가리키고 있는 크레이지 호스의 팔과 말의 잔등 사이를 파낸 것이 고작이었다. 멀리서 망원경으로 보니 크레이지 호스의 팔과 말 사이에 뚫린 구멍 바로 위에 '루스의 생일 축하합니다'라고 씌인 대형 플래카드가 걸려 있었다. 우리가 방문했던 날은 바로 루스의 생일이었다.

1982년 지올코브스키가 죽자 아내 루스와 열 명의 자녀가 지올코브스키의 뜻을 이어받았다. 크레이지 호스의 조각이 언제쯤 완성될지는 그들조차 알 수가 없다. 성금이 얼마나 많이 걷히느냐가 관건이다. 어쩌면 수백 년이 걸릴지도 모른다.

러시모어와 크레이지 호스, 보글럼과 지올코브스키. 너무나 대조적인 두 조각과 조각가는 미국의 역사를 압축해 보여주는 상징이 아닐까.

크레이지 호스를 내려와 뾰족 바위산으로 접어드니 공원이 나타났다. 커스터 주립공원이었다. 크레이지 호스와 러시모어를 가르는 바위산이 바로 이 공원이다. 하필이면 이곳에 커스터란 이름을 붙였을까. 미국 대통령을 향해 포효하고 있는 크레이지 호스의 모습을 커스터 산이 가로막고 있는 형국을 보며 웃어야 할지 분노해야 할지 알 수가 없었다.

오칼루사 섬 선착장

04 | 꿈과 현실이 만나는 곳

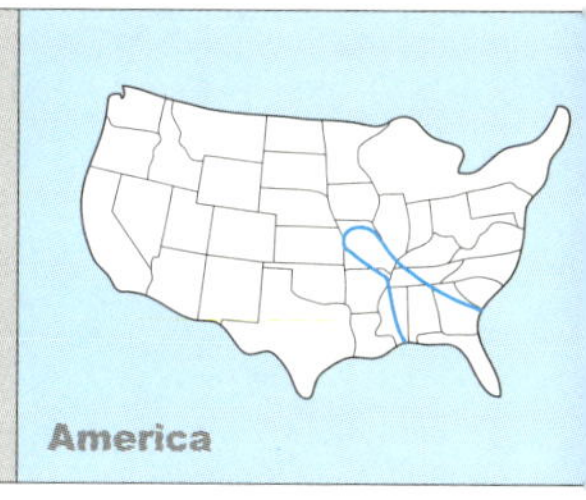

America

컬럼비아
세인트루이스
내슈빌
채터누가
멤피스
투펠로
애틀랜타
잭슨빌
세인트오거스틴
펜사콜라
모바일
파나마시티
올랜도
케네디우주센터
애버글레이즈국립공원
마이애미
키웨스트

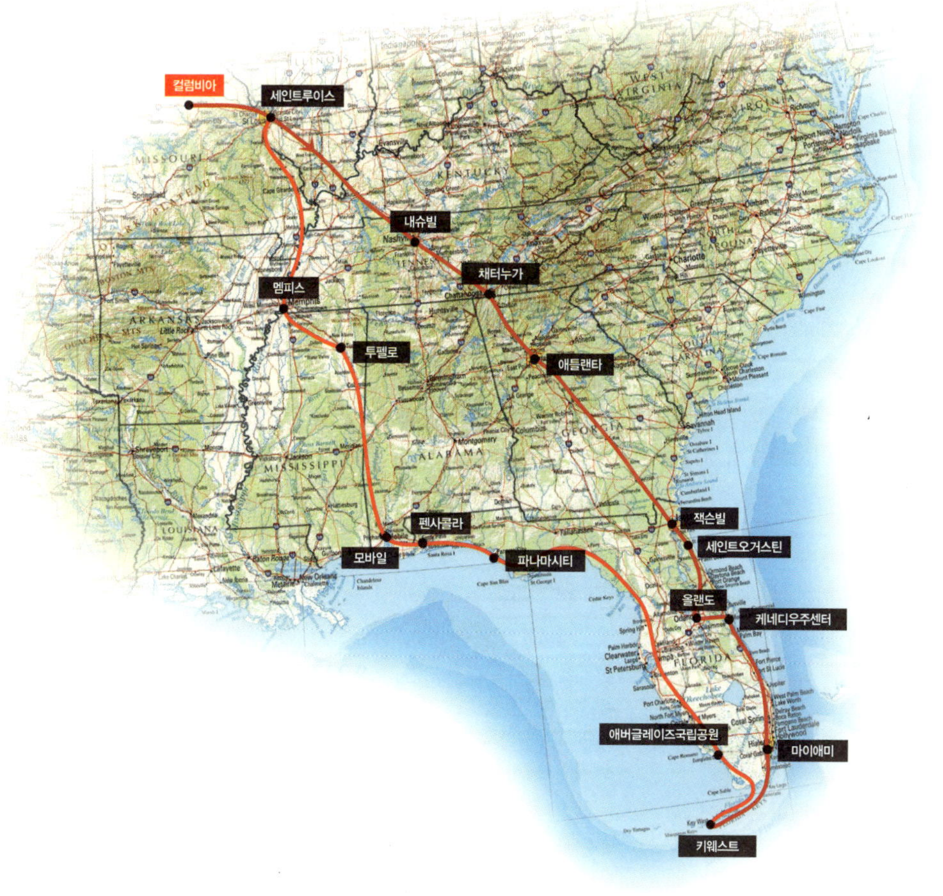

미국 지도를 보면 오른쪽 아래에 마치 혹처럼 볼록 튀어나온 부분이 있다. 미국에서 가장 화려한 휴양지 플로리다다. 플로리다 주로 가기 위해선 애팔래치아 산맥을 넘어야 한다. 산을 넘기 전까진 사계절이 뚜렷한 날씨이지만 일단 산을 넘고 나면 아열대 기후가 된다.

미국의 땅끝 마을인 플로리다의 키웨스트에 이르면 겨울에도 해수욕을 즐길 수 있을 정도로 따뜻해진다. 키웨스트는 헤밍웨이의 《노인과 바다》가 탄생한 곳이기도 하다.

동남부 코스는 중부에서 출발해 미국의 땅끝 마을인 키웨스트를 돌아 오는 여정이었다. 여행길 날씨가 원래 따뜻한 곳이기에 겨울인 11월 마지막 주 추수감사절 연휴를 이용했다. 추수감사절 휴일은 일주일이지만 앞뒤 일요일을 붙이니 9박 10일의 일정이 만들어졌다.

세인트루이스까지 70번 고속도로를 따라 가서 24번 고속도로로 바꿔 타면 테네시 주 내슈빌을 지나 애팔래치아 산맥의 초입까지 간다. 산을 넘으면 바로 남북전쟁 당시 남군의 근거지인 버지니아 주가 나온다. 이 때문에 애팔래치아 산맥 어귀의 채터누가는 남북전쟁의 격전지가 됐다.

애팔래치아 산맥을 넘어 75번 고속도로를 따라 내려가다 10번 고속도로를 만나는 곳에서 동쪽으로 가면 잭슨빌이다. 플로리다에서 가장 큰 도시다. 거기서 다시 95번 고속도로로 남하하면 세인트오거스틴이란 스페인풍의 도시를 만난다. 스페인 정복자들이 만든 옛 도시다.

이어지는 해변도로를 따라 데이토나 해변과 마이애미 해변이 펼쳐진다. 올랜도는 플로리다에서 빼놓을 수 없는 관광지다. 마이애미에서 키웨스트까지 이어지는 해변도로는 미국에서 가장 아름다운 길이다. 작은 섬을 42개의 다리가 잇고 있다. 키웨스트를 돌아 플로리다의 서쪽 해변을 따라 북상하면 아름다운 도시 탐파를 관통한다. 탐파에서 펜사콜라까지 이어지는 해변은 플로리다 동부 해변과 또 다른 절경이다. 집으로 가는 길에 엘비스 프레슬리의 생가와 저택이 있는 투펠로와 멤피스를 들렀다.

채터누가의 친절한 남부 사람들

미국 사람들에게 추수감사절은 매우 뜻 깊은 날이다. 1620년 메이플라워 호를 타고 처음 미국 땅을 밟은 청교도들은 그해 겨울 혹독한 추위와 굶주림에 맞서 싸워야 했다. 유럽에서 몸만 빠져나온 청교도들은 농사짓는 법을 몰랐다. 몰살 직전까지 갔던 청교도를 구해준 것은 뜻밖에도 원주민 청년 스콴토였다.

스콴토는 백인 정복자들에게 납치됐다가 풀려난 원주민이었다. 그러나 그는 백인에게 복수를 하지 않았다. 오히려 스콴토는 억류 중에 배운 영어로 청교도들에게 농사짓는 법과 물고기 잡는 법을 가르쳐줬다. 스콴토의 도움으로 이듬해 가을 청교도들은 자신들의 손으로 재배한 곡식을 처음 수확할 수 있었다. 청교도들로선 비로소 낯선 땅에서 스스로 힘으로 살아남을 수 있는 기틀을 마련한 셈이었다.

감격에 찬 청교도들은 스콴토를 비롯한 원주민 이웃을 초청해 성대한 잔치를 열어 신께 감사했다. 여기서 추수감사절이 유래했다. 미국 사람들이 추수감사절을 크리스마스에 버금가는 명절로 삼는 이유도 여기에 있다. 그러나 오늘날 스콴토를 기억하는 미국 사람은 많지 않다. 원주민 청년은 잊혀지고 위대한 서부개척의 역사만 남았다.

　미국에서 맞은 추수감사절 연휴에 우리는 플로리다로 향했다. 늦은 오후에 테네시 주에 들어서 여행안내소를 찾았다. 여느 안내소와 마찬가지로 할머니 도우미가 방을 지키고 있었다. 테네시 주가 초행이라고 하자 할머니는 신이 나서 애팔래치아 산맥을 넘기 전에 꼭 들러볼 곳이 있다며 관광정보지를 건넸다. 테네시 주와 조지아 주의 경계에 있는 채터누가란 도시였다. 그곳엔 루비 폭포와 남북전쟁의 격전장이 있다.

　할머니의 말만 믿고 채터누가로 들어서는 순간 우리는 실망할 수밖에 없었다. 채터누가는 남루한 시골도시였다. 고속도로에서 벗어나자 20달러대의 싸구려 모텔이 죽 늘어섰다. 저녁 6시 30분이었는데 인적은 뚝 끊겨 있었다. 미국의 중소도시에선 초저녁만 돼도 밖에 나다니는 사람이 거의 없다. 대부분 가족과 텔레비전을 보거나 잡담을 하며 시간을 보낸다. 우리나라처럼 주택가에까지 술집이 있는 곳은 거의 없다. 좋게 보면 가족 중심 문화이고 뒤집어 보면 정말 재미없는 나라다.

　저녁을 먹기에는 이른 때라 채터누가를 한눈에 내려다 볼 수 있다는 룩아웃 산으로 갔다. 넓은 평원에 산 하나가 우뚝 솟아 있었다. 산 정상을 돌아가며 불빛이 반짝거리고 있었다. 관악산에 있는 레이더 기지가 떠오른 건 알다가도 모를 일이었다. 미국의 한복판에, 그것도 관광지가 있는 곳에 군 기지가 있을까만 우리 눈에는 레이더 기지로 보였던 것이다. 불빛의 정체가 궁금했지만 거기까지 갔다 올 여유는 없었다.

　북악스카이웨이 같은 도로를 따라 계속 올라갔다. 가면 갈수록 길은 점점 더 으슥해졌다. 인적은커녕 민가도 나타나지 않았다. 가로등도 없는 컴컴한 산길에 산짐승만 가끔 휙휙 지나갈 뿐이었다. 산 위에는 뭐가 있을까. 갑자기 더럭 겁이 났다. 인적이 끊긴 산길에서 연고도 없는 외국인 가족이 괴한의 습격을 받는 들 누가 도움을 줄 것인가.

아내는 다음날 밝을 때 와서 다시 보자며 되돌아가자고 졸랐다. 막 차를 돌리려는 찰라, 앞쪽으로 '하늘 부두'라는 여관이 보였다. 카운터에선 백인 부부가 우리를 빼꼼 내다보고 있었다. 야밤에 나타난 동양인을 보고 잠시 당황하는 눈치였던 부부는 아들과 딸을 보자 이내 표정이 바뀌었다. 주인 부부는 뜻밖에 친절했다. 열쇠를 주면서 방이 마음에 드는지 보고와도 괜찮다고 했다.

산 중턱의 절벽에 지은 여관은 2층짜리 목조건물이었다. 복도를 지날 때마다 삐걱삐걱 소리가 났다. 여관은 오래됐지만 내부는 깔끔했다. 침대는 정갈하게 정돈돼 있었고 화장실도 깨끗했다. 발코니로 나가니 채터누가의 야경이 펼쳐졌다. 멀리 테네시 강이 휘돌아가고 그 너머에선 작은 불빛이 반짝거렸다. 자세히 보니 공장의 감시등이었다. 보는 사람의 기분에 따라선 공장 불빛도 밤하늘 은하수처럼 보일 수 있는 법이다. 숙박료는 65달러였다. 산 아래 모텔의 세 배였다. 그러나 그림 같은 야경을 그냥 두고 산을 내려갈 수는 없었다. 사실 남부로 오면서 우리는 단단히 주의를 받았다.

"테네시 주는 남북전쟁 때 남군의 선봉에 섰던 주다. 지금도 인종차별 분위기가 많이 남아 있을 것이다. 인적 없는 곳에서 백인을 만나면 무조건 경계해야 한다."

그러나 그건 편견이었다. 편견은 다시 편견을 부를 뿐이다. 룩아웃 산의 백인 부부는 긴 여행에 지친 우리를 가족처럼 맞아줬다. 남부도 역시 사람 사는 곳이긴 매한가지였다.

이튿날 아침 여관을 나서니 전날 밤과는 사뭇 다른 풍경이 펼쳐져 있었다. 아침 산길은 가볍게 안개가 낀데다 향긋한 냄새까지 풍겼다. 조깅을 하는 사람들은 반갑게 눈인사를 하며 지나갔다. 사람의 마음은 얼마나 간사한 것인가. 귀신이 튀어나올 것만 같았던 산이 무릉도원처럼 느껴졌으니 말이다.

겁을 먹으면서도 전날 밤 어지간히 올라갔던 모양이었다. 여관을 나와 10여 분을 오르니 정상이었다. 여행안내소의 할머니 도우미가 소개했던 루비 폭포 푯말이 나타났다. 그런데 폭포가 있다는 곳엔 도랑물도 찾을 수 없었다. 알고 보니 폭포는 산 안에 있다는 것이었다. 폭포가 산 안에 있다고? 그것도 높이 44미터나 되는 폭포가?

룩아웃 산은 약 2억 년 전 대지진 때 솟아올랐다. 이때 생긴 바위틈으로 2억 년 동안 지하수가 흐르면서 돌을 녹여 동굴과 폭포를 만들었다. 그 덕분에 산 속에 폭포가 생겼다는 것이다.

입구엔 폭포를 찾아낸 부부의 일대기가 사진과 함께 소개돼 있었다. 채터누가는 중부의 교통요지다. 육로로는 사통팔달이요, 수로로는 미시시피 강을 따라 남과 북으로 이어진다. 이러니 철도가 이곳을 피해갈 리 없었다. 그러나 룩아웃 산이 가로막고 있었다. 철도를 놓자면 터널을 뚫어야 했다. 호기심 많은 인디애나 주 출신의 굴착기사였던 레오 램버트가 이곳에 온 건 바로 이때였다. 터널을 뚫기 위해 지질 조사를 하던 램버트는 이곳에 큰 동굴이 있다는 걸 눈치 챘다.

무릎을 친 램버트는 기차 터널을 뚫고 나자 곧바로 자신의 전 재산은 물론 주위 사람들 돈까지 긁어모아 동굴 찾기 벤처사업을 시작했다. 14개월 동안 수직으로 굴을 뚫어 가던 중 드디어 지하동굴을 만났다. 램버트 일행은 무려 17시간을 기어서 동굴을 탐험한 끝에 물 떨어지는 소리를 듣는다. 그리고 물소리가 들리는 곳을 미는 순간 벽이 허물어졌다. 수억 년 동안 인간의 발길을 거부했던 폭포가 마침내 모습을 드러낸 순간이었다. 램버트는 즉석에서 폭포에 자기 아내의 이름을 붙였다.

폭포로 가기 위해 엘리베이터를 탔다. 램버트가 루비 폭포를 찾기 위해 수직으로 팠던 땅굴이 엘리베이터 통로가 돼 있었다. 동굴 안에는 어른이 서서 다닐 수 있을 정도의 굴을 뚫어 놓았다. 그 옆으론 어른 한 사람이 겨우 빠져나갈 수 있을 정도로 비좁은 통로가 이어졌다. 램버트와 동료들이 기어서 탐험했던 길이다. 천장과 바닥 사이가 50센티미터나 될까. 중간에 끼어 오도 가도 못할 수도 있었을 텐데 17시간을 기어서 폭포를 찾아냈다니 지독한 사람들이다.

한참을 가도 폭포는 보이지 않았다. 아무래도 폭포 같은 게 있을 것 같지가 않았다. 얼마를 걸었을까. 갑자기 쏴 하는 소리가 요란하게 들렸다. 순간 천장이 뻥 뚫린 것처럼 높아졌다. 어둠 속에서 떨어지는 물방울이 얼굴을 때렸다. 뜸을 들이던 안내원이 조명 스위치를 올렸다. 거대한 폭포가 대낮 같은 서치라이트 조명을 받으며 위용을 드러냈다. 천장에 뚫린 구멍에서 폭포수가 뿜어져 나왔다. 쏟아진 물줄기는 40여 미터를 떨어지며 작은 방울로 변해 사방으로 흩어졌다.

안내원이 스위치를 누를 때마다 조명은 빨간색, 파란색, 노란색으로 변했다. 색깔이 달라질 때마다 폭포는 새 옷으로 갈아입으며 빼어난 자태를 자랑했다. 사람에겐 신묘한 자연의 볼거리지만 폭포로선 참으로 못할 짓이로구나.

룩아웃 산의 정상은 부자촌이었다. 산 아래 마을과 겉모습부터가 달랐다. 널찍한 정원에 각양각색의 집이 그림처럼 앉았다. 산꼭대기였지만 각 집으로 이어지는 길은 아스팔트로 깔끔하게 포장돼 있었다. 전날 밤 한국의 레이더 기지를 연상케 했던 산꼭대기의 불빛은 다름 아니라 부잣집의 경비

등이었다.

그러나 부자촌을 한바퀴 돌면서 호감은 짜증으로 바뀌었다. 산 아래를 내려다 볼 수 있는 곳은 죄다 부잣집 안마당이었기 때문이다. 관광객은 산 아래 경치를 내려다보고 싶어도 볼 수가 없었다. 아무리 돈이 최고인 세상이라지만 이건 너무한 게 아닐까.

산 아래 경치를 보려면 두 가지 방법이 있었다. 록 시티라는 공원에 가든가, 아니면 산 아래에서 정상까지 운행하는 트램을 타는 것이었다. 루비 폭포에서 세 가지를 한꺼번에 묶은 패키지 티켓을 팔았던 까닭이 그제야 이해가 됐다.

록 시티는 룩아웃 산에 자연적으로 생긴 조각을 볼 수 있는 공원이었다. 기기묘묘한 바위가 널려 있다. 이에 착안해 1928년 프리다 카터라는 사람이 이 일대를 사들여 4년 만에 유료공원으로 만들었다. 록 시티에 들어서다가 우리는 놀랄 수밖에 없었다. 공원안내서 중에 한국말로 된 게 있었기 때문이다. 중부의 시골도시에 한국말 안내서가 있다니! 인근에 한국 교민이 많이 사는 애틀랜타가 있기 때문이었겠지만 기분은 좋았다.

록 시티에 올라보니 남군과 북군이 왜 룩아웃 산을 놓고 그처럼 치열한 전투를 벌였는지 금방 이해가 됐다. 산 위에선 미국의 일곱 개 주가 한눈에 내려다보였다. 이곳이 뚫리면 남군의 근거지인 버지니아 주까지 거칠 게 없어진다. 남군으로선 룩아웃 산을 지키기 위해 사생결단을 할 수밖에 없었다. 산 아래에서 정상까지 1마일을 올라가는 트램 정거장 주변도 남북전쟁이 벌어졌던 격전장이었다.

남군은 1863년 동부 펜실베이니아 주 게티즈버그에서 대패한 뒤에도 로버트 리 장군의 지휘로 테네시와 버지니아에 진을 치고 장기전에 들어갔다.

룩아웃 산의 루비 폭포

남부에 웅크리고 있었던 남군에 마지막 결정타를 입힌 게 채터누가 전투였다. 룩아웃 산에 진을 친 남군은 대포를 쏘아대며 필사적으로 저항했지만 산을 포위당하는 바람에 보급이 끊겨 항복할 수밖에 없었다. 채터누가를 북군 손에 넘겨주면서 남군은 테네시 강을 잃었고, 본거지인 버지니아 주까지 물러나야 했다.

남북전쟁 하면 우리는 으레 흑인노예 해방을 떠올린다. 그러나 이곳 사람들은 남북전쟁을 전혀 다르게 설명했다. 당시엔 남부의 경제가 노예의 노동력에 더 많이 의존하고 있었기 때문에 남부는 북부의 급진적인 노예해방에 반대할 수밖에 없었다는 것이다. 이념이 아니라 경제적인 이해관계 때문에 발생한 전쟁이라는 얘기다. 채터누가에서 나눠주는 어떤 관광안내서에도 남북전쟁이 노예해방 전쟁이란 구절은 없었다.

남부 사람들에게 전쟁의 패배는 정치적인 굴욕은 물론 경제적인 파탄을 의미했다. 더욱이 남부에 관대했던 링컨 대통령이 암살되자 남부에 대한 북부의 강압통치는 극에 달했다. 말만 평화적인 통합이었지 군사통치와 다를 바 없었다. 1877년까지 남부의 모든 주가 연방에 합류했지만 자부심이 강한 남부 사람들은 굴욕의 경험을 잊지 않았다. 북부의 공화당을 배척하고 민주당을 무조건 지지하는 남부 지역을 일컫는 말인 '솔리드 사우스(Solid South)'는 여기서 나왔다.

남부의 이런 정서는 애틀랜타의 스톤마운틴 공원에도 투영돼 있었다. 스톤마운틴은 세계 최대의 화강암 산이다. 거대한 화강암 벽엔 세 명의 부조가 새겨져 있었다. 조지 워싱턴이나 에이브러햄 링컨 대통령이 아니냐고? 천만의 말씀이다. 세 사람은 남군의 영웅 데이비스 장군, 리 장군, 잭슨 장군이다. 이곳 사람들은 지금도 이들 남부의 장군들을 링컨 대통령보다 존경한다.

그러나 남부의 정서도 세월에는 당할 수 없었던가 보다. 2004년 미국 대통령 선거에서 공화당의 조지 부시 대통령은 남부를 석권했다. 반면 민주당의 존 케리 후보는 동북부와 서부에서 이겼다. 이 선거결과를 보면 솔리드 사우스란 말도 이젠 옛말이 된 것 같다.

미국 속의 스페인

북미대륙에 처음 발을 들여놓은 유럽 사람은 1492년 크리스토퍼 콜럼버스로 알려져 있다. 그러나 사실 콜럼버스가 상륙한 곳은 지금의 중미 산살바도르 부근이었다. 북미대륙 본토에 첫발을 내디딘 유럽 사람은 스페인 군인이었던 후앙 폰세 데 레온이었다.

레온은 콜럼버스의 2차 항해에 참여한 것으로 알려져 있다. 그는 훗날 콜럼버스가 건설한 푸에르토리코의 개발을 스페인 국왕으로부터 위임받고 북미대륙 탐험에 나섰다. 푸에르토리코와 쿠바 일대에 스페인 식민지를 세운 레온은 쿠바의 북쪽에 '젊어지는 샘'이 있다는 전설을 듣게 된다. 젊어지는 샘을 찾아 항해하던 레온은 1513년 지금의 플로리다에 상륙했다. 그리곤 아름다운 풍광에 반해 그곳에 스페인어로 '꽃이 피는 땅'이란 뜻인 플로리다라는 이름을 붙였다.

스페인으로 돌아간 레온은 61세가 되던 1521년 푸에르토리코로 다시 돌아갔다. 젊어지는 샘에 대한 미련을 버리지 못했기 때문이었다. 점점 노쇠해져가던 레온은 초조해졌고, 그의 무리한 항해는 원주민 부족과 잦은 충돌을 빚었다. 결국 젊어지기 위해 발버둥치던 레온은 원주민과의 전투에서 입은 부상 때문에 먼 이국땅에서 생을 마감하고 말았다.

그러나 레온의 탐험은 헛되지 않았다. 그가 플로리다를 발견한 덕분에 스페인은 북미대륙 본토에 영토를 갖게 됐다. 플로리다에 스페인어로 된 지명이 많은 것은 이 때문이다. 스페인 땅이 된 플로리다는 18세기에 주인이 수차례 바뀐다. 프랑스와 전쟁을 벌여 캐나다를 손에 넣은 영국은 1763년 스페인과 비밀협정을 맺었다. 향후 20년 동안 스페인이 프랑스 땅이었던 루이지애나를 차지하는 대신 플로리다를 영국에 내주기로 한 것이었다.

플로리다를 손에 넣은 영국은 20년 동안 지금의 조지아 주와 플로리다 주의 잭슨빌, 세인트오거스틴을 잇는 도로를 완성했다. 이 도로의 완성으로 잭슨빌은 일약 플로리다의 중심도시로 부상했다. 약속한 20년이 지난 1783년 영국은 플로리다를 스페인에 돌려줬고, 스페인은 루이지애나를 프랑스에 반납했다. 그 사이 미국은 영국으로부터 독립했다.

루이지애나를 되찾은 프랑스의 나폴레옹은 노심초사했다. 영국이 호시탐탐 루이지애나를 노렸기 때문이다. 나폴레옹은 루이지애나를 영국에 빼앗기느니 차라리 미국에 팔아버리자고 결심했다. 유럽에서 전쟁을 벌이고 있었던 나폴레옹은 돈도 궁했다. 결국 프랑스는 1803년 루이지애나를 미국에 팔았다.

중남미에 치중했던 스페인도 플로리다를 관리할 여력이 없었다. 신생 독립국인 미국의 힘은 점점 강해졌다. 위기에 처한 스페인은 1819년 미국과 거래하는 길을 택했다. 미국 북서부 오리건 지역과 플로리다를 미국에 파는 대신 텍사스에 대한 권리를 인정받기로 한 것이었다. 이때부터 플로리다는 미국 땅이 됐다.

영국이 세운 잭슨빌은 플로리다의 북동부에 자리 잡고 있다. 남에서 북으로 흐르는 미국의 강 가운데 가장 긴 세인트존스 강이 잭슨빌을 관통한다. 그 강에 놓인 버크만이란 다리의 사진을 찍기 위해 강을 따라 다운타운 쪽으로 올라갔다.

강변으로 나가는 길을 찾아 헤매는데 '여행안내소'라는 간판이 보였다. 옳다구나, 지도를 얻어야겠다며 차를 돌렸다. 그런데 토요일 아침에 웬 차량 행렬일까. 차량이 20미터가량 늘어서 있었다. 줄 끝에 차를 댄 뒤 앞을 보니 경찰이 검문을 하고 있었다. 운전자들이 하나씩 운전면허증을 내보이고 있었다. 서둘러 나도 면허증을 꺼내 들었다. 내 차례가 됐다. 점잖게 면허증을 내밀었다.

동양인인데다 선글라스까지 끼고 있었기 때문일까. 면허증을 받아든 흑인 경찰은 두어 번 나와 차를 번갈아 보더니 물었다.

"도대체 어디 가는 겁니까?"

"어딜 가긴요, 여행안내소에 가지. 요즘 날씨 좋죠?"

"무슨 소린지 모르겠네."

"이곳 지리와 여행 정보 좀 얻으러 간다니까요."

"나 참! 이곳은 미 해군기집니다. 해군에서 발급한 신분증이 없으면 들어갈 수 없습니다. 입구에 있는 방문객 안내소에 가서 출입증부터 받으세요!"

"예? 해군기지요?"

운전자들이 내밀었던 것은 운전면허증이 아니라 해군 신분증이었다. 등줄기를 타고 뭔가 미지근한 게 주르륵 흘러내렸다. 나는 왜 거기서 운전면허증을 내밀 생각을 했을까. 그건 순전히 개인적인 경험 때문이었다. 최근 미국에선 외국인에게 운전면허증을 잘 발급해주지 않는다. 운전면허증은 가장 확실한 신분증이 되기 때문이다. 어렵게 딴 면허증이었기에 어디서든

통할 줄 알았던 것이다.

기지를 빠져나와 지도를 다시 보니 세인트존스 강변의 한쪽은 해군 기지가 차지하고 있었다. 기지를 우회하기엔 너무 멀다. 그렇다면 강 건너편은 어떨까. 다리 건너 강변은 부자동네였다. 강가로 가는 샛길이 나올 때마다 들어가 봤으나 끝자락엔 어김없이 '이곳은 사유집니다. 들어오면 결딴냅니다!'라는 푯말이 보였다. 하다못해 시민공원이라도 있겠거니 하는 기대는 30분쯤 지나자 다시 한번 '망할 자본주의 천국!'이란 푸념으로 바뀌었다.

하는 수 없이 계속 남하할 수밖에 없었다. 잭슨빌에서 남쪽으로 두어 시간 내려가면 세인트오거스틴이란 도시를 만난다. 바로 레온이 젊어지는 샘을 찾아 헤매다 처음 상륙한 곳이다. 우리나라에선 동네 절도 수백 년 된 곳이 부지기수이지만 미국에선 400년 넘은 백인 도시도 손가락으로 꼽을 정도다. 골동품에 대한 미국 사람들의 광적인 집착은 아마 이런 일천한 역사에서 생겨난 보상심리일지도 모르겠다.

플로리다를 손에 넣은 스페인은 북미 동부해안에 상륙한 영국을 막기 위해 세인트오거스틴에 요새를 만들었다. 도시 동쪽에 바다와 맞닿은 곳이 카스트로 데 산 마르코(Castro de San Marco)라는 요새다. 강화도의 초지진과 비슷하게 생겼는데 규모가 조금 더 컸다. 3층 건물 높이의 성곽이 사각형으로 둘러쳐져 있었다. 요새 안에는 작은 방이 성곽을 따라 돌아가며 자리 잡고 있었다. 탄약고, 식당, 숙소 등으로 사용된 방들이었다. 나선형 계단이 요새 꼭대기까지 이어졌다.

요새 위에 올라서 보니 한편으론 바다가 펼쳐지고 다른 한편으론 유럽의 어느 마을을 옮겨놓은 듯한 건물들이 보였다. 사방을 돌아가며 대포가 설치돼 있었다. 작은 요새였지만 사방이 탁 트인 지형 때문에 수많은 영국군의 공격에도 끄떡없었다.

마침 요새 앞에선 18세기 스페인 군인 복장을 한 병사들이 구식 장총을 들고 나와 화약을 장전하고 총을 발사하는 시범을 보이고 있었다. 잠시 후 천지가 진동하는 소리가 났다. 구식 장총이라고 우습게 볼 게 아니었다. 미국 사람들이 스페인 군대의 복장을 하고 스페인식 장총을 들고서 옛 모습을 재현하고 있는 게 어딘지 어색했지만 아무도 그런 것에 신경을 쓰는 눈치는 아니었다.

구시가를 관통하는 세인트조지 거리는 온통 스페인어 간판에, 스페인 노래에, 스페인 의상을 입은 호객꾼들로 가득했다. 밥을 먹고 가라, 초콜릿을 사가라, 와인을 맛보라, 선물가게를 구경해라……. 거리 초입에는 미국에서 가장 오래된 초등학교 건물이 서 있었다. 다 쓰러질 것 같은 목조 건물에 각종 안내문이 다닥다닥 붙어 있었다. 제법 골동품 냄새가 났다. 그 순간 갑자기 위쪽에서 "학생들 거기서 뭐해. 빨리 교실로 들어와야지" 하는 소리가 들렸다. 녹음기를 단 마네킹이었다. 일정한 간격으로 이층 창문 밖으로 나와 그렇게 소리치도록 해놓은 것이다. 유럽의 고풍스런 도시에 와 있다는 기분 좋은 착각이 확 깨는 느낌이었다. 거리 안에는 포도주 도가와 스페인식 음식을 파는 레스토랑, 선물가게, 바가 즐비했다. 어딜 가나 시끌벅적했다.

세인트오거스틴의 한가운데 헨리 플래글러가 세운 대학이 있다. 플래글러는 플로리다의 아버지로 일컬어지는 인물이다. 지금이야 플로리다 하면 잘사는 동네로 쳐주지만 1880년대만 해도 쿠바를 왕래하는 마약 밀수꾼과 해적의 소굴이었다. 그런 플로리다에 뉴욕까지 이어지는 철도를 놓은 사람이 플래글러다. 길이 뚫리니 돈 많은 뉴욕 갑부들이 앞 다퉈 몰려온 건 당연했다. 따뜻한 날씨에 그림 같은 해변이 널렸으니 부자들의 별장이 들어서는

데이토나 비치 인근의 플로리다 동부 해변

건 시간문제였다.

플래글러 덕분에 플로리다는 미국 최고의 휴양지로 거듭났다. 그러나 해변에 땅을 갖지 못한 서민은 바다 구경을 할 수 없게 됐다. 해변을 따라 이어진 부잣집은 문이 굳게 닫혀있는데다 첨단 도난방지 시스템으로 무장하고 있어 접근이 불가능했다. 제주도 해안이나 강원도 해안에 부잣집이 연이어 있어 서민은 백사장 구경도 할 수 없다면 어떻게 될까. 우리나라에선 상상도 할 수 없는 일이지만 '자본주의 천국'에선 아무렇지도 않은 모양이었다.

플로리다의 동부 해안을 따라 내려가는 국도가 에이원에이(A1A)다. 이 길을 따라 남쪽으로 달리면 파도가 치는 대서양을 마음껏 구경할 수 있지 않을까. 그러나 우리의 기대는 다시 한번 자본주의 천국이란 벽에 부딪쳤다. 경치가 좋은 해변은 모조리 부잣집이나 호텔이 차지하고 있었다.

바다를 볼 수 없는 해변도로를 지루하게 달린 탓에 데이토나 비치에선 아이들을 풀어놓을 수밖에 없었다. 사흘째 강행군을 계속 해왔지만 잘 참고 견뎌준 아이들이 대견했다. 아이들은 바다를 보자 물 만난 고기처럼 생기가 돌았다. 모래장난과 갈매기 쫓기로 시간가는 줄 몰랐다.

데이토나 비치는 우리나라 서해안의 안면도나 백령도처럼 차로 달릴 수 있는 해변이었다. 드넓은 해변엔 차들이 만들어놓은 바퀴자국이 어지럽게 나 있었다. 그 유명한 해수욕장이 어쩌면 그렇게 깨끗할까. 휴지조각 하나 찾아보기 어려웠다. 해수욕장 자체야 안면도에 비해 그리 인상적일 게 없지만 깨끗함이 부러웠다.

우리나라의 서해 바닷가도 데이토나 비치에 조금도 빠질 게 없건만 양쪽의 모습은 어찌 그렇게 대조적일 수 있을까. 자본주의 천국을 욕만 했지 그들이 천국을 만들기 위해 들이는 노력과 책임의식은 외면했던 게 아닐까.

만화세상의 꿈과 현실

만화는 현실의 제약을 벗어나고 싶은 사람에게 훌륭한 도피처다. 빗자루를 타고 하늘을 날았다가, 신데렐라 성의 공주가 되기도 하고, 우주 공간에 홀로 떠 있는 꿈같은 일들이 만화 속에선 맘대로 된다. 돈도 필요 없고 인종이나 신분의 제약도 없다.

그래서 지켜야 할 규칙이나 넘을 수 없는 벽이 많은 사회일수록 만화의 마력은 강해지게 마련이다. 미국 사람들이 휴가 때 가장 가고 싶어 하는 곳 중 하나가 플로리다 주의 올랜도인 이유도 바로 이곳에 만화 같은 세상이 있기 때문이 아닐까.

1971년 10월 1일 디즈니월드가 문을 열기 전까지 올랜도는 오렌지 나무로 뒤덮인 농촌이었다. 올랜도의 역사를 바꾼 사람은 월트 디즈니다. 그는 1901년 일리노이 주 시카고에서 태어났다. 미주리 주 시골에서 어린 시절을 보낸 디즈니는 일찍부터 만화에 소질을 보였다. 일곱 살 때는 직접 그린 그림을 팔기도 했다. 그때 그림을 보관하고 있다면 엄청난 보물이 될 테지만 당시 그 누가 코흘리개 시골 소년이 세상을 바꿀 사업가가 될 줄 알았으랴.

1차대전이 끝난 뒤 캔자스시티로 돌아간 그는 광고만화가로 사회에 첫발을 내딛게 된다. 디즈니의 창의성은 이때부터 꽃을 피우기 시작했다. 만화는 만화고, 영화는 영화였던 시절 그는 실제 영화에 만화 주인공을 등장시키는 새로운 개념의 만화영화를 구상했다.

1923년 그는 단돈 40달러와 작품 하나를 달랑 들고 할리우드로 갔다. 그러나 할리우드의 벽은 높았다. 시골뜨기 만화가에게 선뜻 투자할 사람은 많지 않았다. 5년 동안 각고의 노력 끝에 디즈니는 세계 최초의 유성 애니메이선 영화인 〈증기선 윌리〉로 미키마우스를 데뷔시켰다. 결과는 대성공이었다. 미키마우스는 바로 영화계 신데렐라로 떠올랐다.

1932년 〈꽃과 나무들〉이란 애니메이션으로 첫 아카데미상을 받은 디즈니는 일생 동안 무려 32차례나 아카데미상을 받았다. 1937년엔 세계 최초의 장편 애니메이션인 〈백설공주와 일곱 난장이〉를 발표해 애니메이션 영화 시대를 열었다. 1940년 로스앤젤레스에 애니메이션 영화를 위한 스튜디오를 열었을 때 디즈니사에는 미술가, 애니메이터, 스토리작가 등으로 이뤄진 직원이 1000명을 넘어섰다. 불과 10여 년 전만 해도 상상도 할 수 없었던 새로운 회사와 새로운 직업과 새로운 상품을 만들어낸 것이다. 인류의 역사는 수만 명의 보통사람보다는 한 사람의 천재가 바꿀 때가 많다.

1955년 디즈니는 또 하나의 역사를 창조해냈다. 바로 로스앤젤레스에 세운 테마파크 디즈니랜드다. 놀이공원이야 그 전에도 있었다. 그러나 디즈니의 애니메이션에 등장했던 주인공을 테마로 세운 놀이공원은 그 누구도 생각지 못했다. 디즈니의 상상력은 여기서 그치지 않았다. 1965년 그는 디즈니랜드보다 100배나 더 큰 디즈니월드를 구상했다.

디즈니는 새 천년이 시작되는 2000년을 염두에 두고 인류의 새로운 공동체의 모형을 디즈니월드에 만들고자 했다. 그 구상의 결정판이 '미래의 실험적 공동체 사회(Experimental Prototype Community of Tomorrow)'의 약자를 딴 엡콧(EPCOT)이란 테마파크다. 이곳에 문을 연 세계 각국의 전시관은 전 세계인이 평화로운 새 시대를 열자는 메시지를 담고 있다.

그러나 디즈니는 5년 뒤 엡콧이 완공되는 걸 보지 못하고 1966년 폐암으로 숨을 거뒀다. 구심점을 잃은 회사는 망하는 경우가 많다. 그러나 디즈니사는 창업자가 사망한 뒤에도 훌륭한 경영자를 영입해 사세를 더 키웠다. 우편

배달원 출신이었던 워커에 이어 1984년 아이스너가 최고 경영자로 취임한 이후 디즈니는 〈인어공주〉(1989), 〈귀여운 여인〉(1990), 〈미녀와 야수〉(1991), 〈알라딘〉(1992)을 잇달아 성공시켰다. 1995년엔 멀티미디어 산업에 진출하기 위해 ABC 방송사를 인수하기도 했다.

디즈니는 미국의 수많은 보통사람들에게 꿈과 희망의 메시지를 남겼다. 그러나 디즈니의 만화세상에 대한 비판도 만만치 않다. 디즈니의 애니메이션은 한결같이 해피 엔딩이다. 중간에 아무리 험난한 모험과 고난이 있다 해도 끝은 항상 아름답게 맺는다. 좋게 보면 꿈나라에서나마 행복을 맛보게 하는 게 어떠냐고 말할 수 있을 것이다. 그러나 달리 본다면 사람들에게 헛된 꿈을 심어줘 현실의 부조리로 눈을 돌리지 못하게 하는 아편일 수도 있다. 피로 얼룩진 북미대륙 원주민의 역사를 돌이켜본다면 디즈니의 애니메이션 〈포카혼타스〉가 가당키나 한 얘기인가.

올랜도엔 디즈니월드 말고도 볼거리가 넘쳤다. 테마파크만 유니버설 스튜디오, 교회 거리(Church Street), 중국거리(Splendidchina), 씨월드가 있다. 초대형 워터파크만도 디스커버리 코브, 웻 앤 와일드, 워터매니아 등 세 곳이나 됐다. 디즈니월드 안에만 네 개의 테마파크와 두 개의 워터파크가 있다. 소규모 테마파크와 놀이공원은 몇 개나 될지 수를 헤아리기도 어려웠다. 시내에서 두 시간 이내 거리에는 부시가든이란 테마파크와 케네디 우주센터가 또 있었다. 저녁에는 갖가지 디너쇼와 공연이 펼쳐진다.

제대로 다 보기 위해선 보름도 모자랄 판이었다. 미국 사람들이 올랜도에서 보내는 휴가기간은 평균 5일이라고 한다. 우리는 2박 3일 동안 머물기로 했다. 이 때문에 디즈니월드의 테마파크 가운데 매직킹덤과 유니버설 스튜디오, 케네디 우주센터 세 곳만 보기로 했다.

디즈니월드에는 매직킹덤, 애니멀킹덤, 엡콧, MGM스튜디오 등 네 개의 테마파크와 블리자드 비치, 타이푼 라군이란 두 개의 워터파크가 있다. 매직킹덤은 디즈니의 만화영화에 나오는 테마로 만든 놀이공원이고, 애니멀킹덤은 동물원, MGM 스튜디오는 영화촬영 세트장이다.

디즈니랜드를 보지 못한 관광객의 입장에선 엡콧보단 매직킹덤이 더 끌렸다. 영화 세트장으론 MGM 스튜디오보다 유니버설 스튜디오의 규모가 더 컸다. 동물원 가운데 한 곳을 더 가보고 싶었지만 일정이 허락하질 않았다.

올랜도 시에 들어서니 저녁 6시가 넘었다. 유니버설 스튜디오 쪽에서 숙박료를 알아봤다. 60달러 선이었다. 사흘 머물 작정이었기에 숙박료 부담이 컸다. 그나마 남은 방도 없었다. 추수감사절 연휴라 방이 모자랐던 것이다. 텅 빈 쇼핑센터 주차장에 차를 세우고 쿠폰 북을 뒤적이고 있는데 친절한 현지 주민이 값싼 숙소를 찾는다면 키시미 지역으로 가보라고 권했다. 키시미는 디즈니월드 입구인데다 30달러대의 괜찮은 모텔이 몰려있는 곳이었다.

이튿날 디즈니월드에선 우선 넓이에 질렸다. 매직킹덤에 가는 데만도 자동차로 주차장까지 한참 들어간 뒤 트램을 타고 입구까지 가서 입장권을 끊고는 다시 모노레일이나 배를 타고 들어가야 했다. 넓다고 다 좋은 건 아니다. 걸어서 그 넓은 델 다 돌아다녀야 하니까.

매직킹덤은 인파로 넘쳤다. 그냥 줄을 서서 놀이기구를 이용하자면 하나 타는데 족히 한 시간 이상을 기다려야 했다. 다행히 요즘 한국의 테마파크에도 도입된 예약제가 있었다. 인기 있는 놀이기구는 시간을 예약해놓고 다른 곳에서 놀다가 정해진 시간에 가면 기다리지 않고 탈 수 있었다.

매직킹덤에서 가장 인기 있는 어트랙션은 '미래의 땅'에 새로 선보인 X-S라는 코너였다. 생명체도 순식간에 공기처럼 분해해 무선으로 먼 곳에 보낼 수 있는 기술을 가진 우주의 한 혹성에서 사고가 일어난다. 실수로 우주 괴물을 올랜도의 테마파크에 보낸 것이다. 이 괴물이 X-S에 설치된 유리통을 부수고 난동을 부리다 극적으로 진압된다는 게 이 코너의 줄거리였다. 황당한 얘기지만, 어차피 여긴 만화세상이니까.

그런데 잠시 후 벌어진 일들은 실제상황을 방불케 했다. 멀쩡하던 초대형 유리통이 눈앞에서 쩍 갈라졌다. 갑자기 불이 꺼지면서 괴물이 사람을 잡아먹어 피가 튀고 비명이 들렸다. 그리곤 유리통 안에서 바람과 물기가 확 쏟아져 나와 관람석을 덮쳤다. 아무리 만화라지만 닭살이 돋았다. 이윽고 불이 켜지고 상기된 채 나오는데 광고판 하나가 눈에 들어왔다.

'여러분이 즐기신 X-S는 페덱스의 협찬으로 만든 것입니다.'

페덱스는 유피에스와 함께 미국 운송업계의 쌍벽을 이루는 업체다. 그 광고판 밑엔 물건뿐만 아니라 사람도 무선으로 원하는 곳에 배달하는 게 페덱스의 꿈이라며 모형까지 만들어 놓았다. X-S가 결국은 페덱스의 미래라는 얘기다. 참 기상천외한 기업광고다.

매직킹덤엔 놀이기구 말고 두 가지 볼거리가 더 있었다. 하나는 하루 두 차례 벌이는 퍼레이드다. 디즈니의 만화에 나오는 캐릭터들이 온갖 치장을 하고 매직킹덤의 가운뎃길을 따라 가장행렬을 벌인다. 다른 하나는 밤 8시에 하는 불꽃놀이다.

불꽃놀이야 어디서나 잘 보이지만 퍼레이드는 행렬이 지나는 도로 양편 가장자리를 잡지 않으면 제대로 볼 수 없었다. 낮 퍼레이드를 먼발치에서 보아야 했던 우리는 저녁 퍼레이드라도 제대로 보기 위해 20분전에 갔다. 그러나 가장자리는 고사하고 도로 양편 인도에도 벌써 사람이 꽉 들어찼다.

딸은 "신데렐라 공주님을 꼭 만나야 한다"며 성화였다. 할 수 없었다. 도로 안쪽으로 뛰어들었다. 우리 일행에게 수많은 시선이 날아온 건 물론이었다. 마침내 도로 옆 인도 한편에 두 사람 정도가 앉을 수 있는 공간을 발견했다. 그곳엔 도로 가장자리 쪽으로 유모차가 한 대 있었다. 아마 누군가 유모차로 자리를 잡아놓고 잠시 자릴 비운 모양이었다. 이 때문에 유모차 뒤편 인도에 공간이 좀 남아 있었다. 염치불구하고 끼어 앉았다.

잠시 뒤 어린아이를 안은 백인부부가 나타났다. '저 사람들이 유모차의 주인들이로구나.' 속으로 짐작하고 있는데 이 부부의 행동이 왠지 수상쩍었다. 길가에 세워진 유모차를 엉덩이로 슬며시 안쪽으로 밀더니만 도로 턱에 걸터앉는 것이었다. 아니나 다를까. 잠시 후 늙수그레한 백인 부부가 아이 둘을 데리고 나타났다. 유모차의 진짜 주인이었다. 그 부부의 황당한 표정이란.

중년 아저씨는 대놓고 말은 못하고 애꿎은 유모차를 마구 흔들어대며 시위를 했다. 우리야 유모차 뒤에 앉았으니 괜찮았지만 앞자리를 차지한 백인 부부는 의당 벌떡 일어서야 마땅했다. 그러나 젊은 백인 부부는 유모차 시위에도 불구하고 먼 산만 바라보며 딴청이었다.

그리 넉넉지 않아 보이는 젊은 부부가 이곳에 오자면 몇 년을 별러야 했을 것이다. 어렵게 와서 딱 한 번 보는 퍼레이드이니 체면이고 예절이고 따질 여유가 없었으리라. 하지만 '실례합니다'를 연발하는 미국 사람들에게선 느낄 수 없었던 사람냄새가 이날 밤 젊은 미국인 부부에게서 짙게 풍겨왔다.

디즈니월드가 만화세상의 결정판이라면 유니버설 스튜디오는 영화 세상의 백미다. 디즈니와 유니버설의 입구에서 짐 검사를 까다롭게 했다. 9.11 테러의 충격이 여기까지 미쳤구나 하고 짐작을 하고 있는 찰라, 웬 히스패닉계 아주머니가 입구의 경비요원과 실랑이를 벌이기 시작했다.

아줌마 옆엔 유모차 한 대와 캔 맥주 수십 통이 수북이 쌓여 있었다. 유모차 안을 슬쩍 보니 얼음을 가득 채운 아이스박스가 점잖게 앉아 있었다. 유모차 안에 맥주를 숨겨 들여오다 들통 난 것이었다. 아기가 누워야 할 자리에 맥주를 담은 아이스박스라. 이곳 사람들은 유모차를 참 여러 가지 용도로 사용한다. 디즈니에선 자리 잡는 도구로도 이용하더니만. 유니버설 안에서도 맥주는 팔지만 값이 비싸다 보니 맥주나 위스키를 숨겨 들어오다 들켜서 곤욕을 치르는 사람이 많았다. 그렇지만 안에서 맥주를 팔면서 못 가져가게 하는 건 아무래도 야박한 장삿속이랄 수밖에 없었다.

유니버설에선 처음부터 예약제를 이용했다. 이곳의 놀이시설은 유니버설의 영화에 사용된 세트였거나 그 세트를 응용해 만든 것이었다. 영화 〈트위스터〉 세트장에선 갑자기 하늘에서 폭우가 쏟아지고, 코앞에 있는 나무가 벼락을 맞아 쩍 갈라지며, 주유소가 화염을 내면서 폭발했다. 〈조스〉를 테마로 한 세트에서도 바다 위 기름 탱크가 터져 그야말로 불바다를 연출했다.

각 코스엔 마치 영화 속 장면처럼 연기를 하는 안내요원이 있었다. 하루에도 수십 번 똑같은 대사와 연기를 되풀이할 텐데 어쩌면 저렇게 열심히 할까. 관람객들 역시 썰렁하다 못해 닭살까지 돋는 안내요원의 대사와 연기에 탄성을 지르며 신나게 박자를 맞췄다.

그래 어쩌면 그게 현명한 태도일지 모르겠다. '어 저기 조스의 아래턱 오른쪽 두 번째 어금니의 페인트칠이 벗겨졌네' 하면서 꿈 깨는 소리만 하는 것보다는 말이다. 어차피 가짜란 건 다 아는 사실이다. 그걸 확인하려고 여기까지 온 건 아니니까.

유니버설에서 사람이 제일 많이 몰리는 세트 중 하나는 영화 〈백 투 더 퓨처〉 세트였다. 영화에 나온 타임머신 자동차를 타고 과거와 미래를 넘나들며 '비프'란 골통을 잡아오는 게 줄거리다. 자동차는 상하좌우로 움직일 뿐이었다. 그러나 3차원 영상기술은 마치 우리가 수직으로 솟아올랐다가 용암 속으로 떨어지는 것 같은 착각을 일으키게 했다.

영상기술에 감탄을 하고 나온 우리는 그만 속 쓰린 장면을 보고 말았다. 〈백 투 더 퓨처〉는 일본의 도요다 자동차가 협찬했다는 내용의 광고판이었다. 세트 앞엔 도요타가 기증한 타임머신 자동차가 서 있었다. 저 자리를 한국 자동차가 차지했더라면 얼마나 좋았을까.

쓰린 입맛을 다시며 '괴기 분장 쇼'를 마지막 코스로 잡았다. 일찍 가서 줄을 선 덕분에 무대 바로 아래쪽 가운데 자리를 잡았다. 잠시 후 남녀 진행자가 나오더니 오늘의 도우미를 해줄 자원자를 찾는다고 했다. 문화의 차이일까. 우리는 혹시라도 진행자와 눈이 마주칠까봐 괜스레 딴청을 부렸다. 그러나 미국 사람들은 서로 하겠다고 아우성이었다. 왼쪽부터 손 든 사람들을 쭉 훑어보던 진행자는 느닷없이 "무대 앞쪽에 앉은 숙녀 분을 모시겠습니다" 하는 것이었다.

웬 숙녀? 좌우를 아무리 둘러봐도 숙녀 기준에 들 만한 사람은 아내밖에 없었다. 설마 했지만 진행자는 벌써 아내 앞으로 다가와 얼른 올라오라고 손짓하고 있었다. 살다보니 참 별꼴을 다 보겠네. 수많은 관객들의 눈길이 우리 가족에게 쏟아졌다.

그러나 이날 임자 만난 건 진행자였다. 가짜 사람 팔을 갑자기 아내에게 던져도 눈 하나 깜짝 안 하자 진행자가 몸이 달았다. 결국 진행자는 아내의 팔을 자르는 연기를 하면서 귓속말로 "제발 소리 좀 질러주세요"라고 사정을 해야만 했다.

사람 팔을 안겨도 태연하던 아내가 팔을 자르는 퍼포먼스에선 갑자기 비명을 질러대며 뒤로 넘어가니 관객들이 혼비백산했다. 네 살배기 딸이 "엄마 팔을 자르지 마세요"라며 울음을 터뜨리자 장내는 웃음바다가 됐다. 퍼포먼스가 끝나고 나오다 마주친 관람객들이 모두 우리에게 눈인사를 했다.

다운타운의 '플로리다 몰' 이란 초대형 쇼핑센터는 미국에서도 알아주는 쇼핑가다. 주변엔 먹고 마시고 노는 장소가 밀집했다. 지진으로 한쪽이 반쯤 땅속으로 가라앉은 것 같이 지은 레스토랑, 이집트 피라미드 같은 나이트클럽……. 플로리다 몰은 상가가 6000여 개나 들어선 초대형 쇼핑센터였다. 전 세계의 유명 의류, 가방, 보석, 가구 등 없는 게 없을 정도였다. 우리 상식으론 잘 이해가 안 갔다. 용인 에버랜드에 놀러간 김에 용인 시내에 가서 수백만 원 하는 루이뷔통 옷을 사온다? 강릉 경포대서 놀다가 밤에 강릉 시내에 가서 수십만 원짜리 캠코더를 사온다?

그러나 미국의 유명 관광지엔 어김없이 대형 쇼핑몰이 있다. 부자들이 많이 가는 휴양지일수록 사치품을 파는 쇼핑몰이 많다. 평소엔 시간이 없으니 휴가 왔을 때 맘 놓고 쇼핑하라는 얘기다. 딴엔 그럴듯하다. 올랜도엔 플로리다 몰 말고도 동네마다 아웃렛이 즐비했다. 디즈니나 유니버설 놀러왔다가 쇼핑하고 가는 관광객이 그만큼 많다는 얘기다. 우리나라도 관광지에 먹자골목만 조성할 게 아니라 아웃렛이나 쇼핑몰을 만들면 어떨까.

숙소로 돌아와 밀린 빨래를 하기 위해 세제를 사러 동네 슈퍼에 갔다. 미국의 여관엔 동전만 넣으면 사용할 수 있는 세탁기와 건조기가 어디나 있다. 숙박료가 비싼 곳은 세제를 갖춰 놓기도 하지만 싼 여관에선 각자 준비해야 한다.

세제를 사서 나오다 슈퍼 한쪽 귀퉁이에 '표란 표는 다 있음' 이란 간판이 보였다. 뭔가 보니 디즈니와 유니버설은 물론 올랜도에 있는 거의 모든 테

유니버설 스튜디오의 석양

마 파크와 디너쇼 티켓을 싸게 파는 곳이었다. 마침 카운터를 지키는 인도인이 있었다. 혹시나 해서 물어봤더니 디즈니와 유니버설 표를 정가보다 10~20퍼센트나 싸게 파는 게 아닌가! 세제 한 통 사는 데 10센트 아끼자고 이 슈퍼 저 슈퍼를 전전하며 다리품을 팔았는데.

케네디 우주센터 표도 있냐고 물었다. 인도 아저씨는 신바람이 나서 어른 1인당 27달러 56센트인 표를 23달러 50센트에 살 수 있다고 설명했다. 한 장당 4달러 6센트 할인해주는 셈이었다. 그러나 지금은 표가 없고 내일 가는 길에 자기네 본사에 들르면 표를 구할 수 있다는 것이었다.

'저 표를 믿을 수 있을까. 플로리다엔 사기꾼이 많다던데.'

애써 아픈 배를 달래며 숙소로 돌아왔다. 그러나 첫날엔 눈에 안 띄던 광고문구가 모텔 앞에도 붙어 있었다. '표란 표는 다 있음.' 이럴 수가! 유니버설에서 도요타 자동차를 보고 아팠던 배가 다시 쓰려왔다.

악어의 천국 케네디 우주센터

1957년 10월 4일 미국인들은 경악했다. 라이벌인 소련이 인류역사상 처음으로 스푸트니크 1호라는 인공위성을 우주로 쏘아 올리는 데 성공했기 때문이었다.

인류의 우주개발 꿈은 아이러니컬하게도 미국과 소련이 핵탄두를 탑재할 대륙 간 탄도미사일 개발경쟁을 벌이다 잉태했다. 상대방의 심장부에 핵폭탄을 떨어뜨리기 위해 대륙을 건너갈 수 있는 미사일을 개발하다가 인공위성을 쏘아 올릴 수 있는 로켓을 만든 것이다.

소련에게 선수를 빼앗긴 미국은 금방 전열을 정비했다. 당시까지만 해도 미국의 우주계획은 육해공군이 제각기 중구난방으로 추진했다. 이래선 안 되겠다고 판단한 미국 정부는 1915년 창설한 국가항공자문위원회(NACA)를 모태로 1958년 미국항공우주국(NASA)을 발족시켰다. 이때부터 미국에서 추진된 모든 우주계획은 나사가 주관했다.

자신감을 얻은 젊은 미국 대통령 케네디는 1961년 인간을 달로 보내는 프로젝트를 1960년대가 다 가기 전에 성공시키겠다고 장담했다. 달에 인간을 착륙시키겠다는 꿈이 바로 아폴로 계획이었다. 나사는 즉각 아폴로 계획을 위해 유인 로켓을 쏘아 올리는 머큐리 계획과 유인 우주선을 지구 궤도에 올리는 제미니 계획을 추진하기 시작했다.

그러나 초반전은 소련의 일방적인 우세였다. 미국이 유인 로켓을 처음 쏘아올리고 있을 때 소련은 벌써 보스토크 1호에 유리 가가린 소령을 태워 지구궤도를 돌고 오게 하는 수준에 이르렀다. 나사의 직원들은 가가린이 우주에서 지구는 푸른색이라며 감격해하는 장면을 그저 텔레비전으로 지켜봐야 했다.

미국이 소련을 따라잡기 시작한 것은 제미니 계획의 후반부에 들어서면서였다. 사람이 최초로 우주선 밖으로 나가 유영하는 데 성공한 것은 미국이었다. 1965년엔 프랑스가 자체 개발한 로켓으로 인공위성을 쏘아 올려 10년간 이어진 미국과 소련의 우주개발 과점시대가 막을 내렸다.

머큐리 계획과 제미니 계획을 통해 충분한 자료와 경험을 축적한 나사는 1968년 드디어 아폴로 7호를 달로 보냈다. 그러나 아폴로 10호까지는 달 궤도를 돌면서 달에 대한 정보 수집과 착륙 연습만 했다. 마침내 1969년 7월 21일 오전 11시 56분 20초. 암스트롱, 올드린 2세, 콜린스 등 세 명의 우주인이 인류 최초로 달 표면에 착륙했다.

미국은 이후 아폴로 17호까지 일곱 차례 우주선을 달로 보내 총 385킬로 그램의 월석과 모래를 가지고 왔다. 11호 이후 유일하게 13호만 달로 가던 중 산소연료통이 폭발하는 바람에 달 착륙에 실패하고 지구로 귀환했다. 이 얘기는 〈아폴로 13호〉란 할리우드 영화로도 소개된 적이 있다.

아무튼 미국은 달에 우주인을 보낼 때마다 각종 측정장비를 달 표면에 심어 달 내부의 지질을 알아내는 성과를 올렸다. 달에 무진장한 지하자원이 있다는 사실도 이때 알게 됐다. 우리나라도 미국으로부터 달의 모래를 얻어와 지구식물을 키우는 실험을 했다. 놀랍게도 달의 모래에서 지구식물이 두 배나 빨리 자랐다. 인간이 달에 식민지를 건설하는 날이 오면 달에서 속성 재배한 상추를 먹게 되지 않을까.

미국이 달에 가자 소련을 비롯한 다른 나라는 달 탐사를 포기했다. 미국에 선수를 빼앗긴 이상 달 탐험에 실익이 없다고 생각한 것이다. 최근에 와서야 중국이 유인 우주선을 달에 보내겠다고 발표해 세계를 놀라게 한 바 있다. 중국이 달에 간다면, 달의 지하자원을 겨냥한 세계 각국의 달 탐험 경쟁이 벌어지게 될 날이 머지않아 올 것 같다.

1970년대에는 미국과 소련이 우주개발 경쟁을 끝내기로 합의했다. 우주개발은 천문학적인 돈이 들어가는 반면 당장 돈이 되는 사업은 아니기 때문이었다. 1972년 5월 미국과 소련은 공식적으로 우주경쟁을 마감하는 협정을 맺었다. 이 협정에 따라 그해 소련의 소유즈 우주선과 미국의 아폴로 18호가 우주에서 도킹하고 공동으로 실험을 했다. 이것이 바로 '아폴로 – 소유즈 실험'이었다.

이후 미국은 우주선에 들어가는 돈을 아끼기 위해 스페이스 셔틀을 만드

아폴로 우주선의 달 착륙을 유도했던 조종실

는 데 총력을 기울였다. 아폴로 우주선은 한 번 쓰고 나면 다시 쓸 수가 없었다. 그러나 스페이스 셔틀은 지구로 귀환할 때 행글라이더처럼 날아 안전하게 착륙하도록 설계돼 재활용이 가능하다.

최초의 스페이스 셔틀은 1981년부터 2년 동안 네 번의 시험비행을 한 컬럼비아호다. 이후 챌린저, 디스커버리, 아틀란티스, 엔데버 등의 스페이스 셔틀이 잇따라 제작됐다. 스페이스 셔틀은 인공위성을 싣고 가 우주에서 궤도에 올리거나 고장 난 인공위성을 수리하는 임무에 사용되기도 했고, 각종 우주실험을 위한 우주비행에도 사용됐다. 그러나 1986년 1월 28일 7명의 승무원을 태운 챌린저 호가 발사 60초 만에 공중폭발해 승무원 전원이 사망하는 사고가 나는 바람에 한때 나사의 우주계획이 중단되는 아픔을 겪기도 했다.

나사의 역사에서 가장 오명으로 기록된 챌린저 호를 쏘아 올린 곳이 케네디 우주센터다. 미국의 스페이스 셔틀은 케네디 우주센터에서 발사되고, 휴스턴의 존슨 우주센터에서 조종되며, 캘리포니아 주 에드워드 공군기지에 착륙한다. 스페이스 셔틀은 자체 동력이 없기 때문에 케네디 우주센터로 귀환하기 위해선 초대형 점보기에 업혀서 날아가야 한다.

점심시간이 다 돼서야 케네디 우주센터에 들어섰다. 세계 최첨단 우주개발이 이뤄지고 있는 곳은 뜻밖에도 악어와 새들의 낙원이었다. 케네디 우주센터가 바다와 맞닿은 늪지에 자리 잡고 있기 때문이었다. 민간인의 출입이 엄격히 통제되고 있으니 악어와 철새들로선 천혜의 보금자리였다.

관광용 버스를 타고 가면서 보니 군데군데 늪지에 악어가 한가롭게 볕을 쬐고 있었다. 늪지 바로 위로 나사의 직원들이 아무렇지도 않은 듯 지나다녔다. 미국 악어는 팔자도 좋다. 아프리카나 남미의 악어는 밀렵꾼 등쌀에 멸종할 판인데 이곳에선 그런 걱정을 할 필요가 없다. 게다가 배고플까봐 사람도 못 먹는 고기까지 던져주니 말이다. 사람이 해치질 않으니 악어도 사람을 공격하지 않는다.

잠시 후 버스는 우주선 발사대를 볼 수 있는 전망대 앞에 섰다. 그러나 아내와 아이들의 기대는 얼마 지나지 않아 원망의 눈초리가 되어 돌아왔다. 발사대란 것이 한 10킬로미터 정도는 떨어져 있어서 엄지손가락 크기로 가물가물 보이는 게 다였기 때문이다. 스페이스 셔틀을 발사하는 날이라면 모를까, 평소엔 구경거리가 될 수가 없는 것이었다.

아이들의 실망 섞인 목소리를 못 들은 척하며 아폴로 7호를 전시해 놓은 곳으로 서둘러 자리를 옮겼다. 다행히 아폴로 7호 우주선은 크기로 관람객을 압도했다. 지루해하던 아이들도 엄청난 덩치의 우주선을 보자 신기해했다. 아폴로 7호는 1968년 10월 11~22일 세 명의 우주인을 태우고 우주에 260시간이나 머물면서 지구궤도를 163바퀴나 돈 우주선이다. 전시장에 남아 있는 것은 발사로켓의 일부였다.

한쪽에는 머큐리 계획의 백미였던 프렌드십 7호가 전시돼 있었다. 프렌드십 7호는 1962년 미국이 처음 사람을 태워 보낸 우주선이었다. 이 우주선에 탔던 존 글렌은 국민적 영웅이 됐다. 케네디 대통령이 존 글렌과 함께 이 우주선을 감회에 젖은 표정으로 둘러본 사진은 지금도 유명하다.

미국 아이들과 섞여 우주선 안을 뚫어져라 들여다보던 미국 아저씨의 한마디가 가슴을 저몄다.

"너 커서 우주인이 되고 싶니?"

미국 아버지나 나나 아들에게 한 말은 똑같았다. 그러나 현실감의 무게는 하늘과 땅 차이였다.

우주인. 우리에겐 텔레비전에서나 볼 수 있는 존재이지만, 미국 사람들에겐 옆집 살던 코흘리개 암스트롱이고 공부 잘하던 사촌 글렌이다. 우리는 언제 아이들에게 손에 잡히는 꿈을 물려줄 수 있을까. "공부 열심히 하면 너도 우주인이 될 수 있어"라는 말을 하기가 부끄러웠다.

헤밍웨이를 닮은 키웨스트의 낚시꾼

미국의 1번 국도인 유에스원(US-1)은 미국의 북동쪽 끝인 메인 주의 포트 켄트에서 남동쪽 끝인 플로리다 주의 키웨스트까지 이어진다. 총 길이가 3800킬로미터나 되고 15개 주를 지난다.

이 길이 유명한 이유는 바로 남쪽 끝인 플로리다 키의 해변도로 때문이다. 키(key)는 섬의 아래 등급에 해당하는 미니 섬을 뜻한다. 플로리다의 끝자락엔 수도 없이 많은 산호 키가 있다. 이 키들을 통칭 플로리다 키라고 부른다. 유에스원의 남쪽 끝자락엔 플로리다 키 가운데 큰 축에 속하는 50여개 키를 42개의 크고 작은 다리로 이은 도로가 나온다. 길의 끝은 키웨스트다.

다리가 많다 보니 바다를 보며 달릴 수 있는 구간도 길다. 다리까지 부잣집 안마당으로 만들 수는 없었을 테니까. 오른쪽은 멕시코 만, 왼쪽은 대서양이다. 초록색과 파란색의 중간쯤 되는 코발트빛 망망대해. 활짝 열어놓은 창문으로 쏟아져 들어오는 바다 냄새. 따스한 남녘 공기가 가슴속으로 파고들었다. 간밤에 텔레비전을 보니 워싱턴과 시카고엔 눈이 엄청나게 왔다던데 키웨스트는 완연한 여름이었으니 미국 땅은 넓기도 하다. 자동찻길 옆으론 옛 기찻길이 달렸다. 플로리다의 아버지 헨리 플래글러가 놓은 철길이다. 그러나 그 철길은 1930년대에 불어 닥친 잇따른 폭풍우로 60킬로미터의 철로가 바다에 가라앉는 바람에 지금은 폐쇄됐다. 시뻘건 녹물을 뚝뚝 흘리는 흉물이지만 일부 구간은 낚시꾼에게 개방돼 사람이 지나다닌다.

플로리다 키에서 가장 긴 다리인 세븐 마일(11.2킬로미터) 브리지가 나타났다. 한국의 서해대교가 7.3킬로미터니 얼마나 긴 다리인지 알 만했다. 쭉 뻗은 다리 위를 달리며 내려다보는 바다는 가슴속까지 후련하게 만들었다. 아내와 아이들은 바다를 보자 머리가 아프고 토할 것 같다고 아우성이었다. 바다 멀미라나. 물 속에 뛰어들고 싶은 걸 오래 참으면 그렇다는 항변이었다.

그러나 키웨스트를 보고 싶은 마음에 나는 계속 달렸고, 그게 화근이 됐다. 일단 거리가 만만치 않았다. 플로리다 키의 초입인 라르고 키에서 종착점인 키웨스트까지가 200킬로미터였다. 시속 100킬로미터로 달려도 두 시간은 족히 걸릴 판인데 좁은 도로라 세 시간이 넘게 걸렸다. 키웨스트에 이르렀을 때는 아내와 아이들의 얼굴이 허옇게 질린 상태였다. 더욱이 키웨스트는 우리가 그렸던 그림과는 사뭇 동떨어진 모습이었다. 《노인과 바다》에 나오는 한적한 갯마을이 아니었다. 동서 5.5킬로미터에 남북 2.5킬로미터밖에 안 되는 작은 섬에 어쩌면 관광객이 그렇게 많은지. 주민 반, 관광객 반이었다.

서둘러 차를 돌렸다. 플로리다 키에선 캠핑을 하기로 했던 터라 서둘러야 했다. 다행히 플로리다 키엔 야영장이 많았다. 주립 공원의 야영장은 값은 싸지만 편의시설이 부족했고, 사설 야영장은 값이 조금 비싼 대신 화장실, 수도, 전기 등 편의시설이 잘돼 있었다. 다리 아래로 '빅 파인 키 피싱 로지'라는 캠핑장이 보였다. 깨끗한 해변에 아이들 서넛이 물장난을 하고 있었다. 축 늘어졌던 아들과 딸이 벌떡 일어났다. 더 이상 고집을 부렸다간 민란이 일어날 분위기였다.

피싱 로지는 하루 캠핑료가 37달러였다. 어지간한 여관 숙박비와 맞먹는 수준이었다. 그러나 수세식 화장실, 샤워실, 오락실, 공용 싱크대까지 갖추고 있었다. 미국의 캠핑장은 한국과는 개념이 달랐다. 우선 텐트를 가지고 오는 사람보다 캠핑카를 몰고 온 사람이 주류였다. 비싼 캠핑카를 가지고 오는 사람들이니 캠핑장 편의시설이 신통찮으면 뒤도 안 돌아보고 떠버린다. 그러니 캠핑료가 비쌀 수밖에 없다.

캠핑카 사이에 있는 텐트용 캠핑 사이트를 하나 잡았다. 다행히 바다 바로 옆에 자리가 있었다. 주위를 둘러보니 아직 해가 떠 있는데 어쩐 일인지 사람이 거의 없었다. 이곳에 캠핑카를 타고 온 사람은 대부분 자가용 보트가 있었다. 캠핑장 한편에 보트를 내리고 싣는 전용 데크가 있었음은 물론이다. 잠은 캠핑카에서 자지만 낮엔 보트를 타고 바다에 나가 낚시를 하거나 스노크링을 즐긴다는 얘기다. 그러니 낮엔 사람이 없을 수밖에.

그렇다고 기죽을 소냐. 저녁을 먹은 뒤 밤낚시를 갔다. 캠핑장 옆을 지나는 다리 밑으로 좋은 낚시 포인트가 있었다. 한국에선 낚싯줄을 어떻게 매는지도 몰랐지만 궁하면 통하는 법. 컬럼비아에서 낚싯대를 사서 급행으로 낚시를 배운 터였다. 산새우 36마리가 미끼였다. 큰소리는 쳤지만 속으론 '어느 눈먼 고기가 초보에게 걸릴까' 하는 마음이 없지 않았다. 그런데 웬걸! 낚싯대를 드리우자마자 뭔가 묵직한 게 느껴졌다.

"우와, 고래다!"

끌어올려 보니 20센티미터 정도 되는 물고기였다. 의기양양해하고 있는데 아들과 아내가 뒤질세라 연거푸 대어를 낚아 올렸다. 두 시간 남짓 사이에 열다섯 마리 정도가 잡혔다. 작은놈은 살려주고 큰놈만 골라 열 마리를 텐트로 가져왔다. 다섯 마리는 회를 뜨고 다섯 마리는 매운탕거리로 남겨뒀다. 밤 열 시가 넘으니 텐트촌은 암흑천지였다. 낮에 보트를 타고 나갔던 사람들은 피곤한지 모두 일찍 잠자리에 들었다. 우리 식구만 텐트 안에 불을 켜놓고 손수 잡은 자연산 생선회를 먹느라 밤 깊은 줄 몰랐다.

헤밍웨이의 《노인과 바다》 때문일까. 플로리다 키는 낚시꾼의 천국이었다. 어딜 가나 다리 위에서 한가롭게 낚시하는 사람을 볼 수 있었다. 낚시꾼의 대다수는 중남미계 흑인이었다. 이곳 주민이란 얘기다. 부자 백인들은 자기 배를 타고 먼 바다로 나갔으리라.

전날 밤낚시에 맛을 들였던 탓인지 아이들은 이튿날에도 낚시를 가자고 졸랐다. 미끼를 사러 간 김에 주인아저씨에게 어디가 좋은 낚시터냐고 물었다. 맘씨 좋게 생긴 아저씨는 '이름 없는 키(No Name Key)'로 가보라고 했다. 현지 사람들이 많이 가는 좋은 포인트라는 것이었다.

이름 없는 키의 다리 위엔 동양인 한 무리가 낚시를 하고 있었다. 설마? 그러나 역시 한국 사람들은 정보가 빨랐다. 어떻게 알고 여기까지 왔을까. 궁금증은 금방 풀렸다. 같은 미끼가게에서 새우를 샀으니 들었겠지. 마이애미에 사는 세 가족이 추수감사절을 맞아 함께 놀러온 것이었다. 벌써 너덧 마리를 잡아 아이스박스에 넣어놓고 있었다.

우리도 낚시채비를 하는데 경찰차가 나타났다. 말로만 듣던 낚시면허 검사였다. 미국에선 무면허로 낚시하다 발각되면 곤란해진다. 주마다 다르지만 한 사람당 100달러 안팎의 벌금을 물어야 한다. 면허는 해당 주 거주자면 일년짜리가 대략 10달러 안팎이지만 다른 주에서 온 사람이면 20~30달러씩 내야 한다. 2002년이 한달 남은 마당에 일년짜리를 사기는 아까워 사흘짜리 면허를 7달러 주고 사놓은 터였다.

키웨스트의 해넘이

한국 사람들과 경찰 아저씨 사이에 이야기가 길어졌다. 뭔가 사단이 난 게 틀림없었다. 역시나 한국 아저씨들이 면허 없이 낚시하다 적발된 것이었다. 낚싯대를 들고 있던 어른이 네 명은 됐으니 최소한 300달러 이상 벌금을 물어야 하는 상황이었다. 그러나 어떻게 구워삶았는지 경찰 아저씨는 다음부턴 조심하라며 그냥 가는 것이었다. 연유인즉슨 아이들이 많아서였다는 것이다. 어른은 면허가 있어야 하지만 플로리다 주의 경우 만 15세 이하면 면허가 필요 없다. 어른이 걸리더라도 낚싯대가 자기 게 아니라 아들 거라고 우기면 처벌하기가 애매하니 봐준다는 얘기였다.

전날과 마찬가지로 낚싯줄을 드리우자마자 물고기가 물기 시작했다. 다리 위이니 물도 깊어 큰 물고기가 많았다. 두어 시간이나 됐을까. 사 가지고 간 미끼가 동이 났다. 낚시를 더 하고 싶어도 할 수가 없었다. 이럴 땐 잡은 물고기를 토막 내 미끼로 쓰면 된다는 걸 나중에 알고 땅을 쳤다.

낚시터엔 고기를 처리하는 곳이 따로 있었다. 바닷물을 끌어다 쓸 수 있게 해주는 펌프와 큰 도마가 갖춰져 있었다. 물론 공짜였다. 대신 다른 곳에서 고기를 처리하다 걸리면 엄청난 벌금을 각오해야 한다. 회덮밥으로 점심을 먹고 키웨스트로 향했다. 키웨스트에 들어서자마자 아내와 아이들을 해수욕장에 내려놓았다. 11월 말이었지만 수영을 할 수 있을 만큼 날씨가 더웠다.

해수욕장은 시민공원이라 그런지 꾀죄죄한 사람들이 득실댔다. 하나같이 헤밍웨이와 같은 머리모양과 구레나룻을 하고 있었다. 우리 눈엔 영락없는 노숙자였다. 그러나 본인들은 아마 바람 따라 물 따라 떠도는 방랑객으로 자처하는 듯했다. 각자 짐 꾸러미에 낚싯대가 하나씩 꽂혀 있다는 게 우리나라 노숙자들에게선 볼 수 없는 모습이랄까.

헤밍웨이가 《노인과 바다》를 집필할 당시 이곳은 깡촌이었다. 헤밍웨이의 집 바로 앞에 등대가 있는 걸 보면 바다가 보였다는 얘기다. 그러나 지금은 등대 옆까지 집이 들어섰다. 바다는 그림자도 안 보였다. 헤밍웨이가 지금 저 집에 산다면 《노인과 바다》가 탄생할 수 있을까.

키웨스트의 서쪽 포구에 있는 맬로리 광장은 해넘이로 유명한 곳이었다. 광장엔 벌써 해넘이를 보러 온 관광객들이 와글거리고 있었다. 멀리 해가 넘어가고 있는데 돛을 올린 유람선이 유유히 지나가고 있었다. 미국의 땅끝 마을에서 보는 해넘이. 한국의 안면도나 강화도에서 쳐다만 봐도 눈물이 날 것 같은 해넘이를 여러 차례 보았던 터라 우리는 정작 무덤덤했다. 이날따라 구름이 많이 끼어 해가 동그랗게 보이지도 않았다. 그러나 미국 사람들은 휘파람을 불어대고 '원더풀'을 연발하며 법석을 떨었다.

이 장면에서 '아무리 본전 생각이 난다 해도 너무 오버한다'는 생각이 드는 건 역시 문화적 차이일까. 이왕 여기까지 온 이상 주어진 여건에서 최대한 기분을 내자는 게 미국 사람들의 자세다. 평소엔 성질이 급하면서도 이럴 땐 얼음처럼 냉정해지는 게 우리다. 과연 어느 쪽이 현명한 것일까.

에버글레이즈의 세미놀 전쟁

영국으로부터 막 독립한 미국이 영토확장에 광분하던 1800년대 초. 남부의 노예농장주들에게 플로리다의 원주민 마을은 눈엣가시였다. 원주민들이 자신들의 영토확장에 무력으로 반기를 들었을 뿐만 아니라 도망한 흑인 노예들을 숨겨줬기 때문이다.

노예농장주들은 남군의 영웅 앤드류 잭슨 장군으로 하여금 원주민 토벌에 나서도록 했다. 미국 돈 20달러짜리에 그려진 사람이 바로 잭슨이다. 잭슨은 1812년 영국과의 2차 독립전쟁에서 미국을 구한 전쟁영웅이었다.

1816년 그는 플로리다 북부의 크리크 족 용병을 앞세워 남부의 세미놀 족을 토벌하러 나섰다. 1차 세미놀 전쟁이었다. 그러나 당시까지만 해도 플로리다 주는 스페인 땅이었다. 의욕이 앞선 잭슨 장군은 세미놀 족을 추격해 플로리다 깊숙이 들어간 것도 모자라 원주민을 부추긴 죄목으로 영국인 두 명을 처형하기까지 했다. 이 문제는 당장 미국과 스페인, 영국 사이의 외교 마찰로 비화했다. 잭슨 장군은 분노를 삼키며 플로리다에서 퇴각할 수밖에 없었다.

그러나 잭슨이 1828년 미국의 7대 대통령으로 당선된 데 이어 5년 뒤 재선까지 되자 상황이 달라졌다. 마침 플로리다는 미국이 1819년 스페인으로부터 사들인 뒤였다. 1835년 잭슨 대통령은 20만 명의 미군을 동원해 재차 플로리다의 세미놀 원주민 토벌에 나섰다. 그러나 7년을 끈 이 전쟁에서도 미군은 세미놀 원주민의 저항을 꺾지 못했다. 세미놀 원주민에겐 오세올라라는 걸출한 지도자가 있었기 때문이다. 플로리다의 지형을 누구보다 잘 알고 있었던 오세올라는 이를 교묘하게 전투에 응용했다. 늪지대에 매복한 세미놀 전사들에게 미군은 속수무책으로 당할 수밖에 없었다. 2차 세미놀 전쟁에서 미군은 1500명을 잃었다.

그러나 수 족의 크레이지 호스처럼 세미놀 족의 오세올라도 세월 앞에서는 어쩔 수 없었다. 오세올라가 죽은 뒤 1855년 세미놀 원주민은 다시 한번 백인 군대에 맞서 전쟁을 벌였지만 패하고 말았다. 백인 정부는 플로리다의 세미놀 원주민을 황무지인 오클라호마 주로 쫓아냈다. 그리고 이 전쟁에서 전사한 육군병사 올랜도 리브스의 이름을 따서 플로리다 중부의 마을에 올랜도란 지명을 붙였다. 꿈의 동산 올랜도에 세미놀 원주민의 처절한 역사가 숨겨져 있었을 줄이야.

당시 오클라호마 주엔 세미놀 말고도 체로키, 촉토우, 크리크, 치카소 부족이 백인 정부의 강제이주 정책에 따라 쫓겨 와 살고 있었다. 특히 체로키 족은 플로리다 북부에서 중부 오클라호마 주까지 1600킬로미터를 포로처럼 끌려가면서 수천 명이 희생되는 아픔을 겪었다. 당시의 여정은 지금도 '눈물의 길(The Trail of Tears)'이라고 불린다.

하지만 백인 정부는 오클라호마의 황무지조차 원주민에게 허락하지 않았다. 석유가 발견되고 철도가 놓였기 때문이다. 땅을 헐값에 사주는 백인은 그래도 양반이었다. 총칼로 강제로 땅을 빼앗기 일쑤였다. 원주민으로부터 빼앗은 땅은 백인 개척민에게 돌아갔다. 땅에 금을 그어놓고 출발 신호와 함께 달려가 말뚝을 박고 줄을 긋는 대로 자기 땅으로 만들 수 있는 기회의 땅이 바로 오클라호마였다. 오클라호마의 애칭이 '더 빨리 간 사람들의 주(The Sooner State)'인 것도 이 때문이다.

그나마 살아남은 세미놀은 악어가 우글거리는 늪지대였던 에버글레이즈에 숨어든 덕분에 목숨을 건졌다. 미국에서 가장 큰 아열대 늪지인 에버글레이즈 국립공원이 바로 세미놀의 영웅 오세올라가 백인 군대에 맞서 싸운 전쟁터였다.

에버글레이즈로 가기 위해선 플로리다 내륙을 관통해야 했다. 내륙은 바닷가와 달리 광활한 농장지대였다. 끝없이 펼쳐진 벌판에 알로에를 키우는 농장이 군데군데 있었다. 자세히 보니 농장에선 백인을 거의 찾아볼 수 없었다. 흑인 일꾼들이 쭈그리고 앉아 뭔가 열심히 캐고 있을 뿐이었다.

곧 마을이 나타났다. 말로만 듣던 플로리다의 흑인 동네였다. 뉴욕의 할렘처럼 지저분한 골목, 다 쓰러져 가는 판잣집, 여기저기 모여 낄낄대는 흑인 젊은이들. 누군가 플로리다의 내륙으로 가면 흑인 천지니 조심하라고 했던 말이 생각났다. 바닷가와 내륙이 이렇게 다를 수가 있을까. 플로리다의 바닷가에선 다리 위에서 낚시를 하거나 궂은일을 하는 사람 외에 흑인을 찾아보기 어려웠다. 백인 천지다. 그러나 내륙으로 들어가면 정반대가 된다.

불과 한 시간도 안 되는 거리에 있는 동네가 이렇게 딴판이란 게 믿어지지 않았다. 미국은 분명 자유의 나라다. 아무데나 살고 싶은 곳에 가서 살 수 있다. 그런데 왜 백인은 바닷가에 모여 살고 흑인은 내륙으로 들어가 살까. 20세기 초까지 노예제도는 흑인의 굴레였다. 그러나 노예제도가 없어진 지금, 저 농장에서 평생 땅을 파며 살아가는 흑인을 옭아매고 있는 사슬은 뭘까.

어쩌면 흑인들에게 자본주의 제도는 노예제도보다도 더 혹독하고 끈질긴 속박인지도 모르겠다. 자본주의 천국에선 돈이 없으면 아무것도 할 수가 없다. 발목을 묶고 있는 사슬은 없지만, 돈이란 굴레가 21세기에도 플로리다 내륙의 흑인을 희망이 없는 농장에 가두고 있는 것은 아닐까.

농장지대를 지나자 에버글레이즈 공원 입구가 보였다. 그러나 공원에 들어서면서 우리는 차로 한바퀴 돌아보고 가자는 생각이 얼마나 가소로웠나를 절감해야 했다. 에버글레이즈는 면적이 전라남도의 절반 크기다. 거길 몇 시간 만에 차로 한바퀴 돈다는 건 애당초 불가능한 일이었다. 에버글레이즈 공원의 남단에 있는 플라밍고 여행안내소까지만 64킬로미터나 됐다. 그 넓은 공원에 아스팔트 도로라고는 남북으로 관통하는 길 하나밖에 없었다. 건물은커녕 전깃줄 하나 없는 지평선이 펼쳐졌다.

그러나 에버글레이즈도 나름대로 고민은 있었다. 개발이 가속화하면서 공원 옆 농장지대에서 흘러 들어오는 공해물질이 갈수록 늘고 있었다. 설상가상으로 농장들이 물을 닥치는 대로 끌어다 쓰는 바람에 늪이 메말라가고 있었다.

한 시간쯤 달리니 플라밍고 여행안내소가 나타났다. 여행안내소는 플로리다 내륙과 플로리다 키 사이에 있는 만을 바라보고 있었다. 바닷가 쪽으로 캠핑장이 있었다. 늪지여서 그런지 시커먼 개흙이 발에 척척 달라붙었다. 낚시꾼은 이 먼 곳도 마다하지 않았다. 그러나 국립공원이란 이름에 걸맞지 않게 바닷가는 낚시꾼들이 버리고 간 맥주깡통이며 낚싯줄들이 어지럽게 널려 있었다. 누가 미국 사람들은 남이 안 보는 데서도 절대 쓰레기 안 버린다고 했던가.

에버글레이즈엔 조금 전 보았던 흑인 마을과 달리 백인 일색이었다. 유색인종도 찾아보기 어려웠다. 한가롭게 카누를 타는 사람, 조깅을 하는 사람, 낚시를 하는 사람 모두 백인이었다.

에버글레이즈 국립공원 주변에는 전쟁에서 살아남은 세미놀 원주민의 후예들이 악어 쇼를 하거나 관광객을 싣고 늪지대를 돌아다니는 바람개비 보트를 몰며 살고 있었다. 그들은 매일 만지는 20달러짜리 지폐에서 잭슨 장군을 대할 때마다 자기 조상들의 슬픈 역사를 떠올릴까.

설탕으로 만든 에메랄드 해변

미국의 동쪽 해안은 특이한 지형이다. 본토 앞에 긴 산호섬이 방파제처럼 이어진다. 플로리다의 동부 데이토나 비치에서도 비슷한 광경이 펼쳐졌지만 플로리다 주의 서부 해안까지도 똑같은 지형이었다. 산호섬이 앞에서 가로막아주기 때문에 어지간한 허리케인이 와도 완충이 된다. 그래서 이름도 '울타리 섬'이다.

플로리다의 북서부 파나마시티에서 펜사콜라까지 이어지는 해변은 울타리 섬 때문에 미국에서도 아름답기로 소문난 곳이다. 파나마시티는 플로리다 주에선 드물게 1765년 미국 사람들이 정착해 개발한 도시다. 에메랄드빛 바다 때문에 일찌감치 해변 관광지로 떴다. 지금은 미 공군과 해군기지가 있어서 군사적으로도 중요한 도시다.

파나마시티의 바닷가엔 식당, 모텔, 놀이시설이 다닥다닥 붙어 있었다. 겨울이어서 그랬을까. 놀이시설은 누런 먼지만 뒤집어쓴 채 텅 비어 있었다. 모텔과 식당의 입구는 나무판자로 못질이 돼 있었다. 떨어진 간판과 포스터들이 이리저리 굴러다녔다. 겨울시즌이라 상가는 죄다 철시했다. 세계 어느 곳이나 이름 난 곳은 정작 별 볼일이 없는 경우가 많다. 부산의 해운대나 광안리 해수욕장이 유명하다고 하지만 가보면 사람 구경하다 지친다. 미국도 마찬가지다.

을씨년스럽기까지 했던 파나마시티의 바닷가를 지나자 바다는 다시 생기를 찾았다. 모텔도, 식당도, 놀이기구도 없는 자연 그대로의 해변이 이어졌다. '에메랄드 해변'이었다. 왜 에메랄드인지는 바다를 보면 이해가 된다. 해변을 따라 펼쳐지는 멕시코 만의 바다는 짙은 비취빛이었다. 햇빛을 받아 반짝반짝 빛나는 바다는 에메랄드의 자태에 뒤지지 않았다. 에메랄드 해변에도 미국 동해안에서 볼 수 있는 울타리 섬이 이어졌다.

그래이톤 비치를 지나는데 사륜구동 차만 들어가라는 표지판이 붙어 있었다. 이럴 줄 알고 사륜구동 차를 사지 않았던가. 안쪽은 찰기가 전혀 없는 모래로 이뤄진 백사장이었다. 모래에 끈기가 없으니 바퀴가 푹푹 빠졌다. 말 그대로 사륜구동이 아니면 1미터도 못 가 견인차 신세를 져야 할 판이었다.

모래사장 한쪽의 개울에선 시뻘건 물이 마구 쏟아져 내려왔다. 섬 안쪽에 있는 호수에서 바다로 흘러드는 개울이었다. 물 색깔은 영락없는 폐수였다. 시민들이 노는 바다에 폐수를 그냥 흘려보낸 걸까. 그러나 그건 폐수가 아니었다. 물빛이 붉은 건 개울의 진원지였던 호수 주변에 특이한 나무가 많기 때문이었다. 낙엽이 돼 떨어진 나뭇잎에서 찻잎에서처럼 시뻘건 물이 우러나는 것이다. 그게 폐수처럼 보였다. 찻물이 바다와 만나니 에메랄드빛 바다는 홍차처럼 변했다.

월튼 비치에는 일반인이 들어갈 수 있는 해변도 드문드문 나왔다. 데이토나나 마이애미 같은 플로리다 주의 동부 해변보다는 훨씬 인간적이었다. 산데스틴의 시장에는 핫도그와 음료수를 파는 간이식당도 있었다. 한국에선 바닷가 아니라 심심산골에 들어가도 식당이 없는 곳은 없다. 사람이 좀 모인다 싶으면 포장마차가 금방 들어선다. 하다못해 고속도로에 길이 막혀도 어디선가 뻥튀기 장사가 나타난다.

그러나 미국의 바닷가에선 식당을 찾기 어렵다. 비싼 레스토랑 말고 서민들이 부담 없이 사먹을 수 있는 스낵을 파는 곳은 거의 없다. 이 때문에 미국 서민들은 나들이를 갈 때 먹을 걸 싸들고 다닌다. 다만 우리처럼 밥에 김치에 불고기까지 준비할 필요는 없다. 빵에 햄 한 조각 넣은 샌드위치면 족하니까.

인적이 없는 겨울의 에메랄드 해변은 몽환적이었다. 도로가 울타리 섬 가운데를 관통하기 때문에 좌우로 바다가 보였다. 하얀 모래가 바람에 밀려 도로 위로 포복하고 있었다. 오른쪽은 호수 같이 잔잔한 바다, 왼쪽은 비취빛 파도가 치는 멕시코 만. 플로리다의 태양은 차창으로 내리 꽂히고 바람은 초록빛 나뭇가지를 희롱하고 있었다.

데스틴 섬의 핸더슨 해변 주립공원은 기억에 남는 해변이었다. 대개 주립공원은 무료인데 이곳은 입장료가 2달러였다. 공원에 들어서자 해안사구(海岸砂丘)가 나타났다. 해안사구란 바람이 모래를 날려 만든 언덕인데 그 높이가 언제나 일정한 게 미스터리다. 입장료를 받은 이유는 해안사구를 보호하기 위해서다. 해안사구는 왜 생기고 그 역할은 어떤 것인지 친절한 설명이 붙어 있었다. 물론 절대 들어가선 안 된다는 경고문도 잊지 않고 붙여 놓았다.

해안사구를 파괴하면 자연은 엄청난 재앙을 내린다. 일단 모래바람이 사구 너머 마을까지 그냥 불어 닥친다. 지하수까지 메말라 버린다. 이 때문에 미국에선 해안사구를 철저하게 보호한다. 우리는 어떤가. 우리나라 안면도도 세계적으로 유명한 해안사구 지대다. 그런데도 안면도에서 세계 꽃박람회를 연다고 해안사구를 마구 파헤친 뒤 도로를 내지 않았던가. 자연은 정직하다. 언제나 가꾼 사람들에겐 은혜를 베풀지만 해친 사람에겐 재앙으로 되갚는다.

사구 너머로 백사장이 펼쳐졌다. 그곳의 모래는 특이했다. 생긴 게 흑설탕과 백설탕의 중간쯤 되는 누런 설탕과 똑같다. 맛을 보면 달 것 같다. 그러나 짰다. 밟아도 모래가 발에 붙지 않았다. 이 때문에 해변을 맨발로 걸어도 상쾌했다.

멀리 바다 위로 펠리컨 한 마리가 저공비행을 하고 있었다. 갈매기가 전투기라면 펠리컨은 폭격기다. 날개를 쫙 펴고 하늘을 나는 모습은 우아하기까지 하다. 경박하게 날갯짓을 하지도 않는다. 거센 바닷바람이 일으키는 부력을 최대한 활용한다. 바다에 거의 닿을락 말락 저공비행을 하다 순식간에 물 속으로 다이빙한다. 그럴 땐 어김없이 물고기 한 마리를 입에 물고 솟구친다.

오칼루사 섬의 피어에서 잠시 쉬었다. 나무로 만든 피어가 바다로 길게 뻗어 있었다. 피어는 배도 대지만 낚시도 할 수 있는 곳이다. 혹 물고기가 있을까 싶어 피어 끝에서 아이들이 먹다 남긴 과자 부스러기를 물에 던져봤다. 그러나 감감무소식이었다. 물이 깨끗해 속이 훤히 들여다보였지만 새끼 물고기 하나 얼씬거리지 않았다.

인적이 없는 피어엔 파도만 하릴없이 철썩댈 뿐이었다. 아이들과 하염없이 에메랄드빛 바다를 보다 막 일어서려는 찰나였다. 어디서 날아왔는지 갈매기 한 마리가 물속으로 다이빙을 하더니만 우리가 던져 놓은 과자를 낚아채는 게 아닌가. 하늘에는 어느새 수십 마리 갈매기 떼가 몰려와 날고 있었다.

인천의 월미도에서 영종도로 가는 배에서도 이런 광경을 본 적이 있었다. 새우깡을 던지면 갈매기가 귀신같이 받아먹는다. 한국 갈매기만 그런 묘기를 하는 줄 알았는데 미국 갈매기도 만만찮았다. 밀가루로 만든 과자인 프리첼을 하늘로 날리면 미처 물에 떨어지기 전에 낚아챈다. 수직 급강하, 수평 돌기, 공중 브레이크 등 현란한 묘기를 맘껏 자랑했다. 재미를 붙인 아이들이 자꾸 과자를 던져주자 온 동네 갈매기가 다 모였다. 우리처럼 과자나 먹을 걸 던져주는 사람이 많았는지 평소 갈고 닦은 솜씨가 보통이 아니었다.

과자가 다 떨어지고 나서야 앨라배마 주의 모바일로 향했다. 모바일은 앨라배마 주에 있는 유일한 항구도시다. 원래 이곳은 플로리다 땅이었다. 미국이 플로리다를 스페인으로부터 사들인 뒤 플로리다 북서부 지역을 삼

데스틴 섬의 설탕 같은 해변

등분했다. 항구가 필요했던 루이지애나 주, 미시시피 주, 앨라배마 주에 한 자락씩 나눠주기 위해서였다. 그 덕에 내륙 지방이었던 미시시피와 앨라배마 주도 멕시코 만의 바다에 항구를 가질 수 있게 됐다.

그러나 오늘날 모바일은 미국 남동부의 중요한 산업항구가 됐다. 앨라배마 주는 루이지애나 주나 미시시피 주와 달리 이곳을 처음부터 산업 항구로 키웠다. 항구 주변엔 큰 공장이 즐비했다. 모바일에는 한국전쟁에 참전했던 미국의 전함 앨라배마 호가 정박해 있었다. 이 전함은 제2차대전 때 취항해 한국전과 베트남전, 그리고 '사막의 폭풍작전'으로 더 유명한 걸프전까지 참전한 뒤 은퇴했다.

모바일에 도착하니 저녁 6시가 넘어가고 있었다. 앨라배마 호가 있는 공원으로 서둘러 갔지만 이미 문을 닫은 뒤였다. 그러나 웬일인지 출입구는 열려 있었다. 딱히 들어가라 마라 표지판이 없었기 때문에 일단 들어가 보기로 했다.

앨라배마 호 갑판 위에서 미국 아이들이 떠드는 소리가 났다. 아직 사람이 있는 걸 보면 잠시 갑판 위에 올라가 사진은 찍고 올 수 있겠구나 싶어 들뜬 아들 녀석의 손을 잡고 배 입구로 갔다. 마침 아들과 함께 배에 오르는 미국인 가족이 앞서갔다. 그들을 따라 배에 오르려는데 어디서 나타났는지 경비원이 우리 앞을 가로막았다. 관람시간이 끝났다는 것이었다.

"아니 그럼 방금 들어간 사람들은 유령이란 말이오?"

약간 격앙된 나의 태도에 움찔한 경비원은 이날 밤 배 위에서 보이스카우트 탐험 행사가 있다고 장황하게 설명했다. 안 되겠다 싶어 읍소작전으로 나갔다.

"우리는 한국에서 왔습니다. 이 배가 한국전쟁에도 참전한 배이기에 아

들에게 꼭 보여주고 싶어서 먼 길을 왔어요. 내일이면 집으로 돌아가야 하
니 잠깐만 보고 가게 해주세요.”

그러나 경비원은 요지부동이었다. 앵무새처럼 똑같은 말만 되풀이했다.

“관람시간이 끝났기 때문에 들어갈 수 없습니다. 누구도 거기에 예외를
둘 수 없습니다.”

참 답답한 아저씨다. 한국에서 왔다는데, 갑판 위에 올라가 사진 몇 장 찍
고 온다는데, 그것도 보이스카우트 아이들 틈에 끼어서 잠시 둘러보고 온다
는데 굳이 안 된다고 할 것까지야 없지 않은가 말이다. 만약 백인 부자가 멀
리 오리건 주에서 앨라배마 호를 보러 왔다면 그때도 못 들어가게 했을까.
그게 궁금했지만 확인할 길은 없었다.

엘비스를 추억하며

미시시피 주엔 엘비스 프레슬리가 태어나 유년 시절을 보낸 투펠로란 도시
가 있다. 엘비스의 음악을 딱히 좋아한 것은 아니었지만 지나는 길에 있는
곳을 굳이 마다할 이유도 없었다.

‘보나마나 투펠로는 엘비스로 도배를 하고 있으리라. 딱 부러지는 관광
지도 없고 그렇다고 변변한 산업도 없으니 엘비스로 먹고 살밖에.’

속으로 지레 짐작을 했다. 그러나 우리의 예상은 보기 좋게 빗나갔다. 엘
비스가 태어나 중학교 2학년까지 다닌 곳이었지만 어쩐 일인지 얼른 봐서는
엘비스의 ‘엘’ 자도 찾아보기 힘들었다. 투펠로 초입에 대형 엘비스 사진이
라도 걸려 있을 법했건만 그 흔한 광고판조차 없었다.

여행안내소에서 '차로 돌아보는 엘비스 프레슬리의 흔적'이란 지도를 구했다. 그러나 안내서는 컬러도 아니고 시커멓게 복사한 흑백 인쇄물이었다. 투펠로에 남아있는 엘비스의 유적지는 여섯 곳이었다.

도시 초입에 있는 엘비스의 생가부터 들렀다. 워낙 가난한 집에서 태어나긴 했지만 엘비스가 세계적인 로큰롤 스타가 된 뒤에 조성된 공원인데도 어쩜 그렇게 썰렁할 수가. 엘비스의 아버지가 손수 지었다는 그의 생가는 컨테이너나 다름없었다. 집 앞엔 주인 없는 그네가 초겨울 햇살을 받으며 우두커니 서 있었다. 그 뒤로는 자그마한 박물관이 있었지만 문은 굳게 닫혀 있었다.

엘비스가 다녔던 로혼 초등학교로 가봤다. 학교 입구엔 작은 기념비 하나가 있었다. 엘비스가 5학년 때인 1945년 담임 그림스 여사가 엘비스의 노래솜씨를 알아보곤 성가대에 들라고 격려했다는 내용이었다. 엘비스는 이때 배운 '늙은 목자(Old Shep)'란 성가를 세계적 스타가 된 뒤로도 즐겨 불렀다.

그러나 이곳에도 기념비 외엔 엘비스를 추억하는 어떤 표지판이나 안내판이 없었다. 로혼 초등학교 옆엔 엘비스가 자주 드나들었던 햄버거 가게가 있었다. 엘비스는 이 집에서 치즈버거와 콜라를 즐겨 사먹었다. 지금은 드라이브 인 바비큐 가게가 됐다. 바비큐 가게라면 하다못해 엘비스의 대형 브로마이드 사진이라도 붙여 놓을 법한데, 그냥 지나면서 봐선 이게 엘비스의 유적지인지조차 알기 어려웠다. 엘비스가 2학년까지 다닌 밀람 중학교에도 입구에 '엘비스가 이 학교에서 7학년과 8학년 일부를 다녔으며 학급 친구들에게 기타 연주를 자주 들려줬다'는 기념비 하나만 달랑 있을 뿐이었다.

다시 엘비스가 생애 처음으로 기타를 샀다는 '투펠로 하드웨어'란 가게를 찾아갔다. 엘비스가 중학생이 된 뒤 어머니는 자전거를 사주기로 한 약속을 지키기 위해 엘비스와 함께 이 가게를 찾았다. 그러나 엘비스는 마침 이 가게에 나와 있었던 캘리버 장총 한 자루에 홀딱 반해 총을 사달라고 졸랐다. 물론 어머니가 허락했을 리는 없다. 실랑이를 벌이던 모자는 타협 끝에 엉뚱하게도 기타를 사기로 한다. 그 기타가 훗날 엘비스를 로큰롤의 황제로 만든 요람이 될 줄이야 엘비스인들 어머니인들 상상이나 했을까.

그때 이 가게에 장총이 없었더라면? 엘비스의 어머니가 아들의 성화에 못 이겨 장총을 사줬더라면? 엘비스가 고집을 꺾고 자전거를 사 갔다면?

멀리서 온 이방인에게도 잠시 이런 상념에 빠지게 하는 가게에서 팔고 있는 건 측량기구였다. 한쪽 구석에 엘비스의 브로마이드 사진과 기타가 전시돼 있긴 했지만 장사가 신통치 않은 눈치였다. 일요일 오전이어서 그런지 가게 문은 잠겨 있었다. 가게 앞에서 서성거리며 사진을 찍어도 쳐다보는 사람조차 없었다.

마지막으로 엘비스가 자주 심부름을 다녔다는 식료품 가게를 찾아 나섰다. 그러나 여행안내소에서 준 지도는 엉터리였다. 동네를 서너 바퀴 돌아도 식료품 가게는 나오지 않았다. 하는 수 없이 포기하고 투펠로를 빠져나가려는데 문제의 식료품 가게가 나타났다. 지도에 표시된 곳과는 전혀 다른 엉뚱한 곳에 있었으니 헤맨 게 당연했다.

가게는 흑인 동네 한복판에 있었다. 엘비스가 살았을 때도 이곳은 흑인 동네였다. 엘비스의 집은 워낙 가난해, 백인이었지만 이곳에 와서 살았다. 매일 저녁 어머니의 심부름으로 반찬거리를 사러 온 엘비스는 어느 날 가게 건너편의 흑인 교회에서 흘러나오는 영가를 듣게 된다. 이후로 그는 이 가게에 올 때마다 그 노래에 취해 한참씩 넋을 잃고 듣다 가곤 했다. 어린 엘비스의 음악적 감성에 흑인의 리듬 앤 블루스 색을 입힌 것이 바로 흑인 교회에서 흘러나온 영가였다.

일요일이었던 터라 흑인 교회 앞엔 예배를 마치고 나온 신자들이 삼삼오오 모여 떠들고 있었다. 그러나 엘비스에게 흑인 음악의 영감을 심어준 식료품 가게는 이발소가 돼 있었다. 세상에 이런 일이!

중국 고사성어에 동가구(東家丘)란 말이 있다. 동쪽 집에 살던 철부지 '구'라는 뜻이다. 구는 공자의 어릴 적 이름이다. 세계적인 사상가인 공자도 고향에선 고추를 내놓고 다니던 천둥벌거숭이로밖에 대우를 못 받는다는 얘기다. 동양이나 서양이나 사람 사는 모양은 다르지 않은가 보다.

엘비스의 생가를 본 김에 멤피스에 있는 그의 저택 '그레이스 랜드'에도 가보기로 했다. 멤피스는 투펠로에서 가장 가까운 대도시지만 미시시피 주가 아니라 테네시 주다. 엘비스가 고등학교를 졸업한 뒤 트럭 운전사로 사회에 첫발을 내디딘 곳이기도 하다.

샘 필립스라는 음반 제작자의 눈에 들어 스타의 길로 접어든 곳도 멤피스다. 엘비스가 샘 필립스를 만난 건 그야말로 우연이었다. 어머니의 생일 선물로 자신의 노래가 담긴 레코드판을 선물하기 위해 레코드사를 찾아갔다가 그의 눈에 든 것이었다. 투펠로가 엘비스의 가난하고 어려웠던 시절의 도시라면 멤피스는 엘비스를 세계적인 스타로 키운 곳이다.

그레이스 랜드는 초입부터 요란했다. 거리 이름까지 엘비스 로드이고 곳곳에 그레이스 랜드로 가는 표지판이 붙어있었다. 지도를 보고도 엘비스의 생가를 찾아가기 어려웠던 투펠로와는 대조적이었다.

그레이스 랜드는 엘비스가 돈방석에 앉은 뒤 금의환향해 어머니와 함께 살았던 저택이다. 그 앞에는 여행안내소와 주차장까지 마련돼 있었다. 한편에는 엘비스가 타고 다녔던 자가용 비행기 두 대가 서 있었다. 추수감사절 연휴의 마지막 날인 일요일 오후 3시가 넘어가고 있었는데도 관광객의 발길은 끊이지 않았다.

그레이스 랜드의 입구에는 전 세계에서 온 팬들의 낙서가 빼곡했다. 저택을 둘러싼 벽에도 '엘비스 사랑해요' '마이클 1998년 다녀가다' 같은 낙서가 가득했다. 언덕 너머로 관광객을 가득 실은 버스가 올라가는 게 보였다. 입장권을 사기 위해 매표소에 갔다가 놀랐다. 그레이스 랜드와 엘비스가 타던 자동차, 비행기 등을 패키지로 관광하는 데 어른 한 사람당 25.5달러나 요구했다. 그레이스 랜드 하나만 보는 데도 16.6달러나 했다.

그레이스 랜드는 입장료로 짭짤한 수입을 올리고 있다고 하더니만 이건 지나치다 싶었다. 돈도 아까웠지만 투펠로에서 느꼈던 뭉클한 마음이 사라질 것 같아 그레이스 랜드 관광은 포기하기로 했다. 그레이스 랜드를 떠나면서 머릿속에서 내내 떠나지 않는 의문이 하나 생겼다.

엘비스가 태어나 음악에 눈을 뜨기 시작한 투펠로엔 관광객 그림자도 찾아 볼 수 없었다. 그런데 그레이스 랜드엔 관광객으로 미어지다니 도대체 무슨 영문일까. 멤피스에서 투펠로까진 자동차로 두 시간 거리다. 관광 상품도 있을 법한데 그런 패키지는 없었다.

한국에 엘비스와 같은 대스타가 있었다면 어땠을까. 우리는 스타의 화려한 모습보다는 불우했던 어린 시절 얘기에 더 감동을 받지 않을까. 한국에선 스타들일수록 유년시절을 어렵고 힘들었던 것으로 미화하기까지 한다. 고진감래가 미덕이니까.

그러나 미국 사람들은 가난하고 힘든 시절은 비록 스타가 된 사람의 것이어도 외면하고 싶어 하는 모양이었다. 집으로 돌아오면서 내내 엘비스의 음악을 들었다. 그의 노래가 왠지 친근하게 다가왔다. 화려했던 그의 저택 그레이스 랜드에서 산 시디(CD)였기 때문은 아니었다. 오히려 가난한 소년 엘비스가 교실에서 친구들에게 노래를 불러주던 모습, 기타를 사들고 와 혼자 연습을 하던 모습, 흑인 교회에서 흘러나오던 영가에 넋을 잃고 있던 모습이 영화처럼 연상이 됐기 때문이 아니었을까.

머주리 식물원의 캐서 메이즈 식물 미로

05 | 개척자의 자존심

America

오마하
캔자스시티
컬럼비아
세인트루이스
렉싱턴
매머드동굴국립공원
스프링필드
컴벌랜드갭국립역사공원
녹스빌
애쉬빌
브랜슨
리틀록
핫스프링스

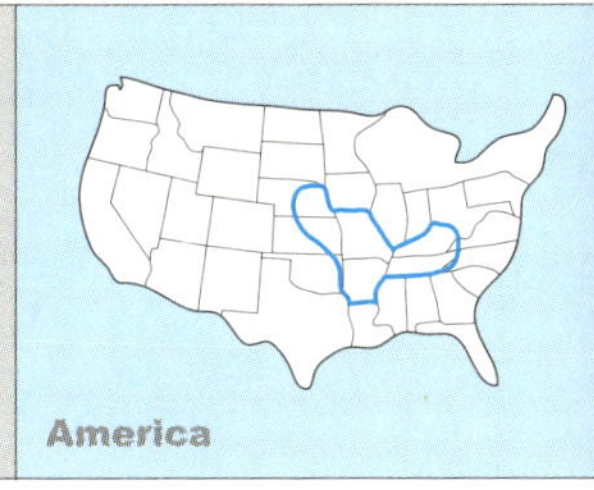

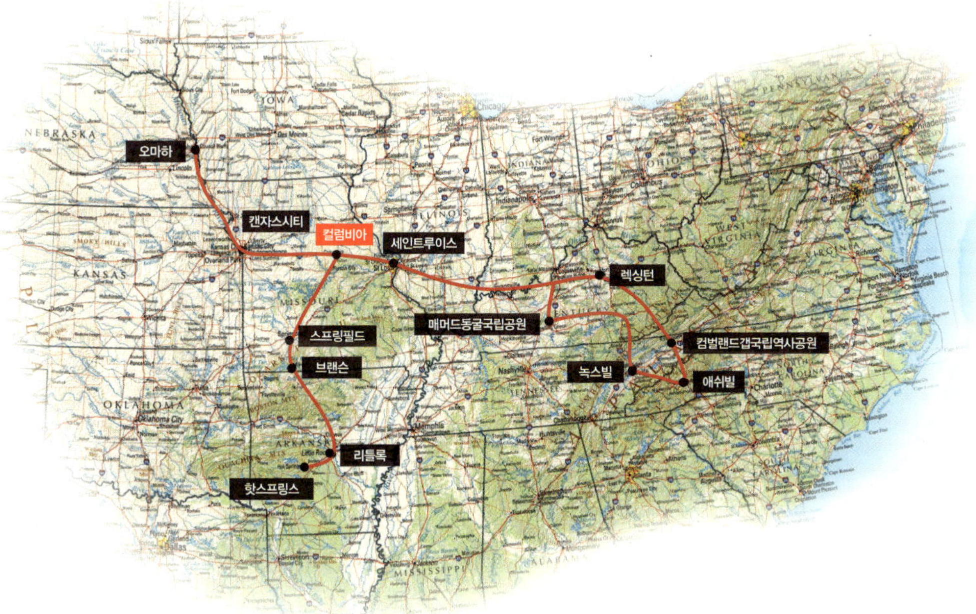

미시시피 강 서쪽에서부터 로키 산맥까지가 북미대륙의 중부다. 선사시대 중부는 바다였다. 유타 주의 솔트레이크시티처럼 소금호수가 있는 건 이 때문이다. 바다는 형형색색의 현란한 지형을 만들어 놓기도 했다.

지각변동으로 중부가 육지가 되긴 했지만 산이 생기진 않았다. 사우스다코타 주에서 텍사스 주에 이르기까지 중부는 대평원이다. 차로 아무리 달려도 지평선만 이어진다. 대평원은 매년 봄 회오리바람인 토네이도를 일으켜 중부 도시를 쑥대밭으로 만들기 일쑤다. 산이 없기 때문에 토네이도가 한 번 생기면 여간해서 잦아들지 않는다.

중부엔 그나마 개척정신이 살아있다. 사람들은 순박하고 소박하다. 앞에 가는 차가 느리게 가도 빵빵거리지 않는다. 교차로에선 서로 양보하기 바쁘다. 어려움이 닥치면 금방 똘똘 뭉친다. 이 때문에 중부의 시골도시들은 동부나 서부의 대도시와는 분위기가 사뭇 다르다. 언어에조차 초기 청교도의 발음이 많이 남아 있다. 미국의 진면목을 느끼려면 중부에 가봐야 한다는 말이 있는 것도 이 때문이다.

중부는 한 번의 여정으로 다녀온 것은 아니었다. 우리가 살았던 컬럼비아가 중부였기 때문에 틈틈이 연휴가 생길 때마다 돌아볼 수 있었다.

켄터키 주의 매머드 동굴과 애팔래치아 산맥의 한 자락인 스모키 산맥은 동부해안에 상륙한 청교도들이 중부로 가기 위해 반드시 거쳐야 했던 관문이다.

미주리 주 세인트루이스는 서부개척의 전초기지였다. 미시시피 강과 미주리 강이 만나는 곳에 자리 잡았기 때문에 교통의 요지였다. 그러나 옛 영화는 가고 지금은 시커멓게 녹슨 공장만 화려했던 옛 영화를 추억하고 있을 뿐이다. 캔자스시티는 대평원의 입구다. 미국에서 도시재개발을 가장 잘 한 곳으로 꼽힌다.

아칸소 주는 빌 클린턴 대통령의 고향이다. 용암이 아니라 특이한 지형이 온천을 만든 곳이기도 하다. 빌 게이츠에 이어 세계에서 두 번째 부자인 워런 버핏이 뉴욕의 월스트리트를 외면한 채 고향인 네브래스카 주 오마하를 떠나지 않고 있는 것만 봐도 중부인의 자존심은 대단하다.

중부로 가는 길을 뚫은 다니엘 분

1769년까지만 해도 미국 동부 해안에 정착한 백인은 애팔래치아 산맥을 넘어갈 수 없었다. 산도 험했지만 산맥의 서쪽을 차지하고 있었던 원주민이 무서웠기 때문이다. 수차례 원주민과 백인 간의 전투 끝에 1763년 백인과 원주민은 애팔래치아 산맥을 경계로 서로의 땅을 침범하지 않기로 조약을 맺었다. 이 때문에 산맥을 넘는 것은 백인 정부의 법을 어기는 행위도 됐다.

그러나 동부에 인구가 늘어나면서 산맥 너머에 대한 백인들의 호기심은 날로 커져갔다. 다니엘 분이란 사람도 그중 한 명이었다. 그는 정규 교육을 거의 받지 못했다. 산 속에 살면서 사냥과 탐험을 업으로 삼았던 분은 서부에 대한 궁금증을 떨쳐버릴 수가 없었다. 수십여 차례 산을 답사한 분은 드디어 1769년 혈혈단신으로 애팔래치아 산맥 탐험에 나섰다.

당시 산맥에는 원주민이 만든 비밀통로가 있었다. 천신만고 끝에 분은 협곡을 따라 끊어질 듯 이어지는 비밀통로를 찾아내는 데 성공했다. 분은 그 루트에 '거친 길(the Wildness Road)'이라는 이름을 붙였다. 길이 뚫리면 사람이 모이기 마련이다. 미지의 세계였던 켄터키는 1800년에 이르자 인구 7만 5000명의 백인 세상으로 바뀌었다. 자연스럽게 원주민과의 협정은 휴지조각이 됐다.

그러나 정작 백인에게 켄터키를 안겨준 분은 사람이 너무 많아 싫다며 다시 서부로 옮겨갔다. 그가 마지막으로 정착한 곳은 미주리 주였다. 이곳에서 분은 여든다섯까지 살다 세상을 떠났다. 미주리 주에 그의 이름을 딴 '분 카운티'가 있는 것은 이 때문이다.

다니엘 분이 발견한 거친 길이 바로 켄터키 주의 컴벌랜드 갭 국립역사공원(Cumberland Gap National History Park)이다. '갭'은 절벽이나 험준한 산 가운데 난 좁은 통로를 말한다. 원주민과 백인이 이 길을 놓고 사생결단의 싸움을 벌였던 역사의 현장이건만 지금은 트럭까지 쌩쌩 달린다. 지나놓고 보면 아무것도 아닌 일들이 당대에는 수많은 사람의 생사가 걸린 일이 되는 경우가 역사에는 얼마나 비일비재한가.

컴벌랜드 갭을 통과하자 갑자기 앞이 툭 트였다. 멀리 큰 호수와 다리, 마을이 내려다보였다. 터널을 통과해서 그렇지 산은 상당히 높았다. 교통수단이라고는 사람과 말밖에 없었던 시절 원주민의 화살을 피해가며 이 산을 넘기란 목숨을 건 모험이었을 것이다. 아래 마을은 빈 포트라는 곳이었다. 테네시 주 최초의 백인 정착촌이었다. 호수와 다리는 다니엘 분이 컴벌랜드 갭으로 가기 위해 통과했던 길목이었다.

산등성이를 따라 작은 마을이 계속 이어졌다. 몇 안 되는 집이 옹기종기 모여 있는 모습이 정겹게 보였다. 모리스타운이란 마을 지나는데 한쪽으로 재래시장 같은 곳이 언뜻 보였다. 마침 벼룩시장이 열리고 있었다. 시장엔 날씨가 궂음에도 불구하고 사람이 많았다. 넓은 공터에 나무로 만든 진열대가 죽 늘어섰다. 아무나 그 위에 팔고 싶은 물건을 늘어놓고 팔면 되는 시장이었다. 21세기 세계시장을 쥐락펴락하고 있는 미국의 한복판에 이런 원시적인 시장이 열리고 있다고는 상상하지도 못했다.

모리스타운의 벼룩시장

뉴욕 월스트리트의 최첨단 컴퓨터에선 하루에도 수백조 원의 돈이 거래
되고 있다. 그러나 다른 한편에선 남루한 옷에 꾀죄죄한 얼굴의 촌로들이
온갖 구닥다리 물건을 싸들고 나와 물물교환을 하고 있는 벼룩시장이 함께
존재하고 있는 나라, 그게 바로 미국이다.

아무리 벼룩의 간을 빼먹는 시장이라지만 진열해놓은 물건은 중고의 수
준을 넘어 골동품의 경지에 이른 것들이었다. 심지어 녹이 쓸 대로 쓴 포크
와 나이프를 팔겠다고 내놓은 아낙도 있었다. 설마 저걸로 밥을 먹으라는
소리는 아닐 테고 도대체 무얼 하라는 것일까? 하기야 그건 사가는 사람이
걱정할 일이지 파는 사람이 고민할 문제는 아니다.

문득 이상한 기분이 들었다. 왠지 사람들의 시선이 우리 쪽으로 쏠리고
있다는 느낌이었다. 아닌 게 아니라 넓은 시장에 유색인종, 그것도 동양인
은 우리밖에 없었다. 우리나라로 치자면 1년 사철 동네사람밖에 볼 수 없는
강원도 두메산골에 외국인 가족이 나타난 셈이었다. 우리가 시장을 구경하
는 게 아니라 온 동네 사람이 우리를 구경하고 있었다.

마을을 벗어나자마자 애팔래치아 산맥의 끝자락인 스모키 산맥이 시작됐
다. 분이 중부로 가는 길을 뚫기 위해 넘어야 했던 산들이었다. 일단 산맥을
동쪽에서부터 에둘러 한 바퀴 돈 다음 가로지르는 길로 다시 넘어오기로 했
다. 스모키 산맥의 동쪽을 감싸듯 넘는 산길은 강원도 한계령과 흡사했다.
구불구불한 도로와 양옆으로 솟은 산은 왠지 낯이 익었다. 중부 대평원만 지
겹게 보며 살았던 우리에겐 두메산골이 더 정겹게 느껴졌는지 모르겠다.

산을 넘어서니 노스캐롤라이나 주가 됐다. 애쉬빌이란 도시에 이르렀을
무렵 점심시간도 돼 햄버거 집으로 들어갔다. 사람이 많았다. 어느 고등학
교인지 단체여행을 가는 학생들이 떼로 몰려 와 시골도시 답지 않게 북적댔

다. 한참 햄버거를 먹는데 또 기분이 이상했다. 우리가 햄버거를 먹기 위해 고개를 숙이면 식당 안에 있는 손님 대부분이 우리를 쳐다봤다. 다시 우리가 고개를 들면 손님들이 일제히 고개를 숙였다. 이곳 사람들은 동양인을 볼 기회가 많지 않았던 모양이다. 특히 딸이 움직일 때마다 손님들의 시선이 따라다녔다. 그러고 보니 식당 안에는 흑인조차 한 명도 찾아볼 수 없었다. 온통 백인이었다. 미국을 여행하면서 그런 경험은 처음이었다. 애팔래치아 산맥의 끝자락은 미국에서도 시골은 시골인 모양이었다.

애쉬빌에서 여행안내소에 들렀다. 그런데 이곳에서 뜻밖의 정보를 얻었다. 거기서 멀지 않은 곳에 '굴뚝 바위'라는 곳이 있다는 것이었다. 1992년 개봉됐던 〈라스트 모히칸〉이란 영화를 찍은 장소였다. 〈라스트 모히칸〉은 백인 시각으로 모히칸 원주민을 그린 영화였지만 그 배경은 장관이었다.

두 시간 가까이 가서야 겨우 굴뚝 바위 입구에 다다를 수 있었다. 굴뚝 바위는 이름처럼 높은 산 정상에 우뚝 솟은 바위산이었다. 산 전체가 암벽이었다. 무려 5억 년 전에 생긴 것이었다. 1902년 세인트루이스에서 온 루시어스 모스라는 의사가 이 바위산에 올랐다가 경치에 반해 7만 8000여 평의 산을 사들여 조경을 시작했다. 그 후로 모스 박사는 계속 주변 땅을 사 모아 122만여 평에 달하는 개인 공원으로 만들었다.

굴뚝 바위를 지나 30분 정도 산길을 따라 가니 히커리닛 폭포가 나왔다. 〈라스트 모히칸〉에 나오는 폭포다. 꼭대기엔 노부부 한 쌍이 한가로운 오후를 즐기고 있었다. 따스한 봄 햇살이 더 포근하게 느껴졌다.

다시 스모키 산맥으로 돌아가 '블루리지 파크웨이'라는 산길로 접어들었다. 좌우로 가마득히 보이는 산과 마을을 바라보며 거의 산꼭대기에 도달했을 무렵 무심코 계기판을 봤다. 으악! 연료등이 켜져 있는 게 아닌가. 도대체 얼마를 이 상태로 다닌 걸까. 산 속으로 들어왔으니 주유소는 최소한 30마일 이상은 가야 있을 터, 이 일을 어찌하랴. 기름을 한 방울이라도 아껴보려고 내리막길에선 시동을 꺼보기도 했다.

그러나 첨단 전자장비로 무장된 차는 이럴 때 오히려 애물단지였다. 시동을 끄니 핸들이 잘 움직이지 않았다. 게다가 브레이크도 말을 안 들었다. 기름이 문제가 아니라 산 아래 낭떠러지로 굴러 떨어질 판이었다. 30킬로미터 정도를 가슴 졸이며 내려가서야 겨우 마을을 만났다. 아찔한 순간이었다.

주유소를 찾아 헤매는 사이 날은 저물었다. 스모키 산맥을 보러 왔으나 정작 주인공은 제대로 볼 수가 없게 됐다. 산에 올라서니 완전히 깜깜해졌다. 맥 빠진 기분으로 산을 넘던 우리는 왜 이 산에 스모키란 이름이 붙었나를 피부로 체험하게 됐다. 산 정상에 이르자 마치 숨어있던 복병이 덮치듯 안개가 몰려 왔다. 시계는 5미터가 될까 말까. 강원도 미시령을 넘는데 앞이 거의 안 보인 셈이었다.

앞서 가던 자동차도 속도가 시속 10킬로미터 정도로 뚝 떨어졌다. 달린다고 하기보다는 긴다는 표현이 어울렸다. 스모키 산맥은 이름값을 톡톡히 했다. 내리막 무렵에선 진눈개비까지 가세했다. 앞도 잘 안 보이는데 길까지 미끄러워졌으니 운전은 더 어려웠다. 등에선 식은땀이 흘렀다. 컴벌랜드 갭의 터널을 지날 때만 해도 다니엘 분이 애팔래치아산맥을 넘으며 얼마나 고생했을지 상상이 안 갔다. 그러나 진눈개비에 안개까지 낀 길을 차로 내려오면서 진땀을 빼고 나니 분의 탐험이 얼마나 혹독했을지 짐작이 갔다.

3월에도 눈이 오니 이곳은 스키 관광지론 안성맞춤이었다. 산 아래 동네는 휘황찬란한 조명으로 요란했다. 개틀린버그라는 스키관광 도시였다. 한국에서도 스키 관광지는 화려하다. 이곳 역시 가로등마다 수백 개의 작은 전구로 장식을 해놓았다. 여관, 식당, 놀이동산, 술집이 이어졌다. 중부에서 스키를 탈 수 있는 곳은 아마 이곳이 남방 한계선이 아닐까 싶었다. 애팔래치아를 넘으면 날씨가 따뜻해져서 마땅한 스키 관광지가 없다.

밤 열 시가 넘어 켄터키 후라이드 치킨(KFC)의 본점이 있는 코빈에 닿았다. 육군 대령 출신인 샌더슨이 1940년대 이곳에서 만들어 팔기 시작한 닭튀김이 바로 KFC의 원조다. KFC가 탄생했던 '하랜드 샌더스 카페 겸 박물관'은 평범한 2층 건물이었다. 한편은 KFC 식당이고 다른 한편엔 샌더슨이 쓰던 사무실이 옛 모습 그대로 보존돼 있었다. 작은 박물관이었다. 전 세계적인 체인점인 KFC의 본점은 초대형 건물일 줄 알았는데 뜻밖에도 이름처럼 소박한 시골식당의 모습이었다.

매머드 동굴의 초석 광산

세계에서 가장 긴 동굴은 미국 켄터키 주에 있다. 매머드 동굴 국립공원이다. 아직 동굴의 길이가 정확히 얼마나 되는지조차 모를 정도다. 이러니 미국의 초등학교 교과서에 미국이 자랑하는 10대 자연경관으로 소개될 만하다.

국립공원이기 때문에 가이드 없이 굴 안으로 들어가는 것은 금지됐다. 공원에서 짜놓은 투어를 선택해야 했다. 매머드 동굴엔 계절별로 여러 가지 투어가 있었다. 겨울 시즌엔 여섯 가지 투어가 있는데 우리는 그중 '역사 투어'와 '얼어붙은 나이아가라 투어'를 선택했다. 각각 두 시간짜리 투어로 다섯 살짜리 딸과 함께 하기에 무난한 여정이었다.

아침 10시 45분에 역사 투어가 시작됐다. 가이드는 찰리 해넌이라는 뚱

보 아저씨였다. 미국에선 어딜 가나 몸이 육중한 사람을 자주 만난다. 매머드 동굴의 가이드는 가파른 경사를 하루 두세 차례 오르내려야 하는데 그런 격무에도 살을 빼지 못한 이유가 궁금했지만 차마 물어볼 수는 없었다.

일행은 우리 가족 네 명과 연인으로 보이는 미국 사람 두 명뿐이었다. 역사 투어는 매머드 동굴에 남아있는 사람의 흔적을 돌아보는 코스였다. 이 때문에 장엄한 동굴의 신비보다는 사람이 만들어 놓은 유적에 주안점을 뒀다. 가이드의 자상한 설명이 이어졌다.

매머드 동굴 옆엔 그린 강이 흐른다. 강 옆엔 기름진 평야가 펼쳐져 있다. 강과 평야는 고대 원주민이 정착하는데 필요충분조건이었다. 매머드 동굴에 지금으로부터 4000년 전에 살았던 것으로 추정되는 원주민의 유적이 남아 있는 것도 우연이 아니다. 동굴에선 당시 원주민이 썼던 횃불까지 타다 남은 그대로 발견됐다. 원주민은 매머드 동굴에서 소금을 캤을 것으로 추정하고 있다. 아주 오래전 이곳이 바다였기 때문에 소금이 나왔다는 것이다.

매머드 동굴이 인간에 의해 본격적으로 이용되기 시작한 것은 1798년 백인의 발길이 닿으면서부터였다. 백인의 관심사는 초석이었다. 초석은 화약을 만드는 데 꼭 필요한 화학물질이다. 과거 바다였던 매머드 동굴엔 소금뿐만 아니라 초석이 무진장 나왔다. 원주민이 살았던 평화시절엔 초석이 아무짝에도 쓸모없는 돌덩어리에 불과했다.

그러나 1812년 미국이 영국과 전쟁을 벌이면서 사정이 달라졌다. 전쟁으로 인해 총탄 수요가 급증했기 때문이다. 화약을 만드는 원료인 초석 값이 폭등한 것은 물론이었다. 매머드 동굴은 금싸라기 땅이 됐다. 수많은 흑인 노예가 매머드 동굴의 초석 광산으로 끌려 왔다.

역사 투어가 시작되는 동굴의 첫 번째 방은 초석 광산이 있었던 곳이었다. 수백 명을 한꺼번에 수용하고도 남을 만큼 큰방엔 당시 흑인 노예들이 기거했던 건물과 초석이 섞인 지하수를 운반했던 나무 파이프 유적이 남아 있었다. 초석은 마치 석회처럼 회색빛이 났다. 나무 파이프를 따라 흘러내려온 초석 액체는 닿는 곳마다 회색으로 바꿔놓았다. 흑인 노예들이 기거했던 집은 나무로 만든 간이 주택이었다. 변변한 시설이 없었으리라는 건 미루어 짐작할 만했다.

전쟁이 끝나자 매머드 동굴의 초석광산은 더 이상 쓸모가 없어졌다. 광산으로 끌려왔던 흑인 노예들도 다시 동부로 돌아가야 했다. 그러나 이때 광산에 남은 흑인들이 있었다. 초석광산에서 일했던 스티븐 비숍은 그중 한 명이었다. 그는 머리가 비상했다. 스스로 글을 깨우쳤고 동굴을 탐사하면서 매머드 동굴의 지리를 익혔다. 그 덕분에 전쟁이 끝난 뒤 동굴을 관광객에게 개방하면서 동굴 가이드로 일할 수 있었다. 같은 흑인 노예 출신의 매트와 닉 브랜스포드 형제도 비숍과 같은 흑인 관광 가이드였다.

매머드 동굴은 워낙 넓고 길이 복잡해 어지간한 사람은 몇 년을 다녀도 길을 잃기 십상이었다. 비숍과 브랜스포드 형제는 여기에 착안해 동굴 지리를 자식에게만 비밀스럽게 전수했다. 그 덕분에 이들의 자손은 후에 자유의 몸이 된 뒤에도 100년 이상 동굴 가이드를 하며 먹고 살 수 있었다. 매머드 동굴 공원 한쪽엔 이들의 가족묘지가 지금도 남아 있다. 동서고금을 떠나 똑똑한 조상을 만나면 후손이 편하게 살 수 있는 법이다. 물론 매머드 동굴의 진가를 알아본 미국 정부가 이곳을 국립공원으로 지정한 뒤에는 수많은 동굴 지질학자와 탐험가가 달려들어 동굴 지도를 만들었다. 그 바람에 비숍과 브랜드포드 형제의 비밀도 무용지물이 됐다.

신나게 설명하던 가이드는 막다른 골목에서 잠시 멈춰 섰다. 볼일이 있는 사람은 화장실을 가라는 것이었다. 역사 투어는 한꺼번에 많은 사람을 수용하기 때문에 화장실이 꼭 필요했다. 그렇다고 오물을 동굴 안에 그냥 두면 자연을 훼손하게 된다. 이 때문에 동굴 안 화장실의 오물은 펌프를 이용해 동굴 밖으로 모두 퍼낸다는 것이었다. 초석을 캔답시고 동굴을 있는 대로 훼손해 놓고 이제 와서 오물까지 퍼낸들 자연이 다시 복원될까만 뒤늦게나마 그런 노력이라도 하는 게 다행스러웠다.

동굴 천장엔 검은 물감으로 쓴 이름이 어지럽게 널려 있었다. 미국 사람들도 유명하다는 관광지에 가면 자기 이름을 써놓고 싶어 하는 걸까. 무심코 이름을 보니 '1886년'이라고 씌어 있었다. 설마, 장난이겠거니 했지만 그건 장난이 아니었다. 동굴의 천장에 쓴 이름은 초기 동굴 탐험자들이 촛불에서 나오는 그을음으로 쓴 것이라는 설명이었다.

투어가 끝날 무렵 동굴의 장관을 보여주는 큰 방이 나왔다. 사진이라도 찍을 요량으로 장소를 물색하고 있는데 가이드 아저씨는 계단으로 올라가자고 재촉했다. 아파트 칠팔 층 높이는 될 만한 계단이었다. 계속 따라가다 보니 어느새 동굴 출구로 나와 버렸다. 사진 찍을 시간을 주지 않은 건 또 다른 장삿속이 아니었을까. 동굴에서 사진을 못 찍었으니 기념품 가게에서 사진집이라도 사갈 수밖에 없었다.

점심을 먹고 오후에 출발하는 나이아가라 투어를 기다렸다. 이 투어는 매머드 동굴에서도 경관이 좋은 곳을 골라보는 코스였다. 계단을 많이 오르내려야 하는 게 흠이었다. 동굴 입구까진 버스로 이동했다. 이번 투어의 가이드도 오전에 만났던 헤넌 씨였다.

투어는 시작부터 가파른 계단이었다. 지하로 100미터 이상 될 것 같은 낭떠러지에 나선형 모양의 계단을 설치해 놓았다. 내려가면서 보이는 동굴은 한국에서 보던 것과는 사뭇 다른 느낌이었다. 한국의 동굴은 아기자기하고 섬세하다면 매머드 동굴은 웅장하고 투박하며 거칠었다. 종유석이 있긴 했지만 한국처럼 형형색색으로 아름답지는 않았다. 다만 엄청나게 크고 투박했다. 보존 상태는 한국의 동굴보다 훨씬 양호했다. 잘려나간 종유석이 거의 없었다.

매머드는 지금까지 탐험된 길이만 560킬로미터에 달한다. 경부고속도로가 440킬로미터니 알 만하다. 여기다 아직 인간의 발길이 닿지 않은 코스도 960킬로미터나 된다. 그 아래에 얼마나 더 동굴이 있는지는 정확히 모른다.

그러나 사람은 아는 만큼 본다고 했던가. 동굴에 대한 지식이 짧다 보니 동굴은 다 그게 그거로 보였다. 멋진 경관으로만 따지자면 충북 단양의 고수동굴이나 강원도 삼척의 환선동굴도 매머드 동굴 못지않다.

물론 우리가 본 매머드는 빙산의 일각에 불과했다. 그걸로 전체를 평가하기는 어려울 것이다. 다만 가이드가 매머드에서도 알아주는 종유석이라고 입에 침을 튀기며 설명하는 것조차 한국의 동굴과 비교해볼 때 더 나은 점을 발견하기 어려웠다. 우리나라가 작지만 얼마나 아름다운 땅인가를 다시 한번 절감했다. 그 아름다움을 가꾸고 꾸며서 귀한 자산으로 만들지 못한 것은 우리의 잘못이다. 후손에게 세계적인 관광지를 남겨주는 것은 자연의 몫이 아니라 사람의 몫이 아닐까.

휠체어도 오를 수 있는 바위산

미주리 주는 다니엘 분에 의해 애팔래치아 산맥을 넘는 길이 뚫린 후 동부에서 넘어온 서부이주민의 전진기지가 됐다. 자연스럽게 원주민은 서부로 밀려나고 백인 세상이 됐다. 그 덕분에 미주리 주엔 초기 백인사회의 문화와 언어, 풍습이 많이 남아있다. 미주리 주의 애칭이 '증거를 보여주세요(The Show Me State)'이듯 미주리 사람들은 의심이 많다. 반면 동네사람끼리는 친절하고 의협심도 강하다. 미주리 주의 시골도시는 그래서 가장 미국답다는 소리를 듣는다.

세인트루이스 남쪽의 체스터필드라는 작은 도시에 자리 잡은 '나비의 집'은 3층 건물 높이의 온실 안에서 나비를 키우는 곳이었다. 나비의 집답게 입구부터 거대한 애벌레 모형이 차지하고 있었다. 모형은 어린이 놀이터 겸용이었다.

표 받는 곳에 이르렀을 때 우리는 잠시 멈칫할 수밖에 없었다. 표를 받아야 할 직원은 장애인이었다. 한 가지 장애만 있는 사람이 아니라 뇌성마비에 청각장애가 겹친 복합장애인이었다. 표를 어떻게 해야 할까 잠시 망설이자 그는 검지를 겨우 움직여 휠체어 손잡이에 있는 단추를 눌렀다. 그와 동시에 휠체어 뒤편에서 컴퓨터 합성음이 흘러 나왔다.

"티켓 오른쪽 끝 부분을 잘라 앞에 있는 통에 넣어 주세요."

컴퓨터가 시키는 대로 표를 잘라 통에 넣자 청년은 우리에게 엷은 미소를 흘렸다. 말은 필요 없었다. 뇌성마비에 청각장애가 있는 사람도 표 받는 일쯤은 얼마든지 할 수 있다는 걸 그는 몸소 보여주고 있었다. 장애에도 좌절하지 않은 청년의 영혼도 존경스러웠지만 그에게 일할 기회를 준 나비의 집도 부러웠다.

나비의 집에선 희귀한 곤충과 파충류를 구경시켜주는 행사를 열고 있었다. 도시에선 거의 찾아보기 힘든 사슴벌레나 형형색색의 풍뎅이들이 즐비했다. 나비는 이중문으로 된 온실 안에서 기르고 있었다. 빨강, 파랑, 노랑색 꽃들 사이로 온갖·빛깔의 나비가 춤을 추며 날아다니고 있었다. 이곳에 있는 나비는 100여 종에 달했다. 안내서엔 종류별로 나비 이름과 사는 지역이 사진과 함께 설명돼 있었다.

살아있는 나비를 볼 기회가 많지 않았던 아이들은 나비와 함께 이리저리 쫓아다니며 신바람이 났다. 나비를 키우는 사람들은 악한 마음을 가지려야 가질 수 없을 것 같았다. 아름다운 나비를 보며 누굴 미워할 마음이 생길까.

체스터필드에서 남쪽으로 다시 한 시간 정도 내려가다 본 테르(Bonne Terre)라는 광산마을을 만났다. 1870~1962년 사이에 납과 은을 캤던 지하 광산이었다. 그러나 본 테르는 뜻밖에 작은 마을이었다. 땟물이 뚝뚝 흐르는 꾀죄죄한 가게들이 좁은 거리를 따라 몇 군데 있을 뿐 그럴듯한 쇼핑가도 높은 빌딩도 찾아볼 수 없었다. 이런 곳에 얼마나 큰 광산이 있을까. 마을을 아무리 둘러봐도 높은 산은 보이지 않았다.

그러나 광산은 땅 위에 있는 게 아니라 지하에 있었다. 본 테르 마을의 땅 밑은 전체가 하나의 거대한 바위였다. 돌을 다이너마이트나 정으로 깨뜨려 갱도를 만들고 이를 넓혀 다시 광장을 만드는 식으로 지하 광산을 만들었다.

광산은 다시 밑으로 3층이나 내려갔다. 지하에 따로 콘크리트 기둥을 만든 게 아니라 바위를 깨뜨릴 때 기둥이 될 부분은 남겨 자연스레 돌기둥을 삼았다. 땅 밑을 얼마나 파헤쳤는지 지하 광산이 지상의 마을보다 더 컸다. 납과 은을 캤던 터라 당시 쓰던 삽이나 도구 위엔 허연 침전물이 두껍게 덮여 있었다. 지하의 방은 켄터키 주 매머드 동굴에 있는 방보다 커 보였다.

한 층 더 내려가자 이번엔 지하 호수가 나타났다. 배를 타고 돌아볼 수 있을 만큼 큰 호수였다. 어른 키보다 깊은 물 속은 바닥까지 훤히 들여다보였다. 손바닥만한 물고기 한 마리가 왔다 갔다 하고 있었다. 배를 타고 호수를 한 바퀴 돌아오는데 잠수복을 입은 사람들이 들어왔다. 스킨스쿠버를 하려는 사람들이었다. 본 테르 광산의 지하 호수에서 하는 스킨스쿠버는 미주리 주에서도 소문난 관광상품이다. 빛이 거의 들지 않아 컴컴한 지하 호수 속으로 들어가는 기분은 생각만 해도 으스스했다.

우리 일행과 마주친 사람들은 반갑게 인사를 했다. 마치 오랫동안 이웃에서 함께 살았던 사람 같이 살가웠다. 중년의 백인 아주머니는 호수에 들어가는 게 무섭다며 몸서리치는 흉내까지 냈다. 우리 쪽 일행도 기다렸다는 듯 맞장구를 치며 수다를 떨기 시작했다. 이런 게 대도시에선 느낄 수 없는 중부 사람들의 정서가 아닐까.

본 테르의 남쪽으로는 화강암 산악지역이 이어졌다. 마을 이름도 그래나이트빌(Graniteville, Granite는 화강암)이었다. 산 위에는 마치 서커스에서 꼬리에 꼬리를 물고 나오는 코끼리 떼 모양의 바위 군이 있었다. 그래서 이름도 '코끼리바위 주립공원'이었다.

공원에 도착했을 땐 가랑비가 부슬부슬 내리고 있었다. 산책로를 따라 산꼭대기로 올라갔다. 처음엔 무심코 지나쳤지만 어느 정도 올라가면서 재미있는 사실을 발견했다. 꼭대기로 오르는 길엔 일정한 간격으로 초록색 인공 양탄자가 깔려있었다. 무슨 표시일까?

궁금증은 금방 풀렸다. 양탄자가 깔려있는 곳엔 어김없이 점자로 된 안내문이 나왔다. 맹인도 올라가면서 방향과 거리를 알 수 있도록 배려한 것이었다. 양탄자뿐만이 아니었다. 주립공원의 산책로는 휠체어가 다닐 수 있도록 모두 콘크리트로 포장해 놓았다. 휠체어가 빠져나가기 어려운 곳엔 우회로를 만들었다. 이 때문에 산꼭대기까지 휠체어를 타고도 오를 수 있었다.

17대 국회에 장애인 의원이 등원하게 되자 계단에 경사로를 새로 만든다고 야단법석을 떨고 있는 우리나라 국회의사당을 이곳 사람들이 본다면 어떻게 생각할까. 나비의 집에서 느꼈던 부러움이 부끄러움으로 바뀌었다.

산꼭대기엔 둥근 화강암 덩어리가 꼬리에 꼬리를 물고 줄지어 서 있었다. 아래쪽으론 미주리 주의 광활한 숲이 펼쳐졌다. 휠체어를 타고 올라 온 장애인이 바위 위에서 이 바람을 맞는다면 얼마나 상쾌할까. 앞을 보지 못하는 장애인이라도 가슴이 툭 트이는 기분이리라.

산꼭대기는 전체가 하나의 큰 바위덩어리였다. 홈이 팬 곳엔 빗물이 고여 있었다. 그 안에는 올챙이들이 새카맣게 헤엄을 쳤다. 빗물이 다 증발되기 전에 저 올챙이들이 개구리로 거듭나야 할 텐데. 개구리 엄마는 어쩌자고 직사광선이 내리꽂히는 바위 꼭대기에 알을 낳았을까.

미주리 주에서 가장 높은 산은 타움 속(Taum Sauk) 산악주립공원 안에 있다. 높이는 540미터다. 가장 높다는 산이 629미터인 관악산보다도 낮으니 미주리 주가 얼마나 평탄한 곳인가 알 만하다. 산에는 40미터 높이의 폭포가 있다. 그리 높지 않은 절벽이었지만 폭포엔 애틋한 사연이 숨어 있었다.

오래전 이곳엔 원주민 부족이 살았다. 부족의 추장에겐 애지중지하는 예쁜 딸이 있었다. 그러나 귀족 신분인 추장의 딸이 그만 부족의 최하층 계급에 속하는 청년과 사랑에 빠지고 말았다. 추장은 물론 부족사회는 이를 용납하지 않았다. 몇 차례 경고에도 불구하고 추장의 딸과 청년이 밀회를 계속하자 부족회의는 청년에게 극형을 선고했다. 타움 속 산의 절벽에서 뛰어내리라는 것이었다.

이승에선 추장의 딸과 맺어질 수 없음을 깨달은 청년은 모든 걸 포기한 채 절벽 아래로 몸을 던졌다. 사랑하는 사람의 죽음을 지켜본 추장의 딸은 슬픔을 이기지 못했다. 얼마 후 추장의 딸도 절벽 아래에서 싸늘한 주검으로 발견됐다.

신분의 벽을 뛰어넘은 두 사람의 사랑에 하늘도 감동했을까. 두 사람이 뛰어내린 절벽에선 금방 물이 흐르기 시작했고 곧 폭포가 됐다. 부족 사람들은 폭포에 '미나 속(Mina Sauk)'이란 이름을 붙였다. 미나 속은 추장의 딸 이름이었다. 그리고 폭포가 있는 산은 추장의 이름을 따 '타움 속'이라고 불렀다.

부족사회의 계율 때문에 타움 속 추장은 사랑하는 딸을 죽음으로 내몰 수밖에 없었다. 그러나 그의 속마음은 얼마나 아팠을까. 후세 사람들이 산의 이름을 타움 속이라 짓고 폭포의 이름을 미나 속이라 한 것은 추장이 영원히 딸을 품에 안고 있도록 배려한 것은 아닐는지. 비록 사랑하는 사람을 따라 아버지를 떠났지만 미나 속도 아버지를 그리워하며 하염없이 눈물짓고 있는 것은 아닐까.

작은 시골마을을 지나는데 사람들이 잔뜩 모여 있었다. 이 시골구석에 무슨 구경거리일까. 마을 공터에선 고물차 충돌 대회가 열렸다. 폐차 직전의 자동차를 수리한 뒤 서로 부딪치게 해 마지막까지 남는 차가 우승하는 경기였다. 후원 단체의 명단을 보니 죄다 자동차 수리센터였다. 어느 수리센터가 중고차를 가장 힘 있고 날래게 고치는가를 테스트하는 대회인 셈이었다. 과연 굴러갈까 싶은 자동차들이 서로 부딪치고 올라타고 하는 모습이 우스꽝스러웠다.

동부와 서부로 가면 최첨단 자동차들의 경주가 구경거리다. 그러나 중부 시골마을에선 폐차 직전의 고물차 충돌 대회가 마을 사람들을 사로잡고 있었다. 어쩌면 이곳 사람들에겐 최첨단 자동차보다는 중고차 박치기 대회가 더 실용적일지 모른다. 차가 부딪칠 때마다 요란한 엔진소리와 함께 진흙이 튀고 차에서 떨어져 나온 부품이 사방으로 흩어졌다. 마치 로데오 경기를 보고 있는 것 같았다.

세인트루이스의 동쪽은 평원이다. 미주리 강이 흐르는데다 드넓은 초원이 펼쳐지니 사람 살기에는 더 없이 좋은 자연조건이다. 이곳에 멕시코 이북의 북미대륙에서 가장 큰 원주민 마을의 유적이 남아있는 것은 우연이 아니었다.

카호키아 언덕(Cahokia Mounds)은 주립 역사유적지다. 카호키아는 프랑스 사람들이 처음 발견했다. 당시 이곳에 살았던 부족의 이름이 카호키아였다. 이 때문에 카호키아에는 프랑스 사람들이 세운 최초의 교회가 남아 있다. 정복자의 교회를 지나 20분가량 달리니 오른편으로 예사롭지 않은 언덕이 보였다. 이집트의 피라미드 모양인데 정상부분이 평평했다. 모양은 피라미드를 닮았지만 언덕은 흙으로 만들어졌다.

카호키아에 원주민이 살기 시작한 것은 서기 700년 무렵으로 추정된다. 1200년께 절정기에는 카호키아의 인구가 2만 명에 달했다. 북미 대륙에서 가장 큰 도시였다. 2만 명의 원주민이 먹고 마시고 하자면 농사 규모도 보통이 아니었을 것이다.

인구가 늘자 신분제도도 엄격해졌다. 평민과 귀족 사이엔 차별이 필요했다. 귀족과 제사장은 평지에 인공 언덕을 만들고 그 위에서 살았다. 줄잡아 120여 개의 인공 언덕이 이때 만들어졌다. 예나 지금이나 신분이 높아지면 높은 곳에 군림하고 싶어 하기는 마찬가지다. 그러나 이곳에 발을 들여놓은 백인 이주민들이 땅을 마구잡이로 개간한 통에 현재 언덕은 69개밖에 남아

중부 시골마을의 자동차 박치기 대회

있지 않다.

농사를 지었던 카호키아의 원주민은 천문에 밝았다. 광장 한복판에 커다란 나무기둥을 박아 놓고 해시계로 썼다. 달이 만드는 그림자로는 음력을 계산하기도 했다. 그러나 이들에겐 문자가 없었다. 이 때문에 아직도 이곳에 어떤 민족이 언제부터 어떻게 살았는지를 정확히 알 수 있는 자료는 없다.

유물을 분석한 결과 이곳에 살았던 사람들이 1400년께 갑자기 사방으로 흩어져 한동안 유령도시로 전락한 적이 있었다는 사실 정도를 밝혀냈다. 그러나 이유는 정확히 모른다. 인구가 갑자기 늘면서 유행병이 돌았기 때문이 아니었을까 추측할 뿐이다.

마침 유적지에선 어린이 날 행사가 열리고 있었다. 원주민 민속춤 공연도 하고 벼룩시장도 섰다. 팝콘과 아이스크림은 공짜였다. 그러나 원주민 춤을 추는 사람들은 백인들이었다. 지역의 원주민 문화 연구단체에 속한 학생들이었다. 정작 이 자리에 있어야 할 원주민은 한 명도 찾아볼 수 없었다. 원주민이 없는 원주민 유적지였다. 원주인은 백인에게 밀려 산지사방으로 흩어지고 민속춤조차 백인 학생들에 의해 계승되고 있는 현실을 어떻게 보아야 할까.

유적지 안에 있는 박물관엔 이곳에서 발굴한 각종 생활도구와 의류, 옷가지 등이 보존돼 있었다. 박물관에선 카호키아를 소개하는 영화도 상영했다.

추장과 제사장이 살았던 언덕에 올라보니 멀리 세인트루이스 시가 아련하게 보였다. 아파트 칠팔 층 높이의 언덕이건만 주변에 높은 산이 없으니 사방이 탁 트였다. 2만 명의 원주민이 이 주위에 살았던 시절 언덕 위에서 사방을 내려다봤다면 대단한 장관이었으리라.

그러나 해시계를 만들어 썼을 정도로 높은 문명을 이룬 원주민이었건만 문자를 갖지 못해 후손에게 역사를 남기지 못했다. 문자가 없으니 문명은 대를 이어 발전하지 못하고 어느 순간 역사의 수수께끼로 사라지고 말았다. 새삼 우리에게 한글이 있다는 게 얼마나 큰 축복인가 느낄 수 있었다.

루이지애나를 탐험한 두 사나이

중부의 세인트루이스와 남부 뉴올리언스 사이엔 일찍부터 프랑스 사람들이 개척한 뱃길이 열려 있었다. 중부에서 원주민이 완전히 밀려나기 전까지 애팔래치아 산맥을 넘는 육로보다는 이 수로가 더 안전했다.

그러나 미시시피 강 서쪽의 광활한 땅은 1804년까지 미지의 세계로 남아 있었다. 당시 이 땅은 루이지애나로 불렸다. 프랑스 사람 라살이 1682년 캐나다의 오대호에서 미시시피 강을 따라 남하해 뉴올리언스까지 탐험한 뒤 미시시피 강 서쪽부터 로키 산맥까지의 땅에 프랑스 군주 루이 14세의 이름을 따 루이지애나라는 이름을 붙였다.

그러나 라살은 물론이고 그 후로도 120년 동안 유럽 사람들은 루이지애나가 어떻게 생겼고, 어떤 원주민이 살고 있으며, 어떤 자원이 있는지 전혀 알지 못했다. 엄연히 주인이 있었던 땅에 자기들 멋대로 금을 그은 것도 우습지만 자기 땅이라고 해놓고도 그 땅이 어떻게 생겼는지조차 몰랐다는 것은 코미디에 가깝다.

이 때문에 1803년 프랑스 나폴레옹으로부터 루이지애나를 사들인 토머스 제퍼슨 미국 대통령은 먼저 루이지애나 지역에 대한 탐사가 급선무라고 생각했다. 제퍼슨은 몇몇 탐험가들에게 루이지애나를 조사해 달라고 부탁

했으나 거절당했다. 고심 끝에 제퍼슨은 자신의 비서였던 메리웨더 루이스를 불렀다.

군인이었던 루이스는 모험심이 강한 사람이었다. 흔쾌히 제퍼슨 대통령의 명을 받아들인 그는 오랜 전우 윌리엄 클라크를 끌어들였다. 클라크는 그림을 잘 그렸다. 이 때문에 루이지애나의 지도와 원주민 부족의 모습을 그림으로 옮길 수 있었다.

1804년 5월 14일 마침내 루이스와 클라크는 세인트루이스에서 미주리 강을 따라 루이지애나 탐험에 나선다. 초기의 탐험은 순조로웠다. 지금의 노스다코타 주까지는 미주리 강의 폭이 넓어 배로 가는 데 큰 문제가 없었다. 탐험대는 3개월 만에 1차 목적지 맨댄과 히다차 원주민이 사는 노스다코타에 닿았다. 그러나 북서쪽으로 더 이상 여행하는 것은 현실적으로 어려웠다. 백인을 접해본 적이 없는 원주민이 많았고, 강이 좁아 배로 이동할 수도 없었기 때문이다. 육로로 가기 위해선 통역이 필요했다.

몇 달째 쇼쇼니 원주민 마을에 발이 묶여 있던 루이스 일행은 이때 원주민 색시인 사커저위어를 만났다. 그녀는 어린 시절 프랑스 정복자들에게 납치돼 노예로 팔려간 여인이었다. 이리저리 끌려 다니던 그녀는 어느 날 투산 샤버노라는 프랑스 출신 캐나다 사람을 만났다. 사커저위어의 모습에 반한 샤버노는 노예시장에 팔려나온 그녀를 사서 부인으로 삼았다. 그리고 사커저위어가 임신하자 아내를 고향으로 데리고 갔다. 사커저위어가 아이를 낳기 위해 고향으로 돌아왔을 때 루이스 일행이 들이닥친 것이었다. 드라마 같은 이 인연이 루이스 일행에겐 천우신조가 됐지만 원주민에게는 재앙의 씨앗이 될 줄이야.

루이스 일행이 겨울을 나는 동안 아들을 낳은 사커저위어는 이듬해 봄 길잡이를 자청했다. 갓난 아들을 업은 채였다. 그녀의 존재는 루이스와 클라크에게 천군만마보다 더 큰 힘이 됐다. 이들은 북서부를 탐험하면서 숱하게 많은 원주민 부족을 만났지만 사커저위어 덕분에 위기를 넘길 수 있었다. 일부 부족은 우호의 징표를 건네기도 하고 식량과 배를 제공하기도 했다.

1년 6개월의 탐험 끝에 루이스와 클라크는 워싱턴 주 포틀랜드 인근의 작은 어촌마을에서 태평양과 만났다. 사커저위어는 이들의 탐험이 끝난 뒤 고향 마을로 돌아갔고, 루이스와 클라크도 1806년 세인트루이스로 귀환해 영웅이 됐다. 루이스와 클라크가 모아온 각종 자료와 원주민에 대한 정보는 이후 미국 사람들의 서부이주에 결정적인 도움을 주었다. 루이스와 클라크가 탐험한 길은 대표적인 서부이주 통로였던 오리건 트레일이 됐다.

루이스와 클라크가 지나간 뒤 불과 50여 년 후 다시 온 백인들은 사커저위어도 따뜻한 원주민의 환대도 까맣게 잊어버렸다. 급기야 금이 발견되자 북서부 원주민은 백인 기병대에 쫓겨 남서부 사막지대로 쫓겨나거나 죽음을 당해야 했다.

루이스와 클라크가 루이지애나를 향해 닻을 올렸던 포구에는 거대한 아치가 서 있다. 게이트웨이 아치다. 높이는 192미터나 된다. 몸체는 886톤의 스테인리스 강철로 만들었다. 1963년 당시로선 최첨단 기술로 2년 걸려 세웠다. 아치는 말 그대로 관문을 뜻한다. 루이스와 클라크가 이곳에서 루이지애나로 가는 대장정을 시작했다는 걸 기념해 만든 것이었다. 서부로 가는 관문이 세인트루이스였다는 얘기다.

스테인리스 금속의 표면은 햇빛을 받아 눈이 부시도록 반짝거렸다. 아치 위엔 전망대도 있었다. 아치 아래에서 전망대까지 트램이 운행하고 있었다. 아치 위에 올라서니 세인트루이스 시내와 미시시피 강이 한눈에 들어왔다.

강의 건너편은 일리노이 주다. 건너편 일부도 세인트루이스 시에 속하지만 그쪽에는 주로 산업시설이 몰려 있다.

아치 1층엔 서부개척 박물관이 자리 잡았다. 서부이주의 역사와 당시 생활상을 자료와 함께 전시하고 있었다. 서부를 탐험한 미국 사람들은 만나는 원주민 부족마다 정부에서 준 우호의 징표를 줬다. 미국 정부가 발행한 징표에는 원주민을 대등한 교역상대로 인정한다는 내용이 적혀 있었다. 원주민들도 처음엔 미국 사람들을 환대했다. 그러나 이주민이 늘어나면서 우호의 징표는 쇠붙이 이상 아무 의미가 없게 됐다. 땅을 빼앗기기 시작한 원주민은 백인들을 공격하기 시작했고, 백인은 다시 원주민을 학살했다.

그러나 역사는 언제나 이긴 자의 편에서 윤색되기 마련이다. 원주민의 땅을 강탈한 백인의 역사는 미지의 신대륙을 개간한 개척자 정신으로 색칠됐다. 미국 정부가 줬던 우호의 징표가 왜 쓸모없는 쇠붙이밖에 안 됐던가에 대한 설명은 어디에도 없었다. 사커저위어의 도움에 대한 설명도, 루이스와 클라크에게 음식과 배를 준 부족의 얘기도 없었다.

옛날 미시시피 강을 따라 올라온 스팀보트로 흥청댔을 선착장은 선상 카지노가 차지하고 있었다. 강변을 따라 길게 산책로가 이어졌다. 그 뒤로는 옛 시가지가 잘 보존돼 있었다. 분위기 있는 레스토랑이나 라이브 카페, 스테이크 하우스 들이 즐비했다. 길에는 아스팔트 대신 돌이 깔려 있었다. 주말엔 관광용 마차도 다녔다. 옛 도심은 카페에서 흘러나오는 음악과 오가는 사람들의 웃음소리, 말소리로 언제나 시끌벅적했다.

세인트루이스의 도심은 도시 리모델링의 모범사례로 꼽힌다. 옛 시가지를 다치지 않으면서 새 건물을 조화롭게 지어 놓았다. 높다란 현대식 건물 숲 가운데 1864년에 지은 옛 재판소가 위엄을 잃지 않고 서 있었다. 재판소 앞 분수대에서 보면 하얀색 재판소 건물이 반짝반짝 빛나는 아치의 배경과 잘 어울렸다. 이 때문에 분수대 앞에는 사진을 찍는 관광객이 많았다.

옛 재판소에서 시내 안쪽으로는 일직선의 두 대로가 동서로 뻗어있다. 세인트루이스의 주요 건물은 이 길을 따라 늘어서 있다. 미국의 어느 도시를 가나 기차역인 유니언 스테이션(Union Station)은 관광명소다. 세인트루이스의 기차역 역시 레스토랑과 공연장이 꽉 들어차 인파로 붐볐다. 그러나 정작 기차를 이용하는 사람은 많지 않았다. 중부의 도시는 대중교통 수단이 거의 없다. 그러니 기차를 타고 여행을 하기가 여간 불편한 게 아니다. 이 때문에 철도의 수지가 맞지 않아 최근엔 세인트루이스에서 캔자스시티까지 운행하는 열차의 편수를 반으로 줄였다.

세인트루이스의 대로가 끝나는 곳부터 포레스트 파크가 됐다. 아이스티와 아이스크림콘이 탄생한 곳이 바로 이 공원이다. 1904년 이곳에서 열린 만국박람회 때였다. 더위에 지친 유럽 사람들이 시원한 음료를 찾는다는 사실에 착안한 상인들이 홍차에 얼음을 넣은 아이스티를 세계 최초로 발명했다.

아이스크림콘의 탄생은 더 재미있다. 인산인해를 이룬 인파로 아이스크림을 담아주던 용기가 바닥이 났다. 다급해진 아이스크림 장사들이 과자나 과일에 아이스크림을 퍼준 게 뜻밖에 대히트를 쳤다. 이후 세인트루이스의 아이스크림 장사들은 '콘'이란 새로운 과자용기를 만들어냈다.

세인트루이스 어귀엔 미주리 식물원이 있다. 미주리에서 가장 클 뿐만 아니라 세계적으로도 유명한 식물원이다. 이곳에 식물원을 처음 만든 사람은 1819년 영국에서 이주해온 헨리 쇼라는 사람이다. 쇼는 서부로 이주하는 사람들에게 필요한 물품을 조달해주는 사업으로 큰돈을 벌었다. 그는 돈벌이에만 급급하진 않았다. 돈이 모일 때마다 타워 그로브라는 곳에 식물원을 조성했다. 1859년 마침내 쇼의 식물원이 문을 열었다.

쇼는 처음부터 이 식물원을 상류계층의 놀이터로 만들지 않고 일반인에게 개방했다. 그리고 식물원에서 얻은 수많은 원예재료나 정보를 필요한 사람들에게 무료로 나눠줬다. 그 전통은 지금도 이어져 미주리 식물원의 원예정보는 세계 30여 국가에 제공되고 있다. 식물원에서 운영하는 교육 프로그램의 혜택을 받고 있는 교사, 학생은 연간 10만 명에 달한다.

식물원은 크게 세 부분으로 나뉘어져 있었다. 입구 쪽엔 돔 형태의 클라이메트론 온실을 중심으로 크고 작은 여러 개의 정원을 모아 놓았다. 위로 올라가면서 왼쪽은 빅토리아 정원이, 오른쪽엔 일본 정원이 자리 잡았다. 빅토리아 시대는 영국이 해가 지지 않는 제국으로 불리던 호시절이었다. 이 때문에 정원에도 자연미보다는 인공미가 더 강조됐다. 아니, 자연 그대로 놔둔 나무나 풀이 거의 없었다. 온갖 모양으로 깎아 놓은 나무가 정원을 가득 메웠다. 어른 키의 두 배쯤 되는 사철나무로 만든 미로인 '캐서 메이즈' 는 빅토리아 정원에서 빠지지 않는 메뉴다.

빅토리아 시대 선남선녀들은 이 미로에서 놀기를 즐겼다. 미로의 한쪽 입구로 들어가 누가 먼저 반대편 미로로 빠져나오느냐를 겨루는 것이었다. 미로 바로 옆에는 높은 망루가 세워졌다. 망루에 올라가 자기편 술래에게 방향을 알려줄 수 있도록 하기 위한 것이었다. 망루 위에선 미로 안을 헤매는 아이들에게 길을 일러주려는 엄마, 아빠들이 손짓발짓 해가며 악을 쓰고 있었다. 망루에서 보기엔 쉬워보였지만 막상 미로 속에 들어가자 어디가 어딘지 방향을 종잡기 어려웠다.

빅토리아 정원 못지않게 일본 정원도 자연미보다는 인공미를 강조했다. 깔끔하게 정돈된 수목, 바리캉으로 밀어놓은 듯한 수풀, 돌로 마무리한 호숫

세인트루이스의 게이트웨이 아치와 야경

가. 모두 정갈했다. 그러나 어디까지나 사람이 만든 정원이란 느낌을 떨쳐 버릴 수가 없었다. 가능한 한 자연을 손대지 않고 만든 한국 정원과는 맛이 달랐다. 일본 정원에서 가장 인기 있는 곳은 잉어 양식장이었다. 잉어 먹이를 파는 자동판매기가 있었다. 25센트를 넣으니 콩알 같은 잉어 먹이 한 주먹이 나왔다. 관광객들이 사서 던져주는 먹이 때문에 살찐 잉어는 크기가 어른 팔뚝만 했다.

식물원에서 나오다 가장행렬 무리와 만났다. 중국의 전통 의상을 차려입은 아이들을 앞세우고 뒤로는 중국 왕과 신하의 복장을 한 무리, 무사의 모습을 한 무리, 경극에 등장하는 주인공 무리 등이 뒤따랐다. 마침 열린 중국의 날 행사의 하이라이트인 가장행렬이었다.

중부 도시에까지 중국과 일본의 문화는 파고들었지만 정작 아시아를 주름잡고 있는 한류문화는 어디서도 찾아볼 수가 없었다.

아라비아 호의 당나귀가 남긴 교훈

미국에서도 지역감정이 강하게 남아있는 곳 중 하나가 중부의 캔자스 주와 미주리 주다. 그렇다고 우리나라의 호남과 영남처럼 사이에 높은 산이 있는 것도 아니요, 큰 강이 가로막고 있는 것도 아니다. 양옆으로 나란히 붙어 있는데도 양쪽의 주민들은 서로 앙숙지간이다. 미식축구나 농구 대표팀이 맞붙으면 한일전을 방불케 한다. 다른 주에는 져도 서로 상대방에겐 질 수 없는 게임이 된다. 미주리 주는 동부의 서쪽 끝이라고 부르고 캔자스 주는 서부의 동쪽 끝이라고 할 만큼 분위기도 사뭇 다르다.

캔자스와 미주리가 견원지간이 된 것은 1818년으로 거슬러 올라간다. 당시 미합중국 연방은 노예제를 합법화한 노예주와 자유주가 11대 11로 팽팽한 균형을 이루고 있었다. 위태로운 균형이 이뤄진 상태에서 루이지애나 지역에 속했던 미주리가 독립된 주로 새로 연방에 가입하려 하면서 문제가 생겼다. 미주리 주엔 이미 2000명이 넘는 흑인 노예가 있었기 때문에 농장주들은 노예주로 가입하길 원했다. 그러나 미주리 주가 노예주가 되면 연방의 균형이 깨질 수밖에 없었다. 자유주 진영으로선 이를 결코 받아들일 수 없었다.

연방을 깨기 직전까지 간 남북은 1820년 극적으로 절충안을 만들었다. 미주리 주를 노예주로 인정하는 대신 자유주에 속한 매사추세츠 주에서 분리독립을 원했던 메인 주를 자유주로 연방에 가입시키자는 '미주리법'이 그것이었다. 미주리 주가 노예주로 연방에 가입해도 남북의 비율을 12대 12로 똑같이 맞추기 위한 고육지책이었다. 이후 루이지애나 지역에서 새로 독립한 주가 연방에 가입할 때는 북위 36도 30분 이남은 노예주, 그 이북은 자유주로 하기로 했다. 전쟁 직전까지 갔던 남북의 험악한 분위기는 미주리법의 극적인 타결로 가까스로 진정됐다.

그러나 평화는 오래가지 못했다. 에이브러햄 링컨을 비롯한 노예제 반대론자들은 캔자스 주와 네브래스카 주가 연방에 가입하려 하자 미주리법의 폐기를 주장했다. 각 주가 노예주냐 자유주냐를 선택하는 것은 주민투표로 정해야 한다는 것이었다. 민주당 상원의원이었던 스티븐 더글러스가 제안한 이 법은 그해 1854년 '캔자스-네브래스카 법'으로 성문화되기에 이르렀다.

주민투표를 앞두고 남북 양쪽은 캔자스와 네브래스카 주를 서로 자기진영으로 끌어들이기 위해 혈안이 됐다. 이웃한 미주리 주의 노예제 찬성론자들은 밤중에 떼거리로 캔자스 주로 넘어가 주민으로 '위장전입'을 시도했다. 캔자스 주의 터줏대감이었던 노예제 반대론자들이 이를 가만히 두고 볼 리 만무했다. 언쟁으로 시작된 양측의 충돌은 삽시간에 유혈 난투극으로 발전했다. 한쪽에서 당하고 나면 어김없이 보복이 이뤄졌고 보복은 다시 피의 복수를 불렀다. 캔자스와 미주리 주민 사이에 뿌리 깊은 감정이 자리 잡게 된 것도 이때부터다.

2년에 걸친 유혈 참극 끝에 캔자스와 네브래스카 주는 자유주로 연방에 가입했다. 이후 남부 노예주는 잇따라 연방에서 탈퇴해 '남부아메리카연합'을 결성했다. 당시 최대 정당이었던 민주당도 분열했다. 노예제 반대론자들은 민주당에서 탈당해 공화당을 만들었다. 민주당이 남부에서, 공화당은 북부에서 정치적 기반을 갖게 된 것은 여기서 유래했다. 급기야 1861년 남북은 4년에 걸친 피비린내 나는 전쟁을 벌여야 했다. 1854년의 앙금이 가라앉기도 전에 전쟁이 터지자 캔자스와 미주리 주민은 서로 죽기 살기로 싸웠다.

격전이 벌어졌던 캔자스시티는 공교롭게도 캔자스 주와 미주리 주에 양다리를 걸치고 있었다. 미주리 강가에 도시를 세우다 보니 강 양변으로 시의 경계가 확장됐다. 이 때문에 강 동쪽은 미주리 주이고 서쪽은 캔자스 주가 됐다. 도시의 주요 시설은 모두 강 동쪽에 있기 때문에 행정구역상으론 미주리 주에 속한다. 그러나 도시의 정서는 캔자스 주에 더 가깝다.

캔자스 다운타운의 북쪽은 미주리 강과 맞닿아 있었다. 원래 캔자스시티는 포구였다. 1821년 프랑시스 샤토라는 프랑스 사람이 미시시피 강 옆에 교역소를 만든 게 캔자스시티의 기원이었다. 이 때문에 서부 개척시대는 이곳을 '서부 부두'라고 불렀다. 캔자스시티에서 가장 오래된 건물이 강가에 모여 있는 건 이 때문이다.

강가엔 리버 마켓이란 재래시장이 아직도 남아 있었다. 주말이라 그런지 시장엔 사람이 많았다. 과일, 채소, 고기, 꽃, 식료품과 같은 생필품을 주로 파는 시장이었다. 파는 물건만큼이나 시장엔 다양한 인종이 북적거렸다. 중국, 베트남, 동유럽, 이탈리아, 프랑스, 중동 사람…… . 지금까지 한자리에서 이처럼 많은 인종을 만난 적이 있었던가. 시장 한구석에 단감이 있었다. 한국에서 보던 감과 모양도 똑같았다.

리버 마켓 한편에 '아라비아 스팀보트 박물관'이란 간판이 붙어 있었다. 미국의 한복판에 웬 아라비아 보트? 알고 보니 미주리 강을 따라 물건이나 승객을 실어 나르던 증기선이었다.

입장료는 비싼 대신 안내원이 붙어서 전시실을 하나하나 설명해줬다. 1856년 아라비아 호는 미주리 주 세인트루이스를 떠나 네브래스카 주 오마하로 향하고 있었다. 배는 200톤에 달하는 그릇, 향수, 포도주, 농기구 등의 화물과 130명의 승객을 싣고 있었다. 승객 대부분은 여자와 어린아이 들이었다. 서부 변경에 살집을 마련하러 먼저 떠난 가장의 기별을 받고 꿈에 부풀어 이사를 가는 길이었다.

9월 5일. 캔자스시티에서 북쪽으로 한 시간 정도 떨어진 지점을 지나던 아라비아 호는 여느 때와 똑같이 느릿느릿 미주리 강을 거슬러 올라가고 있었다. 승객 누구도 물속에 거대한 고목의 가지가 숨어 있을 줄은 생각도 못했다. 육중한 화물 때문에 강 밑으로 깊게 들어간 선채 바닥이 고목의 가지와 닿자 배 밑 부분에 큰 구멍이 나고 말았다. 무거운 화물은 순식간에 아라비아 호를 침몰시켰다.

다행히 승객들은 뒤따르던 다른 증기선에 의해 모두 구조됐다. 그러나

200톤에 이르는 화물은 배와 함께 고스란히 물 속에 가라앉고 말았다. 당시는 침몰한 배를 인양할 기술도, 강 속에 들어가 화물을 가져나올 잠수장비도 없었던 때라 아라비아 호는 사람들의 기억 속에서 사라졌다.

한 세기가 흐른 뒤 아라비아 호는 갑자기 전설 속의 보물선으로 호사가들의 입에 오르내리기 시작했다. 19세기 후반의 최고급 켄터키 버번위스키가 수백 통 실려 있다는 소문이 퍼졌기 때문이었다. 돈 많은 모험가들이 아라비아 호를 찾기 위해 강바닥을 뒤지기 시작했다. 그러나 번번이 잔해만 찾아냈을 뿐 배는 오리무중이었다. 아라비아 호의 위치를 확인했다고 호들갑을 떤 사람도 많았지만 정작 물밑에는 아무것도 없었다.

그렇게 다시 130여 년 동안 강 속에 묻혀 있던 아라비아 호는 1989년 홀리 일가에 의해 마침내 세상 밖으로 나오게 된다. 홀리 일가는 미주리 강의 물길이 오랜 시간 동안 크게 바뀌었을 것으로 추측했다. 이 가설에 따라 홀리 일가는 미주리 강바닥을 더듬는 대신 강에서 100미터 정도 떨어진 옥수수 농장을 고성능 금속탐지기로 뒤졌다. 그리고 1년여 만에 아라비아 호의 위치를 확인했다. 미주리 강에 침몰했던 배가 옥수수 농장의 땅 밑에 숨어 있을 줄이야 누가 알았을까.

그러나 정작 기대했던 버번위스키는 나오지 않았다. 대신 진귀한 각종 향수와 그릇, 옷가지가 쏟아져 나왔다. 하나하나가 미국의 당시 문물을 보여주는 귀한 역사자료였다. 배를 발굴한 홀리 일가는 '보물'을 팔지 않았다. 대신 박물관에 모아 놓고 입장료를 받는 지혜로운 선택을 했다. 지금도 이 박물관엔 당시 발굴에 참여했던 홀리 일가가 돌아가면서 관람객들과 사진도 찍고 발굴 당시 경험에 대해 설명도 해주고 있다.

박물관 한쪽 끝엔 죽은 당나귀의 유골이 전시돼 있었다. 박물관을 소개하던 안내원은 이 유골의 내력에 대해 설명했다.

죽은 당나귀는 아라비아 호에 함께 타고 있었다. 배가 침몰하기 시작하자 배 기둥에 고삐가 묶여 있었던 당나귀는 꼼짝없이 물귀신이 될 운명이었다. 이 순간 배를 탈출하려던 선원 한 명이 발버둥치는 당나귀를 발견했다. 그는 자칫하면 목숨을 잃을지도 모르는 다급한 상황에서도 다시 배로 돌아가 당나귀의 고삐를 풀어줬다. 용감한 선원의 이야기는 당시 지역신문에 대서특필됐다. 동물애호가들은 의로운 선원을 영웅으로까지 치켜세웠다.

그러나 150여 년이 지난 뒤 옥수수 농장에서 발견된 아라비아 호에선 당나귀의 유골이 발견됐다. 당나귀는 뼈만 남았지만 머리에 씌워진 고삐는 아라비아 호 갑판 기둥에 그대로 묶여 있었다. 결국 당나귀의 목숨을 구한 용감한 선원의 이야기는 날조된 거짓말이었다는 게 탄로 나고 말았다. 안내원은 이 대목에서 정색을 하고 말했다.

"여러분 절대 거짓말하지 마세요. 몇백 년 후에 거짓말이 이렇게 들통 날 수 있으니까요."

관람객 사이에서 유쾌한 웃음이 터져 나왔다.

다운타운의 남쪽으로 내려가면 크라운센터(Crown Center)를 만난다. 크라운센터는 옛 시가지에 4억 달러를 들여 지은 호텔, 쇼핑, 레스토랑 등 콤플렉스 몰이다. 민간의 재개발 사업으론 미국에서 가장 규모가 컸다. 주인은 세계적인 문방구 용품 메이커인 홀 마크 그룹이다.

크라운센터의 명물은 홀 마크 고객센터에 있는 공작 실습실이었다. 이곳을 찾는 어린이는 한 시간 동안 홀 마크에서 생산한 각종 학용품을 활용해 자기가 만들고 싶은 걸 뭐든 마음껏 창작할 수 있다. 입장료가 비싸지 않을까? 천만의 말씀이다. 공짜였다.

우리 아이들도 이곳을 좋아해 세 번이나 갔다. 갈 때마다 미국의 초등학교에서 단체로 실습을 나온 아이들과 마주쳤다. 그 비용도 만만찮을 것 같았다. 사회사업이 꼭 기업의 이윤을 갉아먹는 불필요한 비용은 아니다. 우리 아이들조차 홀 마크에서 잠시 놀아본 기억만으로 홀 마크 문방구가 세상에서 가장 훌륭한 제품으로 아니까.

크라운센터 왼쪽엔 미국에서 두 번째로 큰 암트랙 기차역인 유니언 스테이션이 있다. 말이 기차역이지 그 안에는 '사이언스 시티'라는 박물관과 역사박물관은 물론 식당, 전시실, 극장 등 문화시설이 꽉 들어차 있었다. 사이언스 시티는 아이들에게 과학의 신비함을 일깨워주는 곳이다. 3층으로 돼 있는 전시실엔 분야별로 과학의 원리를 이해할 수 있게 해주는 시설물이 가득했다. 역시 어린아이들의 천국이었다. 아침 일찍 이곳에 아이를 데려와도 하루 종일 지루하지 않게 놀 수 있을 만큼 충분한 볼거리가 있었다. 물론 어른에겐 인내력과 다리 힘을 기르는 수련장이 되겠지만. 동부나 서부의 큰 도시도 아니고 중부의 도시에조차 그만한 시설이 있다는 게 부러웠다.

바로 옆에 있는 역사박물관엔 희귀한 문서가 전시돼 있었다. 미국이 나폴레옹으로부터 루이지애나 지역을 사들인 계약서 원본도 있었다. 나폴레옹이 살아서 저 문서를 본다면 아마 땅을 치고 통곡을 하리라. 유니언 스테이션 맞은편의 리버티 메모리얼에 올라보면 캔자스시티가 한눈에 들어온다. 이 탑은 1차대전에 참전했던 미군 용사를 기념하기 위해 지어진 것이다. 250만 달러의 건축비를 대부분 모금으로 조달했다고 한다.

다운타운을 벗어나 남쪽으로 내려가면 미주리 주는 물론 미국 전역에서도 손꼽히는 쇼핑가가 펼쳐진다. 컨트리클럽 플라자다. '컨트리클럽' 하면 골프장을 연상할지 모르지만 골프와는 아무 관계가 없다. 1920년대 제시 니

캔자스시티의 명물 치즈케이크 가게

콜스라는 사람이 수백만 달러에 달하는 동상과 석조물을 수입해 와 만든 쇼핑가였다. 값진 조각품에 어울리도록 건물도 모두 스페인이나 이탈리아의 유명한 건축물을 그대로 본떠 지었다. 미국에서 분수대가 가장 많은 곳이기도 하다.

처음 보면 뉴올리언스의 프렌치 쿼터나 세인트오거스틴의 옛 시가지 같다. 그러나 안에는 미국의 최첨단을 걷는 패션, 가구, 장식품, 전자제품 등의 가게가 들어차 있다. 동네를 한바퀴 도는 마차가 있을 정도로 거리 자체가 아름답다. 곳곳에 앉아서 감상할 만한 분수대와 조각 작품이 있으니 걸어다니는 것만으로도 지루하지 않았다.

저녁 무렵 치즈케이크를 파는 식당 앞을 지나는데 인파가 가득했다. 도대체 뭘 하는 사람들일까 의아해 하며 입구를 들어서려는 순간 종업원이 물었다. "식사하실 건가요?"

그리고 보니 가게 앞을 메운 인파는 식사를 하기 위해 번호표를 받아 들고 차례를 기다리는 사람들이었다. 도대체 치즈케이크가 얼마나 맛이 있으면 저렇게 줄을 서서 기다릴까. 그러나 무릉도원의 복숭아 맛이라 한들 몇 시간씩 줄을 서서 치즈케이크를 먹을 만큼 우리는 줄서기나 치즈케이크에 익숙하지 않았다.

노예제를 놓고 혈투를 벌였던 캔자스 주와 미주리 주 사람들의 정치성향도 세월의 변화에는 어쩔 수 없었나 보다. 캔자스 주를 노예주로 만들기 위해 목숨까지 던졌던 미주리 사람들은 2004년 미국 대선에서 공화당의 부시 후보를 밀었으니 말이다.

오마하의 현자 워런 버핏

네브래스카 주에서 가장 큰 도시는 오마하다. 중부에서 가장 크다고 해봤자 뉴욕이나 로스앤젤레스에 비하면 시골도시다. 인구가 39만 명밖에 안 된다. 그런 오마하가 전 세계 주식투자가는 물론 언론의 주목을 받는 때가 매년 한 번씩 있다.

바로 전설적인 투자가 워런 버핏 때문이다. 버핏이 이끌고 있는 투자회사 버크서 헤서웨이가 매년 5월 첫째 주에 오마하에서 주주총회를 연다. 이 회사의 주총은 주주를 위한 축제 마당이다. 정해진 각본에 따라 적당히 치르는 요식행위가 아니다.

아무리 미국에서 가장 큰 투자회사라고 해도 버크서 헤서웨이의 주총이 전 세계 언론의 관심을 끈다는 건 좀 과장이 아닐까? 그렇지 않다. 투자세계의 살아있는 전설인 워런 버핏이 바로 버크서 헤서웨이의 주총장에서만 자신의 투자관이나 세계경제에 대한 코멘트를 하기 때문이다. 이 행사 덕분에 버핏 회장은 '오마하의 현자' 라는 별명을 얻었다.

버핏 회장의 한마디 한마디는 전 세계 투자자들에게 경전과도 같은 메시지가 된다. 더욱이 전 세계를 휩쓸었던 닷컴 열풍 때 그는 굴뚝산업을 끝까지 버리지 않았다. 나스닥의 신데렐라 마이크로소프트에 투자한 펀드들이 콧노래를 부르고 있을 때 버핏의 버크서 헤서웨이는 형편없는 실적으로 투자자들의 손가락질을 받았다. 위대한 버핏도 닷컴 열풍에 날아가 버렸다는 말까지 돌았다.

그러나 닷컴 거품이 일시에 꺼지면서 닷컴 기업에 투자했던 펀드들이 나가떨어졌다. 버핏의 위대함이 다시 빛난 건 물론이었다. 거의 대부분 펀드들이 적자를 냈을 때 버크셔 헤서웨이만은 흑자를 냈다. 버핏이 온갖 비아 냥거림에도 끝까지 놓지 않았던 코카콜라 주식은 버크셔 헤서웨이를 세계 최대 투자회사로 만들어줬다.

주총이 열린 5월 2일. 오마하에서 가장 큰 강당인 시민회관 앞은 새벽 7시 부터 앞자리를 차지하려는 주주들로 북새통을 이뤘다. 주당 7만 달러(8400 만 원)가 넘는 주식을 가진 주주들이건만 회사 측에서 나눠주는 싸구려 기념 품을 받기 위해 수십 미터는 됨직한 줄을 서는 수고를 마다하지 않았다.

버핏 회장은 아침 8시께 회관에 도착했다. 귀빈석에서 주주들과 담소를 나누던 버핏 회장은 8시 30분부터 시작된 회사 홍보 영화를 보기 위해 주주 들 사이에 자리를 잡았다. 왼쪽엔 아내 수전, 오른쪽엔 딸 수지가 앉았다. 한 시간 동안 상영된 홍보 영화는 한편의 개그였다. 처음부터 끝까지 버핏 회 장이 주인공으로 등장했다. 때론 만화 주인공이 됐다가 때론 뉴스 프로그램 의 앵커로 변신했다. 한바탕 배꼽을 잡고 나자 9시 30분께 버핏 회장이 무대 에 등장했다.

강당 한복판에 마련된 무대 위엔 버핏 회장과 버크셔 헤서웨이의 2인자 찰리 멍거 부회장이 앉았다. 주총은 늘 이런 식이었다. 점심을 먹기 위해 쉬 는 한 시간을 빼고 오후 3시 30분까지 무려 다섯 시간 동안 버핏 회장과 멍거 부회장이 주주들과 일문일답 형식의 대화를 이끌어간다. 당시 버핏 회장이 일흔두 살, 멍거 부회장이 일흔아홉 살이었음을 감안하면 노익장도 이만저 만이 아니다.

주총장엔 소년소녀 주주가 많았다. 대부분 할아버지나 할머니의 손에 이 끌려 온 학생들이었다. 마침 앞자리에 앉았던 존 바이즈라는 할아버지는 각 각 고등학교와 중학교에 다니는 손자 두 명을 데리고 왔다. 어릴 때부터 투자의 지존을 직접 보게 해 돈을 알게 하자는 뜻이었다. 그러고 보면 버핏 회장도 열한 살 때 처음 주식투자를 시작했다.

버핏 회장은 1930년 오마하에서 식료품 가게를 3대째 이어온 집안의 아들로 태어났다. 집안의 가업은 식료품 가게였지만 그의 아버지는 주식 중개인이자 공화당 하원의원이었다. 집안의 식료품 가게에서 잠시 사환 노릇을 하다 육체노동에 염증을 느낀 버핏은 열한 살 때 아버지로부터 주식에 투자하는 법을 배운다.

돈이 되는 일이라면 밭떼기까지 손을 대던 버핏은 어느 날 벤저민 그레이엄이라는 컬럼비아 대학의 교수가 쓴 《현명한 투자자》라는 책을 접하고 충격을 받았다. 가치투자의 경전이라고 일컬어지는 이 책을 본 버핏은 곧바로 뉴욕으로 날아가 그레이엄 교수의 제자가 됐다. 그레이엄 교수는 버핏에게 가치투자의 진수를 전수했다.

가치투자란 한마디로 잠재적 가치에 비해 저평가돼 있는 기업을 찾아 투자한 뒤 시장이 그 가치를 깨달을 때까지 기다리는 전략을 말한다. 경기변동이나 월스트리트의 유행은 철저히 무시한다. 말은 쉽지만 잠재적 가치에 비해 저평가돼 있는 숨은 진주를 찾아낸다는 건 엄청난 인내력과 산술적인 능력을 필요로 했다. 난수표나 다름없는 기업의 회계장부에서 시장이 보지 못한 잠재적 가치를 끄집어내야 하는 일이기 때문이었다.

이려서부터 수리에 뛰어난 감각을 보였던 버핏은 결국 암호해독에 성공했다. 그리고 1957년 오마하로 돌아와 투자조합을 결성했다. 그의 첫 투자조합은 1969년 해산하면서 연 수익률 30퍼센트라는 경이적인 수익을 투자자들에게 돌려줬다. 돈과 함께 자신감까지 얻은 버핏은 1962년 매사추세츠주의 뉴베드포드라는 도시에 있는 버크셔 헤서웨이라는 방직회사를 눈여겨

봤다. 사양산업이던 방직업 때문에 골병이 들긴 했지만 이 회사는 튼튼한 재무구조를 가지고 있었다. 버크셔 헤서웨이는 월스트리트의 은어로 '누군가 피우다 버린 장초'였던 것이다.

버크셔 헤서웨이를 인수한 버핏은 이 회사를 투자회사로 환골탈태시켰다. 몇 년 전 한국에서도 닷컴 기업이 증권거래소에 상장된 굴뚝업체를 인수한 다음 주가 뻥튀기를 통해 투자회사로 탈바꿈시키는 A&D(인수 후 개발)가 유행한 적이 있다. 버핏은 그 기법을 40년 전에 이미 써먹었던 것이다.

버핏 회장은 버크셔 헤서웨이를 인수하자 보험업에 먼저 손을 댔다. 보험업은 대형 사고만 터지지 않으면 큰 현금을 가만히 앉아서 굴릴 수 있는 사업이었다. 고객이 낸 보험료로 주식투자에 나선 버핏은 막대한 투자이익을 쌓아나갔다.

1980년대까지 무명에 가까웠던 버핏 회장을 일약 주식투자의 지존으로 만든 종목은 코카콜라였다. 1988년 버핏 회장이 코카콜라 주식을 매입하기 시작했을 때만 해도 코카콜라는 평범한 음료수 회사에 지나지 않았다. 주가도 주당 10달러를 맴돌았다. 그러나 버핏 회장은 남들이 보지 못한 코카콜라의 가능성을 읽었다. 다른 음료수 업체는 따라갈 수 없는 브랜드 가치와 해외시장 개척의 가능성이었다. 그의 예언은 5년이 못 가 현실로 나타났다. 코카콜라 주가는 5년 만에 주당 74.5달러로 치솟으며 버크셔 헤서웨이를 미국 최대의 투자회사로 발돋움시키는 데 결정적인 기여를 했다.

현재 버크셔 헤서웨이는 크게 보험사업 부문과 비보험사업 부문으로 나뉘어져 있다. 비보험사업 부문은 다시 에너지, 소매, 파이낸스 등 사업을 직접 운영하는 사업부문과 코카콜라, 질레트, 베스트바이 같은 미국 굴지의 회사 주식에 투자하고 이를 관리하는 투자부문으로 구분된다.

버핏 회장은 1962년 버크셔 헤서웨이를 주당 8달러에 인수했다. 현재 이 회사의 주가는 7만 달러가 넘는다. 40년 만에 무려 1만 배에 가까운 뻥튀기가 된 셈이다. 버핏 회장이 맨손으로 시작해 300억 달러가 넘는 재산을 이룬 비밀은 바로 여기에 숨어 있다.

버핏 회장은 주총에서 세계경제 전망과 중국의 가능성, 부시 대통령의 정책에 대한 견해까지 거침없이 밝혔다. 주총이 끝나자 그는 곧바로 가구를 파는 자회사인 네브래스카 퍼니처 마트로 달려갔다. 이날 가구회사에선 주주 초청 바비큐 파티가 있었다. 70대의 노인이 장장 다섯 시간 동안 쉬지 않고 이야기를 한 뒤에 다시 저녁 바비큐 파티에 참석해 노래를 부른다는 걸 누가 상상이나 할 수 있을까. 혹시 숨겨놓은 산삼밭이 있는 건 아닌지 의문스러울 따름이었다.

네브래스카 퍼니처 마트는 버핏의 열창 덕분에 이날 하루에만 470만 달러의 매상을 올렸다. 어지간한 가구회사의 연간 매출을 단 하루에 긁어모은 셈이다. 그뿐만이 아니었다. 일요일인 이튿날 아침 버핏 회장은 단일 매장으론 미국 최고의 매출을 자랑하는 보석 판매회사 보샤임의 팬 사인회에도 모습을 드러냈다. 버핏 회장의 사인을 받기 위해 주주들은 수십 미터 장사진을 쳤다.

보샤임은 시가 100만 달러짜리 다이아몬드 반지도 진열돼 있을 정도로 고급매장이었다. 버핏 회장이 이곳을 찾는다는 소식 때문인지 매장은 고객들로 가득 찼다. 잠시 후 버핏 회장이 아내 수전과 함께 보석상 앞에 마련된 사인회 자리로 나왔다. 버핏 회장이 주주들에게 사인을 해주는 동안 수전 여사는 피아노 반주에 맞춰 노래를 불렀다. 부창부수란 이런 때 쓰는 말이 아니던가.

사인회를 마친 버핏 회장은 보샤임 보석매장 옆 메리어트 호텔에 마련된 기자회견장으로 갔다. 세계 각국에서 온 취재진 60여 명이 한 시간 전부터 자리를 잡고 그를 기다리고 있었다.

버핏 회장과 멍거 부회장의 뒤에는 은으로 만든 큰 대접이 놓여 있었다. 그게 무얼까 궁금했는데 의문은 금방 풀렸다. 두 사람은 기자회견이 시작되자마자 은 대접에서 코카콜라 한 캔씩을 꺼냈다. 대접엔 콜라가 얼음에 채워져 있었던 것이다. 버핏 회장은 보통 콜라, 멍거 부회장은 다이어트 콜라였다. 버핏 회장의 코카콜라 사랑은 정평이 나 있다. 오늘날의 그를 만들어준 종목이 바로 코카콜라이기 때문이다. 버핏 회장은 스테이크나 바비큐를 먹을 때도 코카콜라로 씻어서 먹을 정도로 콜라를 끼고 산다.

기자회견 도중 갑자기 사이렌이 울렸다. 밖에 서 있던 보안요원이 황급히 버핏 회장 쪽으로 달려가 귓속말로 뭔가 속삭였다. 심각하게 듣던 버핏 회장은 기자들에게 말했다.

"지금 울린 사이렌은 토네이도 경보라고 합니다. 호텔 측에서 모든 고객은 지하실로 대피하라고 했답니다. 그러나 나와 멍거 부회장은 이 자리에 남아 기자 여러분의 질문에 답변을 계속할 테니 혹 불안한 기자 분이 있으시면 대피하기 바랍니다."

마침 질문 차례가 된 기자가 자리에 없자, 버핏 회장은 "벌써 한 분이 대피 하셨네요"라며 너스레를 떨었다.

폭소가 터진 후 기자회견장은 화기애애한 분위기로 바뀌었다. 더 이상 버핏 회장의 아픈 곳을 찌르는 질문은 없었다. 그가 세계 두 번째 부자란 사실이 잘 믿기지 않았다. 한국의 어느 대기업 총수가 주주 앞에 나와 회사경영에 대해 친절하게 설명했다는 얘길 들어본 적이 없다. 하물며 부인까지

나와서 팬 사인회 도중에 옆에서 노래를 부른다? 상상도 할 수 없는 일이다.

그러나 버핏은 한 해도 거르지 않고 주총 행사를 주관하고 있다. 버크셔 헤서웨이의 기업가치는 버핏이 절반 정도 만들고 있는 것이라 해도 과언이 아닌 셈이다.

오마하 사람들이 버핏 회장을 존경하고 사랑하는 이유는 또 하나 있다. 버크셔 헤서웨이는 세계 최대의 투자회사이지만 본사를 한 번도 오마하 밖에 둔 적이 없다. 뉴욕의 월스트리트로 진출해도 당장 최고 거물로 예우를 받을 수 있지만 버핏은 중부의 지방도시 오마하를 떠나지 않았다.

오히려 버핏은 월스트리트에서 내는 각종 분석자료를 비웃는다. 심지어 "내가 월스트리트에서 낸 보고서를 읽을 때는 뭔가 코미디거리가 필요할 때"라고 비아냥거릴 정도다. 오마하 사람들에겐 버핏이야말로 중부의 자존심인 셈이다.

최초의 대륙횡단 하이웨이

미국은 고속도로의 나라다. 철도도 있고 비행기도 있지만 국가 물류와 교통의 중추는 고속도로다. 사방으로 바둑판처럼 짜여진 고속도로는 미국의 구석구석을 잇고 있다. 과학적인 인터체인지 설계는 초행길의 운전자라도 길을 잃지 않도록 배려했다. 표지판은 전국 어디를 가나 똑같은 크기와 위치로 세워져 있다.

'인터스테이트'는 국가가 관리하는 고속도로이고, 여기엔 각 주가 관리하는 '하이웨이'가 연결돼 있다. 이 외에 각 주의 지방도로가 다시 거미줄처럼 얽혀 있다. 지도만 있으면 미국 어디든 이 도로들을 이용해 찾아갈 수 있다.

인터스테이트는 안전한 도로로도 정평이 나있다. 중앙분리대 대신 도로 중간에 두 개 차로 정도 넓이의 잔디밭을 조성해 놓았다. 땅은 브이(V)자형으로 파서 차로를 벗어난 차가 반대편 차로로 뛰어들기 전에 뒤집히도록 설계했다. 잔디밭에서 전복되기 때문에 충격이 완충된다. 중간의 빈 땅은 나중에 도로를 넓힐 때 활용할 수도 있을 것이다. 땅이 넓은 미국이나 가능한 일이겠지만 우리로선 부럽지 않을 수가 없다.

그러나 미국이 처음부터 고속도로의 종주국이었던 것은 아니다. 미국에 고속도로를 건설하자는 구상을 한 사람은 2차대전의 영웅 드와이트 아이젠하워 대통령이었다. 1950년대까지만 해도 미국엔 고속도로라는 게 없었다. 각 주를 잇는 하이웨이가 고작이었다.

좁아터지고 포장도 안 된 도로에 익숙했던 아이젠하워 장군은 2차대전 당시 베를린에 입성했다가 큰 충격을 받았다. 히틀러가 만든 독일 고속도로 아우토반을 보고 나서였다. 시원스럽게 뻗은 고속도로를 따라 베를린으로 입성한 아이젠하워는 미국에도 반드시 이런 고속도로를 건설하리라고 마음 먹었다.

2차대전 이후 이어진 소련과의 냉전체제도 고속도로의 필요성을 절감케 했다. 소련이 공격해올 경우 미국은 도로가 시원찮아 제때 군대와 무기를 전선에 배치하기 어려울 것이란 우려가 제기됐다. 전후에 대통령이 된 아이젠하워는 끈질기게 의회를 설득했다.

그리고 마침내 1956년 고속도로법을 의회에서 통과시켰다. 당시 미국 정부는 인터스테이트를 건설하는 데 20년이면 될 것으로 추산했다. 예산도

320억 달러만 책정했다. 그러나 6만 8000킬로미터의 인터스테이트를 건설하는 데는 무려 40년이 걸렸고 건설비는 1280억 달러가 들어갔다. 공사기간은 두 배, 건설비는 4배가 든 셈이다.

인터스테이트가 생기기 전 미국의 첫 대륙횡단 도로는 '66번 하이웨이(Route 66)'였다. 일리노이 주 시카고에서 캘리포니아 주 샌타모니카까지 약 4000킬로미터에 달했다. 이 도로는 8개 주를 지나며, 표준시간이 세 번 바뀌는 거리를 관통한다.

66번 하이웨이는 고속도로가 없던 시절에 중부에서 서부까지 이어주는 길이었기에 많은 사람들의 사랑을 받았다. 1946년 봅 트루프가 팝송으로 만들어 부르면서 1940년대의 향수를 불러일으키는 길로 유명해졌다. 메인 스트리트 USA, 도로의 어머니, 윌 로저스 하이웨이로도 불린다.

그러나 정작 도로는 큰 산과 강을 피해가며 건설됐기에 심하게 구불거리고 상태가 좋지 않았다. 이 때문에 '유혈 낭자한 66번(Bloody 66)'이란 오명을 듣기도 했다. 2차대전 후 고속도로가 생기기 전까지는 대표적인 관광도로로 떠오르면서 교통체증이 가장 심한 길로도 악명을 떨쳤다.

66번 하이웨이는 인터스테이트 도로망이 깔리면서 역사의 뒤안길로 사라져야 했다. 66번 하이웨이에 속했던 많은 도로가 인터스테이트로 대체됐다. 인터스테이트 중 55번, 44번, 40번, 15번, 10번의 일부가 옛 66번 하이웨이였다. 1985년에 미국 정부는 이런 변화를 반영해 공식 지도에서 66번 하이웨이란 이름을 지워버렸다. 하지만 66번 하이웨이였던 길임을 알게 해주는 표지판이 곳곳에 남아있다. 이런 길들은 1940~1950년대를 기억하는 사람들에게 아련한 옛 추억을 불러일으키는 길로 사랑받고 있다.

미주리 주 남쪽의 레바논이라는 시골도시에도 66번 하이웨이의 자취가 남아있었다. 지금은 44번 고속도로이지만, 도로 옆엔 옛 66번 하이웨이의 표지판이 붙어 있었다.

66번 하이웨이를 따라가면 1940년대에 미국 사람들이 즐겨 찾았던 옛 관광지들을 만나게 된다. 우리의 첫 방문지는 스프링필드란 도시였다. 그곳엔 미국에서 하나밖에 없는 동굴 투어가 있었다. 동굴의 이름은 '판타스틱 동굴'이었다. 동굴의 전 구간을 자동차를 타고 도는 투어였다. 전 세계에서 자동차를 타고 도는 동굴 투어는 세 곳밖에 없다고 한다.

동굴은 스프링필드 북서쪽에 자리 잡고 있었다. 자동차 투어라서 그런지 입장료가 비쌌다. 어른 다섯에 어린이 넷을 합쳐 107달러나 받았다. 자동차 운전기사 겸 가이드는 제임스라는 할아버지였다. 백발이 성성한 분이었으나 목소리엔 힘이 넘쳤다. 굴 입구엔 디지털 카메라가 설치돼 있었다. 이 카메라로 수많은 관광객이 똑같은 사진을 판박이처럼 찍었으리라. 문득 제주도의 신혼여행지가 생각났다. 수십 쌍의 신혼부부가 같은 장소에서 같은 포즈로 사진을 찍기 위해 줄을 서 있는 모습이 연상됐다.

자동차로 투어를 하니 굴 내부가 얼마나 클지는 미루어 짐작할 만했다. 백인이 처음 이 동굴에 발을 들여놓았을 때 인간의 흔적은 전혀 없었다. 굴 내부는 넓었지만 입구가 좁고 바위 아래에 숨어 있었기 때문에 근처에 살았던 원주민조차 이 동굴의 존재를 알지 못했다. 수백만 년 동안 인간의 발길이 닿지 않았던 굴은 어이없게도 사냥개에 의해 베일이 벗겨졌다. 1862년 이곳에 살던 농부가 개를 데리고 사냥을 하던 도중 토끼를 쫓아간 개가 동굴 입구를 발견한 것이다.

그러나 동굴을 처음 탐험한 것은 사냥개의 주인이 아니라 스프링필드에 살았던 열두 명의 간 큰 아가씨들이었다. 아가씨들은 1867년에 화끈한 탐험이야기를 찾는다는 지역신문의 광고를 보고, 동네 사람들만 알고 있던 이 동굴을 탐험하기로 했다. 촛불로 만든 등불을 들고 동굴 내부를 탐험한 아가씨들은 자신들의 경험을 신문에 실었다.

아가씨들의 이야기가 알려지면서 중부 곳곳에서 동굴을 보러 오는 사람이 많아졌다. 판타스틱 동굴은 다른 곳과는 달리 내부가 매우 넓었다. 기둥이 없는 넓은 공간이었다. 사방은 바위벽이었으니 음향시설을 달리 할 필요도 없었다. 1920년대가 되자 동굴 안에 공연장이 들어섰다. 댄스홀에 도박장, 술집도 생겼다. 시끄러운 소음, 휘황찬란한 조명, 자욱한 담배연기……. 동굴에 살던 생물이 온전할 리 없었다. 박쥐인들 배겨낼 수 있었을까. 댄스홀이 장사가 안 되자 사교장으로, 그 다음엔 음악홀로 용도가 바뀌었다. 동굴의 수난사는 1970년대 초까지 이어졌다.

동굴 속 생태계가 파괴될 대로 파괴된 뒤에야 미국 사람들은 동굴에 살던 생물을 다시 생각하게 됐다. 현재 자동차 투어를 운영하는 이유도 사람들이 동굴 안을 마구 돌아다니며 생태계를 파괴하는 것을 막기 위한 고육지책이란 게 가이드의 설명이었다. 자동차는 휘발유 엔진이 아닌 전기 모터로 움직였다.

과거에 공연장이 있었던 동굴 안의 넓은 공간엔 무대와 바가 그대로 남아 있었다. 조명이 설치됐던 기둥과 탁자, 전기장치도 그대로 보존돼 있었다. 한쪽 벽에는 동굴을 탐험했던 아가씨들이 촛불 그을음으로 이름을 써놓은 흔적이 남아있었다. 아가씨들의 애교 섞인 장난이 동굴 속 생태계에 돌이킬 수 없는 상처를 남긴 셈이다.

동굴 한복판에 있는 넓은 방에 들어가니 큰 텔레비전이 있었다. 동굴의 자연 생태계와 과거 역사를 소개하는 짤막한 영화를 틀어줬다. 과연 동굴은 천혜의 극장이었다. 소리 하나하나가 살아 움직이는 것 같았다. 동굴 안에서 교향악을 연주한다면 달리 마이크 시설이 필요 없을 것이다.

동굴 구경을 마치고 나오자 가이드 할아버지는 입구에서 찍은 사진을 내밀었다. 그런데 사진 한 장에 8달러라니! 이건 너무 바가지다 싶었다. 그러나 한국에서 온 큰처남 식구가 언제 또 이 동굴에 와볼 수 있으랴. 중부의 마음씨 좋은 할아버지도 바가지 씌우는 수법은 대도시의 장사치나 다를 바가 없었다.

66번 하이웨이로 미주리 주를 넘기 직전에 브랜슨이란 도시가 나왔다. 한국에는 별로 알려지지 않았지만 미국에선 쇼 관광지로 둘째가라면 서러워할 명소다. 뉴욕의 브로드웨이가 뮤지컬의 메카라면 이곳은 각종 음악, 마술, 코미디 등 잡다한 쇼의 만물상점과 같다. 미국의 노인들이 죽기 전에 꼭 한 번 가보고 싶은 곳으로 꼽는 관광지가 바로 브랜슨이다. 1950~1960년대의 분위기가 살아있기 때문이다.

미국판 민속촌인 '실버 달러 시티(Silver Dollar City)'는 서부 이주 시대의 생활상을 그대로 재현한 곳이다. 할리우드의 서부영화에 나오는 마을 그대로다. 총잡이들이 드나들던 바도 옛 모습대로 복원해 놓았다. 그러나 마침 겨울시즌이어서 문을 닫은 곳이 많았다.

한국에선 효도관광이라면 으레 경치 좋은 곳이 최고로 꼽힌다. 코미디나 뮤지컬 같은 공연을 하는 곳에 효도관광을 갔다는 소리는 들어본 적이 없다. 반면 미국 노인들이 가장 좋아하는 관광지는 경치 좋은 곳보다는 공연장이나 카지노가 있는 민속촌이다. 우리나라처럼 단체 관광객은 거의 없고 손수 침대차를 몰고 오거나 렌터카를 타고 다니는 노인들이 대부분이다.

브랜슨의 옛 시가지 옆엔 태니코모 호수가 있었다. 원래는 작은 강이었는데 아래쪽에 테이블락 댐이 들어서면서 호수가 됐다고 한다. 이 댐은 브랜슨을 미국 유수의 관광지로 만든 일등공신이기도 하다. 브랜슨은 중부의 오지에 있어 쇼만 보러 가기에는 적당하지 않다. 그러나 댐이 들어서면서 각종 물놀이도 가능해졌다. 쇼와 물놀이를 함께 즐길 수 있게 되자 브랜슨은 여름휴가를 보내는 관광지로 각광을 받게 됐다.

호숫가엔 어디에서 나타났는지 오리 떼가 모였다. 낚시 미끼와 맥주 등을 파는 가게 앞에 '오리 미끼 있습니다'라는 푯말이 서 있었다. 작은 비닐봉지에 한 주먹의 마른 옥수수 한 주먹을 넣은 게 25센트였다. 오리 떼는 먹이를 든 아이들을 보자 마구 달려들었다. 관광객들이 주는 먹이에 이미 익숙해져 있었다.

간신히 오리 떼를 따돌리고 브랜슨의 서북쪽 언덕에 자리 잡은 '목동의 정신'이란 탑에 올랐다. 탑의 이런 멋진 이름은 1900년대 초반의 대히트 작이었던 해롤드 벨 라이트의 《윗동네 목동(The Shepherd of the Hills)》이란 소설에서 따온 것이다.

라이트의 소설 속에 나오는 중부의 시골마을이 바로 브랜슨이다. 중부의 오지였던 브랜슨은 이 소설 덕분에 하루아침에 전국적인 관광지로 떠올랐다. 소설에 나오는 목동을 기념하기 위해 브랜슨 시가 탑을 만든 것이다. 탑 위에 올라보면 소설 속에서 목동이 가축을 놓아먹이는 브랜슨 초원이 펼쳐진다.

브랜슨은 초원이긴 했지만 평지는 아니었다. 마치 주름이 잡힌 것처럼 울퉁불퉁한 모습이었다. 브랜슨 시내가 탑 위에서도 보이지 않았던 것도 구릉 때문이었다. 브랜슨보다 아래로 더 내려가면 아칸소 주가 된다. 아칸소 주는 한국의 강원도 비슷한 산악지형이다. 이 때문에 66번 하이웨이도 브랜슨 아래로는 내려가지 않고 스프링필드에서 서쪽으로 방향을 틀었다.

온천에서 자란 윌리엄 블라이드

아칸소 주의 표기와 발음은 누구나 헷갈린다. 글자만 보면 '아캔자스'인데 올바른 발음은 '아칸소'이기 때문이다. 외국인만 그런 게 아니다.

독립 초기의 미국 상원엔 주별로 상원의원이 두 명씩 배정됐다. 그런데 아칸소 주 출신의 두 상원의원이 자기소개를 하면서 한 사람은 아캔자스에서 왔다고 했고, 다른 한 사람은 아칸소에서 왔다고 했다.

도대체 어느 게 맞을까. 미국 사람들 사이에서도 논란이 분분했다고 한다. 결국 1881년 상원에서 교통정리를 했다. 표기는 아캔자스로 하되 발음은 아칸소로 한다는 것이었다. 미국 사람들도 헷갈리는 마당에 외국인이 아캔자스로 발음했다고 해서 겸연쩍어할 필요가 전혀 없다.

아칸소 주는 내세울 게 지지리도 없는 시골이다. 오죽하면 미국이 프랑스의 나폴레옹으로부터 루이지애나를 사들인 뒤 측량을 처음 시작했던 곳이 관광명소 안내책자의 첫 페이지에 나올까. '이곳이 바로 측량의 시작 지점이오'라고 써 놓은 돌 표지판 하나가 고작인데도.

보잘것없던 아칸소 주가 그나마 유명해진 것은 미국의 42~43대 대통령이었던 빌 클린턴 덕분이다. 클린턴의 본명은 윌리엄 제퍼슨 블라이드 4세였다. 1946년 아칸소 주의 호프라는 시골 도시에서 태어난 블라이드는 태어나기도 전에 생부를 잃었다.

블라이드의 어머니는 먹고살기 위해 아들을 친정아버지에게 맡기고 뉴올리언스로 떠났다. 갓난쟁이 블라이드는 흑인 동네에 있는 외할아버지의 집에서 자랐다. 네 살 되던 해 어머니가 고향으로 돌아와 로저 클린턴과 결혼하면서 블라이드는 처음으로 어머니와 함께 살 수 있었다. 계부는 자동차 딜러였는데 술주정이 심했다. 술만 마시면 클린턴과 그의 어머니를 마구 때리고 학대했다.

열다섯 살 때 블라이드의 이름이 빌 클린턴으로 바뀌었다. 계부가 데리고 온 아들이 클린턴과 성이 달라 친구들로부터 놀림을 받게 된 탓이었다. 이 때문에 계부가 아예 클린턴의 성을 갈아버렸던 것이다. 훗날 클린턴은 계부와 살았던 어려운 시절이 있었기에 자기가 정신적으로 훨씬 더 성숙해질 수 있었다고 회고했다.

중학교에 올라가면서부터 클린턴의 인생은 달라졌다. 공부면 공부, 음악이면 음악, 운동이면 운동 모든 면에서 빼어났기 때문이다. 고등학교 때 익힌 그의 색소폰 실력은 훗날 대통령 선거유세 때 여성 유권자를 사로잡는 데 한몫했다. 당시 우수장학생에 뽑혀 백악관으로 초청돼 가서 케네디 대통령과 악수를 나눈 경험은 클린턴의 일생을 결정적으로 바꿔놓았다.

정치에 관심을 갖게 된 클린턴은 조지타운 대학에서 정치학을 전공한 뒤 미국 전체에서 15명만 뽑는 국비유학생 시험에 합격해 영국 유학을 떠났다. 이즈음 반전 데모에 가담하고 군에 가지 않은 것이 두고두고 클린턴을 궁지로 몰아넣는 약점이 됐다.

영국에서 돌아온 클린턴은 다시 예일 대학에서 법학박사 학위를 받았다. 이때 평생의 반려자 힐러리도 만났다. 1972년 아칸소 대학에서 교수로 사회에 진출한 클린턴은 이미 정치판에 깊숙이 발을 들여놓고 있었다. 민주당을 드나들던 클린턴은 1974년 아칸소 주 하원의원에 도전했다가 고배를 마셨다.

그러나 이듬해 힐러리와 결혼하면서 클린턴은 출세가도를 달리기 시작했다. 1976년에 아칸소 주 검찰총장에 임명된 데 이어 2년 뒤에는 서른둘이란 최연소 나이로 아칸소 주지사에 당선됐다. 1980년 재선에 실패하기도 했지만 2년 뒤 다시 주지사가 된 후 10년간 5선을 했다. 드디어 1992년 마흔다섯에 민주당 대통령 후보가 된 클린턴은 그해 11월 3일 공화당의 현역 대통령 부시를 꺾고 42대 대통령에 당선됐다.

클린턴의 삶의 역정은 그가 대통령에 당선된 뒤에 아메리칸 드림의 실현 사례로 떠들썩하게 홍보되기도 했다. 술주정뱅이 계부 밑에서 학대를 받아가면서도 꿈을 잃지 않았던 소년 블라이드가 40여 년 만에 클린턴 대통령으로 거듭난 스토리는 그 자체로 극적인 요소를 안고 있었다. 그러나 그 뒤에 벌어진 백악관 여직원 르윈스키와의 추문은 클린턴의 명성을 더럽힌 오점이 됐다.

하지만 미국은 영웅을 만드는 나라다. 클린턴이 르윈스키와 어떤 추문을 뿌렸든 그는 1990년대에 미국 경제를 부흥시킨 경제대통령으로 존경받고 있다. 미국이 정보기술 분야에서 세계 최강국이 된 건 클린턴 대통령의 집권기 때였다. 로널드 레이건 전임 대통령이 닦아놓은 초석 위에서 클린턴이 어부지리를 했다는 비판도 있지만, 미국의 10년 호황을 이끈 대통령은 클린턴임이 틀림없다. 미국 정부가 클린턴의 고향인 아칸소 주의 리틀록에 초대형의 빌 클린턴 도서관을 지은 것도 이 때문이다.

사람에겐 누구나 양면이 있다. 약점만 본다면 누구도 영웅이 될 수 없다. 그러나 장점만 본다면 우리에게도 영웅이 많다. 그들을 영웅으로 만들지 못하는 건 우리가 나쁜 면만 보려고 하기 때문은 아닐까.

클린턴이 어린 시절을 보낸 리틀록 옆엔 유명한 온천지구가 있다. 그 지명도 핫스프링스(Hot Springs)다. 여기엔 곳곳에 클린턴의 사진과 함께 그가 어린 시절 한때 이곳에서 자랐다는 안내판이 서 있었다.

입구로 들어서자 고풍스러우면서도 화려한 건물이 좌우로 늘어섰다. 왼편은 옛날 목욕탕이었던 곳이고, 오른편은 온갖 종류의 가게가 늘어서 있었다. 옛 목욕탕 거리는 국립공원으로 지정돼있다. 지금까지 남아 있는 목욕탕 건물은 여덟 개인데 그 가운데 '벅스태프'란 곳 하나만 영업을 하고 있었다. 나머지는 연방정부가 사들여 식당이나 박물관으로 운영하고 있었다. 한가운데 위치한 포다이스 목욕탕은 국립공원 여행안내소로 탈바꿈했다.

목욕탕 안에는 옛날 목욕 시설이 그대로 보존돼 있었다. 목욕탕은 3층인데 우리나라의 목욕탕처럼 넓은 탕이 있는 곳은 딱 한 곳밖에 없었다. 나머지는 한 사람씩 들어가게 돼 있었다. 같은 남자끼리, 여자끼리라도 벌거벗고 함께 목욕하는 걸 싫어하는 서구 사람들의 목욕문화를 엿볼 수 있었다.

핫스프링스의 온천은 화산의 열 때문에 뜨거워진 게 아니었다. 이곳엔 화산이 없다. 대신 특이한 지형이 물을 데운다. 핫스프링스는 북서쪽으로 높은 산을 끼고 있다. 서쪽은 높고 동쪽은 낮은 지형이다. 서쪽 산엔 마치 빨대를 꽂아놓은 것 같은 작은 구멍이 무수히 많다. 비가 오면 빗물이 이 구멍으로 스며든다. 지하로 내려갈수록 빗물은 지구의 열에 의해 데워진다. 91미터만큼 내려갈 때마다 섭씨 2.2도씩 물의 온도가 올라간다. 이렇게 데워진 물은 저지대인 동남쪽으로 흐르다가 핫스프링스에 이르면 땅 위로 솟아오른다. 이 때문에 물의 온도가 섭씨 61.7도로 일정하게 유지된다.

말로 하면 간단한 과정이지만 빗물이 스며들어 온천물로 다시 솟아오르기까지는 무려 4000년이란 세월이 필요하다고 한다. 그러니까 핫스프링스

핫스프링스의 옛 목욕탕 거리

에서 솟아오르는 물은 4000년 전 지구에 내린 빗물이란 얘기다. 물이 4000년 동안 서서히 데워지면서 땅속에 있는 온갖 미네랄 성분을 녹여서 함께 섞여 나오니 그 약효가 탁월할 수밖에 없다.

국립공원으로 지정된 목욕탕 거리엔 온천수를 받아갈 수 있는 식수대가 여섯 곳이나 있었다. 아침부터 물병을 수십 개씩 들고 나와 온천수를 받고 있는 사람이 많았다. 여행안내소가 된 포다이스 목욕탕 앞뒤론 온천수로 만든 분수와 온천수가 흐르는 개울이 있었다. 물에 손을 대보니 따끔할 정도로 온도가 높았다.

저 아까운 온천수를 그냥 흘려보내다니! 한국에선 상상도 못할 일이다. 온천수가 흐르는 개울에는 수증기가 자욱했다. 옛날 이곳에 목욕탕이 들어서기 전엔 도처에 수증기가 피어올랐다고 한다. 핫스프링스의 별칭이 '증기 계곡(Valley of Vapors)'인 것도 이 때문이다.

문을 연 대중탕은 핫스프링스 헬스 스파 딱 한 곳밖에 없었다. 이름까지 핫스프링스인 도시에 대중 온천탕이 딱 하나밖에 없다는 게 우리로선 도저히 납득이 안 됐지만, 미국 사람들의 문화가 그런 것이라면 어쩌랴.

여행안내소에서 1킬로미터 정도 갔을까. 허름한 중세풍 건물이 나타났다. 건물 앞엔 온천수를 받아갈 수 있는 식수대가 설치돼 있었다. 건물 안은 허름했다. 아마도 옛 목욕탕 건물을 내부만 일부 개조해 그대로 쓰고 있는 듯했다. 온천탕은 남녀구분 없이 수영복을 입고 함께 들어가게 돼 있었다. 수영복을 가지고 오지 않은 사람에게는 빌려주기도 했다.

온천탕은 두 층으로 나뉘어져 있었다. 1층엔 작은 온천탕 네 개가 있었다. 종류가 각기 다른 탕이라고 만들어 놓은 것 같은데 온도가 다르다는 것 외엔 차이를 느낄 수 없었다. 아래층엔 대형 탕이 하나 있었다. 다리가 불편

한 사람이 붙잡고 걸을 수 있도록 탕 안의 벽을 따라 손잡이를 만들어 놓았
다. 탕 안엔 노인과 류머티즘을 치료하러 온 사람이 대부분이었다. 멀쩡한
사람이 피로를 풀기 위해 이곳에 오는 경우는 그리 많지 않은 것 같았다. 큰
탕 옆엔 아주 뜨거운 온천수가 나오는 작은 탕이 하나 더 있었다. 거기엔 온
천수로 마사지를 할 수 있도록 펌프가 달린 파이프가 여러 개 설치돼 있었
다. 역시 탕엔 노인뿐이었다.

온천물은 한국과 달리 미끈거리는 느낌이 없었다. 보통 수돗물과 똑같았
다. 냄새도 없고 색깔도 없었다. 특별한 맛도 없었다. 그게 이곳 온천수의 특
징이었다. 그러나 물에 들어가 있다 보니 생채기가 난 곳이 따끔거리고 아팠
다. 다른 식구들도 마찬가지였다. 상처가 덜 아문 곳은 마치 소독을 하듯 따
끔따끔했다. 온천수가 상처를 치료하면서 나타나는 증상이라는 설명이었다.

개운한 온천욕을 마치고 귀가하다가 맥주가 떨어진 걸 알고 중간에 내려
식료품점으로 들어갔다. 맥주 한 박스를 사서 계산을 한 뒤 나와 가고 있는
데 뒤에서 누군가 나를 불렀다. 식료품점 중간 관리자쯤 돼 보이는 직원이
헐레벌떡 우리 쪽으로 뛰어왔다.

"선생님 죄송합니다만 그 맥주는 되돌려 주셔야겠습니다. 아칸소 주에선
일요일 날 술을 못 팔게 돼 있습니다. 저희 점원이 깜빡했나 봅니다. 부탁드
립니다."

이게 무슨 소리냐? 일요일 날 맥주도 안 판다니. 그러나 주유소 잡화점에
서도 마찬가지였다. 그게 아칸소 주의 법이었다. 주법을 어기면 엄청난 벌
금을 물게 되니 식료품점 지배인이 그렇게 벌벌 떨었던 것이다.

그러고 보니 핫스프링스엔 교회가 많았다. 약간 과장해 세 집 건너 하나
는 교회였다. 기독교의 윤리와 관습이 아직도 강하게 남아 있는 곳이었다.

아칸소 주만이 아니다. 미주리 주나 테네시 주 등에서도 1980년대까지는 일
요일에 술 판매를 금지했다. 술에 대해 이처럼 엄격한 곳에서 클린턴의 계
부 같은 술주정뱅이가 나왔다는 게 신기했다.

중부를 끝으로 나비 그리기의 대장정이 막을 내렸다. 미국 본토의 48개 주
가운데 가보지 못한 곳은 서부의 아이다호와 노스다코타, 중부의 미네소타
와 위스콘신, 동부의 버몬트와 사우스캐롤라이나 등 6개 주뿐이다. 1년 동
안 차로 달린 거리는 총 10만 4000킬로미터에 달했다.